A IMPRENSA LIVRE DE FAUSTO WOLFF

L&PM 30 ANOS

capa: Marco Cena sobre desenho de Chico Caruso
revisão: Larissa Roso e Renato Deitos

ISBN 85.254.1353-4

W866i Wolff, Fausto
A imprensa livre de Fausto Wolff / Fausto Wolff. --
Porto Alegre: L&PM, 2004.
278 p.; 21 cm.

1.Literatura brasileira – Crônicas jornalísticas.I.Título.

CDD 869.98
CDU 821.134.3(81)-94

Catalogação elaborada por Izabel A. Merlo, CRB 10/329.

Porto Alegre: Rua Comendador Coruja, 314, loja 9 - 90220-180
Floresta - RS / Fone: 0xx (51) 3225.5777
pedidos e informações: info@lpm.com.br
www.lpm.com.br

Impresso no Brasil
Primavera de 2004

Para Glênio Peres – in memoriam
Para Carlos Bastos, Flávio Tavares,
Ibsen Pinheiro, Jânio de Freitas,
Joel Silveira, Lauro Schirmer
e Léo Schlafman, jornalistas.

A liberdade é uma carcereira terrível!

FAUSTO WOLFF

Sumário

APRESENTAÇÃO

Minha bela profissão!

Fausto Wolff

Parabéns a você que comprou este livro e está começando a lê-lo agora. Parabéns, digo, a você, porque gostaria de me dirigir a um por um pessoalmente, pois é de comunicação que a coisa se trata. Parabéns porque editei este livro – dá mais trabalho do que escrever um novo – para ser lido cronologicamente como um romance e você verá mais adiante que minhas palavras fazem sentido. Parabéns, finalmente, porque 10% do preço de capa virão para o meu bolso o que, pelos meus cálculos, dá para meia dose de uísque. Agora, ao trabalho. Eu conto pelo menos dois anos dos quase cinqüenta de jornalismo. Você, por sua vez, leia e pare onde quiser parar mas não se esqueça de voltar ao ponto em que parou, pois isso é fundamental.

Houve uma época em que o jornalismo foi parcialmente do povo. Enquanto o poder brigava podia-se dizer a verdade. Isso se devia ao fato da maioria dos jornalistas também proceder do povo. Logo sua visão do país e dos acontecimentos não era uma visão burguesa mas principalmente classe média baixa, proletária ou sindical. Éramos aqueles jovens que tínhamos algum jeito para escrever que por sorte ou circunstâncias chegavam a alguma redação onde começavam como uma espécie de contínuo e auxiliar de reportagem policial. Nos defrontávamos com a vida em toda a sua barbárie e beleza. Quase todos entendíamos que a sociedade e as autoridades eram injustas para com os humildes e nos colocávamos ao lado deles, pois os conhecíamos bem. Ninguém ganhava muito mas não estávamos interessados nisso. Éramos jovens e queríamos descobrir a verdade que uma realidade de superfície tentava esconder. A vida era uma aventura e ser jornalista, um orgulho, uma glória. Falo de uma época em que tínhamos música, teatro, futebol, artes plásticas, cinema, sindicatos e nacionalismo, tínhamos a Amazônia, minérios e petróleo. Ainda não haviam roubado a nossa cultura e olhávamos para o futuro com grandes esperanças: éramos filhos de uma pátria jovem, única, miscigenada, cordial e trabalhadora. É claro que havia alguns canalhas que comiam nas mãos do poder mas eram poucos.

É óbvio que os grandes interesses internacionais não podiam permitir que essa "esculhambação" libertária continuasse. E veio o golpe de 1964. E, aos poucos, o jornalismo começou a ficar mais bem comportado, principalmente depois que passaram a exigir um diploma para o exercício da profissão. Quem não passava nos exames de medicina, arquitetura, engenharia e até mesmo direito ia ser jornalista. E esses novos jornalistas passaram a ver a realidade sob a sua perspectiva burguesa de classe média. O povo deixou de ser importante, deixou de ser o ator principal para tornar-se figurante, coadjuvante, presunto. Em compensação, o jornalista deixou de ser o herói marginal para tornar-se uma espécie de *poodle* de divã, uma espécie de *office-boy* do poder. Isso tudo em nome de uma (sei do cacófato mas não tenho tempo para essas frescuras) maior elegância, de uma maior eqüidistância, de uma falsa imparcialidade. Digo falsa porque ninguém pode ser imparcial entre um banqueiro ladrão e um bancário explorado, para citar apenas um exemplo.

Nossa imprensa – os poucos jornais que sobraram e que viraram empregados dos canais de televisão – tornou-se *clean*, distante, superior, limitando-se a narrar os fatos sem atentar para os fenômenos que ocasionaram os fatos. Muitos profissionais que não acreditam nesse jornalismo limpinho foram exilados. Alguns permaneceram – graças ao seu prestígio literário, ao seu talento e caráter – em suas trincheiras. Os exemplos são poucos e os restantes dividiram-se em dois campos, embora do mesmo time: uns passaram a contínuos do poder e outros tornaram-se íntimos do poder. Falo daqueles que vivem jantando com banqueiros, ministros e senadores. Muitos que se julgavam revolucionários, no sentido humanístico e filosófico do termo, demonstraram-se apenas rebeldes. Ao primeiro sorriso já se aninhavam como gatinhos no colo da autoridade. Pessoalmente, sempre fui de opinião de que poder é poder e jornalista é jornalista. Mas fui voto vencido, se é que algum dia perguntaram a minha opinião.

E foi assim que a violência, a miséria, a mendicância, a corrupção se banalizaram. Foi assim que a imprensa passou a achar natural o salário mínimo de um trabalhador que não cobre as despesas de um cachorro de madame. Foi assim que a imprensa passou a achar natural um país onde cabe toda a Europa Ocidental não ter terra para seus camponeses. Foi assim que foi vista com naturalidade a venda da Companhia Siderúrgica Nacional, da Vale do Rio Doce, dos sistemas telefônicos. Também pareceu natural à imprensa que o dinheiro do povo fosse dado de presente a bancos falidos e banqueiros trilionários. Foi assim que todos passaram a encarar com naturalidade o fato de haver apenas um ladrão no Brasil, o juiz Lalau. Foi assim que o serviço público tornou-se kafkiano e foi assim que pessoas estratificadas na miséria voltaram-se para o crime. Desde que comecei a escrever este prefácio já foram assassinadas dezenas de pessoas, já morreram de fome, por falta de atendimento médico, outras tantas dezenas. Mas essas pessoas, para a grande imprensa, aparentemente, não têm cabeça, troncos e membros como todos os seres humanos. São apenas números, estatísticas, figurantes. Mas ai se algum filho do poder for ameaçado, ai se algum sobrinho do poder for seqüestrado. Neste momento, temos semanas de manchetes em todos os jornalões. Os eqüidistantes passam a pedir vingança, os imparciais querem sangue, os elegantes e bem-comportados clamam por justiça imediata.

Seria preciso ser um menino bestializado, sodomizado, torturado da FEBEM (é assim que a imprensa chama a FUNDAÇÃO PARA O BEM-ESTAR DO MENOR) para não notar a loucura, a impunidade, a desfaçatez, a falta de vergonha do poder econômico e político. E isso chegou a tal ponto de aberração que, finalmente, começam a surgir algumas vozes nos grandes jornais pedindo que a imprensa cumpra o seu papel, tome uma posição, afaste-se dos algozes e informe ao povo que ainda tem condições de entender alguma coisa do que se passa no Brasil com honestidade, mas também com indignação – coisa que parece ser sempre deixada para Millôr, Cony, Verissimo, Jânio de Freitas e mais dois ou três – e até mesmo estarrecimento. Somos mais ou menos da mesma geração. Estamos velhinhos, essa é que é a verdade, mas não vislumbro substitutos pelo menos na grande imprensa onde eles atuam e eu deixei de atuar há muito tempo e vivo da coragem de gente como Ziraldo, editor do *Pasquim21*.

Gostaria de saber onde está escrita a lei decretando que quem decide o que publica um jornal ou divulga uma rádio ou uma televisão é o dono. E olhem que Collor, Sarney, ACM, Barbalho, para citar apenas alguns poucos, são proprietários dos meios de comunicação em seus currais. Já que somos vítimas de cruel capitalismo, o dever do jornalista deveria ser o de fazer um bom jornal e conseqüentemente dar lucro ao seu proprietário, que pegaria o dinheiro no fim do mês e faria o que bem entendesse com ele. A linha editorial do *Le Monde* e do *Independent*, do *Paese Sera* e do *Frankfurt Allgemeine*, do *Politiken*, de Copenhague, é decidida por um corpo de editores jornalistas. Neste momento em que estamos servindo de palhaços para os donos dos institutos de pesquisa, por que não pesquisar os próprios institutos de pesquisa? Para início de conversa. E depois – como aquele personagem desempenhado por Peter Finch no filme *Network* – começar a escrever: "Chega", "Não agüentamos mais", "Basta", "Queremos escrever a verdade". Não é difícil como parece. Basta que os jornalistas deixem de ser "imparciais" e passem a tratar os leitores como adultos e não como moleques sem opinião.

Prefiro os outros!

Sou marxista. Acho de coração que se o mundo não quiser se suicidar, terá de marchar inevitavelmente para o socialismo; terá de adaptar o humanismo da filosofia marxista, que vê no homem um fim e não um objeto, às condições sociais, econômicas, culturais e geográficas de cada país. Apesar das grandes reformas de engenharia social na China e na Rússia, isso ainda não aconteceu. Poderia ter acontecido em Cuba, não fossem tão grandes as exigências da então URSS e o cruel boicote americano.

Estou convicto de que o homem nasceu para ser livre e feliz. Se conquistar a liberdade, poderá usar todo o seu potencial para a arte, a cultura, a cordialidade e o amor. Dificilmente, um homem assim se deixará seduzir pelo infantilismo doentio do poder. Acredito ainda que tanto o nazismo como o neoliberalismo são filhos do capitalismo. No caso brasileiro, tenho a impressão de que a estrada que conduziria ao neoliberalismo e à globalização apresentados como paradigmas começou a ser aberta em 1945 e teve breves interrupções de 50 a 54 e de 61 a 64, mas isso é assunto para outro artigo. Zbigniev Brzenzinski, homem todo-poderoso do governo Carter, disse em seu livro *The Technetronic Society* (de 68, notem!!!): "Rumamos para uma combinação do apoio de milhões de cidadãos não-coordenados ao alcance de personalidades magnéticas e atraentes que exploram eficazmente as mais avançadas técnicas de comunicação para manipular as emoções e controlar a razão". Isso vem acontecendo hoje nos Estados Unidos e nos países avançados. No Brasil a coisa é muito pior: um pesadelo entre a tecnologia e a miséria.

Jornalista pobre e homem de esquerda, olho-me no espelho e me pergunto aos quase 62 anos sem bens materiais a declarar: em quem vou votar? Não sei. No Partido Neoliberal Socialista ou no Partido Imperialista Democrático? A verdade é que nossas agremiações partidárias causam nojo e vergonha. O TSE resolveu verticalizar as próximas eleições. Mas o que isso muda se não mudam os homens e os partidos?

Não concordei com Henfil quando ele disse que o povo não sabia votar. Sempre achei que o povo estava certo. Afinal não fora ele que movera os palanques por todo o Brasil por ocasião da campanha das "Diretas Já"? Nos palanques, os políticos falavam baixo – até mesmo os de oposição – para o povão não ouvir que tramavam as indiretas que o Tancredo levou para entregar ao SARNEY!!!! Será que o povo errou, depois de vinte e cinco anos de ditadura global, ao votar no Collor, psicopata e ladrão? Pois não era o mais bonito? Não tinha a voz grave dos galãs de novela? Sua mulher não era uma Jacqueline Kennedy das caatingas? Não fez a melhor campanha? Não recebeu o dinheiro da burguesia brasileira, o americano e o multinacional? O pessoal votou no boa-pinta que jurou acabar com os marajás assim como votou em Moreira Franco, que jurara acabar com a criminalidade em seis meses no Rio de Janeiro.

Depois veio o FHC. Que povo, roubado na sua cultura, condenado à ignorância e estratificado no crime e na miséria, não votaria nele? As multinacionais o queriam, os bancos o queriam, a grande imprensa o queria e todos chamavam "*el gran burlador*" de salvador da pátria. Por que o povo faminto não deveria acreditar? Comecei a levar a sério a afirmação de Henfil quando houve o repeteco. Definitivamente, a hipócrita classe média brasileira havia transferido o seu mau caráter para o povão. Sem povo, sem políticos e sem imprensa; entre a hipocrisia e a mentira, entre o roubo e a leviandade, estou confuso.

O Brasil é um país, quase um continente rico demais e com gente trouxa demais para que o poder transnacional permita que qualquer candidato (sempre que ele exista) comprometido com o sofrimento nacional possa ganhar as eleições. O capital internacional (cerca de mil empresas e bancos) gastou muito tempo e dinheiro para que as coisas chegassem onde estão. Não podem permitir um jogo honesto. De modo que vai acontecer o que sempre aconteceu: o dr. Coiso (o capital internacional) decidirá com Washington qual o melhor candidato. O mensageiro de Washington pedirá a opinião do dr. Roberto (caso ele ainda palpite, pois embora os diretores da empresa estejam todos riquíssimos, ela estaria na bancarrota) e confirmará um nome. O candidato será chamado a um papo em lugar não sabido. As regras do jogo – privatização, ausência de juros, congelamento dos salários, livre interferência na política interna, sindicatos de mentirinha, livre remessa de lucros – lhe serão informadas. Caso concorde, será o nosso próximo presidente. Caso faça algumas exigências, chamarão o próximo da lista. O povo votará naquele que melhor se apresentar na TV – se possível na *Casa dos Artistas*, no *Big Brother*, no Faustão e no Sílvio – e tudo recomeçará novamente. Só que pior. Caso – milagres podem acontecer – o candidato escolhido pelo sistema perca, as eleições serão fraudadas. Se isso aconteceu nos Estados Unidos, por que não aconteceria aqui?

A bela atriz, a grande dama Fernanda Montenegro teria dito uma vez que para o Brasil era um luxo ter Fernando Henrique como presidente. Hoje deve estar arrependida mas ainda assim concordo com ela. Fernando Henrique Cardoso, esse vaidoso genocida que há muito tempo deveria ter sido examinado por uma equipe de psiquiatras, é um luxo ao qual o Brasil não poderia ter se dado. Mas já se dera ao luxo do Collor, do Sarney, da ditadura, do Jânio, do Juscelino (bela alma que ao criar Brasília cravou o último prego no caixão do transporte ferroviário e fluvial) e do Dutra. FHC foi apenas um luxo a mais mas foi fatal.

Claro que votarei. Votarei no candidato mais à esquerda mesmo que ele, depois de ganhar, permaneça nessa posição por uns quinze, vinte minutos. Tudo que seu Coiso mandar. Há criminosos que dão certo e criminosos que não dão certo. Os primeiros estão no Planalto. Os outros na cadeia. Prefiro os outros.

Os assassinos da esperança

Logo que voltei da Europa, onde passei dez anos, sem um tostão, e fui trabalhar no velho *Pasquim*, escrevi esta frase: "É estarrecedor. Perdemos a capacidade de nos estarrecer." O que é estarrecedor? Um executivo militar imposto pelo Pentágono? Crianças morrendo de fome? Professoras desdentadas? Velhos sendo assassinados em asilos? Crianças se prostituindo? Imprensa autocensurada? Justiça corrupta? Centenas de milhares de pobres na cadeia sendo torturados e seviciados? Um salário mínimo que não paga a ração mensal de um cachorro de madame? Hospitais que parecem açougues? Corrupção em todos os níveis? Latifundiários nacionais e estrangeiros donos de metade das terras do país e camponeses morrendo de fome com uma enxada na mão? Universidades grátis para os ricos e péssimas universidades pagas para os pobres? 50 milhões de analfabetos e 25 milhões de semi-alfabetizados? Escolham aí. Algumas pessoas, como na bela música de Chico Buarque, andavam falando de lado e olhando para o chão. A grande maioria, porém, ia levando a vida como se tudo o que listei acima aleatoriamente fosse absolutamente normal.

Escrevi a frase estarrecedora em 1978 e tinha então 38 anos e tinha – como toda a nossa patota – ESPERANÇA. Logo os militares deixariam o Planalto, teríamos eleições diretas e – quem sabe? – homens dignos e valentes como Fernando Henrique Cardoso assumiriam o poder. Estamos em 2002. Multipliquem por dez o que acontecia em 1978 e terão uma pálida idéia do HORROR que vivemos hoje. Depois do assassinato de Tancredo (jamais foi um estadista mas não era ladrão e aprendera um pouco de nacionalismo com Getúlio) fomos forçados a engolir Sarney – para quem tanto fazia ser vice de Maluf ou de Tancredo, neste sentido um homem pragmático que disse apenas uma verdade em toda a sua vida: "Sou pequeno demais para o cargo em que estou sendo investido". Sarney – nenhum dia de governo nos seus cinco anos de corrupção – pisoteou a esperança, mas logo teríamos eleições diretas. E vieram as eleições diretas e venceu o candidato dos ricos, o candidato de Washington: o psicopata que confiscou as contas bancárias e causou o suicídio de centenas de pessoas que, como não eram importantes, foram ignoradas pela mídia. O PT jamais se livrará dessa mácula: estava com a eleição ganha (um desses milagres que só acontecem a cada cem anos) quando, por temor de que Collor revelasse o fato de ter comprado um aparelho de som para uma suposta namorada, perdeu um debate que Brizola certamente não perderia.

Antes de ser defenestrado pelos *doctors* Frankenstein que o criaram, Collor amordaçou e torturou a esperança. Com um homem ingênuo e provinciano tivemos por um curto período o melhor dos governos possíveis. Estou falando de Itamar Franco, que, porém, dedicou-se ao hobby de criar cobras dentro de casa e entre elas a mais venenosa chamava-se Fernando Henrique Cardoso. Este homem – para mim, um cabo Anselmo desde os tempos de Paris – cumpriu fielmente as ordens de Washington: vendeu o país e matou a Esperança. Até que ponto Itamar foi responsável pela resistível ascensão do nosso *Arthuro Ui* é matéria para ser estudada.

Com as exceções que podem ser contadas nos dedos, é tudo uma corja só. Nem os cabelos e as unhas de gente como FHC e Sarney prestam. Num país com muitos partidos (mas em verdade sem um único partido sério) estamos nos preparando para novas eleições. Sarney (PMDB?) luta com FHC (PSDB) a favor da filha Roseana (PFL e governadora do estado mais miserável da União) aparentemente para eleger seu companheiro de exílio dourado José Serra: o pior ministro da Saúde que este país já teve, que apoiou as hienas dos planos de seguro e não gastou um tostão para prevenir o (a?) dengue. Sua situação só não é deplorável porque é um homem jovem e rico mas se defender o chefe não ganha meia dúzia de votos e se atacá-lo perde a candidatura. Caso vença o PFL teremos uma junta no governo: Murad, os Sarneys, Antonio Carlos Magalhães e até mesmo Jáder Barbalho, que afinal de contas é do partido do papai. Ciro Gomes terá de explicar além do dinheiro sua ligação com o Tasso Jereissatti, o homem que transformou o Ceará no paraíso dos milionários e no inferno dos pobres. Temos, é claro, Lula, que, porém, está doidinho para ligar-se a partidos *perto* do centro. Que partidos perto do centro, cara-pálida? Brizola, um homem honesto e o político mais traído do Brasil, tem um dedo podre e só sabe monologar. Já uniu-se a tantos traidores e agora, como vítima de Nêmises inexorável, está ao lado do PTB que lhe roubaram; do PTB do grande defensor de Collor, ao lado do homem que fazia um programa de horror na TV para roubar o pouco dinheiro dos miseráveis, Roberto Jefferson. Se alguém falar de Marx dentro do PPS (só pode ser piada!) ouvirá em uníssono "vira esta boca para lá". A pergunta que lhes faço, leitores, é a seguinte: existe algum partido de esquerda, algum partido que veja no povo o seu soberano e o fim que lhe dá significado? Se existem partidos de esquerda (vá lá: PPS, PSB, PC do B, PT, PDT e mais o Movimento Sem Terra), por que não se unem sob uma única bandeira socialista neste momento em que os cachorros grandes estão brigando e disputam as eleições?

Infelizmente ou felizmente, confesso, já não sei, a contravenção (não-oficial) neste país desgraçado é menos organizada que a contravenção oficial. O Primeiro Comando da Capital tem um estatuto e mantém as mesmas regras desde 1993. Existem outras facções como o Comando Vermelho, mas suas disputas, na melhor das hipóteses, são mais sinceras do que as disputas políticas, pois não recebem salários do povo para roubar.

Juscelino Kubitschek, um homem de bem, é em grande parte responsável pelo ESTARROMBRO em que se transformou o país. Ao criar Brasília criou também uma espécie de Ilha de Circe onde os homens se transformam em porcos. Filhos de deputados e senadores rivais estudam nas mesmas escolas; mulheres de parlamentares rivais são amigas e comparecem às mesmas festas. As grandes "batalhas na TV" são para nós, os trouxas, os palhaços. Estão todos podres de ricos e pouquíssimos saberiam explicar a fonte desse dinheiro na Justiça se tivéssemos justiça. Outro dia, dando uma palestra numa faculdade, um estudante de jornalismo me perguntou:

– Mas esta gente não tem vergonha de sair à rua?

E eu:

– Talvez, se a capital ainda fosse o Rio de Janeiro, onde dificilmente poderiam se esconder. Talvez, caso não andassem só entre eles, e, entre eles, ser apanhado com alguns milhões na gaveta de um escritório como aconteceu com Murad (já imaginaram esta figura no Planalto?), é mero acidente de percurso. O corporativismo está aí mesmo para indenizar as "vítimas" com a presidência de alguma autarquia ou com uma embaixada. Pois Antonio Carlos Magalhães não se horrorizou quando soube que haviam algemado seu amigo-inimigo Jáder Barbalho, que, como ele, renunciou ao cargo mas não às aposentadorias?

Outro dia vi um filme inglês. Num pub, um policial diz ao outro:

– Nossos ícones, nossos modelos são vaidosos, vazios, cruéis, corruptos e prepotentes. Somos policiais e deveríamos estar protegendo o povo contra essa gente. E que fazemos? Defendemos a canalha e botamos *nossa* gente na cadeia.

E isso se passou na Inglaterra. Imaginem o diálogo de dois policiais brasileiros:

– Estou preocupado.

– Por quê?

– Se liberarem a droga vamos perder 900% do salário.

E a nossa grande imprensa continua comentando esse verdadeiro basquete no pântano como se fosse alguma coisa para valer. Pergunto: tem salvação? Ei, você aí que está vendo a *Casa dos Artistas*, estou perguntando: tem salvação?

É preciso desmascarar os loucos sem coração!

Só quis ter uma coisa na vida inteira. Aos nove anos quis ter uma bicicleta. Já estou ouvindo os cínicos se perguntando: "E mulher?". Irmãos, palavra de honra, todas as vezes em que andei com a cabeça entre as nuvens ou mordiscando um meio-fio é porque havia no horizonte uma mulher. Acontece que – no sentido de possuir – você não *tem* uma mulher nem *tem* filhos nem *tem* pais. Eles não são sua *propriedade*. Eu queria a bicicleta e meu pai, que era barbeiro, achou que aquilo era dinheiro jogado fora. Vendi jornais e garrafas, engraxei sapatos e quando finalmente consegui comprar a bicicleta, ela já não era mais importante.

Como aprendi a ler sozinho aos cinco anos, ganhei uma bolsa de estudos para o Colégio Batista Americano, de Porto Alegre, um educandário para crianças ricas ou da alta classe média. Bem cedo, portanto, descobri a diferença entre os que *têm* e humilham e os que não *têm* e são humilhados. Mais tarde, ao entrar na adolescência, trabalhava em jornal como contínuo e auxiliar de repórter policial. Uma coisa que aprendi de cara: tudo aquilo que era vendido aos pobres era de péssima qualidade. Camisas, calças, meias, cuecas rasgavam e desbotavam com incrível facilidade. Aprendi a ver que os filhinhos de papai *tinham* coisas mas não *eram* ou apenas eram porque *tinham* e passei a odiar a palavra *status*, que recém havia entrado na moda.

No fim dos anos 50, já no Rio e repórter da *Manchete* ou de *O Cruzeiro*, não lembro, comprei uma camisa *Lacoste* (que continua muito boa até hoje mas não é mais um símbolo de dinheiro) e a primeira coisa que fiz foi apanhar uma gilete e libertar o jacarezinho preso no peito. Como o automóvel também era símbolo de poder, jamais aprendi a dirigir. Não queria *ter* coisas. Eu queria *ser* um bom ser humano, um ser humano culto, inteligente, sensível e feliz. E isso não era muito difícil: bastava ler, aprender, estudar, e na medida em que lia, aprendia e estudava, mais reverenciava a vida e os seres humanos. Na época acreditava em Deus e queria ter alguma coisa para mostrar quando fosse apresentado a ele. Nunca soube de nenhum grande artista ou revolucionário que vivesse para amealhar fortuna à custa dos outros: de Sócrates a Noam Chomsky. De Spártacus a Luís Carlos Prestes, passando por Marx. Estavam envolvidos demais com a vida para perder tempo fazendo dinheiro.

Não sei se em *Timão de Atenas* ou em *Coriolano*, de Shakespeare, uma cidade está prestes a ser invadida e os cidadãos estão fugindo com o que têm de mais valioso. Um homem de muitas posses deixa a cidade sem levar nada. Quando lhe indagam o porquê do seu comportamento, ele diz: "O que possuo de mais valioso, estou levando comigo" – e aponta com o dedo para a cabeça.

Beckett e Brecht talvez tenham sido os autores mais mal compreendidos e – de conseqüência – assassinados no Brasil.

Numa determinada cena de *Esperando Godot* (o irlandês utiliza a *Dialética do Senhor e do Escravo*, de Hegel), o personagem Pozô aparece chicoteando seu escravo Lucky – se entendi bem, uma ironia –, que está com uma corda amarrada ao pescoço como um cachorro. Noutra cena, perdido o escravo, Pozô não passa de um pobre cego desgraçado que não sabe para onde ir. Ao contrário das aparências, o patrão é que é o escravo do escravo, pois sem este ele não é patrão de ninguém.

As transnacionais, os bancos, as grandes redes de TV que nos convencem a consumir mais e mais todo tipo de porcarias não podem viver sem escravos. E os escravos somos nós e somos escravos porque – na medida em que queremos *ter* e abdicamos de nossa condição de indivíduos – não percebemos que eles não podem viver sem nós. Nesse sentido – não houvessem os meios de comunicação imbecilizado a maior parte do país – há muito tempo já teríamos nos negado a pagar essa ridícula dívida externa e realizado a reforma agrária. Pensem bem: o domador sem o tigre não passa de um palhaço com um chicote na mão.

Por que estou contando esta história? Porque estamos em época de eleições e é um bom momento para eu contá-la e vocês a passarem adiante. Ao ver a maioria dos candidatos à presidência, vem-me a certeza de que são pessoas muito ricas e muito doentes que precisam ser tratadas antes que nos matem. Elas não são nada. Elas apenas *têm* muito, querem *ter* mais e, se possível, se tornar nossos donos. Não é preciso ser muito inteligente para perceber que uma pessoa que tem dez automóveis, dez casas, dez aviões, dez cozinheiros (façam aí a lista de vocês) e que não pode utilizá-los ao mesmo tempo só pode ser louca. Precisamos dar as costas a essas pessoas, precisamos nos afastar delas, precisamos entender que o que é bom para elas não é bom para nós.

Erich Fromm, um filósofo injustiçado por ser marxista e escrever em linguagem de gente, nos dá o retrato de um desses loucos: "Quero tudo para mim mesmo. Ao possuir e não compartilhar tenho *prazer*. *Sou* mais na medida em que *tenho* mais. Devo me sentir em antagonismo com: meus clientes e eleitores a quem devo enganar, meus competidores a quem devo destruir, meus trabalhadores a quem devo explorar. Não posso estar satisfeito nunca porque não há fim para meus desejos. Devo invejar os que têm mais e temer os que têm menos. O importante é reprimir todos esses sentimentos a fim de me apresentar sorridente, sincero e sensato".

No momento, o mundo tem um dono: os Estados Unidos, que possuem o maior número de bancos e transnacionais. Possuem ainda a maior indústria bélica, o maior número de consumidores de drogas, a maior população carcerária do mundo e 99% dos *serial killers* dos quais parecem se orgulhar. Decididamente, um governo louco e uma população alienada que consideram seu inimigo quem não concorda com o *american way of life*. O poder tem cobiça e a cobiça e a paz anulam-se reciprocamente. Alguém acredita que os Estados Unidos queiram realmente a paz?

Nesta época de eleições, portanto, precisamos atentar para alguns detalhes.

1) Não passamos de pecinhas da máquina política, burocrática, "jornalística" que manipula nossos pensamentos, ações e emoções.

2) O progresso econômico mais do que nunca está restrito aos países ricos e o fosso se alarga cada vez mais.

3) O progresso tecnológico e cibernético criou perigos ecológicos e riscos de uma guerra nuclear (neste momento Bush e seus patrões ameaçam pelo menos o Irã, o Iraque e a Líbia, para não falar da Síria, da Coréia do Norte, da China e da Rússia) que pode acabar com qualquer resquício de vida na Terra com exceção, talvez, de algumas baratas.

Mas, como o perigo não é imediato, pensa a maioria, por que devemos nos preocupar? Quem se pergunta isso já foi contaminado pelo mau caráter do poder. Quem se pergunta isso é o mesmo homem que transferiu o mau caráter da classe média para o povo, acabando com sua cultura que hoje, aparentemente, se resume em ser pró ou contra Romário.

Confesso que escrevo estas linhas sem grandes esperanças, pelo menos em termos de Brasil. Ao ver programas como *Casa dos Artistas* e *Big Brother* bate-me a dolorida certeza de que estamos preparados para o fascismo, para maltratar quem quer que seja diferente de nós em qualquer aspecto físico, político ou cultural. Como foi que chegamos a este pesadelo infernal? Talvez pelo descaso de alguns brasileiros como Joseph e Moise Safra, Antonio Ermírio de Moraes, Aloysio Andrade Faria, Júlio Bozano e Abílio Diniz, que – oficialmente – *têm* 11,7 bilhões de dólares, dinheiro feito no Brasil graças aos escravos brasileiros. Apontem-me, por favor, uma única obra que qualquer um deles tenha feito para o povo em agradecimento às fortunas que acumularam. Silêncio no auditório. Segundo a ética autoritária dessa gente, já fazem muito deixando que trabalhemos para eles por salários que são um verdadeiro insulto à inteligência e ao estômago de qualquer pessoa que ainda não enlouqueceu.

Vi a fotografia da sra. Lili Safra, viúva do banqueiro Edmond Safra, que morreu em Monte Carlo em condições misteriosas. Ela divide o 445° lugar com Roberto Marinho entre os mais ricos do planeta. Ambos têm declaradamente apenas 1 bilhão de dólares. Uma senhora bonita de mais de sessenta anos com algumas plásticas, cabelos pintados e um olhar quase humano, a dona Lili. Perguntei-me: o que pensará? E comecei a chorar.

P. S.: Há algumas semanas, Luis Fernando Verissimo escreveu em *O Globo* uma das mais belas e breves peças literárias do nosso tempo. Ela conta a história de um homem que compra uma cidade inteira e mais todos os seus habitantes pois quer um berço natal para ser enterrado com um falso nome, uma falsa biografia e a ilusão de que foi amado conforme texto decorado pela população. Fujam dos seus algozes. Eles são loucos furiosos. Caso não queiram fugir, enfrentem-nos, mas não os usem como modelos. Façam-nos saber que não estão satisfeitos, como no tempo em que tínhamos sindicatos.

Sete pragas do Aegypti: corrupção, miséria, imprensa, fome, desemprego, peste e FHC

Em 1968, pouco antes do AI5, o correspondente da revista *Time* David Saint Clair bebia comigo no falecido Antonio's. Já estávamos ambos levemente de porre quando ele me disse em tom de brincadeira:

– Você sabe que teu país foi vendido com tudo o que tem dentro, você inclusive? Enquanto não decidirmos que nome daremos ao país que já foi teu – e hoje é nosso – você não existirá oficialmente para o mundo.

Verdade é que uma quinta parte do país (estou falando em termos de terra) já fora vendido a estrangeiros. Pouca coisa. Hoje em dia, se alguém se der ao trabalho de verificar em nome de quem está – digamos a Amazônia –, verá que pertence a algum João da Silva. Nos cartórios europeus, asiáticos e norte-americanos, porém, os nomes dos proprietários mudam para Rockefeller e Grimaldi passando por algum Fujimoto da vida. Não me incomodei com o David, pois em 68 vivíamos em regime de exceção e regimes de exceção tendem a acabar um dia. Na ocasião, como Vinícius de Moraes, eu achava que "a coisa não demora e se você reagir você vai se dar mal, ora se vai". O resto todo mundo conhece.

Hoje, felizmente (eu disse felizmente?), não vivemos mais num regime de exceção. Aqueles bravos rapazes que viveram exilados no Chile e na França, passando fome e frio, foram eleitos pelo voto popular, com uma leve ajuda da TV Globo. Verdade é que tivemos de agüentar o Sarney e o Collor, mas, que diabo, a democracia exige sacrifícios. Tremo toda vez que penso que vivemos numa democracia e temos imprensa livre. Apesar disso aumentou brutalmente o número de analfabetos, aumentou a mortalidade infantil, aumentou a prostituição, aumentou a corrupção, aumentou o desemprego, aumentou a miséria, aumentou a fome, a criminalidade e a falta de caráter. Vivemos numa democracia, e aqueles bravos rapazes que estiveram no Chile e na França, sofrendo mais do que Bakunin na Sibéria, envelheceram, mas foram recompensados: estão todos podres (literalmente) de ricos. A primeira coisa que os exilados de boas famílias fizeram foi unirem-se aos torturadores em nome da democracia. Pergunto-me: foi para isso que passei dez anos fora do meu país? Foi para isso que tantos foram torturados e assassinados? Foi para isso que dei minha juventude? Foi para ver essa nojeira que envelheci?

Não vivemos mais num regime de exceção. A exceção, finalmente, acabou. Transformou-se em regra. O Brasil não é mais um país. Virou uma firma que deve dar bons dividendos financeiros para seus donos. Seus donos não vivem aqui. Vivem aqui seus capachos: Fernando Henrique Cardoso, José Serra, Arthur da Távola, para citar apenas alguns dos bravos rapazes exilados. Falar de Sarney, Jáder, Maluf, Antonio Carlos Magalhães é bater em cachorro agonizante. Agonizante mas riquíssimo.

O neoliberalismo saudado pelo cabo Anselmo Fernando Henrique Cardoso como a salvação para o Brasil transformou o mundo num grande mercado e países como o nosso em filiais. Não sei por onde anda o David Saint Clair nem sei se está vivo. Se estiver, porém, aí vai o novo nome do país: Brazil & Mother Joana Business Unlimited S.A., pertencente ao grupo FMI, BIRD, NAFTA, OMC. Logo, logo, estaremos anunciando na imprensa mundial: "Invista no *Brazil-MJ-BU*. Salários de fome, trabalho escravo, incentivos fiscais, total ausência de sindicatos, justiça e parlamento facilmente corruptíveis, população completamente alienada e *call girls* pouco exigentes. Tudo isso mediante comissão módica aos arrendatários nacionais. Tratar diretamente com os capachos no Palácio do Planalto".

Vocês acham que estou pegando pesado demais? Estou não. Fiquei com pena do Robert Zoellick, secretário comercial da Casa Branca, quando esteve aqui há uma semana. Não podia descuidar um momento e já não sabia como impedir que nossas autoridades acariciassem seu saco. Ficou tão irritado que disse:

– Os "países" (coloquei as aspas mas elas não são minhas) que demorarem a fechar acordo de livre comércio conosco vão ficar para trás. Não faltam países para fazer acordo com os Estados Unidos. O número é enorme, e não posso atender a todos.

– Mas o que podemos fazer, mais do que já fizemos? – teria perguntado Malan.

– Privatizem mais, derrubem mais suas tarifas, mudem as leis trabalhistas, respeitem a propriedade intelectual americana.

Não, leitores, ninguém perguntou se na olhota não ia nada, de modo que o bom Zoellick (afinal de contas apenas um funcionário com um belo salário trabalhando para seu país e não contra, como FHC e companhia) continuou:

– Os Estados Unidos são a maior potência do mundo, com um PIB de 10 trilhões de dólares, e escolhem os parceiros que bem quiserem.

Zoellick tratou nossos governantes-algozes como se fossem *office-boys* (coisa que Greenspan já vem fazendo há anos) e não ouviu uma crítica do corajoso caçador de sem-terra, FHC. Voltou para Washington com os países baixos babados. Na mesma época esteve entre nós Jean Ziegler, representante da ONU, e disse que em matéria de desigualdade social o Brasil só encontra paralelo na África do Sul. O bravo Raul Jungman, ministro da Reforma Agrária Fantasma, só faltou pedir sua prisão.

Repito mais uma vez: quando a imprensa torna-se sócia dos três poderes, o máximo de democracia que consegue produzir é essa nojeira que está aí. Alguns dias atrás, li um artigo muito bem escrito em *O Globo* de autoria de Carlos Alberto Di Franco, diretor do master em jornalismo e professor de ética jornalística. Concordei com algumas coisas, como o fato de o jornalismo ter virado entretenimento. Mas, *master*, não dá para concordar quando você diz que o "Brasil desenhado por certos setores da mídia nem sempre bate com a realidade nacional. *Embora* (o grifo é meu) o país tenha grandes problemas (....) esses problemas sociais estão longe de representarem um retrato de corpo inteiro da nação".

Espera aí, ô master, você acha que uma grande imprensa venal, comprada, feita por colunistas amestrados (as exceções são por demais conhecidas) está batendo muito pesado? Isso ocorre quando eventualmente os interesses econômicos do poder e da *empresa* jornalística se chocam. Logo, porém, tudo volta ao normal. Francamente, meu caro Di Franco, respeito seu título de *master of ethics* mas você é *master of ethics* de uma imprensa que não é absolutamente livre. É bem mais livre na matriz. Ainda assim, sugiro que você leia *20 Years of Censored News*, de Carl Jensen (Seven Stories Press/New York). Ele revela entre outras coisas que em 1961 vazou para a Casa Branca a notícia de que o *New York Times* iria publicar uma reportagem sobre a invasão a Cuba. Kennedy mandou chamar o editor do jornal e a história jamais foi publicada. Houvesse sido, talvez os Estados Unidos não tivessem de suportar até hoje o fiasco que foi a baía dos Porcos.

A última demonstração de liberdade da grande imprensa brasileira foi o noticiário sobre a dengue. Parece que não existe uma epidemia e que as pessoas picadas pelo mosquito não correm risco de vida. Aqui em casa, eu e minha mulher passamos quase três semanas nos arrastando. Duas pessoas num apartamento, dois casos de dengue. A indústria informou que nas últimas semanas 10% dos empregados não compareceram ao trabalho. Isso não significaria, por acaso, que 10% dos trabalhadores foram vítimas do mosquito? E as crianças, e as donas-de-casa? Só no Hospital das Clínicas da Amil de Niterói foram registrados mais de 300 casos da doença em apenas uma semana de março e ninguém soube. Passei na esquina de Atlântica e Sá Ferreira e encontrei mais de 15 pessoas pobres (crianças e velhos) deitadas nos bancos, todas com dengue. Durante a minha vida ouvi falar do Ibope mas jamais alguém que eu conheça foi consultado por ele. No caso da dengue, os nossos repórteres, em vez de fazerem contas elementares que elevariam para um milhão o número de pessoas infectadas e para no mínimo alguns milhares de mortos, limitaram-se e limitam-se a repetir os dados oficiais de José Serra, candidato a presidengue.

Pouco depois de acordar e antes de começar a escrever este artigo, olhei pela janela e vi que havia chovido. Imediatamente, passei repelente por todo o corpo. Os entomologistas (que estudam o mosquito) estão ganhando dos virologistas que tratam da doença. Em oito anos de corrupção, Fernando Henrique Cardoso não cometeu uma só boa ação e se despede matando os pobres coitados que tanto esperavam do *bravo rapaz exilado no Chile*.

Cheirando Collor e... Henriquecendo Cardoso

Agora a coisa é oficial. O Brasil é o segundo maior consumidor de cocaína no mundo. Trata-se de um alcalóide extraído das folhas do *Erythroxylum coca*, um arbusto tropical cultivado na África, no Norte da América do Sul, no Sudoeste da Ásia e na ilha de Taiwan, esta última, por isso mesmo, bem mais rica do que Cuba e amada por Washington. Os arbustos chegam a medir dois metros e meio e os frutos são vermelhos, parecidos com os do café.

Tanto Bertolt Brecht como Hercule Poirot, personagem de Agatha Christie, diante de uma cena aparentemente normal procuravam ver o fato singular que a normalidade escondia. Seria natural que fôssemos o maior consumidor de café do mundo. Afinal, bebe-se café em qualquer botequim do Brasil quase 24 horas por dia. Mas não. Como no caso da cocaína, perdemos para os Estados Unidos.

O que há de anormal é o seguinte: como um país como o nosso, primeiro em desigualdade social e com um dos menores PIB do mundo, consome tanta cocaína se nem plantamos o arbusto? A cocaína é cara. Dependendo do seu grau de pureza, vai de 10 a 200 reais o grama. Num país de 150 milhões de pessoas, com 50 milhões de desempregados e um salário mínimo inferior a cem dólares, quem consome toda essa cocaína? Ousaria dizer que existem dois tipos de consumidores: os traficantes e seus "aviões" (pobres que se viciaram no pó) e os ricos. É claro que boa parte da classe média também cheira mas o grau de pureza do que cheira é mínimo. No papelote classe média entra tudo que se pareça com o alcalóide branco: do talco à maisena. O produto quase puro é consumido pelos ricos. Ousaria dizer que a nossa elite é a mais drogada do mundo. Como duvidar disso se tivemos um presidente que foi acusado pelo próprio irmão de ser cocainômano naso-anal? Lembram-se daquelas pupilas dilatadas, do olhar psicopata brilhante: "Não me deixem só!"?

Cada estado do Brasil tem seus "importadores", os mafiosos, gente que vive em mansões de luxo. Esses "importadores" repassam a droga aos traficantes dos morros (no caso do Rio), que através de "aviões" a vendem no varejo aos consumidores. Quem domina os morros cariocas são os traficantes de cocaína. Os meninos mais espertos vão trabalhar para eles. Eles são os "benfeitores sociais" de milhões de pessoas que o governo ignora, pois os policiais só sobem às favelas quando rompe-se um elo da cadeia tráfico-polícia.

Se logo após 1964 a esquerda, em vez de se dividir, houvesse infiltrado as Forças Armadas e as favelas com jovens comunistas, a situação seria outra no Brasil. Teríamos lideranças nacionalistas de esquerda nos morros e não traficantes de direita, como ocorre hoje. Aliás, foi depois do golpe que a cocaína subiu às favelas. Como ocorre com o "vale o escrito" dos bicheiros, há um "código de honra" no tráfico. "Avião" que não entrega a mercadoria morre na hora. Há alguns anos, no Leme, presenciei uma cena: um rapaz passou de bicicleta e deu um tiro fatal num outro que estava parado diante de um botequim. Perguntei ao pessoal do boteco o porquê do crime. Resposta: "Deve ter dado um 'banho' num gringo e consumido a mercadoria". Os morros são dominados por criminosos de direita, o resto do Brasil é governado por criminosos de direita, a televisão administrada por criminosos de direita e a grande maioria da população alienada física, econômica, cultural e politicamente. Esse é o cenário que nos envolve. Dentro dele, se um dia houver uma revolução, será provavelmente fascista.

Sofri muito durante tempo demais mas acabei aprendendo uma coisa na vida: é preciso confiar na estupidez humana. Além dessa certeza, tenho uma esperança: deve haver um inferno para aqueles que machucam os pobres em geral e meus gentis irmãos brasileiros em particular. Não é preciso ser nenhum Nostradamus ou Cagliostro para ver que o futuro, quer no atacado, quer no varejo, não se apresenta – como direi? – auspicioso. Quando homens medíocres comandam máquinas inconfiáveis catastroficamente letais, as coisas não vão bem. Até quando os nossos algozes que vêem apenas no dinheiro o fim que dá significado à vida poderão se defender, se proteger daqueles que têm fome física mas têm, principalmente, fome de justiça?

Embora responsáveis por crimes cujas conseqüências todos sentimos na pele hoje em dia, os senhores da Inglaterra Vitoriana possuíam a honra pessoal em alta conta. No filme *O cadete Winslow* um pai gasta toda a sua fortuna para provar que seu filho não roubou 25 shilings. Essa "honra pessoal" a elite brasileira perdeu há muito tempo. Os poucos jornalistas sérios já esgotaram sua capacidade de insultar o poder. É como dar pontapés num cachorro morto. O poder perdeu a vergonha, se é que a teve algum dia. No momento a podridão neoliberal está tentando acabar com a podridão *heavy*; está queimando arquivos. Aparentemente somos governados pelo narcotráfico e pela corrupção. Não há ninguém para nos proteger de conhecidos delinqüentes como Fernandinho FHC, Malão, Grossinho, Fraguinha, Serrote, Malvadeza, Negão, Turco, Tapeias e tantos outros, cujos chefes moram nos Estados Unidos e que por sua vez têm chefes que ninguém sabe quem são. Não podemos contar com o poder para nada. Pergunto-me – sem grandes esperanças – se nós, brasileiros, teríamos forças para tentar acabar com o narcotráfico e a corrupção.

Diante dos milhões de reais gastos hipocritamente em propaganda governamental para "acabar" com o vício, creio que precisamos começar urgentemente uma campanha para a liberação, a legalização, o livre comércio, a compra e venda de drogas, das praticamente inofensivas como a maconha até as perigosas e eventualmente mortais como a cocaína e a heroína. Elas deveriam ser vendidas como o são os cigarros e o álcool. Seriam rotuladas com a exata descrição dos seus efeitos bons e maus para os consumidores. Teríamos anúncios em jornais, rádios, revistas, estações de TV. "Prefira cocaína Bandeirinha" – diria a jovem atriz. Aquele senhor barbudo e sorridente que quer nos convencer que os banqueiros nos amam cantaria as vantagens da "Branca de Neve" ou o ator que anuncia conhecido produto de limpeza nos convidaria a conhecer o "Mundo de Colômbia". Claro, em bulas bem legíveis, o Ministério da Saúde informaria dos males que a escura e a branca podem fazer à saúde. Poderíamos ainda ter uma legislação penal que fosse duplamente pesada para quem cometesse uma infração sob efeito de qualquer droga. O governo finge que faz propaganda contra a cocaína enquanto a TV apresenta em todos os canais filmes americanos nos quais as pessoas se drogam em qualquer lugar e a qualquer hora.

Não tirem conclusões falsamente moralizantes do meu texto. Em meus 61 anos de vida devo ter experimentado todo tipo de drogas e confesso que não gostei dos resultados. Hoje consumo apenas duas: cigarros e bebidas alcoólicas. Sei que todas elas têm efeitos nocivos e acho que as pessoas deveriam ser informadas desses efeitos de modo razoável e não tratadas como criminosos comuns. Parece-me bastante improvável que a legalização das drogas transforme os habitantes desta colônia em viciados irrecuperáveis se souberem de antemão e oficialmente as conseqüências do vício. Afinal de contas, são poucos os pobres que consomem drogas. Como já disse, ela é consumida pela cambada de ladrões ricos que nos exploram há tanto tempo. É preciso legalizar os estupefacientes para diminuir seu uso. Com ou sem proibição, algumas pessoas se tornarão dependentes (embora a cocaína seja um anestésico, ela não cria dependência física mas psicológica), assim como outras se tornarão alcoólatras. Meu alcoolismo jamais me impediu de fazer meu trabalho, mas se alguém me informar que tenho seis meses de vida, caso continue bebendo, pensarei duas vezes antes de tomar um chope.

Acredito que todo homem ou mulher deveria ter o direito legal de fazer o que quiser com sua vida, e isso inclui o direito de acabar com ela se lhe der na telha. Como a maioria, porém, não está a fim de se matar, acho que continuará lutando pela vida com ou sem legalização. De qualquer modo, proibir as pessoas de fazer o que querem, ou pensam que querem, apenas faz com que elas mais queiram o que é proibido. Vivi alguns anos na Dinamarca, onde as bebidas alcoólicas são taxadas em 200, 300%. Nunca vi tantos bêbados juntos. Assim que alguém põe um dinheiro no bolso vai para a bebida, pois amanhã talvez seja impossível comprar outra garrafa. Já em países onde o preço é proporcionalmente acessível, o número de alcoólatras é bem menor. Parece que essa visão psicológica do problema tem sido muito negligenciada.

Nos Estados Unidos, na década de 20 do século passado, um congresso com uma maioria de imbecis decidiu tirar o diabo (álcool) do corpo da população. Através da proibição, proporcionou a maior onda de crimes que aquele país já conheceu, bem como a morte de centenas de milhares de seres humanos que se envenenaram bebendo álcool clandestino. Além disso, graças à proibição do álcool, os traficantes de maconha e cocaína também deitaram e rolaram. É exatamente o que acontece no mundo hoje em dia. Em 1969, quando o FBI cortou pela metade a entrada de maconha no país, os traficantes viciaram crianças de escolas primárias em heroína e cocaína causando mortes incontáveis, principalmente em Nova York.

Perguntem a um traficante ou a um policial se ele está interessado na legalização dos narcóticos vendidos a pouco mais que o preço de custo. Claro que não. Tanto os bandidos como os "mocinhos" querem leis rigorosas. Se as drogas forem vendidas como o são as bebidas alcoólicas e os cigarros, os lucros diminuirão brutalmente. Ninguém contrabandeia drogas para um país onde a venda é legal. Se não houver dinheiro para o tráfico, não haverá traficantes dando amostras grátis a crianças em frente aos grupos escolares. Conseqüentemente, não haverá drogados matando e roubando para pagar o alto preço da mercadoria. A proibição das drogas, além do aspecto econômico (o negócio mais lucrativo do mundo, depois das armas e da religião), tem também um aspecto político. Aos americanos, os maiores consumidores, não interessa a legalização, pois não terão mais desculpas para invadir países como o México, a Bolívia e a Colômbia e ultrapassarem as fronteiras do Brasil que ninguém vigia e por onde passa a droga.

É claro que isso é um sonho. Quem vai querer legalizar um negócio que rende centenas de bilhões de dólares anualmente por baixo do pano para pagar impostos que poderiam reverter em favor da população? No dia em que as drogas forem legalizadas no Brasil e entrarem no rol de mercadorias do livre mercado neoliberal, a polícia entrará em greve e os traficantes terão de procurar outra ocupação, deixando os morros para os seus moradores, a maioria gente trabalhadora e decente que deu o azar de nascer no Brasil do Cheirando Collor e do Henriquecendo Cardoso.

Uma das poucas coisas que deram certo no mundo foi a campanha contra o fumo. Aliás, a frase "seja gentil com o fumante, ele vai morrer" é minha. No meu tempo, era raro o adolescente que não fumasse. Hoje é raro encontrar algum que fume. Com a maconha e a cocaína, ocorrerá o mesmo, não tenham dúvidas. É claro que o problema é também sociológico, político, econômico, social, religioso, educacional, mas por que não cercá-lo pelos cinco lados? Precisamos deixar de lado a hipocrisia e o falso moralismo e encarar o problema de frente antes que seja tarde demais. Desconfio, porém, que já é tarde demais.

A terra prometida

Quando os Estados Unidos ainda não haviam se apropriado do mundo e decidido que qualquer ato humano só tem sentido se der lucro financeiro, os produtores de Hollywood se davam ao luxo de produzir filmes cujo propósito, além de artístico, era o de interferir na realidade e modificá-la positivamente. Fitas para fazer pensar e não imbecilizar como ocorre hoje. Desses filmes, talvez o mais importante e o que mais comoveu o mundo foi *As vinhas da ira*, adaptação de Nunnally Johnson do romance de John Steinbeck, dirigida por John Ford, produção de 1940. A ação se passa em 1930, na época da depressão, e conta a história da miserável odisséia de um bando de pequenos fazendeiros do Sul e suas famílias. Por culpa dos bancos, das secas e da falta de dinheiro para máquinas agrícolas, eles vendem suas terras por qualquer preço e decidem ir para a Califórnia, onde, haviam sido informados, pagavam muito bem aos colhedores de laranjas. A Califórnia não era nenhum Eldorado, muitos agricultores, principalmente crianças, morrem de fome, são enganados por escroques, assassinados e presos pela polícia. O salário de um dia de trabalho de um homem colhendo frutas não é suficiente para pagar uma refeição e a esposa de um camponês mata a sua fome, dando-lhe o leite que seria para o filho que nasceu morto.

Corte para o Nordeste brasileiro, fim dos anos 50. No interior do Piauí, repórter da *Manchete*, encontrei num casebre uma mulher e duas crianças mortas de fome. Alguns metros adiante, na terra seca, estava o chefe da família, morto com uma enxada na mão. Alguns meses depois, no interior do Ceará, encontrei numa estrada uma mulher velha de seus trinta anos com três crianças. Uma menina, barrigudinha de impaludismo, de seus três anos, pulou nos meus braços. A mãe me disse na ocasião: "Quer levar, moço? Aqui ela não vai vingar". Um filme, produto de um tempo de ficção, comove o mundo às lágrimas. A realidade não comove ninguém. Nossa unha encravada é mais importante que o massacre de afegãos e palestinos. No Brasil nos estarrecemos quando um bando de integrantes do MST invade o "símbolo nacional" que é a fazenda dos filhos de Fernando Henrique, esse monarca debochado e patético que nunca passou fome, que nunca sofreu uma humilhação, que sempre teve tudo de mão beijada e passou a vida mentindo. Sou filho de camponeses e sei o que sofreram até serem obrigados a deixar alguns acres de terra seca num lugar chamado Buriti, no

Rio Grande do Sul, e buscar o refúgio no El Dorado que para eles era a cidade grande. Mas noto que tergiverso e aproveito para fazer um parágrafo.

Embora na marra e ao custo de incontáveis vidas humanas, os norte-americanos fizeram sua reforma agrária e só se aventuraram na indústria depois de terem a certeza de que sua agricultura era suficiente para alimentar toda a nação. No Brasil o presidente que quis dar dignidade ao trabalhador e defender seus direitos – Getúlio Vargas – foi forçado ao suicídio; o único presidente que pretendeu a reforma agrária – João Goulart, fazendeiro – foi destituído à força do seu cargo por um golpe de estado e morreu no exílio em circunstâncias não bem esclarecidas. Maneco Vargas era filho de Getúlio, fazendeiro *mesmo*, como o pai. Foi um excelente prefeito de Porto Alegre, e suicidou-se há alguns anos por causa de dívidas financeiras.

Todos nós, urbanóides de classe média, sabemos o quanto é angustiante esperar por algo a que temos direito, nos foi prometido – emprego, salário, promoção – e não cumprido ou saldado. Muita gente já matou ou já se suicidou à espera de uma justiça – principalmente a do trabalho – que não chega nunca. Imaginem a longa e amarga espera dos camponeses brasileiros. As oitenta famílias da região de Buritis, Minas Gerais, vêm esperando assentamento há dois anos. O governo, através do seu mentiroso ministro Raul Jungman, faz promessas na frente dos repórteres para não cumpri-las assim que eles viram as costas. Foram dezenas de reuniões, negociações e juras não cumpridas. Desesperados, os camponeses decidem ir até a fazenda dos príncipes cardosos (presente do papai e da mamãe?) reivindicar seus direitos. A encontram desguarnecida e resolvem cometer o CRIME MAIOR da nossa sociedade capitalista.

A literatura mundial está cheia de exemplos de andarilhos esfomeados que entram em castelos. Até Branca de Neve, que afinal de contas era princesa, não hesitou em invadir a casa dos sete anões para comer e descansar. Pois os camponeses (vejam só, nem telefonaram para pedir licença aos líderes) "macularam" o "símbolo nacional". Até parece que usaram o lábaro estrelado como papel higiênico. Diante de uma adega repleta de garrafas de champanhe, uísque escocês, conhaque francês, vodca russa e cachaça para milionários, o que fizeram esses criminosos subumanos? Fizeram o que qualquer criança faria se se visse na oficina de Papai Noel. Tomaram um porre, é claro, dançaram, telefonaram e – ofensa máxima – fizeram até pipi e cocô num dos muitos banheiros de mármore. Tiveram um dia de diversão – um único dia, meu Deus do Céu –, de grande alegria na vida deles. Foram à casa do rei para pressionar e não para invadir. Mas estranhamente não havia guardas no castelo e estranhamente também logo apareceu o Exército, e logo o ministro da Justiça Aloisio Nunes (segundo Nataniel Jebão um homem que já foi croto mas que encontrou o caminho do bem e tornou-se ex-croto) berrou à imprensa que "crimes" devem ser combatidos pela justiça federal. Pressão não é crime, rapaz, principalmente quando vem de baixo para cima! Logo também, o bravo e corajoso Jungman tenta comprometer o PT, alegando planos de campanha eleitoral. Logo ele que é candidato à presidência e não devia dizer uma bobagem dessas, pois lhe falta legitimidade.

Mas como bem sabemos, no Brasil os crimes não ficam impunes. Ingênuos, os camponeses acreditaram que não seriam presos. Assim que deixaram o santuário do símbolo pátrio, a maioria foi escorraçada e dezesseis seres humanos foram mantidos deitados no chão como animais perigosos, cobras ou jacarés. A imprensa fotografou tudo e as únicas duas pessoas que entendiam de reforma agrária – Maria de Oliveira, do Incra, e Gercino da Silva, desembargador e ouvidor agrário – pediram demissão no ato, horrorizadas com a falta de palavra do governo. Apanhado de surpresa, o próprio PT fez críticas severas aos membros do Movimento Sem Terra. Nós brasileiros sofremos há séculos uma lavagem cerebral tão constante e violenta que nos esquecemos de que as grandes propriedades são roubo em sua maioria; que a fazenda dos *príncipes* foi comprada com o sangue, o suor, a fome, o trabalho dos operários e dos camponeses.

Pergunto aos escandalizados: queriam que homens, mulheres e crianças rudes que da árvore da vida só receberam os frutos mais podres, seres humanos enganados, ludibriados, famintos e sedentos de justiça se comportassem como secretários do Itamaraty? Algo como "seria ousadia demais provar um pouco desse conhaque que custa apenas cinco salários mínimos?". Ou "seria ato de lesa-majestade utilizar o banheiro do príncipe para fazer pipi?". Será que foi assim que se comportou o povo enquanto marchava sobre o Louvre cantando a Marselhesa? Eram bem-educados, os revolucionários franceses? Derrubaram a tirania a golpes de brioches?

Semana passada, em São Paulo, durante a bela festa do *Pasquim21* no restaurante Walter Mancini, disse ao senador Suplicy que o PT havia se precipitado. No momento em que os algozes do povo (PSDB e PFL) se engalfinham é absurdo que o Partido dos Trabalhadores tente ser bombeiro a fim de conquistar os conservadores. A parte pensante da classe média, hoje em dia, vota na esquerda. A não-pensante, imbecilizada ou de má-fé jamais deixará de votar na direita. Vou votar em Lula, mas acho que neste momento ele precisa garantir o voto dos inconformados em vez de buscar os que jamais receberá. O Movimento dos Sem-Terra é legítimo e está certo em invadir e pressionar. Não será com ademanes diplomáticos que convencerá a Câmara e o Senado (dois terços têm propriedades agrárias, algumas verdadeiros miniestados europeus) a fazer a reforma agrária. Ser tolerante com os intolerantes é burrice.

Confesso que o governo de Fernando Henrique Cardoso me causa nojo e horror. Nada espero dele. Se quisesse mesmo fazer a reforma agrária em vez de proteger criminosos de colarinho branco (bem-educados conhecedores de vinhos) e financiar a TV Globo, a coisa toda seria muito simples. Bastaria pegar a lista com os nomes dos maiores latifundiários improdutivos do país e comprar-lhes as terras de acordo com o valor que declaram no imposto fiscal e territorial. Acreditem, sairia barato. Mas não, ao contrário do MST, que quer organizar os pobres e combinar os ideais camponeses com um governo popular, FHC quer ver a barbárie, pois quando ela ocorrer – ele bem sabe – já estará há muito tempo no inferno. Afinal de contas, o que quer José Rainha? Respondo: quer a mesma coisa que Moisés ao fugir com seu povo do Egito: a terra prometida.

A raça humana

E lá estavam eles há menos de dez dias numa bela manhã de primavera – *I love Paris every season* – no Hotel Meurice, suíte de três mil dólares. Eram pouco mais de trinta, cujas idades iam de vinte e cinco a setenta e tantos anos. Todos limpos, elegantes, barbeados, penteados, maquilados, manicurados e pedicurados. Se não contarmos as jóias, o custo da vestimenta de cada um não sairia por menos de cinco anos de trabalho de um riquixá de Bombaim ou de um camponês nordestino. Um homem comum e desprevenido pensaria estar numa espécie de Olimpo, onde os deuses exibiam-se uns aos outros. Mas não eram deuses nem humanos, pois há muito haviam perdido um requisito fundamental: a humanidade. Às vezes esquecem-se de que são mortais e que fazem cocô como todo mundo, os poderosos deslumbrados com o próprio poder e servos do Deus Grana. Nem sabem mais por que amam tanto o dinheiro. Só sabem que dele não abrem mão. O dinheiro que os pobres produzem é deles, segundo eles. Não está a serviço da sociedade humana. Está a serviço deles e por isso, por causa deles, o mundo é o que é: um inferno para três quartas partes dos terráqueos.

Se os brasileiros não fossem tão ignorantes, estariam orgulhosos. Os senhores da "nova ordem global" estavam reunidos no nababesco hotel parisiense simplesmente para comemorar os vinte e cinco anos do Brasilinvest, grupo capitaneado pelo paulista Mário Garnero. Do novo *board* de *advisors* do estabelecimento bancário cuja função é vender o Brasil fazem parte Nathaniel Rothschield (neto e herdeiro do barão), Walter Cohen, ex-secretário de Defesa americano, e nada menos que George Bush pai, ex-presidente da CIA, dono de poços de petróleo no Texas e, *last but not least*, ex-presidente dos Estados Unidos. A nota "humana" foi dada por Garnero, que ao passar a palavra a Cohen lembrou que o pai do homem fora padeiro. Não, minha senhora, Cohen era o único filho de padeiro, barbeiro, açougueiro ou qualquer outro profissional que ganha a vida trabalhando sem fazer mal a ninguém. Caso contrário, a *boutade* de Garnero não teria graça. Cohen, como uma espécie de semideus, um Hércules, teria entrado para o Olimpo por seus próprios esforços. Falou-se sobre a geopolítica neoliberal, um elogio aqui, um puxãozinho de orelhas ali, mas nada foi dito abertamente sobre a real função do Brasilinvest: fazer com que grandes empresas se instalem no Brasil, pois o "governo é nosso, a mão-de-obra é praticamente grátis e as responsabilidades sociais e fiscais são ridículas". Em verdade, essas transnacionais não investem no Brasil. O Brasil é que investe nelas.

Repartido o mundo, os donos dele foram a uma festa dada pelo megaempreiteiro francês Marc Pietri. Como vocês viram, tudo muito educado e gentil na "Reunião do Grupo do Meurice". Nada que lembrasse os corpos em decomposição sob os escombros de Jenin. Nada que lembrasse a Conferência Mundial sobre o Racismo realizada há tempos em Durban, na África do Sul, onde, quando surgiu a questão de se o sionismo é ou não uma forma de racismo, os Estados Unidos juntamente com Israel abandonaram o evento. Nada de surpreendente, uma vez que Israel votou com os Estados Unidos contra a Corte Internacional de Justiça de Haia, que exigia que o governo norte-americano parasse com o terrorismo na Nicarágua. Já nessa época o terceiro exército mais sofisticado do mundo (hoje é o segundo), Israel recebia armamento americano e exportava o excesso para a África do Sul. Os mais crescidos devem se lembrar de como um socialismo humanitário surgiria no Estado de Israel. Pois Israel juntamente com os Estados Unidos e o Uszbequistão votou contra o pedido de urgência da ONU para o fim do bloqueio a Cuba. Isso para não falar do apoio de Israel ao defunto Somoza.

Referi-me à reunião do Meurice e à de Durban porque o mundo está pasmo com o que acontece atualmente no Oriente Médio, e muitos idiotas estão tratando o conflito como se de uma partida de futebol se tratasse; como se torcessem para um time ou outro. De um lado os neonazistas loucos para alastrar o velho antijudaísmo. Do outro, boa parte dos israelenses e dos praticantes da religião judaica espalhados pelo mundo que acham que os campos de concentração nazistas justificam os métodos nazistas de Sharon. Vinte anos atrás escrevi um livro chamado *Palestinos: os judeus da III Guerra Mundial* no qual previa os acontecimentos atuais caso não se estabelecesse a paz entre Israel, país instalado, e a Palestina, país despaísado. Recebi ameaças de gente que odeia judeus e de gente que acha que os judeus podem tudo.

Creio que a coisa não é bem assim, e se quisermos devolver o humanismo à humanidade devemos refletir – o mundo pensante inteiro – para não perdermos a oportunidade de promover a vida pacífica entre os dois Estados; se não quisermos uma catástrofe mundial na qual o deus primeiro será o ódio enlouquecido. Reagir neurótica e emocionalmente é um crime. Se não quisermos destruir o planeta temos de partir do princípio de que só existe uma raça: a raça humana. Qualquer etnia que queira dominar outra está praticando o crime de racismo.

Uma vez estabelecida essa premissa, uma pergunta fundamental se apresenta: os judeus espalhados pelo mundo são brasileiros, franceses, alemães, italianos, marroquinos, turcos, argentinos, australianos que professam a religião judaica ou pertencem à raça judaica? Como não existe uma raça judaica mas sim descendentes dos caucasóides, dos australóides, dos mongolóides, dos capóides e dos congóides que viviam entre 40 e 11 mil anos atrás e que se espalharam e miscigenaram por todo o globo, dificilmente se poderá falar dos judeus como uma raça. Na melhor das hipóteses seriam árabes-judeus-sefaradins. Com a diáspora, porém, esses judeus orientais distribuíram-se pelo mundo e concentraram-se principalmente no Vale do Reno e na França. Depois das cruzadas emigraram para a Europa Eslávica (Lituânia, Polônia, Rússia etc.), onde miscigenaram com as populações locais adquirindo características físicas (pele clara, cabelos louros) mais caucasianas do que árabes. Representam hoje 80% da população judaica e mantêm o poder em Israel. São os ashkenazis. Logo, o argumento racial, pelo menos cientificamente, é inconvincente.

Seria, portanto, Israel um Estado religioso? Ora, qualquer Estado que se pretenda religioso ou racial enfrenta um problema: ou fecha suas fronteiras para quem não for da mesma (vá lá!) raça e religião, ou fatalmente terá de admitir que existem em seu território cidadãos de segunda e terceira categorias como em verdade o são os árabes, os palestinos e os árabes judeus que vivem em quase favelas em Israel. Se Israel não é um estado racial e nem religioso, por que não retorna a Faixa de Gaza e a Cisjordânia aos palestinos? Por que não se transforma num país como a maioria dos outros no mundo, *soi disant*, civilizado? Por que não se transforma numa democracia com direitos e deveres iguais para todos onde habita uma maioria de cidadãos que pratica a religião judaica, como no Brasil, onde a maioria é católica, ou como na Inglaterra, onde a maioria é anglicana? É que a questão, na superfície, é tratada como uma questão religiosa quando, na verdade, envolve poder colonial, econômico, político e o confisco de reservas de água e de petróleo assim que – como crônica de morte anunciada – os Estados Unidos começarem a bombardear o Iraque.

Nenhuma vida humana ou um país podem ser construídos sobre um clima emocional que só serve para esconder a verdade. E a verdade é que o Estado de Israel, segundo palavras de Ben Gurion, não teria se constituído (ou pelo menos tão rapidamente) sem o nazismo; sem o sacrifício de judeus, ciganos, comunistas, homossexuais, deficientes físicos (nesta ordem) na Alemanha e na Europa ocupada. Fora dela, na Rússia, morreram 20 milhões de soldados. Sempre fui de opinião de que o Estado de Israel deveria ter sido erguido sobre o Vale do Ruhr para que nunca mais os alemães esquecessem do genocídio que praticaram e para que ele nunca mais se repetisse. O movimento sionista de Herzl antes da guerra era incipiente. Enviavam, no máximo, mil judeus por ano à Palestina. O sionismo viu no holocausto um modo de apressar a oficialização do Estado. Entretanto, os horrores do nazismo só foram amplamente conhecidos muito depois do fim da guerra, e isso porque, na época – entre 1945 e 1960 –, os norte-americanos tinham interesse na cumplicidade da Alemanha de Adenauer contra outro inimigo. Não mais a Alemanha, mas a União Soviética e o comunismo. Ben Gurion, além de assinar um contrato de reparações com Adenauer, ainda declarou que a "Alemanha de hoje não é mais a Alemanha de ontem". Um dos assessores de Adenauer era Globke, um dos formuladores e promulgadores das leis raciais contra os judeus durante o nazismo. Enquanto diziam-se socialistas (coisa que os nazistas também haviam feito para confundir a opinião pública) os sionistas – durante o namoro EUA-Alemanha – contribuíram na perseguição de comunistas na América, muitos deles judeus, como o casal Rosenberg, condenado à morte.

Nathaniel Braia é um brasileiro judeu que nasceu no Rio de Janeiro, criou-se no Recife, aos 18 anos foi para Israel, onde cursou engenharia elétrica, retornando em 1977. Ele é autor do livro *O apartheid de Israel* (Editora Alfa&Omega), no qual demonstra, entre outras coisas, que há judeus sionistas e não-sionistas. Diz ele, a certa altura: "E assim gestou-se uma mentalidade colonialista desde o princípio das ocupações. Ela se mantém há cinco décadas e durante 34 anos mantém milhões de habitantes de outro povo sob ocupação militar, agredindo diariamente uma população civil".

Norman Finkelstein, professor da Universidade de Nova York e filho de sobreviventes do Gueto de Varsóvia, vai mais longe. Em seu livro *A indústria do holocausto* diz que os líderes sionistas têm por base "a falsificação e a exploração do genocídio nazista" para "desviar as críticas a Israel e sua política indefensável contra árabes e palestinos".

Noam Chomsky, em *O papel de Israel na política externa norte-americana*, publicou um diálogo registrado entre Moshe Dayan e Shimon Peres em 1967:

MD – Vocês (palestinos) devem continuar vivendo como cães, e qualquer um que queira pode sair. Nós veremos aonde este processo vai levar.

SP – É necessário considerar as questões morais.

MD – Ben Gurion disse que qualquer um que se aproxime da questão sionista de um aspecto moral não é um sionista.

Ainda segundo Nathaniel Braia, a posse de Sharon – e isso é importante –, "apesar dos crimes contra os palestinos, tem permitido desnudar para os judeus e para o mundo inteiro a dimensão e a gravidade da doença embutida na ideologia que serviu de base para a usurpação da Palestina. Através de Sharon podemos ver como a lógica promovida por essa ideologia está levando à deformação e à desumanização das instituições de Israel – principalmente o seu Exército – cada vez mais profundas e perigosas".

No momento em que escrevo este artigo tenho absoluta certeza de que a morte de Rabin, assassinado por um jovem israelense de extrema-direita, não foi em vão. Arafat, embora tenham lhe permitido a saída, continua em Ramallah. A Igreja da Natividade continua sitiada e a ONU, diante das exigências absurdas de Sharon, desistiu de enviar uma comissão internacional para verificar o que realmente aconteceu em Jenin. Deixo os leitores com as palavras corajosas e honestas de Nathaniel Braia, cujo livro recomendo àqueles que preferem a verdade que levará à harmonia entre palestinos e israelenses à mentira que conduzirá à tragédia:

"Não importa que assim como os regimes coloniais e imperialistas que afligiram outros povos, como a Índia, a China, a Coréia, o Vietnam; assim como o regime do *apartheid* na África do Sul e assim como o nazismo, o regime do *apartheid* israelense pareça tão forte e inexpugnável. A História já demonstrou (e a disposição do povo palestino demonstra) que as barreiras que ainda se interpõem entre o povo israelense e sua definitiva superação da ideologia racista logo serão ultrapassadas".

P. S.: Paris é uma festa para os diretores do Brasilinvest que resolveram esticar. No Brasil onde a única guerra é a do poder contra o povo, já morreram de fome, desde que vocês começaram a ler este artigo até aqui, mais de quinze crianças.

Malditas coincidências!

Eventualmente, um sujeito pode marcar um encontro com uma mulher para o dia seguinte na casa dela, em pleno carnaval carioca. Esse mesmo sujeito pode pegar um táxi e mandá-lo para a casa da mulher. Finalmente, pode ser que entre os milhares de táxis do Rio de Janeiro o sujeito apanhe exatamente aquele cujo motorista era o marido da mulher infiel. Pode, mas é difícil. Assim como é difícil o sujeito resolver se matar, jogar-se do décimo andar do prédio e cair sobre um outro sujeito que estava muito feliz da sua vida e matá-lo. Pode, mas é difícil.

Confesso que só acredito numa coincidência: a de contagem em física e que detecta dois eventos cósmicos que ocorrem simultaneamente. Na vida dos homens, elas podem até ocorrer, mas de um modo geral não servem para nada e não mudam grande coisa. O sujeito nascido em Braz de Pina vai ao Japão e lá encontra sua primeira namorada, que não via há cinqüenta anos embora ambos continuem morando no mesmo bairro. A possibilidade desse encontro afetar suas vidas e a vida das pessoas próximas a eles é infinitesimal. Apenas uma coincidência.

Décadas de jornalismo ensinaram-me que, pelo menos em política, não existem coincidências. Mais de 30 anos atrás, a atenção de todo o mundo estava voltada para a sorte dos astronautas do Apolo (já não sei se cinco ou seis) que corriam o risco de não retornarem à Terra. Nesse mesmo dia, os americanos invadiram o Camboja. Mais recentemente, a CIA estava desmoralizada, não recebia verbas do Congresso há muito tempo e seus agentes eram considerados assassinos a serviço do governo americano. O mundo estava em relativa paz e a indústria armamentista não estava lucrando o que costumava lucrar (corria faixa com o tráfico de drogas e a religião). De repente, não mais que de repente, dois aviões explodem as torres do World Trade Center (há dúvidas sobre a existência do avião que teria caído sobre o Pentágono) e o Congresso libera verbas altíssimas para a CIA e a indústria bélica passa à frente do tráfico de drogas em matéria de lucro. "Coincidentemente" Israel decide invadir a Faixa de Gaza e a Cisjordânia. Pressionado pelo mundo e "pressionado" por Washington, depois de acabar praticamente com a Autoridade Nacional Palestina, Sharon decide que discutirá a criação de um Estado palestino com Arafat. Ele é o homem forte de Israel, que se lixa para a CIA e para as pressões americanas, mas "coincidentemente" o seu partido, o Likud, vota contra as negociações e ele, coitadinho, é obrigado a se curvar às decisões do partido que domina. O *pitbull* vira *poodle* de divã num passe de mágica.

Tanto no Brasil como posteriormente no Chile, dois presidentes eleitos democraticamente pelo povo são pressionados a fazer reformas que assustam a embasbacada classe média. No Brasil tivemos o cabo Anselmo e no Chile parte do MIR que promovia greves cada vez mais violentas. No Chile mataram Allende com o beneplácito de Washington. No Brasil derrubaram Jango (que morreu alguns anos depois em circunstâncias misteriosas) exatamente na época em que navios de guerra americanos "coincidentemente" realizavam manobras perto das nossas águas territoriais.

Na época das *diretas já* fomos obrigados a engolir as indiretas. O departamento de Estado teve de reconhecer que o povo estava realmente de saco cheio com a ditadura militar. Tancredo, um homem bom e honesto (seu sobrinho Aécio tem mais dinheiro do que o velho conseguiu amealhar durante uma longa vida política), tentou ser palatável aos americanos. Mas não o foi o bastante e "coincidentemente" acabou morrendo no Hospital das Clínicas de Brasília. "Coincidentemente", seu vice é um homem de direita medíocre mas confiável, José Sarney, que inicia o ciclo de ditaduras brancas que continuamos sofrendo. O dono do Maranhão acaba seu mandato (conseguiu cinco anos graças à nossa elástica constituição) e o Pentágono não tem um homem confiável para ganhar e não quer saber nem de Lula, nem de Ulysses e nem de Brizola. "Coincidentemente", com todo o apoio da Rede Globo, surge o valente caçador de marajás, mais tarde conhecido como cocainista anal, Fernando Collor de Mello. "Coincidentemente" é *impichado* quando decide roubar mais do que a quadrilha que o criou. "Coincidentemente", também, PC Farias é assassinado.

No fim do segundo governo Brizola a garotada da favela se reúne e decide fazer arrastões em Ipanema. "Coincidentemente", uma hora antes dos arrastões, a TV Globo já estava com suas câmeras, gruas, aparelhos de áudio, repórteres e comentaristas, na praia de Ipanema aguardando o princípio do espetáculo. Lembram-se que o candidato de Brizola perdeu? Hoje, Benedita no governo, mais uma vez o Rio de Janeiro é palco de arrastões, luta de quadrilhas e até bombas contra secretarias. Coincidência?

Foi mais ou menos nessa época que compreendi onticamente o significado da expressão de McLuhan, "o meio é a mensagem". Amigos dinamarqueses haviam vindo me visitar na época do carnaval. Insistiram em ir a um baile no Scala pois, segundo viram na TV em Copenhague, dava muita mulher pelada. Mulheres peladas que, assim deduzi, eles pretendiam tentar comer depois do baile. Chegamos ao Scala e para nossa decepção havia meia dúzia de gatos pingados dançando no salão e umas quatro câmeras de

TV ocupavam o resto do espaço. Sobre uma mesa, cinco mulheres se revezavam para mostrar peitos e bumbuns para as câmeras. Em verdade, a TV não havia ido cobrir o baile. O baile é que acontecia por causa da TV. Quem estava vendo a coisa de casa pensava "que bacanal!".

Embora, como diz Millôr Fernandes, isso não se possa dizer com palavras, Chico Caruso, numa edição de *O Globo* da semana passada, provou que uma imagem pode valer mais que mil palavras. Sintetizou os oito anos de ditadura branca de Fernando Henrique Cardoso. Apresentou-o com plumas, paetês e um véu diáfano de várias cores e metros sobre um ônibus em movimento, como ocorreu no filme australiano sobre travestis *Priscila, a rainha do deserto*. Durante seus dois mandatos cumpriu apenas uma promessa: a que fez ao Consenso de Washington de vender o Brasil e curvar-se às ordens do FMI e das grandes transnacionais. Das promessas que fez ao povo (lembram-se daqueles cinco dedinhos bem manicurados que ele mostrava na TV?) sobre emprego, educação, transporte, saúde, moradia, não cumpriu nenhuma. Nunca o Brasil esteve tão faminto, tão desempregado, tão doente, tão parado, tão sem teto. Se fez alguma coisa além de cumprir a promessa aos gringos foi levar a classe média para as favelas e os favelados para o crime.

Muitas "coincidências" ocorreram sob a batuta do homem mais vaidoso do mundo (só perde para Madonna e Michael Jackson, que, aliás, não são homens) mas me limitarei a algumas. O Brasil inteiro sabia que algumas centenas de camponeses do Movimento dos Sem-Terra estavam acampados em Buritis (MG) perto da fazenda (vá lá!) dos filhos do presidente. O governo inteiro sabia que uma invasão era iminente. "Coincidentemente", no dia em que os camponeses foram à fazenda, não havia um guarda tomando conta. Invadida a propriedade e realizado o forró, forças do exército deslocaram-se para lá e um ministro apressou-se em pôr a culpa no PT. Entraram bem, pois o povo não acreditou.

Pouco tempo depois "coincidentemente" a Polícia Federal entrou no escritório da ex-candidata do PFL Roseana Sarney e descobriu quase dois milhões de reais mal lavados. "Coincidentemente", o autor da arapongagem era um publicitário ligado à cúpula do PSDB. Em seguida – surpresa das surpresas – outro ministro de FHC informa que o diretor da campanha de Serra encarregado de lavar o dinheiro da campanha de FHC em 94, Ricardo Sérgio, teria tentado extorquir alguns milhões de dólares de Steinbruch, o homem que comprou a Vale. O Ibope de Serra, que já era baixo, despenca.

Finalmente, depois de quase oito anos de governo, Fernando Henrique anuncia medida demagógica e que mereceria sério reestudo para poder ser levada a sério: 20% dos funcionários públicos federais terão de ser negros. Houve época em que os mulatos (como Machado de Assis e Nelson Carneiro) se diziam brancos. "Com essa medida" – disse-me uma amiga branca de cabelos bem crespos que há anos tenta conseguir um emprego público federal, tendo passado em vários concursos sem jamais ser chamada – "vou declarar em meus documentos que sou negra." Essa medida destrambelhada serviu apenas para diminuir o impacto de outra que viria dois dias depois: "Para cobrir prejuízo da não-votação da CPMF, Fernando Henrique corta um bilhão do Fundo de Pobreza". Pobres de qualquer cor, diga-se de passagem.

O candidato de Fernando Henrique e do PSDB, José Serra, vai mal. O próprio presidente já declarou: "Está difícil a candidatura do Serra". Ora, se vocês não entenderam, eu vou explicar claramente. Quem está por trás da invasão da fazenda? Quem está por trás da arapongagem no escritório de Murad? Quem está por trás da denúncia contra Ricardo Sérgio? O senhor que já foi um rapaz de esquerda mas que "coincidentemente" sempre teve boa vida no exílio; que "coincidentemente" recebeu aposentadoria de professor aos 39 anos, que "coincidentemente" deixou de ser marxista, socialista para ser neoliberal e sócio do PFL. Acertou quem disse FHC. A fazenda não era dele? Não é ele o chefe da Polícia Federal que descobriu o dinheiro sujo da Roseana? Não trabalhou para ele o Ricardo Sérgio? E Ricardo Sérgio não foi denunciado por um ministro dele?

A classe média precisa tomar vergonha e entender que seu inimigo não está à esquerda, coisa que, a esta altura, as próprias Forças Armadas já descobriram. No momento, os grandes jornais, rádios e canais de TV informam com destaque que Lula pode ser presidente no primeiro turno e pode mesmo e não há nada que o desabone e na minha opinião é o melhor candidato. Não se enganem, porém, leitores: a grande imprensa, sócia do poder, quer assustar os incautos. Muitas "coincidências" ainda surgirão nos próximos meses para queimar Lula e os outros. Por quê? Porque o autor das coincidências, VMRI dos Grandes Lábios Aroeiros, FH do Vosso C., como diz o cronista social Nataniel Jebão, quer eternizar-se no trono. Muito cuidado com as malditas "coincidências" que os jornalões e a TV passarão a noticiar de agora em diante. Qualquer descuido pode ser fatal!

Deus está chorando de vergonha

A religião judaico-cristã e a Igreja Católica são responsáveis pela mais longa noite de ignorância, superstição e miséria que já se abateu sobre a humanidade desde o surgimento do primeiro protozoário. É fácil conferir matematicamente que foram cometidos mais crimes em nome de Deus do que em qualquer outro nome. Deus, é claro, existindo ou não, nunca teve nada a ver com isso. Os ricos sempre o cafetinizaram para explorar os pobres, manter o poder e o dinheiro. Os pobres lutavam nas guerras e, caso se comportassem bem e pagassem seus impostos em dia, teriam alguma possibilidade de ir para o céu. Pois se Jesus que era Jesus sofreu tanto aqui na terra, por que os miseráveis não deveriam sofrer?

Somente na Renascença, quase 1.300 anos depois do Império Romano ter adotado a religião cristã, pois viu que o negócio era lucrativo, o mundo voltou a ver arte como a greco-romana. E, mesmo assim, com o *nihil-obstat* do papa de plantão. Somente no século 19 voltamos a ter pensadores como os gregos socráticos e pré-socráticos. Nada do que Einstein escreveu já não havia sido debatido por eles. Freud apoiou-se na tragédia grega. Até hoje o Direito Romano é matéria obrigatória nas universidades. E vieram as reformas de Calvino e de Lutero – e morreram pobres como moscas por toda a Europa. E vieram as descobertas – e jamais matou-se tantos seres humanos como nas três Américas. Tudo em nome de Deus.

Depois de centenas de pogroms e inquisições, com direito a corrupção e banhos de sangue, Deus tornou-se o Grande Axioma. Sua existência era tão óbvia como o ar que ainda respiramos. Católicos, protestantes, judeus, aristocratas, burgueses dividiam o dinheiro e o poder. Como exageraram um pouco na dose, nos anos 60 do século passado surgiu a Teoria da Libertação, que teve alguns sinceros defensores no Brasil, como Helder Câmara, os primos Lorscheider, Casaldáliga, Boff, Morelli, Arns e alguns poucos outros, cujo empenho, porém, não foi suficiente para transformar minimamente a situação social. A ditadura militar preparou o terreno para a ditadura neoliberal e jamais os pobres foram mais pobres e mais ignorantes do que hoje neste país. Nunca este país foi tão violento. Os pobres matam os pobres, e quando isso começa a afetar minimamente os mais ricos se providenciam marchas de protesto e acendem-se velas pedindo paz a alguma entidade que não conheço e que deve ser responsável por tudo o que acontece nesta nação desgraçada. O Coiso, provavelmente. Existem é claro pessoas bem-intencionadas, mas tem muito pilantra faturando algum em nome da paz, pobre menina a quem cortaram a língua.

Quando o Flamengo joga e ganha, encontro nas ruas pobres bêbados gritando "Mengo!". É o único momento em que eles se sentem parte de alguma coisa grande; alguma coisa campeã. É o momento em que a miséria se transveste de triste glória. Quando se pensava que ninguém conseguiria mais suportar essa abjeta prostituta cheia de lantejoulas em que transformaram a democracia, surgiram os evangélicos. Não a Igreja Evangélica Luterana na qual fui batizado, nem as velhas igrejas batista, metodista, mas a Igreja Evangélica Vigarista. Como a já não tanto Santa Madre Igreja cochilou, um bando de defraudadores (171s), um bando de perdedores, de hienas velhacas, frustradas e covardes, cansadas de deixar a melhor parte da presa para os leões, decidiu investir no povo. Nem foram originais os "bispos" Macedos e seus asseclas, pois apenas copiaram os vigaristas americanos como os "pastores" eletrônicos milionários Billy Graham e Jimmy Swaggart. Estes "acham" que o pobre Satã, e não a OMC, o BIRD, o FMI, o NAFTA e outras siglas sangrentas, é o responsável pelo processo de desumanização que o mundo atravessa.

Posso imaginar um filme de horror barato no qual Macedo chama seus frustrados acólitos, cujo "talento e gênio" jamais foram reconhecidos e que vivem num mundo de rancor e inveja, como o de Hitler antes do golpe na cervejaria. Diz ele:

– Os pobres e miseráveis precisam de uma Igreja. Nós seremos essa igreja.

– E isso dá dinheiro?

– Não existe ninguém tão pobre – responde Macedo – que não tenha um pouco de dinheiro para dar à família que o ama. Nós seremos a família do povo.

E surgiram os primeiros programas de TV e logo depois o dízimo. As pobres empregadas domésticas, além de informarem tudo o que acontece na casa dos patrões (a classe média que ainda pode se permitir a esse luxo de terceiro mundo), dão ao "bispo" e seus asseclas 10% do alto salário, e quem tiver mais fé paga mais porque maior será a recompensa.

Roberto Marinho, o homem mais poderoso do Brasil, sentiu a ameaça que a Igreja Universal representava e mostrou os malandros dividindo dinheiro num de seus "templos" espalhados pelo mundo. Hoje ela não é mais uma ameaça; é uma realidade: 45 deputados federais, alguns senadores, centenas de deputados estaduais e vereadores. São criminosos que se tornaram excelentes profissionais. Convenceram milhões de pessoas que, se rezarem, se comportarem direitinho, se não se masturbarem, não beberem e se, sobretudo, pagarem o dízimo, a vida vai melhorar. Quem poderia supor que depois dos militares, depois de Sarney, Collor e Fernando Henrique poderia surgir algo ainda mais sinistro? O jornal *O Globo* já não denuncia a fraude que poderá tomar o poder em 2002. Como não sou burro, só posso crer que os tiranos de ontem juntaram-se aos tiranos bregas, aos rasputins tropicais de hoje. Tive a impressão de ter visto alguns cupins saindo do nariz de Serra e caminhando por sua careca quando rezava com o pessoal da Assembléia de Deus em vez de explicar a comissão na venda da Vale do Rio Doce. Se a comissão era "legal" deveria ser distribuída entre o povo, ex-dono da siderúrgica.

Nada de melhor se pode dizer da moderna Igreja Católica que teve papel fundamental para a guinada do nosso pobre mundo em direção ao neoliberalismo, o novo nome do fascismo capitalista. Como Ney Sroulevich denuncia em seu belo artigo no *Jornal do Comércio* (quando dá condolências a Condoleeza Rice, fogueteira chefe de segurança nacional e assessora especial de Bush), já estão sendo governados pela direita Portugal, Espanha, Itália, Bélgica, Hungria e Áustria. A acomodada esquerda francesa recebeu o recado a tempo e conseguiu livrar a França das garras de Le Pen. Infelizmente, porém, com a ajuda da TV a cabo e das igrejas reacionárias, a Holanda, a Grécia, a Alemanha e a Polônia caminham para as próximas eleições em direção à direita. Descontente com o neoliberalismo, o povo, alienado pelos meios de comunicação, acaba votando na direita, pois a esquerda (veja-se aqui no Brasil, PPS e boa parte do PT) não fala uma linguagem clara colocando-se frontalmente contra a globalização.

O papa polonês que, ingenuamente cheguei a pensar, comandaria as legiões dos miseráveis – teria mais divisões que todos os exércitos do mundo – ajudou a acabar com qualquer resquício socialista no Leste Europeu e desmantelou a Teologia da Libertação na América Latina. Quando preparava-se para criticar o genocídio dos palestinos cometido por Sharon na Cisjordânia e na Faixa de Gaza (afinal de contas, estavam atirando contra o local onde Jesus teria nascido), foi surpreendido com a reportagem de gaveta da revista *Time* denunciando a pedofilia inclusive entre o alto clero norte-americano. Os judeus raciocinaram: "Que moral tem uma Igreja para condenar a morte de crianças na Palestina se seus padres usam sexualmente crianças católicas?". Acertaram na mosca, pois Vojtila passou a usar a técnica de FHC: "O quê? Quem? Onde? Não estou entendendo. Não é comigo".

Como diz o Ney, o mundo está de luto e a direita no poder quer acabar com a pobreza exterminando os pobres. E Deus? Creio honestamente que ele está envergonhado de suas criaturas. Deve estar chorando e logo, logo é capaz de encher o saco.

patifarias&vulgaridades@canalhices.com.br

Neste meu Rio de Janeiro, o estado mais politizado do Brasil, já aconteceram coisas estranhas que seriam inacreditáveis não fossem reais. Moreira Francamente Moreira prometeu acabar com o crime e a violência em seis meses e derrotou um humanista como Darcy Ribeiro. Se as coisas não piorarem ainda mais, o primeiro como tantos milionários mentirosos cairá no limbo do esquecimento e o segundo será estudado nas universidades. Darcy morreu e Moreira é um rico coitado, assessor especial de FHC. Recentemente, seu luxuoso apartamento na Lagoa foi assaltado por jovens musculosos que jamais foram presos. Aparentemente os assaltos dos quais ele entende são outros. Nada contra ele ser assaltado, mas com nossos impostos?

Os grandes jornais passaram a dedicar um espaço mínimo ao conflito no Oriente Médio e ao genocídio que os americanos estão cometendo no Afeganistão. As manchetes estão reservadas para a violência no Rio. A violência não diminuiu nem aumentou: apenas está sendo orquestrada e ganhou destaque na mídia. Assim como um dia foi Leonel Brizola, hoje a responsável pela violência é Benedita da Silva. O clima de terror é frenético e as notícias cada vez mais alarmantes. Isso vai piorar e muito até as eleições, pois vale tudo para não deixar o PT ganhar. Não se trata de um problema de política local. O que está em jogo são os interesses das grandes transnacionais com as quais FHC se comprometeu há mais de oito anos. Se o Brasil tornar-se um país independente os danos ao neoliberalismo serão irreversíveis.

O povo elegerá o candidato que fizer a melhor campanha mas no Brasil faz a melhor campanha quem tem mais dinheiro para gastar, quem tem o apoio do poder político e privado e quem mente mais despudoradamente. Por incrível que pareça estou quase otimista, pois pela primeira vez na minha vida – e creio que na vida do país – vejo a classe média tomar vergonha na cara; compreender que seu inimigo não está na esquerda mas na direita. A classe média sempre foi formadora de opinião. Espero que continue sendo; espero que o povo continue confiando nela, que tanto o despreza; espero que na hora da grande palhaçada eleitoral o povo não se deixe impressionar pelas piruetas do candidato do poder como se impressiona com as novelas da TV Globo, os programas pedófilo-infantis e os outros como *Big Brother* e *Casa dos Artistas*, dedicados à vulgaridade pura. Fernando Henrique, este vaidoso *office-boy* de Washington, este velho cabo Anselmo, esta criatura ferida de nauseabunda vaidade, está contando com isso. Ajoelhou perante o altar globalizante, sabe que terá de rezar.

Para os Cresos internacionais que nos dominam só existe uma religião, o mercado, e apenas um deus, o lucro. Tudo pode e deve ser feito em nome deles nem que para isso tenham que reduzir a arte e a ciência a bufonarias; nem que para isso tenham de atrasar ao máximo a evolução intelectual da humanidade. O pântano ideal onde esses monstros gostam de chafurdar apresenta impunidade, desinteresse do povo, corrupção sistêmica, justiça venal e omissão da imprensa. O negócio deles é vender e ter lucro e para isso precisam de um povo burro, que vem sendo imbecilizado desde 1964; um povo que passou da ditadura militar para a branca sem um intervalo para respirar para tomar conhecimento de si mesmo. O povo precisa ser crente: precisa acreditar num vigarista como o "bispo" Macedo e em qualquer porcaria anunciada pela televisão.

Nunca um projeto de um governo de estado foi tão atacado, tão ridicularizado, tão vilipendiado e caluniado quanto o dos Cieps. Hoje, quando o neoliberalismo (por incrível que pareça com a ajuda involuntária ou voluntária dos homens que derrubaram as torres de Manhattan) virou religião, é mais fácil entender o ódio aos Cieps. Imaginem escolas para crianças das seis da manhã às seis da tarde com direito a refeições, tratamento médico e dentário; escolas formando futuros cidadãos conscientes de seus direitos e deveres? Os nossos algozes – banqueiros, latifundiários, industriais, imprensa e mais os outros três poderes – tinham tanto medo dos Cieps quanto o vampiro de Bram Stoker tinha da cruz. Como alguém ousava querer lhes tirar o sustento nababesco, ou seja, a passividade e o conformismo do povo? E foi então que tiraram da cartola o Moreira Francamente Moreira.

Hoje, apesar da posição tranqüila de Lula nas pesquisas, a situação está mais a gosto do neoliberalismo. Acredito sinceramente que, se tornarem obrigatório no exame vestibular o conhecimento das quatro operações e apresentação de um ditado simples de umas vinte linhas sem erros de português, aumentará muito o número de vagas. É claro que não estou falando dos filhos dos ricos. Para estes existem os cursinhos preparatórios e as universidades federais e estaduais. Afinal de contas, precisam continuar o trabalho dos papais. A grande maioria dos estudantes, porém, acha que o computador produz cultura quando na verdade só transmite informação; acha que o computador forma quando na verdade ele só informa. Quem formava as crianças da minha infância eram os pais e os professores. Hoje os pais estão ausentes e as pobres professoras primárias não ganham para comprar um vestidinho decente, imaginem livros. Enfim, vivemos no paraíso dos canalhas. Vergonha das vergonhas: Nas primeiras décadas do século

20 tínhamos Chesterton, Bernard Shaw, Gide, Lampedusa, Pirandello, Proust, Monteiro Lobato, Mário de Andrade, Bertolt Brecht, Machado de Assis, Thomas Mann, Edmond Wilson, Chaplin, Jarry, Gordon Craig, Garcia Lorca, Fernando Pessoa, para ficarmos apenas no terreno das artes. No princípio do século 21 temos Paulo Coelho e Stephen King e os autores de novelas de TV.

Quem julgar que isso é apenas uma fase ou simples coincidência (não existem coincidências não-arquitetadas) está muito equivocado. O neoliberalismo não quer seres humanos em pleno uso de seu potencial. Quer vacas, consumidores passivos, gente que se deixa conduzir mesmo sem líderes; robôs famintos – mas não a ponto de não consumir. Eventualmente, alugo vídeos. Outro dia, graças ao controle remoto – entre perseguições automobilísticas, falsas trepadas, saídas de casa e entradas no carro, lutas corporais, *mother fuckers* e diálogos idiotas –, vi um filme de quase duas horas em quinze minutos. Perdi quinze minutos de vida. Esta é a qualidade de 90% dos filmes que nos são impostos pela TV. Não existem mais ironias, subentendidos, nuances, sutilezas, resquícios mínimos de humanidade. Qualquer apelo à inteligência do espectador é proibido. Caí na asneira de alugar uma refilmagem de *A sombra de uma dúvida*, uma das muitas obras-primas de Hitchcock. As frases inteligentes foram substituídas por clichês, a construção psicológica substituída por obviedades e os atores substituídos por bonecos falantes. O importante era que o espectador entendesse direitinho quem era o mocinho e quem era o bandido. Shakespeare, Molière, Ibsen, Tchecov, Strindberg, Wilde, Shaw e até mesmo Noel Coward morreriam de fome hoje em dia. A não ser, é claro, se fizessem como Antonio Maria nos primórdios da TV. Depois de reescrever três vezes um quadro humorístico para um produtor, deixou o texto na mesa do "gênio" com um recado: "Pior não sei fazer". Chovo no molhado mas insisto em dizer: qualquer arte subserviente a um mercado composto de imbecis é fraude. E tem sempre um patife para dizer: "É isso que o povo quer". Não, foi nisso que vocês o transformaram: uma mercadoria compradora de mercadorias – respondo ao patife.

Há um ditado gaúcho que diz "homem que chora e mula que sua atrás da orelha, cuidado com eles". Confesso que me comovo e choro com muita facilidade, o que não deixa de ser um tanto ridículo num sujeito com mais de um metro e noventa de altura e mais de cem quilos de peso. Confesso, porém, que a realidade me comove bem mais do que a ficção. Muitos anos atrás, em Roma, uma namorada me surpreendeu lendo um jornal enquanto as lágrimas corriam do meu rosto. Ela me disse:

– Nunca vi ninguém que chorasse lendo um jornal.

E olhem que era um jornal italiano com cujo povo eu pouco tinha a ver. Era, porém, um diário polêmico e os redatores escreviam com as vísceras; se indignavam, se comoviam, defendiam e acusavam com arte e sincera verdade. Pensei nisso tudo quando um leitor me disse recentemente:

– Acompanho o que você escreve há anos. Você era mais divertido, mais irônico. Hoje passa a impressão de que toma o que acontece no Brasil como um insulto pessoal.

Meditei sobre isso e cheguei à conclusão de que o leitor não estava longe da verdade. Hoje sou avô, estou com 61 anos, jornalista há 45, e sempre lutei contra a tirania do poder – sempre tentei imprimir um espírito de missão ao meu trabalho. Estou velho, cansado e com oito dentes a menos na boca. Por isso tudo acho que tomo realmente como um insulto pessoal o que fazem os homens que tiranizam o Brasil, humilham e escravizam o seu povo. Ao ler, como neste momento, a manchete de *O Globo* – ***"Violência é a segunda causa de morte no Brasil. Risco de ser assassinado é três vezes maior do que nos Estados Unidos"*** –, não posso evitar lágrimas de tristeza e ódio. Tristeza por ver um povo tão bom e gentil ser encurralado no beco sem saída do desespero. E ódio por aqueles que o encurralaram nesse beco. Talvez, se vivesse na Suécia, eu poderia produzir frases de efeito à la Wilde como "dêem-me o supérfluo e eu dispensarei o indispensável". Mas não estamos na Suécia; estamos num país que vem sendo destruído com deliberada precisão. Daí eu ser obrigado a tomar como uma afronta pessoal o que fazem com os mais fracos e usar este espaço para denunciar esses criminosos até exaurir todo o meu estarrecimento. E estamos mais pobres, pois João Amazonas morreu.

Em *The Importance of Being Earnest*, Wilde criou para o personagem central um primo fictício, Bumbery, o qual ele ia visitar sempre que a realidade tentava obrigá-lo a fazer coisas que não queria. "Sinto muito, mas não posso comparecer à sua festa, pois meu amigo Bumbery está muito doente e devo visitá-lo em York." Meu Bumbery é Nataniel Jebão, mas o colunista social enlouqueceu, como alguns já devem ter percebido, para que eu pudesse manter íntegra a minha raiva e indignação. Como dizia Drummond em relação ao elefante em que amava se disfarçar, "amanhã recomeço". Abaixo o neoliberalismo!

Meti-me numa trapalhada mas a causa é nobre!

Outro dia ganhei uma graninha no Jockey graças às patas ligeiras de *Manhã de Iparacay*, da firme condução de Jorge Gilmar e do excelente treinamento de Jorge Escobar. Voltei para casa num porre que encheria Edmond Wilson e Richard Burton (tanto o escritor e explorador como o ator e comedor de Elizabeth Taylor) de inveja. Fiz algumas ligações telefônicas e quando me dei conta já havia comprado a prazo uma passagem para Copenhague, escala em São Paulo e Londres. Uma semana na capital da Dinamarca e outra em Roma, duas cidades nas quais morei e as quais aprendi a amar. Na manhã seguinte, minha mulher informou-me da bravata, mas já era tarde.

Estou preocupado e vou explicar o porquê da minha preocupação. Na época pré-fernanda, quando o neoliberalismo apenas se aquecia com Sarney e FC de M., apesar da inflação, eu tinha condições de ir pelo menos uma vez por ano à Dinamarca para visitar minha filha mais moça e meu neto. Passei a crer que os grandes jornalões aliados a FH do Vosso C., como diz Nataniel Jebão, queriam me matar de fome. A verdade é que nos últimos sete anos simplesmente não consegui arranjar o dinheiro para viajar. E nesse meio tempo fui contemplado com outro neto, este já com seis anos e que ainda nem conheço. Tinha esperanças de receber 150 mil reais de precatório que venci num processo movido contra a Associação Roquette Pinto. O processo transitou em julgado e eu deveria receber há mais de cinco anos cerca de 150 mil reais, na época 150 mil dólares. Os advogados da União iam se revezando no Ministério Público, e tenho a impressão que a primeira coisa que faziam era colocar o meu processo para último lugar na ordenada burocracia kafkiana da nossa Justiça. Pensem bem: eu que ia receber 150 mil dólares só receberei – caso não morra antes e o Lula se eleja – 150 mil reais, graças ao milagre econômico produzido pelo homem tomado de nauseabunda vaidade. Realmente, Joseph K. adoraria essa história: a Justiça, além de não pagar na hora, na medida em que atrasa, vai também diminuindo o montante a ser pago à pobre vítima, no caso eu, jornalista pobre que deu o azar de nascer no Salvelindo.

Agora não posso voltar atrás. Se voltasse teria de pagar uma multa por não viajar. Ora, eu além de ter 1,93m de altura, tenho uma coluna dorsal extremamente rija e uma perna meio dura. Na medida em que meu corpo foi deteriorando, deterioraram também os serviços de bordo, para não falar das poltronas nas quais me sinto tão confortável quanto uma sardinha devidamente enlatada. Quando viajava por este país afora, principalmente na companhia de Ziraldo e Jaguar para propagar o velho *Pasquim*, os aviões não saíam enquanto eu não me acalmasse – tamanho o meu medão –, ou seja, enquanto não secasse pelo menos uma garrafa de uísque. Hoje as regras são outras: não se pode mais fumar, e se você tentar fazer isso no banheiro leva um esporro da aeromoça e se não gostar é capaz da polícia estar te esperando no aeroporto. Primeira classe, nem pensar, pois ela está muito acima da minha classe social e status econômico. De modo que munido de uma fiel garrafa de *White Horse* e de uma caixa de tranqüilizantes Lorax, preparo-me para enfrentar a embrulhada em que me meti, pois a causa é nobre.

Como velho quer privacidade e não gosta de ficar hospedado na casa de ninguém, dei alguns telefonemas para Copenhague e descobri que o hotel mais barato custa cem dólares por dia, quase o dobro do salário mínimo de um trabalhador brasileiro. E pior: estão todos localizados na zona barra pesadíssima da cidade, ou seja, atrás da *central railway station* onde entre dezenas de inferninhos e *porno-shops* se reúne a marginália da cidade.

No centro de Copenhague há uma estátua de um homem a cavalo com uma corneta na boca. Diz a lenda que ele tocará a corneta para toda a cidade ouvir no dia em que passar uma virgem com menos de 15 anos pela estátua. Até hoje o som da corneta não deu a graça do seu ar. Essa é uma das razões pelas quais o índice de prostituição na Dinamarca é mínimo. Mas ela existe evidentemente, caso contrário o que seria dos turistas, dos horrendos e principalmente dos turistas horrendos? Há dois tipos de prostitutas. As independentes que trabalham em alguns *night-clubs* e que durante o dia são mães, esposas e donas-de-casa que ajudam a reforçar a renda familiar com a única grana *free of taxes* do país. O segundo tipo de prostitutas, pelo menos no meu tempo, era controlado pelo crioléu americano e composto em sua maioria de jovens que vêm do campo em busca de aventuras. Logo, logo os crioulos que entravam no país com carteirinha de estudantes universitários caíam literalmente na pele das lourinhas de olhos claros de cristal. Acostumadas com a frieza da relação familiar nórdica, as moças eram presas fáceis dos cafifas que as enchiam de amor, carinho, presentes, música, porradas e heroína, nesta ordem. Quando já estavam completamente dependentes e sem vontade própria saíam para trabalhar.

Há alguns anos, quem desse um pulo ao bar Drop-inn, no centro da cidade, às três da tarde, veria um bando de Adises-Amins (ah, dizes a mim?) com muitas correntes, anéis de ouro, casacos de pele de lontra, enchendo a moringa (e olhem que a cerveja é caríssima e o preço sobe na medida em que sobe o teor alcoólico) e discutindo besteiras aos brados. Veria também, vez por outra, entrarem lourinhas, sentarem rapidamente na mesa dos cafifas e lhes passarem o dinheiro ganho nas últimas horas. Nas outras mesas, onde estavam sentados os dinamarqueses, escaparia um silencioso suspiro cheio de palavrões. Mas os escandinavos são civilizados demais para admitirem o seu racismo.

Nos últimos anos, com a tendência de controlar e legalizar as drogas e amaciar as punições, a tendência da prostituição também é diminuir. Além disso, essas moças estão todas cadastradas no Ministério da Saúde e do Trabalho. No primeiro para consultas médicas semanais a fim de que possam exercer a profissão e no segundo, onde estão registradas eufemisticamente como assistentes sociais, para que paguem o imposto de renda (o menor, cerca de 46%, uma vez que é difícil descobrir ao certo quanto ganham), ocasião em que o Estado transforma-se em gigolô. Graças à preocupação do governo com a mais velha profissão do mundo, a gigolotagem extra-oficial já deve ter sido reduzida drasticamente. Será muito difícil alguém apanhar gonorréia, AIDS ou qualquer outra doença de Vênus com uma prostituta escandinava. Já com as senhoras e moças de família, depois da entrada da pílula e do *woman's lib* no menu da burguesia, ser surpreendido por uma blenorragia de gancho, daquela tipo "daqui não saio, daqui ninguém me tira", não é coisa extremamente rara.

Se um quarto num hotel de terceira custa cem dólares também é verdade que o salário mínimo é de dois mil dólares e o salário desemprego de mil dólares. Também é verdade que um membro do parlamento, além de não poder exercer outra profissão, não pode receber mais de seis salários mínimos. Embora, no momento, a direita esteja no poder (no Brasil seria considerada extrema-esquerda), até agora não venderam o país e o índice de analfabetismo é zero. A educação, da elementar à superior, é uma das melhores do mundo. Um garoto que queira continuar estudando depois de terminar o curso secundário, mas seus pais querem que trabalhe para ajudar nas despesas, pode reivindicar uma bolsa em dinheiro que pagará via impostos, quando se formar e estiver exercendo uma profissão.

Infelizmente, a Dinamarca bobeou quando entrou para o Mercado Comum Europeu (perdeu por um voto) e bobeou ao permitir a entrada da TV a cabo com todo o lixo americano. Embora os espectadores sejam menos passivos do que os brasileiros, soube que o índice de violência que era zero aumentou enormemente depois disso. Vou verificar.

Na última vez em que estive hospedado na Istegade – barra pesada – encontrei na esquina uma loura encapotada de 1,80m de altura. Estávamos em pleno inverno e ela me pediu que lhe acendesse o cigarro. Demorou meio minuto para que eu descobrisse que se tratava de um travesti. Propus-lhe que nos encontrássemos para almoçar no dia seguinte e fizéssemos uma entrevista, ocasião em que discutiríamos Kierkegaard, Andersen, Niels Bohr e outros babados. Antes que ela pudesse responder, pintou ao nosso lado um anão caolho e um negão mais alto do que eu. Os dois perguntaram à boneca por que ela estava gastando tempo comigo. Ela explicou a situação e o anão virou-se para mim e disse:

– Sou o agente dela e ela está economizando para fazer a operação em Casablanca. Se você quiser uma entrevista, eu falo por ela e o preço é 500 coroas.

Ora, 500 coroas é o equivalente a cem dólares, o que é muita coisa para conhecer os segredos do *bas-fond* nórdico através de um anão caolho. Mandei-me e, de repente, me dou conta de que estou aqui jogando conversa fora quando deveria estar na rua comprando presentes para a minha filha e netos. Quando vocês lerem essas mal batucadas linhas eu estarei em Copenhague, e na volta informo as novidades. Passem bem.

Deus nadando dentro de um coco

Já fui daqueles comunistas ateus: *Deus não existe e fim de papo*. Coincidentemente – nem corno acredita mais em coincidência – na medida em que fui envelhecendo fui também me tornando mais e mais agnóstico. Deus pode existir ou não existir, mas as probabilidades de ele existir parecem-me bem maiores do que antigamente quando eu era mais burro do que sou hoje em dia. Quando um jovem comuna – que futuramente será banqueiro, industrial ou presidente da República – questiona-me sobre o meu agnosticismo, costumo dizer: " A existência ou não-existência de Deus não muda nada". Se ele não existir, vivemos no caos, o que explica tudo, inclusive o FHC, criatura ferida de nauseabunda vaidade. Se Deus existir, certamente, não será um canalha preocupado com meus ridículos pecados como o de roubar 100 dólares da bolsa de uma condessa riquíssima. E estou confessando o meu maior pecado. Se Deus existe irá atrás de presas maiores, responsáveis pelo sofrimento e morte de milhões de pessoas como Napoleão, Hitler, Stalin e FHC, para ficar nos tempos "modernos".

Mais que quaisquer outras, três coisas concorrem para a existência de Zeus, Tupã, Alá etc. (ele tem muitos nomes): o coco, o cavalo e a tangerina ou bergamota. Tangerina porque viriam de Tanger e bergamota porque viriam de Bérgamo. O coco surgiu muito antes do homem e por ele esperou para que pudesse fazer sua casa, seus botões, sua linha de pescar, suas cumbucas, suas roupas para matar fome e sede. Se não for obra de Deus, quem sabe o coco é o próprio Deus nadando dentro dele mesmo? O cavalo também surgiu muito antes do homem. E surgiu pequeno, do tamanho de um gato com cinco dedos em cada pata. Na medida em que esperava pela chegada do homem foi crescendo, e no lugar dos dedos, para suportar o peso, foram surgindo cascos até ele ficar do jeito que tem hoje. Quando surgiram na Terra, os homens eram muito burros no pior sentido. Tão burros que durante quase 500 anos mataram cavalos para comer-lhe a carne. Certo dia, um mais espertinho notou seu dorso; notou o sofisticado *design* do seu dorso e descobriu que aquele dorso estava pedindo para ser montado. Assim nasceu a maior associação da História da Humanidade; uma história de incríveis progressos e incríveis recuos à barbárie de tempos em tempos. Finalmente, a tangerina, tão frágil que parece um hímen. Qualquer outra criatura que tente descascar uma tangerina – até mesmo um macaco – fará bobagens. É preciso mãos sofisticadas para descascá-la sem deixar jorrar o sumo, mãos delicadas para separar e se deleitar ou degomar com cada gomo. Existem milhares de exemplos – é claro –, mas esses são os meus preferidos. Sempre que exista, Deus fez o homem perfeito. A imperfeição e a patifaria são invenções do homem. Não metam Deus no meio. Ah, eu falei do hímen. Como a crase, ele também não foi feito para humilhar ninguém. Limita-se a estar ali, entre as coxas, vulnerável e delicado. Cabe à dona das coxas decidir a hora certa de deixar alguém rompê-lo.

Se há uma hora em que deixo a condição de agnóstico para transformar-me em deísta, é dentro de um avião, e como vocês que me lêem bem sabem, neste momento ando viajando pela Europa. Viajando entre Copenhague e Roma, acabado o primeiro litro de uísque e o "Pai nosso que estás no Céu" continuei pensando em Deus. No momento pré-apocalíptico que vivemos surgiu um novo *bum* de Deus, esse mesmo que a ciência julgou ter matado quando Darwin enfiou o último prego no seu caixão. Não sei se todos esperam o mesmo Deus mas há fome de deus entre os mortos de fome, o que restou da classe média e até mesmo entre os ricos, os intelectuais e os cientistas. O deus que todos esperam deve ser sobrenatural e vir de outro mundo. A angústia e o vazio existenciais, a flor e o átomo não são mais suficientes. O pessoal quer apertar a mão de Deus e bater um papinho com ele. A própria classe dominante, eterna masturbadora do falo do poder, está cansada de morder o próprio rabo neoliberal. Quer meter Deus entre o rabo e a boca. Dizem, por exemplo, que a rainha da Dinamarca está convencida de que fala com Deus.

Nos anos 80, Umberto Eco achava que deus, para muitos, era o Super-Homem, também conhecido como Sidney Rezende ou Aroeira. Quando o Super apareceu nos anos 30 não foi difícil acreditar nele, pois podia ser provado cientificamente. Vinha de outro planeta, cuja gravidade era diversa da nossa e daí os superpoderes. Hoje ele seria o Homem Aranha. A seriedade com que ambos os filmes foram aceitos pela crítica, pelo público e o dinheiro que arrecadaram (arrecadam) fazem muita gente crer que o H-A é o filho do HOMEM. A Igreja andou assustando o poder há alguns anos com a Teologia da Libertação mas Vojtila logo deu um puxão de orelhas nos que levaram as palavras de Jesus a sério, mexeu uns pauzinhos aqui e ali e Deus voltou a tornar-se sócio do mercado. Seja para matar palestinos e afegãos, para roubar eleições, para cobrir a cara das mulheres talibãs, para tirar dinheiro dos pobres, para colocar dinheiro nos bolsos dos vigaristas da fé, Deus continua sendo um grande negócio. Isso para ficarmos apenas no mundo ocidental, onde Deus se distingue da sua criatura. Se entrarmos, porém, no mundo oriental, onde criador e criatura se confundem, teremos maharishes, pastores moons e outros gurus faturando em cima dos trouxas.

É, a barra tá suja. A CIA e os terroristas árabes derrubando torres em Manhattan, os judeus querendo fazer com os palestinos o que os alemães fizeram com eles, o Vaticano tendo de confessar que existe um número enorme de padres tarados, Alá louco para brigar com Vishna ali na fronteira da Índia com o Paquistão. Os pastores eletrônicos roubando dinheiro das empregadas domésticas e decidindo quem vai ser o próximo presidente do Brasil. Como dizem os geniais irmãos Caruso em seu show marxista (Karl, Harpo, Grouxo, Friedrich, Chico, Paulo, Zeppo e Gumo): "Ai, agora corra, corra antes que caia essa porra, ai, agora fuja, fuja antes que você morra".

E nessa busca por Deus o que fazem os intelectuais e os cientistas? Pode-se dizer em princípio que nem a macumba, nem a astrologia, nem o biorritmo e a psicanálise conseguem satisfazer a necessidade de um deus metafísico. É muito comum encontrar-se hoje em dia ex-ateus lendo roscares e declarando que a *Le Matin des Magiciens*, belo livro, é um lugar-comum. Paulo Coelho parece estar substituindo Freud e volta e meia aparece alguém na televisão dizendo que foi a Vênus dar uma trepadinha com um anão cabeçudo e voltou cinco minutos depois.

Embora metendo os pés pelas mãos, os meios de comunicação chamam a atenção para a crise das ideologias otimistas do progresso, seja a positivista-tecnológica que pretendia construir um mundo melhor com o auxílio da ciência, seja a materialista-histórica que pretendia uma sociedade mais humana através da intervenção revolucionária. A verdade é que num mundo pronto para explodir de uma hora para a outra, onde o choque entre a sociedade eletrônica avançada e o subproletariado é iminente, um manto de misticismo idiota parece envolver tudo e todos. O próprio terrorismo (sempre que atrás dele não esteja o neoliberalismo), aparentemente ligado ao materialismo histórico, parece repetir de forma violenta um *script* cinematográfico místico que exige um banho de sangue purificador. Como o homem do kro-magnon que sacrificava donzelas para que Deus lhe proporcionasse boa caça.

Para a maioria dos brasileiros ignorantes, mental e fisicamente prejudicados pelos ricos e seus meios de econômica exploração, só resta apelar para um deus que ela não consegue explicar, quando perde o amor de uma mulher, tem parentes próximos doentes e a seleção vai mal na Copa. Só lhe resta a angustiante intuição de que existe uma coisa que não foi produzida pelo homem; algo pela qual sente atração e repulsa ao mesmo tempo; um senso de horror e fascínio irresistíveis, um sentimento de inferioridade e um desejo de expiação. Nas religiões históricas esse sentimento tomou a forma de divindades terríveis. Para o homem comum do princípio do século 21 ainda desiludido com o fato da Lua não passar de uma praia suja e sem mar, Deus apresenta-se como um tenebroso vazio.

Pessoalmente conheço poucos espetáculos tão pobres e ridículos como o de um grupo de cientistas ou religiosos discutindo. São especialistas da matéria e do espírito e nada sabem da realidade. Há, porém, quem diga que o celular entre a fé e a ciência já foi ligado. Teriam sido os astrofísicos que, rejeitando o *bum* do belga, a varinha de condão do Deus do Gênesis e agarrando-se à teoria de Einstein (dizia-se religioso – talvez fosse gozação) de que o mundo está em constante expansão, declararam há tempos através de Robert Jastrow, ex-diretor da Nasa: "Nós cientistas escalamos montanhas. Quando chegamos ao topo nos debruçamos na última rocha e encontramos um bando de teólogos que já estavam lá há séculos". Sei lá, a lei da gravidade e minha angústia me amassam graças ao peso da minha gigantesca ignorância. Me dou conta de que estamos chegando ao aeroporto Leonardo da Vinci. Até aqui tudo bem, talvez graças ao meu "Pai Nosso". Tomara que o avião não exploda sobre o Palácio Vaticano.

Como tá, tá bão? (*)

Vencemos a Copa? Perdemos? Alguma coisa mudou? *Veja*, *IstoÉ*, *JB* e *O Globo* estão falando de raça e talento? Já crucificaram o Felipão e endeusaram o Romário? Ou vice-versa? Dêem uma olhada à volta de vocês e se perguntem: "Que porra é essa?". "Até quando vou continuar fazendo papel de palhaço?"

A história que lhes contarei a seguir poderia ter se passado há vinte anos, trinta anos. Hoje ela é lugar-comum, matéria piroquinha de cachorro, uma coluna em página interna. Atenção, portanto, atletas da pátria.

A mulher encontrou-o chorando sobre o jornal. Disse-lhe que não iria trabalhar e que o deixassem em paz. Três horas depois, ela voltou ao quarto e encontrou-o na mesma posição.

– Se pelo menos você dissesse o que tem, meu querido. Não quer que eu telefone para o doutor Sérgio Carneiro?

Lágrimas correndo pela cara, tentou explicar o que se passava em seu estômago, ao longo dos seus nervos, da sua espinha dorsal, essa coisa misteriosa chamada psique onde se esconde a memória. O máximo que conseguiu balbuciar como um desses personagens bem cretinos de telenovela foi:

– Não enche, benzinho. Me deixa em paz.

Pior aconteceu algumas horas mais tarde quando seu filho mais velho, de 17 anos, veio lhe pedir as chaves do carro.

– Rapaz, eu nunca te dei um tapa, mas se você vier me aporrinhar mais uma vez vais passar um mês arrumando os ossos.

E não era nem culpa da mulher ou dos filhos. Afinal, a mulher já nascera dentro de uma estrutura burguesa-aristocrática-tupiniquim de classe social bem definida. Quanto aos filhos, deixara que ela os educasse como fora educada: os melhores brinquedos, babás, escolas, roupas, clubes, viagens à Europa e o cacete a quatro.

Acontecera uns oito ou nove anos atrás. Durante o almoço com a mulher e os filhos, notara um menininho de seus sete, oito anos, grandes olhos negros numa cara magra como a de todos os meninos pobres. Tinha uma mancha cor-de-rosa na testa e fungava constantemente. Perguntou quem era e a mulher explicou tratar-se do filho da nova empregada, que não tinha com quem deixá-lo.

– Porra, ele deve estar com fome. Olhe a cara dele – Na hora não se deu conta de que falava do garoto como se ele não estivesse presente.

– Depois ele come com a mãe na cozinha.

Pensou em discutir com a mulher, mas acabou concluindo que era ridículo começar a revolução social na sala de jantar.

Mais tarde, quando escrevia seu artigo para o jornal, foi interrompido pelos gritos das crianças. Entrou no quarto imenso com trenzinhos, jogos de armar, revólveres espaciais, bonecas, personagens de Disney e Spielberg e outras sacanagens que sustentam as estruturas da sociedade ocidental cristã. Acuado, a um canto, estava o filho da empregada, tremendo de medo.

– É ele, papai! – disse a filha de sete anos. – Ele é sujo e não sabe brincar. Olha aí, quebrou a minha boneca!

O filho, pouco mais velho, deu razão à irmã.

– É verdade, papai, ele sujou todo o meu almanaque.

Na hora sentiu raiva de si mesmo por sentir raiva dos filhos. Acalmou-se e chamou as crianças para perto dele.

– Escutem, vocês têm brinquedos até demais, pôxa! Ele não tem nenhum. Pensem que se vocês não fossem filhos da mãe de vocês, poderiam ser filhos da empregada. Aí ele estaria com todos os brinquedos e vocês dois tremendo de medo no canto.

– Mas, papai...

– Não quero mais papo. Ele está aqui em casa e vocês vão tratá-lo como tratam todos os seus amiguinhos.

Vira nos olhos do menino a humilhação dos que necessitam, a humilhação de quem se sabe diferente. Também ele muito cedo fora presenteado com essa descoberta. Aos seis anos recebera uma bolsa de estudos para uma das escolas particulares mais caras da cidade. Bem cedo descobriu ser filho de pobres. Seu uniforme era desbotado e, nas festas de aniversário, o máximo que conseguia dar para seus coleguinhas ricos era uma caixa com seis lápis de cor. Não foi difícil para ele descobrir que sua mãe era diferente das mamães dos seus companheiros. Não era elegante, não sabia falar direito e nunca servia aquelas sobremesas gostosas. Ele aprendeu que era diferente, que era um pobre fodido que não devia aporrinhar seus amigos ricos. Aos sete já sentia vergonha dos pais.

No dia seguinte surpreendeu a empregada batendo no filho.

– Já te disse mais de mil vezes para não ir no quarto dos filhos da patroa! Você fica aqui na cozinha comigo e se eu te pegar lá dentro de novo, te tiro o couro.

Seus olhos encontraram-se com os olhos do garoto, que pediam socorro. Disse à empregada que deixasse o menino brincar com seus filhos, mas diante dos argumentos lógicos dela de que não poderia trabalhar com a barulheira das crianças optou pela solução mais cômoda: deu algum dinheiro para o guri comprar o revólver que mais lhe agradasse.

A situação foi se tornando cada vez mais insuportável e acabou explodindo quando um dos seus filhos fez aniversário e a casa encheu-se de amiguinhos, priminhos e mamães. De repente, o grito das mulheres confundiu-se com o choro das crianças. Correu até a sala decorada com balões e bandeirinhas e encontrou o filho da empregada brigando com três outros meninos. Separou a briga e foi informado por um guri sardento: "Ele não trouxe presente nenhum e quer brincar com a gente".

Pegou o menino pobre no colo e, para espanto da mulher e das outras mamães, foi com ele até o quarto das crianças.

– Apanhe tudo o que quiser....

– Não, obrigado, eu só queria brincar e depois ver o filme...

Misturou suas lágrimas com as do garoto e foi até a sala:

– Minhas senhoras, levem seus filhos para casa que a porra da festa acabou!

Na hora pensou: "Isso ainda vai me custar muita grana em psicanálise. Tremendo trauma que dei para meus filhos de presente."

Durante meses não se comentou outra coisa na escola dos filhos, mas na manhã seguinte ao "escândalo" acabou por concordar com a mulher que a empregada teria de ser demitida. Quando voltou do trabalho encontrou as duas se despedindo.

– Não se preocupe, dona Maria, eu compreendo. As crianças são assim mesmo. Além disso, eu tinha de acordar todos os dias às cinco horas para estar aqui às oito.

Cabisbaixo e fungando, o menino veio até ele.

– Quero te dizer que o senhor foi a pessoa mais boa que encontrei na vida.

Tirou um dinheiro do bolso e deu para o moleque. Naquela noite abriu uma garrafa de uísque e bebeu até cair desmaiado no sofá da sala.

Mas agora a mulher e os filhos batiam na porta do quarto.

– Abra, por favor, abra!

Abriu.

Antes que pudessem dizer alguma coisa passou o jornal para a mulher. Numa notícia, encabeçando uma fotografia de um menino com uma mancha cor-de-rosa na testa, podia-se ler: "Avião de 15 anos assassinado em tiroteio com a polícia".

– E daí? – perguntou a filha adolescente.

Levou mais de meia hora para que se lembrassem do filho da empregada. Depois de alguns minutos de silêncio, a mulher tentou confortá-lo.

– Mas não se torture assim, meu bem. Quanta gente nasce com manchas na testa! Vai ver não é nem ele.

Deu-se conta de que não se lembrava do nome do garoto enquanto dizia para todos, para si mesmo e para ninguém:

– Mas era um menino de 15 anos, não era?

P. S.: O asterisco ao lado do título é para lembrar uma cruel piada dos tempos da ditadura oficial. Um rapaz humilde estava sendo torturado no DOI CODI por vários meganhas mas não entregava os companheiros. Um dos canalhas virou-se para o chefe torturador e, apontando para o rapaz, corpo cheio de equimoses, disse: "Não adianta. Esse aí, só arrancando os colhões." E o torturado: "Não, como tá, tá bão". Eu pergunto: o Brasil perdeu, o Brasil ganhou, tá bom pra vocês também? A propósito, em outubro teremos eleições!

Um pouco de fé no meu ceticismo!

Sou um cético e um homem de fé. Cético na medida em que coloco uma prudente distância entre mim e a religião, principalmente a judaico-cristã, responsável por, pelo menos, mil anos de escuridão, medo e ignorância na História da Humanidade. Sou um homem de fé porque acredito no caráter e no destino do homem que acabará por vencer seus algozes e descobrir a verdade que a realidade teima em esconder graças aos arautos da mentira a serviço do sistema de senhores e escravos que diz que os últimos devem sofrer aqui na Terra para serem recompensados num hipotético reino dos céus.

Não acredito em inferno mas, caso ele exista, como disse um dos *ghost writers* de Kennedy – quando as pessoas ainda acreditavam numa América do Norte de grandes ideais humanísticos –, acho que os lugares mais quentes do reino das trevas estão reservados para aqueles que nos momentos de crise preferiram a neutralidade. Estão, é claro, reservados também para aqueles que se dizem religiosos profissionais e cujas igrejas são arapucas para tirar um pouco do quase nada que ganham os humildes. Vai daí que quando me falaram do arcebispo Robert M. Bowman, da Igreja Católica Unida com sede nos Estados Unidos, fiquei de pé atrás. Pensei: mais uma decepção como João Paulo II e os pastores eletrônicos. Depois de ver suas referências, entretanto, acabei por colocá-lo no mesmo panteão de alguns dos meus heróis religiosos, como Giordano Bruno, João XXIII, Malcom X, Dom Casaldáliga e poucos outros.

Bowman é presidente do Instituto para Estudos de Segurança Espacial. Recebeu as medalhas e prêmios Eisenhower, George F. Kennan, Aeronáutica, Sociedade dos Engenheiros Militares e o da Veteranos pela Paz, entre outros. Uma das maiores autoridades em espaço, ambientalismo e segurança nacional, até 1982 foi vice-presidente da Companhia de Comunicações Espaciais e diretor dos programas espaciais avançados da General Dynamics. Culminando uma carreira de 22 anos na Força Aérea Americana, o coronel Bowman – 122 missões de combate no Vietnam – foi diretor dos Programas Avançados da Força Aérea dos EUA, e nessa condição controlava uma verba de cerca de meio bilhão de dólares que incluía o projeto Guerra nas Estrelas. Deu conferências pelo mundo todo, inclusive na House of Lords do Parlamento Britânico. Na qualidade de religioso já pregou na catedral nacional e em inúmeras igrejas de seitas diversas, incluindo a católica, protestante, católica russa ortodoxa, em sinagogas e mesquitas. Um homem do sistema, vocês diriam e eu também, até ler a carta que enviou a Bush e que foi ignorada pela maioria da grande imprensa internacional mas encontrou abrigo em inúmeros portais da internet que eventualmente servem para alguma coisa. O título da carta é *Diga a verdade sobre terrorismo ao povo, Sr. Presidente.*

"Se as ilusões acerca do terrorismo não forem desfeitas a ameaça terrorista continuará até nos destruir completamente. A verdade é que nenhuma das nossas milhares de armas nucleares pode nos proteger. Nenhum sistema 'Guerra nas Estrelas' (não importam o avanço técnico nem os trilhões de dólares nele despejados) pode nos proteger de uma arma nuclear trazida num barco, avião, valise ou carro alugado. Nem mesmo os 270 bilhões de dólares gastos anualmente no chamado sistema de defesa podem nos proteger de uma bomba terrorista. Isto é um fato militar.

"Como tenente-coronel reformado e conferencista em assuntos de segurança nacional, tenho citado o salmo 33: 'Um rei não é salvo por seu poderoso exército como um guerreiro não é salvo por sua enorme força'. A reação óbvia é a seguinte: Não podemos fazer nada para proteger o nosso povo? Podemos. Para isso, porém, o povo precisa saber a verdade, Sr. Presidente, e o senhor não contou as razões pelas quais somos vítimas do terrorismo quando explicou porque bombardearíamos o Afeganistão e o Sudão.

"O sr. disse que somos alvos porque defendemos a democracia, a liberdade e os direitos humanos no mundo. Que absurdo, Sr. Presidente! Somos alvos dos terroristas porque na maior parte do mundo nosso governo defende a DITADURA, A ESCRAVIDÃO E A EXPLORAÇÃO HUMANA. Somos alvos dos terroristas porque somos odiados e somos odiados porque nosso governo faz coisas odiosas. Em quantos países os agentes do nosso governo depuseram líderes eleitos popularmente para substituí-los por marionetes desejosas de vender seu próprio povo a corporações multinacionais americanas? (*)

"Fizemos isso no Irã quando os Marines e a CIA depuseram Mossadegh porque pretendia nacionalizar a indústria do petróleo. Nós o substituímos pelo xá Reza Pahlevi. Armamos, treinamos e pagamos sua odiada guarda nacional SAVAK, que escravizou e brutalizou o povo iraniano para proteger os interesses financeiros das nossas companhias de petróleo. Será muito difícil descobrir por que os iranianos nos odeiam? Fizemos isso no Chile e no Vietnam. Estamos tentando fazer isso no Iraque. Quantas vezes fizemos isso na Nicarágua e em outras repúblicas da América Latina?

"Destituímos continuamente líderes populares que desejavam que as riquezas de suas terras fossem repartidas pelo povo que as gerou. Substituímos líderes populares por tiranos assassinos. Gente que venderia seu próprio povo para engordar suas contas particulares e permitir que as riquezas nacionais fossem tomadas pela Domino Sugar, a United Fruits, a Folgers e assim por diante.

"De país em país nosso governo obstruiu a democracia, sufocou a liberdade e pisoteou os direitos humanos. Por isso somos alvos dos terroristas. O povo do Canadá desfruta da democracia, da liberdade e dos direitos humanos, como o povo da Suécia e da Noruega. O senhor já ouviu falar de embaixadas canadenses, suecas ou norueguesas sendo bombardeadas? Nós não somos odiados porque praticamos a democracia, a liberdade e os direitos humanos. Somos odiados porque nosso governo nega essas coisas aos países do Terceiro Mundo, cujos recursos são cobiçados por nossas corporações multinacionais.

"Esse ódio que semeamos voltou-se contra nós. Ele nos assombra na forma de terrorismo. No futuro, se nada for feito, nos assombrará na forma de terrorismo nuclear. Uma vez dita a verdade sobre a razão da ameaça terrorista e ela for entendida, a solução se torna óbvia. Nós precisamos mudar nossas práticas. Livrarmo-nos das armas nucleares (unilateralmente, se necessário) melhorará nossa segurança. Alterar drasticamente nossa política externa irá assegurá-la.

"Em vez de enviar nossos filhos e filhas ao redor do mundo para matar árabes a fim de nos apossarmos do seu petróleo, deveríamos mandá-los para reconstruir a infra-estrutura dos países que dizimamos; deveríamos estar fornecendo água limpa às nossas vítimas e alimentando suas crianças famintas. Em vez de matar milhares de crianças iraquianas todos os dias com nossas sanções econômicas, deveríamos ajudar os iraquianos a reconstruir suas usinas elétricas, suas estações de tratamento de água, seus hospitais e todas as outras coisas que destruímos. Em vez de treinar terroristas e esquadrões da morte, deveríamos fechar a Escola das Américas. Em vez de sustentar a revolta, a desestabilização, o assassínio e o terror ao redor do mundo, deveríamos abolir a CIA e dar o dinheiro que gastamos com ela para as agências de assistência.

"Resumindo, deveríamos ser bons em vez de maus. Quem tentaria nos deter? Quem iria nos odiar? Quem iria nos bombardear? Esta é a verdade, Sr. Presidente, e é isto que o povo precisa ouvir."

(*) O asterisco foi para chamar a atenção dos leitores para um detalhe: nós brasileiros não somos nem governados por um presidente, mas por um capanga das grandes corporações multinacionais denunciadas por gente como Chomsky e Bowman. Essa marionete – mais preocupada com sua fazenda do que com a morte diária de milhares de pessoas – se chama Fernando Henrique Cardoso. Sei que sempre haverá alguém para dizer que ele foi eleito popularmente. Mas o que podíamos esperar depois de trinta anos de ditadura oficial e de ditadores brancos como Sarney e Collor? Depois que roubaram a cultura e a cidadania do povo e o condenaram à fome, à idiotia e às novelas de TV? A situação de apatia e ignorância chegou a um ponto em que partidos de esquerda e de direita já não se diferenciam. Minha esperança é que a classe média – essa coisa amorfa sem ideologia ou caráter – tome vergonha nas próximas eleições e eleja Lula – apesar da sombra do PL – ainda no primeiro turno.

Nem tudo que reluz é ouro

Semana passada, de mansito, como quem não quer nada, fiz um comentário sobre uma mulher que seria apedrejada em um país da África, cujo nome eu estaria sem saco para procurar pois o calor estava brabo. Depois disso dei uma verdadeira lição didática sobre o apedrejamento através da História. Em verdade, fiz um teste com os leitores. Fiquei imaginando o número de cartas e e-mails que receberia de leitores irados querendo fazer abajur dos meus países baixos, diante de tanta indiferença. Sou obrigado a confessar que os meus leitores são bem mais inteligentes do que eu imaginava. Por enquanto ainda não levei nenhum puxão de orelhas. A ironia difere do sarcasmo por ser poética e eventualmente metafórica. Já o sarcasmo tem apenas a intenção de ferir e ridicularizar. A ironia requer bom trato como cavalo corredor de 3.200 metros.

A função de quem escreve é comunicar, embora a maioria dos nossos jornalistas expresse muito bem sua incapacidade de se expressar. Verissimo há algumas semanas escreveu sobre isso quando recebeu umas pauladas de alguns fãs que levaram a sério um texto no qual ele ridicularizava os que achavam que Lula não podia tomar um vinho decente de vez em quando. Ponto para os meus leitores, portanto. Com o *laissez-faire* da semana passada quis apenas sublinhar o fato de que uma dor de dentes nossa nos aborrece mais do que a morte de dez milhões de pessoas em Ruanda, como ocorreu há pouco mais de dois anos; que o filho nosso (uma coisa praticamente impossível uma vez que as universidades viraram verdadeiras máquinas caça-níqueis) não ter passado no vestibular nos aborrece mais do que o fato do filho do vizinho do décimo andar estar morrendo de AIDS. São atitudes absolutamente erradas em relação à vida – mas que à força de repetição secular tornaram-se lugares-comuns. Brecht já advertia para que tomássemos cuidado com a aparente normalidade do lugar-comum.

Antes de falar sobre o drama – que, tenho certeza, não se transformará em tragédia – da jovem mãe solteira Amina Lawak, permitam-me mais algumas reflexões sobre a nossa "humanidade". Os nazistas mataram cerca de cinco milhões de judeus, comunistas, ciganos, homossexuais, retardados mentais, mas as *frau* Gertrud e os *herr* Karl não sabiam de nada, pois estavam mais preocupados com os estudos dos filhos. Nós, quando vemos um filme americano, ficamos horrorizados com o fato do povo saber da matança de índios em favor do progresso e não ter feito nada. Ora, na época do genocídio dos índios norte-americanos, os meios de comunicação eram precários. Pergunto eu: o que nós, brasileiros, estamos fazendo contra o genocídio dos nossos índios? Neste momento algum garimpeiro, alguma multinacional pode estar matando uma tribo inteira com seus hábitos, costumes, religiões e deuses. Quantos deuses já morreram impunemente nos último vinte anos? Haverá ainda na floresta amazônica algum lugar onde o índio possa se esconder do monstro branco?

A impressão que tenho é a de que quanto mais progredimos cientificamente mais egoístas e gananciosos nos tornamos. Farão a ganância, que leva filhos matarem pais, e o egoísmo parte do caráter humano? Se é assim, ele deve ser mudado e com urgência, e para isso precisamos compreender e cristalizar dentro de nós a idéia de que todos os homens e mulheres somos pais de todas as crianças do mundo, precisamos exercer no cotidiano os dez mandamentos e um outro que está inserido entre os dez e que só os cegos não enxergam: "De cada um de acordo com sua possibilidade e a cada um de acordo com sua necessidade".

Em sua belíssima peça *Aria da Capo*, Edna Saint Vincent Milay, cuja produção dinamarquesa tive a honra de dirigir há mais de vinte anos (olhem o pecado da vaidade botando a cabecinha de fora!), nos dá sua versão de como o homem teria sufocado o *ser* em função do *ter*. Em tempos imemoriais dois pastores muito amigos viviam numa planície. Embora a terra fosse comum e não houvesse sentido da propriedade, um morava no lado esquerdo e o outro morava no lado direito. Um dia tiveram uma discussão ridícula e deixaram de se falar por um dia. Nesse dia, o que morava no lado esquerdo descobriu umas pedras amarelas muito bonitas. Quando o do lado direito pediu sua parte, o da esquerda disse-lhe que elas estavam do seu lado. Pouco mais tarde, o da direita descobriu água e começou a trocá-la com ouro. Quando o ouro acabou, o da direita exigiu toda a terra em troca da água e o da esquerda passou a trabalhar para o da direita como acontece até hoje.

O que nos diz a alegoria de Edna, que chegou a ser amante de Edmond Wilson e, alma frágil e sensível que era, tornou-se alcoólatra e assim morreu? Ela nos diz simplesmente que nem tudo o que é legal é certo e que numa sociedade justa, na qual o homem e não o lucro fosse o fim que dá significado à vida humana, muitas coisas hoje consideradas legais seriam consideradas crimes. O salário mínimo (40% da população brasileira sobrevive com menos) é legal mas é um crime. A previdência social para a qual todos pagamos é legal mas seu serviço é criminoso. Homens como Sarney, Barbalho, Antonio Carlos Magalhães, que são donos de uma oitava parte das terras brasileiras, podem ser chamados de senadores mas em verdade são criminosos. Por outro lado a prostituição e o roubo são crimes e entretanto a televisão os incentiva ininterruptamente.

É claro que não chegamos a este inferno de um momento para o outro. Já enfrentamos tiranos, reis, imperadores, absolutismo, feudalismo, industrialismo, capitalismo e outros eufemismos para definir a minoria que nos governa, mas sempre demos um jeito de botar água no chope deles e pelo menos oficialmente a escravidão foi abolida. Entretanto, mais do que nunca, temos a sensação de que não somos donos do nosso destino. E temos essa sensação porque colaboramos com um sistema cruel que nos impede de nos preocuparmos com nenhuma outra coisa além do básico. No Brasil, particularmente, quando o povo começou a pensar em 1964, os Estados Unidos nos impuseram uma ditadura militar. Somente quando os americanos e seus capachos chegaram à conclusão de que o povo estava suficientemente imbecilizado – sem esporte, sem imprensa, sem arte, sem cultura – é que permitiram eleições diretas e operaram Tancredo no Hospital de Base.

Com exceção de alguns países escandinavos a classe dominante vive um impasse: se continuar impondo sua cultura desumana ao povo ele acabará por se revoltar violentamente, como vem ocorrendo. Logo, ignorância+violência=caos. A alternativa seria devolver a cultura ao povo e torná-lo senhor do seu destino, mas, neste caso, ele saberia dos seus direitos e deveres e expulsaria a pontapés a minoria que o oprime. Alguém já disse que o povo é uma hidra de mil cabeças e em parte é verdade, e sua capacidade de reprodução se deve à falta de educação e de cultura. A verdadeira hidra de Lerna é a classe dominante que encontra sempre maneiras – guerra, tráfico, patriotismo, racismo, religião – de manter o povo alienado. Errado não é o povo querer casa, comida, saúde, transporte, educação, emprego e dignidade. Errado e criminoso (nosso presidente FHC é um homem riquíssimo) é uma minoria ter isso tudo de mão beijada e não abrir mão de nada; ao contrário, querer que o homem se contente com esse destino e castigá-lo caso se revolte. Mas voltemos ao caso da nigeriana Amina Lowak.

É claro que acho um absurdo ela ter sido condenada ao apedrejamento por ter tido um filho fora do casamento. Mesmo sendo muçulmana, o pecado jamais pode ser considerado um crime. O pecado tem a ver com a religião e o crime com o Estado. Daí a loucura de termos no século 21 países onde a religião tem predominância sobre o Estado, como Nigéria e Israel, onde ainda circuncidam os bebês do sexo masculino, o que pode ser legal mas deveria ser considerado um crime. Depois de sugarem durante centenas de anos os países africanos, os países europeus resolveram dar-lhes uma independência marca fantasia, pois permaneceram com as maiores indústrias. Concederam a independência a esses países como a princesa Isabel concedeu a "liberdade" aos negros no Brasil, largando-os sem calça no meio das ruas. Chefes tribais ignorantes transfomaram-se em aiatolás e interpretam o Corão literalmente, ou seja, como alguns leitores de *O Globo* passam batidos pela ironia e pela metáfora. Casos de apedrejamento como esse a que Amina foi condenada ocorrem há centenas de anos mas nunca fomos informados, pois isso não interessava às agências ocidentais. As agências soviéticas mentiam para os habitantes dos seus satélites e as agências americanas, alemãs, inglesas, francesas mentiam para o resto do mundo. Hoje, como interessa aos Estados Unidos demonstrar o barbarismo muçulmano, o drama de Amina não sai da mídia. Ao contrário do que ocorreu com o casal Rosemberg e Caryl Chessman, ela não será executada. Ela é parte do escambo. As autoridades nigerianas querem ser ouvidas e receber algo em troca pela libertação da moça.

A interpretação literal de textos religiosos escritos há milhares de anos já teria coberto boa parte do planeta de sangue caso ele tivesse a capacidade de permanecer na superfície em vez de integrar-se à terra. Um dos sete pecados capitais, por exemplo, é a gula. Por quê? Ora, nas antiquíssimas comunidades rurais, em época de penúria, o guloso queria comer a parte do vizinho. Essas leis religiosas, como a ira, a luxúria, a inveja, foram feitas para manter as comunidades em paz, pois uns dependiam dos outros. Em verdade eram leis religiosas socialistas. Não cobiçar a mulher do próximo, por quê? Ora, porque isso criaria a desarmonia entre uma sociedade na qual não se podia dispensar o trabalho de ninguém. Ele era coletivo e o bem, comum. Interpretar essas leis literalmente, isso sim, é crime.

Enfim, o admirável mundo novo chegou a um ponto de progresso onde Bush pode ver qualquer pessoa em solo americano fazendo pipi sem que ela perceba. Tudo isso como desculpa de combate ao terrorismo e sob os aplausos de americanos "patriotas" imbecis que, afinal de contas, vêem na televisão as mesmas porcarias que nós. O que Bush não sabe é que enquanto ele espia os "terroristas" os donos da informação o espiam. Vários impérios do mal dentro do império do mal. Sai dessa, Lula, expulsa os vendilhões do templo e – apenas uma sugestão – convida o Brizola para ministro da Educação e dá a ele carta branca e condições para distribuir Cieps pelo Brasil inteiro. Nenhuma criança na rua, todas estudando em tempo integral com três refeições diárias e mais cuidados médicos. É assim que se fazem cidadãos para uma democracia. Os recursos estão aí mesmo: debaixo da terra que é nossa e dentro do bolso dos banqueiros, dos latifundiários, dos industriais, dos canalhas em geral.

Como dói a proteção ambiental de FHC!

Semana passada surpreendi num dos três mil canais da NET Fernando Henrique dando uma palestra a um pequeno auditório, provavelmente no próprio palácio. Quando a câmera se aproximou, ressaltando seus cabelos argênteos e seus lábios dançarinos, bateu-me a certeza de que aquele homem mentia pelo prazer da mentira. Não vai nisso nenhum insulto aos mitômanos patológicos que mentem sem se darem conta do que estão fazendo. O presidente do Brasil e *office-boy* dos Estados Unidos extrai prazer da mentira. Extrai prazer da sua impunidade. Pinóquio, o Barão de Münchausen e até mesmo o pastorzinho que mentia para chamar a atenção nos divertiam. Fernando Henrique Cardoso, porém, é chato, de uma chatura titânica. Sabe que as pessoas não acreditam nele mas sabe também que as pessoas não podem fazer nada e isso quase o leva ao orgasmo. Quando a câmera focalizou a platéia, foi fácil ver que o auditório estava literalmente de saco cheio. Enquanto uns cruzavam e descruzavam as pernas, outros olhavam para um ponto imaginário na distância e muitos usavam os joelhos como tambor de seus dedos impacientes. Os que percebiam que estavam sendo focalizados tratavam de voltar imediatamente a atenção para o palestrante. Minhas palavras poderiam ilustrar a afirmação de Sacha Guitry de que uma das mentiras mais interessantes é a de fazer crer que acreditamos naquele que nos mente. Nessa palestra de Fernando Henrique isso certamente não aconteceu. A situação absurda era a seguinte: ele fingia dizer a verdade sabendo que ninguém acreditava nele e a platéia fingia acreditar nele sabendo que ele disso sabia. Uma comédia de equívocos previamente ensaiada. Carlos Cachaça é que sabia das coisas: "Nosso amor é tão bonito. Você finge que me ama e eu finjo que acredito".

FHC falava da importância da ecologia e do meio ambiente, que defenderia na sua próxima viagem à África do Sul. Dizia que a cultura em relação à questão havia mudado e que era preciso martelar isso nos ouvidos das pessoas para que elas tomassem consciência. Eu, entretanto, ouvi outro discurso mais ou menos assim: "Em oito anos de desgoverno e subserviência aos interesses das grandes transnacionais, concluí com êxito o trabalho iniciado pela ditadura em 1964. Imbecilizei o povo tão completamente que ele já nem de futebol entende. Maltratei tanto a classe média que ela está mais interessada em arranjar um emprego do que em política". Era isso o que eu ouvia sair dos lábios milongueiros desse homem ferido de pegajosa vaidade. Por um instante doloroso, dei-me conta de que estava vendo um homem que dizia: "Cumpri o que prometi. Vendi o Brasil". Se essa promessa foi feita em 64 ou em 84 talvez a História nos conte daqui a cinqüenta anos, quando ninguém poderá fazer mais nada.

Como, ao contrário da infeliz platéia, eu não era obrigado a ficar ouvindo mentiras naquele estilo fernandês "olhem como sou simples na minha genialidade", desliguei a TV mas resolvi conferir o que o "*gran burlador*" fez em oito anos em matéria de proteção ao meio ambiente. Em verdade, fez alguma coisa. Por meio de decretos e medidas provisórias (que tanto combateu na época do Sarney e Collor mas acabou editando até agora 5.491, contra 289 do maranhense e do alagoano), ele desmontou a legislação ambiental existente no país. Com isso debilitou a proteção às florestas e ao cerrado, o que aumentou enormemente o desmatamento, as queimadas e a exploração descontrolada de madeiras no Amazonas.

O rombo causado pelo festival de fraudes transamazônicas na Superintendência de Desenvolvimento da Amazônia, a SUDAM, no período de 94 a 99, ultrapassou os dois bilhões de reais. Graças a isso, o ex-presidente do Senado, Jáder Barbalho, teve de renunciar ao seu mandato, mas este homem, que é um dos maiores ladrões do Brasil, logo estará de volta, e nesta campanha eleitoral pede votos para Serra. Se pedisse para Ciro, seria a mesma coisa. O importante, em termos de meio ambiente, é que, em vez de colocar os culpados na cadeia, FHC preferiu extinguir o órgão desempregando motoristas, contínuos, faxineiras que não tinham nada a ver com o peixe podre. Aliás, quando descobriu-se que a SUDENE emitia notas fiscais frias para comprovar recursos de mais de 1,4 bilhão de reais jamais aplicados na região, FHC fez a mesma coisa: fechou o órgão e os bandidos continuam em liberdade.

Na tentativa de vender a Petrobras e desmoralizá-la, FHC pouco se importou com a série de acidentes ambientais provocados pela estatal na sua gestão e que viraram notícia na imprensa mundial. Entre eles: vazamentos de óleo na Baía da Guanabara (certamente para alegria da fauna marinha) e no rio Iguaçu, no Paraná. Uma das maiores plataformas de petróleo, a P-36, afundou na Bacia de Campos causando a morte de 11 trabalhadores. Isso para não falar dos acidentes de trabalho na companhia de exploração petrolífera que mataram centenas de empregados. Como os seres humanos, por enquanto, não correm riscos imediatos de extinção, FHC não tomou nenhuma providência.

Se considerarmos como proteção ambiental a proteção a qualquer tipo de vida, o governo Fernando Henrique contribuiu na proteção do *aedes aegypti*, o mosquito transmissor da dengue. O ex-ministro da saúde, senador

José Serra, companheiro de exílio e de croissant de FHC, demitiu 6.000 mata-mosquitos contratados para eliminar os focos da praga. Se considerarmos proteção ambiental a proteção às agências de publicidade e aos meios de comunicação, podemos dizer que o Ministério da Saúde de FHC gastou apenas em 2001 mais de 82 milhões de reais em propaganda e apenas três milhões em campanhas educativas de combate à dengue. Oficialmente, somente o Rio de Janeiro registrou 207.521 casos de dengue e 63 mortes. Como a maioria dos casos e das mortes não foram notificados podemos triplicar esses números.

Quem parece não entender os esforços de FHC na proteção do meio ambiente é a Anistia Internacional, que não se conforma com o massacre de Eldorado, quando 11 sem-terra foram assassinados pela polícia militar. Graças aos crimes das polícias civil e militar, dos esquadrões da morte, a entidade denunciou o governo FHC de violação de direitos humanos. Declaram textualmente os investigadores da Anistia: "O Brasil é um país onde as práticas generalizadas de tortura e maus-tratos prevalecem nas prisões".

A esta altura, o leitor estará se perguntando: "Mas Fernando Henrique não fez nada pela ecologia?". Fez, digo eu. Mandou fazer uma festa em Porto Seguro, na Bahia, pelo aniversário de 500 anos da descoberta do Brasil. Nessa festa que custou os olhos das caras de vocês, organizada pelo ministro La Greca (PFL do Paraná), o navio, réplica da caravela, afundou. A diversão, entretanto, não ficou só nisso. Índios e sem-terra apanharam da polícia porque queriam participar do forró que era *for all* menos para eles. Nem tudo, porém, foi fiasco, e houve gente que lucrou com o aniversário do Salvelindo: Paulo Henrique Cardoso, o filho do rei, ficou um pouco mais rico graças ao superfaturamento da construção do estande brasileiro na Feira de Hannover no ano 2000.

No momento, FHC protege o meio ambiente lutando para que os Estados Unidos obtenham permissão para usar a base de lançamentos espaciais de Alcântara, no Maranhão. É tão subserviente com os poderosos quanto é arrogante com os humildes, o nosso FHC. Aceitou as condições dos americanos de que suas áreas de depósito material sejam interditadas para as autoridades brasileiras. Além disso, apesar do "favorzinho" os brasileiros não terão acesso às novas tecnologias e só poderão se relacionar, nessa área, com os países indicados pelos americanos.

O homem mente, é chato, vaidoso, perigoso e pode enlouquecer a qualquer momento. Ainda não disse mas deve achar que aumentou o preço da gasolina e do gás de cozinha para combater a poluição. O candidato dele à Presidência da República é José Serra, mas podem chamá-lo de Ciro Gomes. Como diria a Serra o nefando cronista social Nataniel Jebão: "*Sorry, Joe, it's only business*". Quem traiu todo um povo (menos o Eduardo Jorge, que poderia botá-lo na cadeia), por que não trairia o próprio partido?

Cadeia para FHC!

Pergunto-me se vocês, como eu, também não se sentem incômodos dentro desta roupa de palhaço; se, como eu, lágrimas escorrendo, também não tentam apagar do rosto este sorriso patético, estes olhos enormes que tudo vêem. Pergunto-me se, como eu, tentam gritar apenas para descobrir – horrível pesadelo – que lhes extirparam as cordas vocais. Nesta época de eleições, principalmente, a impressão que tenho é a de que os partidos políticos e seus candidatos aplicaram-me uma injeção paralisante. Conscientemente, vejo-os retalhando as minhas vísceras, mijando na minha alma, estrangulando meu coração, sem que eu possa reagir. Esses açougueiros, enquanto exercem a sua função sinistra, ignoram minha dor e meu sofrimento; contam piadas entre si, o que torna a coisa toda mais absurda.

Leio nos jornais que Ciro Gomes jura a Fernando Henrique que não promoverá caça às bruxas no seu governo. O que quer dizer isso? – me pergunto –, pois metade das bruxas estão na sua campanha. Leio nos jornais que Lula concorda em 90% com a FIESP. O que quer dizer isso? – me pergunto. Se é para concordar com os patrões que pagam salário mínimo para operários mortos de fome, para que um PT? Leio nos jornais que Garotinho vai pedir mais doações para os pobres, os desiludidos, os doentes, os paralíticos, os cegos à espera de um milagre. Finalmente, leio nos jornais que Serra pode vencer pois tem mais tempo na TV. Para quê? Para explicar que teve de matar os cariocas de dengue porque o dinheiro da saúde estava destinado a grampear telefones?

Essa gente deve se divertir muito conosco. O que eles não dizem pois ainda não têm certeza da nossa total loucura, alienação e subserviência é o seguinte: "Política é para nós. Política é para profissionais. Não se metam nisso. Vocês não entendem as regras do jogo. O papel de vocês é votar e tanto faz votarem num candidato ou noutro, pois se nós não somos exatamente iguais somos muito parecidos. Não acreditam? Pois então digam onde está a esquerda, a direita e o centro, seus trouxas. Onde estão os ladrões e os honestos? Botamos tudo num liqüidificador e está cada vez mais difícil distinguir os mocinhos dos bandidos, não é mesmo? Não importa em quem vocês votarem, pois ganhando ou perdendo o nosso partido, estando ele no governo ou não, nós os políticos estaremos no Executivo, no Legislativo e no Judiciário. Oposição ou governo, não mudamos nunca. Somos essencialmente os mesmos e é claro que só insultamos uns aos outros porque essas foram as falas que recebemos. Eventualmente, entra algum novato mas é sempre mulher, filho, sobrinho, neto, primo, cunhado de algum dos nossos. Preferiríamos que Lula não ganhasse, pois o partido tem alguns elementos incorrigíveis e o PT é ligado ao Movimento dos Trabalhadores Rurais Sem Terra, mas mesmo que ele vença, nada mudará substancialmente, pois temos o dinheiro, os demais partidos e temos a matriz, o Coiso."

Se pode haver algo ainda mais incrível que isso é o fato de os jornais publicarem qualquer idiotice que essa gente fala e a tratarem como se fosse coisa séria, digna de estudos. Se amanhã denunciarmos o que eles dizem hoje, eles simplesmente desmentirão e tudo ficará na mesma. Enquanto houver um povo alienado não faltarão leões, lobos, hienas, abutres, urubus para disputar-lhe a carcaça.

Eu não chamaria Fernando Henrique Cardoso de traidor porque desconfio sinceramente de que ele nunca foi outra coisa. Um adolescente ou um jovem imaturo pode mudar radicalmente de opinião sobre a administração de toda uma conjuntura social mas não um filósofo, um sociólogo, um professor sorbonado. O assassino de Trotsky, Ramón Mercader, não esperou mais de 11 anos para assassiná-lo? Fernando Henrique esperou a ditadura passar para dar prosseguimento ao seu trabalho e ir além, vendendo o país, o que não estava absolutamente nos planos de Golbery.

Não, eu não o chamaria apenas de traidor mas de traidor criminoso que espera cumprir a missão que lhe foi confiada até o fim do mandato. Os ladrões de Washington estão satisfeitos com a ação de Fernando Henrique. Satisfeitos com a traição mas enojados com o traidor, pois todo o traidor faz mal à vista, como já cansaram de dizer Cervantes, Shakespeare e Molière. "Mas ele recebe tantos títulos de dr. Honoris Causa", dirá algum ingênuo. Ora, todo presidente de qualquer paiseco recebe esses títulos, até mesmo o Sarney tem uma gaveta cheia deles. Ainda assim há alguma coisa profundamente errada nisso tudo: se a Sorbonne homenageou FHC nos anos 70, não pode homenageá-lo hoje em dia, pois trata-se de duas pessoas diversas. Seria a mesma coisa que Cambridge dar um título de dr. Honoris Causa a Marx quando ele escreveu o *Manifesto do Partido Comunista* e voltar a dar-lhe posteriormente caso ele houvesse dito alguns anos depois "esqueçam tudo o que escrevi até agora".

Felizmente, o sistema ainda não conseguiu alienar o país inteiro e uma dessas pessoas que não se deixam enganar é Mario Barbosa Villas Boas, brasileiro, casado, engenheiro químico, residente no Rio de Janeiro. Através de advogado, requereu ao Ministro do Supremo Tribunal Militar a declaração de inconstitucionalidade com liminar de efeito suspensivo do Acordo de Salvaguardas Tecnológicas celebrado entre o governo brasileiro e o norte-americano e assinado no dia 8 de agosto de 2000 pelo ministro brasileiro (!) Ronaldo Sardemberg, da Ciência e Tecnologia, e por Anthony S. Harrington, embaixador dos Estados Unidos no Brasil. Esse acordo:

1) Dá de presente aos Estados Unidos a Base do Centro de Lançamentos de Alcântara, no Maranhão, ao lado da Amazônia, já praticamente ocupada graças ao monitoramento de vigilância da Raytheon americana. Um foguete, por exemplo, lançado da Base de Alcântara consome 11% menos combustível para ser colocado em órbita do que um lançado no Cabo Canaveral.

2) O governo brasileiro concordou com a criação de áreas restritas (as dimensões não estão especificadas) dentro do Centro de Lançamentos de Alcântara.

3) O governo brasileiro não poderá ter acesso às áreas restritas e deverá prevenir qualquer acesso por parte de autoridades brasileiras. O acesso será controlado permanentemente e unicamente por pessoas autorizadas pelo governo norte-americano.

4) Em qualquer atividade de lançamento o controle total é dos Estados Unidos. O controle – 24 horas por dia – ao acesso às áreas restritas será feito por agentes americanos que terão crachás fabricados nos Estados Unidos.

5) As autoridades americanas terão livre acesso a todo o centro a qualquer hora. É obrigação do governo brasileiro garantir esse livre acesso norte-americano sem interrupção.

6) Quaisquer veículos de lançamento, espaçonaves, satélites, equipamentos, dados técnicos transportados para ou a partir do Brasil e acondicionados propriamente em *containers* lacrados não poderão ser abertos para inspeção enquanto estiverem em território brasileiro. Mas – vejam só! – o governo americano fornecerá às autoridades brasileiras uma relação do conteúdo dos *containers* lacrados. Os *containers* são como Deus. Não podemos vê-lo mas temos de acreditar na sua palavra.

7) O governo brasileiro não pode permitir o acesso de qualquer brasileiro às áreas restritas ou às áreas de preparação para lançamentos de veículos em qualquer hipótese.

Diante desse acordo, o que fez Mario Barbosa Villas Boas? Fez o que um patriota faria: comunicou ao Ministério Público Militar da União que o acordo atentava contra a soberania nacional. Requereu, portanto, abertura de Inquérito Policial Militar a fim de apurar responsabilidade dos que participaram do crime – e isso é importantíssimo, leitores – de tentativa contra a soberania nacional previsto no artigo 142 do Código Penal Militar. O crime é o seguinte: submeter o território nacional ou parte dele à soberania de país estrangeiro. A pena é de quinze a vinte anos de prisão para os cabeças e de dez a quinze anos de prisão para os demais agentes.

O Ministério Público Militar respondeu a Villas Boas que seria o caso de enviar a denúncia à Câmara para que ela autorizasse o processo criminal contra o presidente e os ministros, nos termos do inciso I da Constituição Federal.

É claro que o posicionamento da justiça militar não interrompeu o processo de homologação dessa vergonha na Câmara. Villas Boas, portanto, requereu ao Ministério Público Federal, no Rio de Janeiro, que intercedesse judicialmente, se necessário, para que o processo de homologação fosse sustado enquanto perdurassem dúvidas quanto ao seu caráter criminoso. Não se dignaram a responder. No dia 4 de março de 2002, Villas Boas recebeu carta da Procuradoria da Justiça Militar informando que haviam arquivado a sua "representação". Villas Boas fez nova tentativa de provocar o Ministério Público a fim de que ele defendesse a ordem jurídica estipulada pelo artigo 127 da Constituição, para impedir que o crime se transformasse em ordem jurídica. Até o momento, autoridades jurídicas civis e militares não deram sinal de que pretendem fazer alguma coisa. Diante disso, Villas Boas, valendo-se do direito de exercer diretamente o poder – que lhe é dado pelo parágrafo único do artigo primeiro da Constituição –, decidiu substituir o Ministério Público e propor ao ministro do Superior Tribunal Militar a ação declaratória de inconstitucionalidade.

As coisas estão nesse pé. Eventualmente leio algum jornalista dizendo que o acordo de Alcântara é criminoso, como se estivesse usando uma figura de retórica. Na verdade, ele é criminoso *literalmente*. Um crime tão grave que, de acordo com a constituição militar, se fosse praticado em tempo de guerra poderia levar os autores ao pelotão de fuzilamento. Em tempo de paz a pena é maior do que a aplicada ao homicídio culposo. É claro que estamos no Brasil e ninguém botará nem Fernando Henrique nem Ronaldo Sardemberg e nem Celso Láfer na cadeia. Mas como ainda não nos emudeceram completamente, podemos começar perguntando aos candidatos à Presidência, ao Senado e à Câmara o que pretendem fazer.

P. S.: Quero deixar bem claro que, ao contrário de Nixon, considero a política um palavrão, mas precisamos entender dela, estarmos preparados como um samurai para evitar que ela nos ataque pelas costas. Cadeia para os traidores da pátria, caso esse vocábulo – pátria – ainda tenha, como espero, algum significado em nossos corações.

The American Way of Death

Uma das muitas razões pelas quais considero o homem uma criatura inviável é a sua capacidade de só poder existir destruindo. Se algo não for feito rapidamente a passagem do ser humano, tal como o conhecemos, pela Terra será muitíssimo menor do que a do dinossauro. Paradoxalmente, isso se deve ao fato de ter um cérebro que é a mais sofisticada máquina de pensar que já apareceu. É capaz de fazer mais ligações telefônicas em alguns segundos do que os mais avançados computadores do mundo. Como se pode constatar muito bem, usa essa capacidade para destruir seus semelhantes. Não por ódio ou patriotismo mas por ganância de uns poucos que resulta na miséria, na fome, no sofrimento e na morte da maioria.

Juntamente com a religião e o tráfico de drogas (quando não andam juntos, pois uns precisam dos outros) a guerra é o melhor negócio do mundo. Para estar à frente dele o homem é capaz de explodir aviões contra o World Trade Center, apenas um aperitivo se comparado ao aperitivo que foi o bombardeamento de Hiroshima e Nagasaki. Imaginem que quem não quer ir para a guerra é considerado traidor (como Muhammad Ali) ou covarde (como o soldado Slovik, executado por um pelotão de fuzilamento na Segunda Guerra Mundial). A guerra e a pena de morte (dolosa ou culposa) são as duas coisas mais estúpidas que o homem já inventou. Sobre a pena de morte sou favorável que ela seja aplicada aos que são favoráveis a ela. No caso de molestadores de menores, creio que uma castração resolve. No caso da punição capital ser necessária (e não é), tenho algumas sugestões: a primeira é a de que o condenado seja levado até o local mais central e espaçoso da cidade (o estádio dos Yankees em Nova York, por exemplo) e que, diante de público pagante e televisão global, o juiz, jurados e promotor o apedrejem até a morte, evitando acertar a cabeça, pois a idéia é promover o maior sofrimento ao réu e o maior prazer à platéia, como acontecia nos tempos de Moisés com mulheres adúlteras, heréticos e ladrões. A segunda é que o governador do estado ou a autoridade que tem o poder de comutar a pena para prisão perpétua, com a devida cobertura da imprensa mundial, patrocinadores comerciais e público pagante, aproxime-se do réu e lhe dê um tiro no meio da testa. Mas voltemos à guerra propriamente dita.

Embora os artistas insistam em deixar sua marca, a História do Mundo é a História da Guerra, e nem grandes humanistas como Einstein e, principalmente, Oppenheimer deixaram de dar sua mãozinha. Desde a Batalha das Termópilas (460 a. C., que deu Heródoto mas também deu milhares de mortos que não tinham nada a ver com o peixe) até as quatro ou cinco guerras patrocinadas atualmente pelo Pentágono que a História foi sempre contada pelos vencedores. Sempre deu dinheiro e poder aos promotores e morte e sofrimento aos soldados e suas famílias de ambos os lados. A própria Bíblia é contada pelos Vencedores sempre que se acredite em Deus e no Diabo antropomorfizados ou não.

Repito: qualquer guerra é estúpida e grotesca. Só serve para dar dinheiro e poder a uns poucos e tragédia para muitos. Quando eu era garoto fazíamos guerra de pedradas num terreno baldio. Protegidos por arbustos, árvores ou protuberâncias terrestres, ficávamos atirando pedras uns nos outros. Confesso que já naquela época achava a coisa idiota. Pensava: "Se alguém levar uma pedrada bem dada pode morrer, ficar surdo ou cego". Por isso mesmo evitava acertar qualquer "inimigo". Até que um dia levei uma pedrada. Peguei o garoto, autor da façanha, e cobri-o de porradas até ele cair desmaiado. Fui para casa ler Monteiro Lobato e desde aquele momento passei a odiar qualquer tipo de guerra. Mesmo assim acabei no meio de três, como correspondente, sem jamais, em momento algum da minha vida, ter dado um tiro. Uma vez matei um jacaré a pauladas, uma das poucas coisas que me arrependo de ter feito e espero que Deus, sempre que ele exista, não seja um jacaré.

Dentre as guerras idiotas (todas) selecionei as duas mais idiotas. Quando o rei Luís VII da França casou-se com Eleanor, filha de um duque, em 1147, recebeu de dote duas províncias no Sul. Dois anos depois foi para as cruzadas e só voltou em 1152. Ao chegar ao palácio, tomou um banho e raspou sua enorme barba. Na hora em que foi fazer amor com a mulher, ela se recusou e disse que ele estava muito feio sem a barba. Ele recusou-se a deixar a barba crescer e ela divorciou-se dele para casar imediatamente com o rei Henrique II, da Inglaterra, que já devia conhecê-la de cama e mesa na época em que Luís combatia os infiéis. Não contente, Eleanor, bela bisca (que vocês devem ter visto no cinema com a cara da Katharine Hepburn, com Peter O'Toole no papel de Henrique II e Anthony Hopkins no papel do filho que viria a ser Ricardo Coração de Leão), exigiu que Luís devolvesse as duas províncias que ganhara de dote. Luís disse que não e começou a *Guerra da Barba* entre França e Inglaterra, que só acabou 301 anos depois, em 1453, após a batalha de Rouen, quando já ninguém sabia por que a fuzarca (que resultou na morte de centenas de milhares de pobres) havia começado.

O neoliberalismo já teve outros nomes: Imperialismo, Feudalismo, Capitalismo, Fascismo, Nazismo. O colonialismo – causador de todas as desgraças – continua, pois à exceção dos Estados Unidos e de mais meia dúzia de países somos todos colônias do grande capital. O exemplo mais interessante que conheço de colonialismo foi a *Guerra do Jogo de Cricket* ocorrida em 1896. O almirante sir Henry Rawson ordenou que a armada britânica sob seu comando ancorasse no porto de Zanzibar para que os oficiais e marinheiros pudessem assistir a um campeonato de cricket do qual a Inglaterra participaria. O sultão de Zanzibar, Khalid bin Bargash, não gostou daquela concentração de navios às suas portas. Imediatamente declarou guerra à Inglaterra e mandou que seu único navio (chamado *Glasgow* por ser de fabricação inglesa) entrasse em ação. A armada inglesa reduziu o palácio do Sultão a pó e matou quase 500 soldados de Zanzibar. Quando o *Glasgow* abriu fogo, foi canhoneado por vários navios e afundou na hora. Zanzibar pediu paz e o sultão refugiou-se em território alemão. A guerra toda durou 37 minutos e o jogo de cricket não foi adiado. Quando eu digo que além do nada só a estupidez humana não tem limites, vocês duvidam...

Um dos grandes aliados do poder nessa história de guerras é a hipocrisia divulgada pelo seu grande sócio, a imprensa. Logo após a queda das torres pediu-se um minuto de silêncio pelos mortos por terroristas que ainda não se sabe quem são. Como meu amigo o jovem editor Rafael Goldkorn, estendo o pedido: 13 minutos de silêncio pelos 130 mil iraquianos assassinados em 1991 por ordem de Bush pai; 20 minutos para 200 mil iranianos mortos pelos iraquianos com armas e dinheiro americano; 15 minutos pelos 150 mil afeganistãos mortos pelos talibãs com dinheiro americano; 12 minutos pelos 120 mil japoneses mortos pelos americanos em Hiroshima e Nagasaki. Você já está em silêncio uma hora. Faça mais uma hora de silêncio pelos vietnamitas mortos pelos americanos. Finalmente, chore pelas mortes que os Estados Unidos causam todos os dias nos países atingidos por sua política expansionista. Como o Brasil, por exemplo.

Não há como negar, os Estados Unidos são os maiores fomentadores de guerras, os maiores carniceiros do planeta. Ironicamente, os irmãos Cohen, através da boca de uma xerife grávida, dão sua mensagem antibelicista. No final do filme, *Fargo*, ela diz para o bandido, um boçal: "Você matou cinco pessoas. Para quê? Por dinheiro?". Ela ficou chocada com a morte de cinco inocentes. Imaginem como ficaria se soubesse – mas trata-se de uma caipira que, como a maioria dos americanos, nem sabe que o resto do mundo existe – que seu governo extermina povos calculadamente, de fome ou à bala, como está acontecendo com Afeganistão, que já não é mais notícia embora as pessoas continuem morrendo.

Nossos algozes do Norte começaram exterminando todos os verdadeiros donos da terra – os índios. Pretendem fazer o mesmo com os nossos índios antes de ocuparem a Amazônia, região que pagamos para eles monitorarem. Depois se mataram entre si na grande guerra comercial que foi a da sucessão e tomaram gosto. Sua arte, principalmente a cinematográfica, é um culto à violência, e, não muito estranhamente, só nos Estados Unidos temos o fenômeno dos *serial killers* e dos adolescentes bonzinhos que eventualmente piram e saem matando pais, irmãos e colegas. Não é à toa também que os Estados Unidos (*the land of the brave*) têm a maior população carcerária do mundo, mais de 70% de negros e latinos que em sua maioria podem ser considerados presos políticos.

E não precisava ser assim, pois a função do homem não é exterminar seus semelhantes. Entretanto, desde 1958 até hoje, o governo dos Estados Unidos gastou três trilhões de dólares em armamento. Três trilhões de dólares são trezentos mil bilhões ou três milhões de milhões. Para matar. Suponhamos, porém, como o fez o jornalista Vince Coperland, que esse dinheiro fosse usado para a vida e não para a morte.

Com *um trilhão* poderiam construir casas para metade das famílias americanas. Com *15 bilhões* poderiam construir dois novos hospitais de 90 milhões cada um nas 16 maiores cidades americanas e hospitais de 60 milhões para cada uma das 100 cidades seguintes e clínicas de 6 milhões de dólares para mil pequenas cidades, *60 bilhões* de dólares poderiam ser aplicados na pesquisa para a cura do câncer e da AIDS e *30 bilhões* para curar outras dez doenças menores. *60 bilhões* poderiam acabar com a poluição nos grandes lagos. Com *10 bilhões* poderiam despoluir todos os rios do continente. Com *20 bilhões* poderiam plantar 1 bilhão de árvores ao longo das auto-estradas nas cidades e no campo. Com *60 bilhões* poderiam construir mil novas universidades. Com *224 bilhões* poderiam distribuir bolsas de estudos (6 mil dólares anuais) para 4 milhões de estudantes. Com *30 bilhões* poderiam construir 10 mil centros da juventude a 3 milhões cada um. Com *30 bilhões* poderiam triplicar, preservar e aumentar as manadas de búfalo e triplicar as de gado, baixando radicalmente o preço da carne e dos laticínios. *30 bilhões* bastariam para criar doze oásis no deserto do Saara. Com *150 bilhões* poderiam suprir famílias de pequenos fazendeiros da América do Sul e da Ásia com gasolina e tratores.

Ainda assim sobrariam 855 bilhões para comprarem armas.

Enquanto isso no Palácio do Planalto, o rei...

PAÍS DE TROUXAS: VENDE-SE, ALUGA-SE, ARRENDA-SE COM OU SEM POVO!

Quando os artistas precisam se ajoelhar diante dos homens de negócio para conseguir dinheiro a fim de apresentarem suas obras é porque o artista transformou-se num bufão e a própria obra de arte numa "bazófia", numa paródia do que poderia ter sido. Se o Brasil tivesse tido algum governo decente desde o tempo de Jango, o artista – cinema, teatro, artes plásticas, música – teria suas obras bancadas pelo governo. Afinal de contas, guardando-se as proporções, pagamos mais impostos que qualquer outro país do mundo e ninguém sabe para onde esse dinheiro vai. Seria justo que um pouco fosse destinado à obra de arte que humaniza e enriquece o nosso espírito. E mesmo assim esses recursos retornariam ao governo através de ingressos, espetáculos e exposições para estudantes, operários etc.

A verdade, entretanto, é outra: criou-se até uma profissão – a dos captadores de recursos junto às indústrias e aos bancos. Estes, eventualmente, olhando a "escória" do alto (para o homem-negócio qualquer outra atividade que não tenha no lucro sua razão de ser é considerada no mínimo ridícula), consentem em dar algumas migalhas sem perder nada, pois esse dinheiro será descontado dos impostos. Ainda assim, eles não arriscam: só põem dinheiro em empreitadas artísticas que normalmente dão lucro e jamais em algo experimental, mais ousado ou que exija um número maior de atores ou músicos. Qualquer autor de teatro que quiser ver sua peça encenada terá de reduzir o número de personagens ao máximo de três.

Mellon, Getty, Ford, Morgan, Vanderbilt, Rockefeller não eram flores passíveis de cheiro mas eram agradecidos. A América tornara-os milionários e eles retribuíram construindo museus, teatros, escolas, hospitais, universidades, e isso tornou-se uma tradição que perdura até hoje. Uma competente sociedade entre capital privado e Estado na qual todos saem ganhando e até mesmo – pasmem – público, arte e artista. A diferença entre o homem de negócios brasileiro de hoje e os grandes "barões" das finanças americanos do passado é que os últimos eram patriotas e queriam o melhor para o seu país. Os nossos são testas-de-ferro de multinacionais e há muito tempo não têm pátria, pois já esqueceram o que isso significa. Dona Lili Safra, uma das mulheres mais ricas do mundo e brasileira, ainda não construiu uma pracinha de cinco por cinco metros quadrados.

Há algum tempo ouvi entediado uma palestra de um economista sobre arte e captação de recursos na ABL. Enquanto ouvia sem prestar atenção fiz uma aposta comigo mesmo de que conseguiria, caso tivesse de escrever o texto, reduzir a história dos primeiros quinhentos anos da humanidade pensante a algumas linhas. Cinco mil anos atrás os egípcios já haviam criado um calendário regulado pelo Sol e pela Lua: 360 dias, 12 meses de 30 dias cada um. Ao mesmo tempo surgiam as primeiras cidades na Mesopotâmia. Mil anos depois acabava o período paleolítico na costa do Mediterrâneo. Os sumérios se instalavam no território onde construiriam a cidade de Babilônia. Até o ano 2000 a influência dos babilônios torna-se predominante na região do Mediterrâneo asiático. Entre 4000 e 3500 surgia a escrita suméria feita em retângulos de cerâmica que apresentavam pelo menos 2000 sinais pictográficos. No Sudoeste da Europa e no Egito surgiam os primeiros potes pintados de branco. A cerâmica multicolorida que originou-se na Rússia atingia a China. No Egito já se tocava a harpa e a flauta. Os egípcios derretem cobre e posteriormente ouro e prata. Predominantes no Mediterrâneo são as naves de Creta. Primeiro ano do calendário judaico: 3760. Enchentes devastam a região da Mesopotamia....

Eu estava neste ponto quando o orador disse triunfante:

– A arte pode e deve dar lucro. Graças ao FestinRio foram vendidos mais de 250 mil hambúrgueres. – E em seguida – O Neoliberalismo é o paradigma definitivo do nosso tempo.

Arrependi-me de não ter trazido ovos comigo para poder vingar os povos da Mesopotâmia.

Graças a essa corja sem coração que compõe a classe dominante nosso país transformou-se num país de pedintes. Os candidatos à presidência foram recebidos pelo rei, pois é isso que FHC se julga, para se posicionarem sobre o novo empréstimo de 30 bilhões do FMI. Tudo jogo para o que ainda resta da platéia pensante. A rigor essa dívida não deveria ser paga pois já foi paga há muito tempo. Devíamos ao FMI, à época do golpe militar patrocinado pelo Pentágono, menos de 10% desse empréstimo. Se tivéssemos um presidente e não um ator ferido de alarmante vaidade, ele diria: "O grosso da dívida foi contraída depois do golpe por governos impostos pelos Estados Unidos. Não pagaremos mais um tostão". O que eles fariam? Declarariam guerra ao Brasil sob a acusação de que somos terroristas?

O que os candidatos que visitaram a sala do trono esqueceram-se de perguntar ao rei foi quem vai pagar essa dívida. O que esqueceram-se de perguntar ao rei foi onde está o dinheiro de todas as privatizações. O que esqueceram de perguntar ao rei foi se o povo – que paga imposto na fonte – é que vai pagar essa dívida. Não perguntaram porque sabem que será com o imposto do trabalhador que essa loucura será paga e para isso o bravo filho de César, o Maia, já encarregou-se de isentar de imposto de renda quem ganha até 900 reais, quando o projeto de lei exigia 1.050. E mesmo que venha a ser 1.050, seria um roubo, pois os impostos devem ser pagos por quem lucra e ninguém que ganhe três mil reais mensais (menos de mil dólares) pode ter uma vida digna de ser humano, quanto mais pagar impostos para nada receber em troca. Já disse que vou votar em Lula mas não posso deixar de ficar constrangido ao vê-lo ter de agradar aos bandidos (mesmo calando) para garantir os votos dessas facções. Não o culpo, mas fica registrado o constrangimento.

Abro os principais jornais do país e vejo que alguns colunistas que admiro consideram o presidente FHC um homem decente. Que *sprit de corps* é esse que atinge a classe média que considera decente um homem apenas porque ele sabe francês, veste-se elegantemente e não sai por aí dizendo palavrões? Decente era meu pai, um homem rude, barbeiro mas que nunca deveu um tostão a ninguém. Limitou-se a nos dizer "homem não rouba, não mente, não trai". Educou quatro filhos que se tornaram pessoas decentes que nunca deveram um tostão a ninguém e se deveram, embora pobres, pagaram. Não educou seus filhos para enriquecerem montando estandes em Hannover nem para serem fazendeiros por hobby numa terra onde os camponeses morrem de fome com uma enxada na mão.

Isso talvez se deva ao fato de eu e meus irmãos – bem como Ciro Gomes, não é mesmo? – termos estudado em grupos escolares e depois em colégios estaduais, pois universidade era um luxo com o qual não sonhávamos. Mas nos tempos de Dutra e Getúlio as professoras eram bem pagas e o ensino elementar de primeira qualidade. De manhã, nós alunos do Grupo Escolar 1º de Maio, em Porto Alegre, nos reuníamos em várias filas no pátio da escola e cantávamos orgulhosos o Hino Nacional. O golpe militar e as ditaduras brancas que se seguiram tornaram este nosso povo tão apático, tão ignorante, tão alienado que ele só se lembra que é brasileiro na Copa do Mundo.

Não sei nem porque me enfureço com essas coisas. O FMI nem quer que paguemos a dívida, pois tem uma garantia muito sólida: a Amazônia, uma região que é quase metade da Europa se excluirmos os países que compunham a União Soviética. Como, ao contrário do que acontece aqui, cuidam da educação das crianças, já estariam distribuindo livros escolares onde a Amazônia aparece num mapa como *Former International Reserve of Amazon Forest.* O texto, bastante didático para que as crianças patriotas americanas entendam tudo direitinho, diz o seguinte: "Desde a metade dos anos 80 que a mais importante floresta tropical do mundo passou para a responsabilidade dos Estados Unidos e da Organização das Nações Unidas. Seu nome é FINRAF e sua fundação deveu-se ao fato do Amazonas estar localizado na América do Sul, uma das mais pobres regiões da Terra, dominada por países irresponsáveis, cruéis e autoritários. Era parte de oito países diversos e estranhos entre si, na maioria dos casos verdadeiros reinos de violência, tráfico de drogas, analfabetismo e gente primitiva. A criação da FINRAF foi apoiada por todas as nações do G 23 e tratou-se realmente de uma missão especial do nosso país, uma vez que a posse dessas terras valiosas em países tão primitivos condenaria os pulmões do mundo a serem destruídos em poucos anos. A área possui a maior biodiversidade do planeta, com um número incalculável de espécies vegetais e animais. O valor da área é incalculável, mas o planeta pode ficar certo de que os Estados Unidos não deixarão os países latino-americanos explorar e destruir a maior floresta tropical da humanidade. FINRAF é uma espécie de parque internacional com regras muito severas de exploração".

No momento há um bate-boca incrível entre internautas sobre a autenticidade da página 77 de um livro de geografia. Mal escrito ele é, além de ser insultuoso. Por outro lado, existem brasileiros que afirmam terem netos nos Estados Unidos estudando por essa cartilha para a sexta classe primária. Pode até não ser verdadeira mas que faz sentido faz. Se não observem a movimentação das forças armadas americanas nos países da região amazônica produtores de cocaína, o patrocínio americano do golpe frustrado contra Chavez, na Venezuela, e *last – but not least* – o fato do governo brasileiro pagar uma empresa americana para monitorar a região. As crianças americanas aprendem a odiar desde cedo – vejam como querem tirar o couro do Saddan Hussein, do Bin Laden – e me parece natural que o sistema insufle o ódio a países que pretendem invadir brevemente.

O menino e seu herói

Lembro do dia em que deixei de ser criança. Saía da escola, passava o dia inteiro no mato subindo em árvores para apanhar orquídeas. No quintal de casa, arrumava-as direitinho num xaxim e ia para o bairro dos Moinhos de Vento, em Porto Alegre, tentar vendê-las nas casas dos ricos. Num palacete, uma menina muito bonita da minha idade – sete, oito anos mais ou menos – atiçou o cachorro contra mim. Na fuga, esmaguei as orquídeas, esfolei um joelho e um lado da cara. Fui vendê-las para os vizinhos que eram pobres e compravam. Aqueles que não podiam comprar as recebiam de graça. Nesse dia aprendi que era um menino pobre e que os ricos ajudavam os ricos e ficavam mais ricos e os pobres ajudavam os pobres e ficavam mais pobres. Aprendi também que teria de brigar muito sem perder a vergonha da cara. Com o dinheiro das orquídeas eu comprava gibis, livros do Monteiro Lobato e do Erico Verissimo e mil-folhas. O resto eu dava para a mãe para ajudar nas despesas de casa. Ainda assim, na véspera do Natal, minha mãe levava a mim e a minha irmã mais moça para o Parque da Redenção. Entrávamos numa fila enorme e depois de horas ganhávamos um presente das mãos da primeira-dama, que, se bem me lembro, era a mulher do governador Jobim ou do Ernesto Dornelles.

Entrei para a adolescência com 12 anos, quando arranjei um emprego de auxiliar de escritório no laboratório Merck. Trabalhava de dia e estudava à noite. Descobri que tinha de pagar uma quantia em selos para tirar a carteira de trabalho de menor. Como não tinha dinheiro mandaram-me para a delegacia do 4º Distrito apanhar um "Atestado de Pobreza". Um funcionário da delegacia foi até a minha casa e viu que éramos pobres. Ganhei o atestado e tirei a carteira onde constava um carimbo: "Isento de selos. Atestado de Pobreza".

Fiquei adulto muito cedo e por isso até hoje, talvez, não passe de uma mistura de Peter Pan com Dom Quixote. Aos 14 anos era uma espécie de *office-boy* e ajudante de repórter de polícia no *Diário de Notícias* de Porto Alegre. Cobria as delegacias, anotava direitinho o Livro de Ocorrências e escrevia as pequenas notas policiais. Ouso dizer que transformei-me num bom repórter e passei a viver a vida boêmia dos meus companheiros mais velhos. Um dia na delegacia de furtos uns repórteres me chamaram para uma sala onde o inspetor Babalu, um homem de seus quarenta anos, forte, atarracado, que fora lutador de Vale Tudo, torturava alguém. Estarrecido vi-o bater num ladrão pé-de-chinelo amarrado numa cadeira. O sangue espirrava do seu rosto. Alguns policiais e repórteres olhavam a cena brutal. Uns pareciam pouco à vontade e outros me deram a impressão de estarem acostumados com aquela história. Naquele dia decidi que polícia era polícia e repórter era repórter, como mais tarde decidiria que jornalista era jornalista e poder era poder. Compreendi também que o homem comum para sentir-se grande precisa fazer parte de alguma coisa grande: um clube, um time, um partido, um governo, pois tem medo da solidão e de pensar com a própria cabeça. Daí a aceitação de qualquer ato da autoridade. No Brasil passamos por quase trinta anos de ditadura oficial mas o único traidor execrado pela mídia foi um rapaz simples, um cantor, filho de uma empregada doméstica a quem deram uma carteira de autoridade. Já o maior traidor de todos virou presidente da República.

Mais tarde, já na reportagem geral, conheci Ibsen Pinheiro e Flávio Tavares. Passei a escrever também para a *Tribuna Gaúcha*, jornal do Partido Comunista, e a partir desse momento soube que seria sempre um jornalista parcial; estaria sempre do lado dos mais fracos. Foi nessa época que passei a admirar o trabalho de Leonel Brizola na prefeitura e posteriormente no governo do estado e a decorar um livro ainda atualíssimo do grande senador Alberto Pasqualini chamado *Bases e sugestões para uma política social*. Garoto com 18 anos, testemunhava as injustiças dos poderosos contra os humildes e dizia para mim mesmo: "O Brizola vai dar um jeito nisso". Quando encampou a Bond&Share no Rio Grande do Sul passei a admirá-lo ainda mais. Já no Rio de Janeiro fui fazer uma entrevista com ele no Palácio Piratiny para a *Manchete*. Não lembro bem do que falamos, mas seus filhos pequenos assistiram à entrevista e jamais vi um pai tão bondoso e atencioso embora as crianças estivessem perturbando um bocado. Quando fez, corajoso e solitário, a campanha pela legalidade que frustrou o plano dos golpistas que não queriam dar posse a Jango, passei a considerá-lo o maior estadista vivo do Brasil. Votei nele para deputado federal quando transferiu-se para o Rio de Janeiro. O resto é História.

Voltei ao Brasil com a abertura e fui esperar Brizola no aeroporto. Vi quando lhe roubaram o PTB e fui praticamente um dos fundadores do PDT, para o qual escrevi durante anos programas políticos. Creio que apenas Darcy Ribeiro foi maior entusiasta dos Cieps do que eu. Fundei, com membros do partido, o primeiro jornal socialista desde 64 – *A Tribuna Socialista* –, do qual fui editor mas que por falta de interesse do partido teve de fechar. Na ocasião falei para o então governador que se quisesse disputar as eleições para a presidência teria de ter um órgão de imprensa e sugeri o aluguel da *Última Hora*. Não fui ouvido, pois Brizola tem um defeito capital, não ouve ninguém e quando ouve, ouve as pessoas erradas. O PDT era para ser um pequeno partido com um programa e uma ideologia. Ele acabou por inchá-lo. De tanto ouvir pessoas erradas, foi traído, e não foram poucos os traidores: Marcelo, Cesar Maia, Garotinho, praticamente todo o seu secretariado com exceção de Vivaldo Barbosa, que juntamente com Miro Teixeira forma o melhor quadro do PDT na Câmara. Infelizmente, Brizola não aprende com seus erros.

Quando Roberto Marinho e um computador apaixonado resolveram dar de presente as eleições para Moreira Franco em 82, viajei até São Paulo para denunciar a fraude no programa de TV do falecido Ferreira Neto, ocasião em que tive um pega no ar com o senador "socialista" Fernando Henrique Cardoso, que jamais me enganou. No *Pasquim* eu e Jaguar fizemos a campanha de Brizola e jamais recebemos um agradecimento. Millôr Fernandes, que perdeu o emprego na *Veja* por negar-se a retirar o nome de Brizola, que apoiava, de um artigo, nunca recebeu um telegrama de agradecimento. Cidinha Campos poderia ter sido eleita prefeita do Rio se houvesse lido o discurso que escrevi para inaugurar seu programa eleitoral dizendo que Collor era um filhinho de papai que não merecia a nossa bandeira. Brizola pediu que adiássemos o discurso e quando ele foi ao ar Cesar Maia já havia vencido.

Não sei exatamente o dia em que fiquei velho. Devo ter acordado de porre certa manhã e estava velho. Não me dei conta na hora. Aos poucos, o corpo, o espírito, o espelho e, principalmente, as mulheres bonitas e jovens se encarregaram de me informar. Ainda não me acostumei com a condição de velho. Alguém já disse que os velhos devem se apaixonar, pois, possuídos pelo amor, deixariam de pensar em outras bobagens. Não acredito. Nada como um rabo-de-saia para fazer você se preocupar ainda mais com a velhice, com a barriga e os oito dentes que faltam na boca; com o dinheiro que os ricos públicos e privados roubaram do seu bolso. Pior que ser simplesmente velho é ser velho, jornalista e pobre. Essa mania de ser honesto – não é virtude minha, coisa que meu pai enfiou na minha alma a golpes de cinto – também atrapalha.

Outro troço que dificulta a vida do jornalista velho pobre e honesto é *ter* o que escrever. O verbo é *ter* mesmo. Se não escrevo não pago aluguel; se não pago aluguel, sou despejado como se despeja na pia café impossível de ser requentado. Se isso acontecesse, tudo pioraria: além de jornalista, velho, alcoólatra, jogador, comunista e decadente (como o cronista social Nataniel Jebão gosta de frisar), despejado e neomiserável. Se a coisa fosse só *ter* de escrever e *ter* o que escrever não seria tão grave. O pior é que você *tem* de escrever bem, cada vez melhor. Hoje melhor do que ontem e pior do que amanhã. "Será que já disse essa gracinha?". "Será que vão gostar dessa história?" Quando você dorme, o inventor dos sonhos dita tudo para você. Texto genial, bem pontuado, primor de ritmo. Na manhã seguinte, esqueceu tudo e se lembrasse provavelmente chegaria à conclusão de que texto de sonho foi feito para ser sonhado e não para ficar preso num papel. Acreditem, irmãos, não é fácil ser bom quando se está rodeado de craques como o Ziraldo, Aldir, o Sérgio Augusto, o Santayana e tantos outros mais jovens, como o Nani, o Leonardo, a Ana, a Angela e naturalmente o Paulo Caruso.

O que é que eu estava dizendo, mesmo? Porra, este é um outro complicador: falta de memória. Você *tem* de escrever, *tem* de escrever bem e *tem* de escrever bem num determinado espaço. Nem mais nem menos. Às vezes, tem muito para dizer e pouco espaço. Outras, como hoje, nada para dizer e espaço demais. Vida boa têm os ladrões, safados, sem-vergonha, pusilânimes e naturalmente muito ricos. Entram e saem da vida pública transformada em privada e o pobre do jornalista velho *tem* de lembrar os nomes desses leprosos morais orgulhosos das próprias pústulas. E os nomes são tão parecidos que você acaba se confundindo: Mello, Cardoso, Neto, Campos, Rezende, Nicolaus, Eduardos, Jorges, Magalhães, Ciros, Serras. Os nomes mais difíceis de guardar são os dos economistas que saem da vice-presidência de uma transnacional qualquer, assumem um ministério, roubam alguns milhões de dólares e pulam fora. Voltam alguns anos depois, pois seu apetite é maior do que o do tubarão branco, a máquina de comer mais voraz do mundo, que, porém, é mais humano que os economistas, pois não tem consciência do mal que faz. Esses infernizam a vida do velho jornalista: "Esse sacana foi o que vendeu a Vale do Rio Doce ou foi aquele que roubou o Banco Central?". Não digo que a profissão, de vez em quando, não me dê algumas satisfações. É divertido ver Antonio Carlos Magalhães e Jader Barbalho, Serra e Ciro falando mal das respectivas genitoras. Em seguida, porém, vem a certeza de que é tudo de mentirinha; a certeza de que quando a direita briga, quem acaba apanhando é o que restou da esquerda.

Por que é que comecei mesmo esta longa história? Ah, foi para dizer a Brizola que votarei nele e que acho que ele será um grande senador. Nosso caminhos, porém, se separam na hora de votar para a presidência. Não vou votar num filhinho de papai que nunca soube o que é uma unha encravada, que teve tudo de mão beijada, que foi fundador do PDS e quando deputado votou contra as eleições diretas. Sei que Brizola foi o homem público mais caluniado pela imprensa brasileira, mas ele não é um partido, ele precisa ouvir e ler de vez em quando. Já não sou mais aquele guri, repórter em Porto Alegre, que achava todos os seus atos certos. Estou muito velho para andar no mesmo palanque que Antonio Carlos Magalhães, Bornhausen, Collor, Jáder Barbalho, Roberto Jefferson e tantas outras pessoas que tão mal fizeram ao nosso pobre povo. Meu voto para a presidência, como aliás tive a oportunidade de declarar na reunião na casa do grande Oscar Niemeyer, é do Lula.

É preciso restaurar a vergonha ou o ventre livre

Creio que foi no filme *None but the Lonely Heart*, adaptação de um texto de Clifford Odets, que o personagem interpretado por Cary Grant entra numa viela escura e ao longe vê um monstro chafurdando numa lata de lixo. Diz ele: "Aproximei-me, temeroso, e vi que se tratava de um animal. Com o coração aos pulos cheguei bem perto do local e vi que não se tratava de monstro nem de animal, mas de um homem como eu, feito à imagem e semelhança de Deus, chafurdando como um porco na imundície, na esperança de encontrar um pedaço de pão".

Desde sempre que a meta do poder – que se vinga do fato de não ser imortal maltratando tudo à sua volta – tenta animalizar o homem. Nunca estivemos tão perto. Hoje ninguém precisa mais "anglicizar" a África e a Índia, "espanholar e cristianizar" a América Latina, que custou tanto sangue e a extinção de tantas culturas. Hoje essa bestialização é feita através dos meios de comunicação. A arte, a cultura, a música, a medicina, a arquitetura, a engenharia, a física e a economia estão a serviço do mercado, essa coisa cruel que não tem nome e nem forma mas que foi imposta principalmente aos países pobres como um paradigma. Não falta muito para dizerem que quem não acredita no mercado vai para o Inferno ou será condenado à fome, à humilhação, ao desemprego aqui mesmo na Terra. Os pintores pintam o que quer o mercado, os músicos compõem o que quer o mercado e os *soi-disant* artistas e sua arte são tratados como papel higiênico e o público como idiota.

Há 180 anos que comemoramos uma independência que nunca tivemos e estamos cada vez mais longe de alcançar. Primeiro foram os portugueses, depois os ingleses, depois os franceses e finalmente os americanos os nosso algozes. Um marciano que chegasse à Terra se perguntaria: "Por que um país tão rico, tão imenso, se deixa escravizar? Por que abre mão da sua cultura em função de fatores externos?" E eu me pergunto: será por culpa do nosso povo? Será que ele é mesmo desonesto, preguiçoso, moleque, vigarista e irresponsável? Não, não creio. Há menos de um mês a Organização Mundial do Comércio informou num boletim que o operário brasileiro é o mais trabalhador, mais eficiente, mais cordato e menos rebelde do mundo. Se a culpa não é do povo, será dos americanos, italianos, dos alemães, dos ingleses, dos japoneses? Ora, esses povos estiveram envolvidos na Segunda Guerra Mundial e – com exceção dos americanos que lucraram – tiveram suas economias devastadas e entretanto, sem possuir uma décima parte das nossas riquezas naturais, mandam e desmandam no "nosso país", ditam as regras do mercado e nós obedecemos. De quem é a culpa, então? A culpa é dos lacaios, dos ricos traidores, dos brasileiros com complexo de inferioridade. Dos nossos governos desde 1964 que acabaram com a nossa cultura e como verdadeiras marafonas abriram as pernas para o capital espoliador.

Nos primeiros quatro anos de loucura, Fernando Henrique Cardoso vendeu a Vale, a CSN, a Telebrás, as ferrovias, as rodovias, acabou com a saúde e com a educação, além de chamar os aposentados de vagabundos. Qualquer outro povo teria posto esse homem na cadeia ou no manicômio, mas tão alienada estava a classe média (que faz a cabeça da maioria), tão amedrontada estava com qualquer possibilidade de socialismo, que em vez de puni-lo o reelegeu no primeiro turno. Satisfeito com o masoquismo popular comprovado nas urnas, ele foi mais longe: acabou com o Banco do Brasil, a Amazônia, a telefonia, a energia, o 13º salário e para as vítimas deu a inflação, o trabalho escravo, a prostituição infantil e a dengue. Para os algozes a impunidade diante de uma justiça que só vê o que fazem os pequenos. Por que deveríamos culpar os americanos e os ingleses e o FMI e as grandes transnacionais? Por que não deveriam usar os nojentos capachos – nossa classe dominante – se eles lhes oferecem seus serviços de lesa-pátria? Tínhamos uma dívida de um bilhão de dólares em 1964, ela subiu para 250 bilhões de dólares e ainda temos de pagar 750 bilhões de dólares de juros. Afinal de contas, o FMI não é brasileiro e deve imaginar que, se um povo escolhe ladrões para comandá-lo, eles não têm nada a ver com isso. E é por isso que as grandes transnacionais chegam aqui com o propósito de "criar empregos" mas ditam a política social e salarial. "Não querem?", perguntam eles. "Vamos para Cingapura, a Guatemala, a Argentina e tantos outros países onde não faltam milionários safados e traidores da pátria." E assim, os donos do mundo e seus lacaios que valorizam mais os êxitos pessoais do que a responsabilidade social vão acabando com ele. Graças ao egoísmo que gera suas atividades nocivas, estão transformando o mundo numa lixeira com os aplausos dos meios de comunicação. A política e as profissões liberais, as atividades militares e científicas vão se vulgarizando e abrindo lugares para os mais medíocres e os mais servis. Felizmente ainda não conseguiram imbecilizar a humanidade inteira, pois, fosse assim, sugeriria o suicídio coletivo. Neste momento, em todo o mundo, existem pessoas de bem, lutando contra todas as máfias. Recentemente tentaram canonizar Fernando Henrique Cardoso por ter obtido 30 bilhões do FMI quando o Uruguai não conseguiu dois. Esse dinheiro, porém, não irá para escolas, hospitais, reforma agrária, microempresas, como não o foram os 250 bilhões anteriores. Esse dinheiro é o pagamento para a exploração internacional da Amazônia, a começar por um parque no Amapá que ninguém viu e nem sabe onde fica.

Uma dessas pessoas de bem que luta contra os assassinos do futuro é Cristovam Buarque de Holanda. Recentemente, ao dar uma palestra em Nova York, alguém lhe perguntou como ele, como humanista, via a internacionalização da Amazônia. Ele respondeu que como brasileiro, apesar do descaso com que o nosso governo vem tratando a questão, era contra. Como humanista – disse ele – era favorável desde que todas as reservas de petróleo do mundo fossem internacionalizadas, todos os grandes museus – Louvre, Vaticano, Prado, Ciências Naturais de Nova York. Disse ainda que concordaria com a internacionalização da Amazônia, se Nova York, sede da ONU, também fosse internacionalizada, bem como os arsenais das grandes potências, bem como a pobreza, e que o dinheiro dessa internacionalização fosse usado para que todas as crianças do mundo tivessem casa, comida, escola e saúde. "Mas – finalizou Cristovam – enquanto isso não acontecer a Amazônia é brasileira." E digo eu: precisamos de campanhas para que quando gritarmos "o petróleo é nosso" estaremos dizendo que ele é do povo, pois o povo só lutará – ainda mais agora – por algo cujos benefícios ele sinta na carne, e, infelizmente, nossas estatais só dão boa vida aos seus executivos, todos riquíssimos como Francisco Gros, para citar apenas um exemplo. Como poderemos convencer o brasileiro de que o petróleo é dele se a gasolina sobe, que a energia é dele se as tarifas sobem, que o subsolo é dele se ele jamais viu um grama de ouro, que a água é dele se ela não chega à sua casa, que o Banco do Brasil é dele se ele jamais lhe emprestou dez centavos?

Entre os brasileiros que lutam contra essa bandalheira, me informa o leitor Jorge Panazio (obrigado por sua palavras), está o professor Luiz Sérgio Coelho de Sampaio, da UFRJ, que propôs entre as opções de prova para seus alunos da filosofia da ciência um trabalho coletivo: elaboração de proposta de emenda constitucional que, aprovada, deveria se tornar cláusula pétrea da Constituição, a restauração do VENTRE LIVRE. Todo o brasileiro nascido a partir de primeiro de janeiro de 2003 ao atingir maioridade (21 anos) estaria livre. Livre do quê?, perguntará o leitor, e eu respondo: livre do jugo de ser obrigado, por toda a existência, a arcar com o pagamento dos juros das dívidas públicas externa e interna que nada o teria beneficiado. Considerando que em janeiro do ano que vem as dívidas estarão num valor de 1,33 trilhões de dólares e a população em volta de 172 milhões de habitantes, todos aqueles que nascerem a partir de 2003 já nascerão com dívida mensal de 1.340 dólares para toda a vida.

É preciso notar ainda que o professor Sampaio não levou em consideração alguns detalhes: a) a diminuição do patrimônio nacional transferido para o estrangeiro; b) o aumento dos danos ecológicos e urbanos; c) a deterioração das relações de trocas comerciais, e o mais importante; d) o fato de que a maioria dos ricos não pagará esta conta pois ou é o próprio credor (aplicações no exterior), ou é sócio desses interesses externos, ou é corrupto mesmo, o que virá a acarretar um aumento ainda maior da carga sobre os mais pobres.

Parabéns, professor Sampaio, é bom ver que a universidade voltou a ser formadora de espírito, voltou a humanizar. Por uma questão de espaço, não publico todas as suas considerações, mas estou curioso em ver como seus alunos elaborarão a emenda constitucional do Ventre Livre.

Finalmente, para não dizer que não falei de flores, convido todos a cantar a seguinte letra, bem mais realista e verdadeira que a original que me foi enviada pelo dr. RS:

Num posto do *Ipiranga* às margens plácidas,
De um *Volvo*, heróico *Brahma* retumbante,
O *Skol* da liberdade em *Rider* fúlgido,
Brilhou no *Shell* da pátria neste instante.
Se o *Kinóor* dessa igualdade
Conseguimos conquistar com braço *Ford*
Em teu seio, ó liberdade,
Desafia o nosso peito a *Microsoft*
Ó *Parmalat, Mastercard*, *Sharp*, *Sharp*...
Amil de um sonho intenso, um *rádio Phillips*
De amor e de *Lufthansa* à terra desce
Intel formoso céu risonho *Olympicus*
A imagem do *Bradesco* resplandece.
Gillete pela própria natureza,
És belo, *Escort*, Impávido, Colosso,
E teu futuro espelha esta *Grendene,*
Cerpa gelada.
Entre outras mil és *Suvenil*, *Compac* amada.
Do *Philco* deste *Sollo* és mãe *Doril*
Coca-Cola-Bom-Bril.

Ode a Elmar Machado, meu irmão

Talvez porque aquela hora desgraçada do crepúsculo pendesse sobre nossas cabeças como uma gigantesca nuvem sombria, zombando da nossa arrogante vulnerabilidade; talvez porque me irritasse o cenário barroco-burguês do cemitério ou a natural indiferença dos coveiros, a verdade é que subitamente senti uma raiva incrível da morte. Creio que enlouqueci por alguns minutos e fiquei com a cara ainda mais abobalhada do que de costume. Tive de abafar um urro feito de dor, raiva e patética ignorância.

Felizmente, Claudio Pinheiro e Márcio Donicci tiveram a gentil idéia de trazer uns poucos músicos e foi ao som de *Carinhoso* e de *Cidade maravilhosa* que o corpo de meu irmão Elmar Machado desceu à terra. Se a indiferença do tempo e da natureza eram visíveis, o talento de Pixinguinha humanizou-as; fez com que me dessem a impressão de que pararam seu eterno afazer para homenagear o humano que transforma a realidade em poesia. Uma coisa assim tinha de acontecer no funeral do meu irmão que gostava tanto de arte e tanto respeitava os artistas.

Meu querido Machadão, a dor da tua ausência doía tanto dentro de mim que irritou-me o conformismo e a aceitação das pessoas em relação à morte quando elas estavam certamente tão tristes como eu. A morte, que durante milhares de anos foi vista como uma aberração, em nossos tempos eletrônicos passou a ser aceita como companheira invisível do dia-a-dia – um inimigo que se finge de amigo – e acompanha todos os nossos passos desde quando passos ainda não sabíamos andar.

Com cara de idiota, diante do teu caixão, lembrei-me de Antonio Vieira, que lançava mão de sofismas para convencer a Deus a passar para o lado dos portugueses na luta contra os holandeses calvinistas. Lembrei também de Gregório de Mattos, que após "pecar" com uma de suas inúmeras mulatas explicava a Deus que não deveria perder sua glória preocupando-se em punir um pecador tão pequeno quanto ele. Sei o quanto amavas os dois, Machado, e como os dois lutavam dentro de ti: o advogado solene e ao mesmo tempo o guri moleque que zombava do advogado solene. Ambos, nessas discussões com Deus, lutavam pela vida – contra a morte.

Recordo-me que, quando menino, um pobre advogado judeu, que morava no apartamento ao lado do nosso, morreu de repente. Jamais esquecerei os gritos de dor e desespero da mulher e dos filhos noite adentro.

Muitos anos mais tarde, em Taormina, na Sicília, presenciei o velório de um pescador e ouvi durante muitas horas o choro, as lamentações, as imprecações das carpideiras contra um destino trágico, esse corredor sem portas que nos conduz a esse desconhecido que insiste em não se identificar. Não havia nos dois casos nenhuma hipocrisia, nenhum exibicionismo, mas sim a realização de um ritual mágico contra a morte e pela vida eterna, como se o som dos lamentos angustiantes ajudassem a alma do morto a subir aos céus mais rapidamente; como os urros de Electra pranteando Agamenon.

Quando dei as costas para o teu túmulo, meu irmão, mesmo sabendo que não estavas mais dentro do teu corpo, fiquei ainda mais triste de te deixar tão sozinho naquela tarde triste que ia tomando forma de noite. De repente, porém, te vi em tua casa em Rio das Ostras, naquele bar que não era bar, servindo gentilmente quem visse o portão aberto, entrasse, se acomodasse e pedisse uma bebida, pensando que tua casa era mesmo um bar. Pensei também que os aborígines da América do Sul e da Nova Guiné agem mais civilizadamente do que nós quando comem o corpo de um guerreiro, um cérebro de um pai, o coração de uma mãe, na certeza de que as partes do corpo do morto passarão a fazer parte deles, dando-lhes coragem, inteligência, amor e compaixão. Ah, Machadão, se houvéssemos te devorado em festivo banquete, certamente hoje seríamos seres humanos bem mais humanos do que somos, pois tinhas dentro de ti toda a humanidade que tantos canalhas desprezaram.

É curioso, mas nunca antes havia meditado sobre o teu nome: Elmar. O mar, é claro. Era isso que eras para nós que tanto te amamos. Um mar de Rio das Ostras, em frente à birosca da Maria, um mar sereno de nervosas alegrias, de doces surpresas, de maledicentes inocências, um mar que dava pé – mar de infinita generosidade.

Meditei mais sobre o teu sobrenome – Machado –, sem imaginar que esta morte ignorante de qualquer ética fosse apanhá-lo para me ferir tão brutalmente às seis horas da manhã; para me dizer: "Estás vendo, palhaço, os seres que amas, eu os apanho, e não podes fazer nada. Só podes chorar com essa cara de idiota olhando para tudo e para nada".

Sempre soube que tinhas razão, Machado. Talvez a vida não passe de uma sinfonia de Beethoven, um samba de Cartola, um conto de Lima Barreto, um poema de Drummond, um quadro de Van Gogh. Se não deram sentido à vida, a tornaram mais bonita, menos dolorosa. Fizeste o mesmo com teu sorriso e tua oceana humanidade. Talvez a vida não passe de um sorriso levemente alto da Fernanda, tua mulher e amiga, da Andréa, tua filha e amiga. Ah, o peso dos talvezes e a ausência das respostas!

Que posso te dizer, Machado velho? Hoje os jornais falaram dos ladrões que querem ser presidentes; falaram de presidiários que não pediram para serem inventados por um sistema monstruosamente tirânico. As mesmas vulgaridades de sempre. Para mim, para tua mulher, para tua filha e netos, para o Virgílio, o Jaguar, o Lobo, o Donicci, o Reizinho, para o Chico Paula Freitas, para o Magoulas, para o Otávio Augusto, para o Raul Hazan, para o Pamplona, para o Ferdy Carneiro, para o J. Ruy, para o Chico Caruso, para a Beth Mendes, para o Ziraldo, para o Millôr, para o Sérgio Carneiro, para a Suely, para o Fórum do Rio de Janeiro, para Rio das Ostras, para todos nós da Banda de Ipanema, do Arataca, do Bracarense, da Birosca da Maria, da Academia da Cachaça; para nós da esquerda, da fuzarca e da honesta boemia, a morte deu uma machadada. Todos nós, de repente, nos vimos perdidos numa dantesca floresta escura; crianças de idade madura, sem tua música desafinada, sem tua voz galhofeira, sem teu bonito caráter. Gostaria de ter a coragem de Brancaleone e chamar a morte para a briga; perguntar-lhe na cara, por que tirou tanta alegria da gente de uma só vez? Foi um momento de terror, Machado, dolorido, maldito acidente, esta bruta solidão que nos deste de repente.

P. S.: Elmar Machado morreu aos quase setenta anos. Nunca pretendeu ser um artista e poucos amaram tanto a arte. Era um homem de bem e provou com sua vida que fez bem mais do que a sua parte. Se o céu existe, ele está lá, o grande carioca.

Olha o Brasil aí, minha gente!

Eu tinha 14 anos e todos os problemas gigantescos que carregam nos ombros e na alma (aquele lugar que dói) os guris de 14 anos. Trabalhava de auxiliar de escritório numa pequena metalúrgica em Porto Alegre, lugar quase tão triste quanto as indústrias do princípio do século 19 narradas por Dickens. Voltava para casa, tomava um banho e ia estudar no Colégio Dom João Becker, que era do estado, à noite. Meu pai dizia que eu tinha uma carteira de trabalho assinada e um futuro pela frente. Não conseguia enxergar esse futuro. Era um menino louro, de quase 1,9m, morava num bairro operário, tinha um sobrenome alemão quilométrico que ninguém conseguia soletrar, meus conhecidos eram todos pobres e trabalhadores. Meu apelido era alemão, era um excêntrico por tudo o que já disse e porque gostava de ler. O mais incrível nisso tudo é que eu me considerava BRASILEIRO. O fato dos meus antepassados terem emigrado da Alemanha no princípio do século 19 não me passava pela cabeça. Eu era brasileiro e pobre como todas as pessoas que conhecia.

Um dia, meu pai, que era barbeiro, ganhou de presente de um freguês, operário, um par de sapatos com sola de pneu que viera com um pequeno defeito de fabricação. Ora, eu estava em fase de crescimento e logo arranjei uma unha encravada. Um dia dei uma topada numa pedra e a dor foi tão grande que peguei um alicate e arranquei a unha. Mal sabia eu que, entre os pobres, eu era mais privilegiado que os pobres nordestinos que morriam de seca e menos pobre que os pobres do futuro que já viriam devendo ao FMI. Afinal, estávamos em 1954 e nem Dutra (apesar de gostar de matéria plástica) e nem Getúlio eram ladrões.

Para mim, os brasileiros eram todos pobres como eu. Pobre não passava manteiga no pão, passava banha, pobre usava roupa até não haver mais lugar para um remendo, todas as roupas que os pobres compravam desbotavam em pouco tempo. Parecia haver coisas feitas especialmente para os pobres, os que andavam de bonde, os que tomavam cachaça, trabalhavam dia e noite para terem dívidas no fim do mês. Eu já tivera minha cota de contato com os ricos, quando vendedor de orquídeas, já fora humilhado e ofendido. Sabia que eles se vestiam melhor do que nós, tinham automóveis, viajavam para a Europa, moravam em belas casas, falavam diferente, tinham empregados e empregadas, tinham até clubes onde se reuniam e no qual os pobres eram os faxineiros, gandulas de tênis (como eu), copeiros, garçons etc. Para mim, porém, essa gente (e incluo aí o Dutra, o Getúlio) não era brasileira. Era rica e os ricos eram assim mesmo.

A unha arrancada teve duas conseqüências: uma negativa e outra tão positiva que mudou um pouco a minha vida. A negativa foi a surra que meu pai me deu e a positiva foi a de que meu irmão Urbano apresentou-me ao falecido Glênio Peres (grande jornalista, vindo do proletariado, que chegou a ser vice-prefeito de Porto Alegre pelo PDT), que trabalhava no *Diário de Notícias*, onde entrei como contínuo e auxiliar de repórter policial. Vi mais pobreza e mais miséria mas também vi muita solidariedade. Os pobres ajudam os pobres e ficam mais pobres e os ricos ajudam os ricos e ficam mais ricos. Eu era pobre e brasileiro mas não queria ser como os ricos que nada sabiam sobre o povo brasileiro, o povo que os sustentava e os sustenta. Mas também não queria continuar sendo pobre e explorado. A proximidade com jornalistas comunistas e a leitura de Prudhome, Marx, Bakunin fez-me compreender que o fim que dá objetivo à vida humana não é a riqueza e a exploração mas a cultura e a dignidade, a nossa capacidade de amar, se ser cordial e solidário. É isso mesmo: não conseguia entender como um país rico não podia dar a seus filhos mais fracos o indispensável para a vida digna: moradia, educação, saúde, transporte e emprego. Para mim, portanto, já naquela época, os ricos, os não-brasileiros, eram caricaturas de seres humanos, pois pessoas que só podem ser felizes vivendo da infelicidade alheia deveriam estar num hospício.

Desde aquela época que sonho (e luto) em ver na Presidência da República um brasileiro. Sonhei com Prestes, com Jango e com Brizola. Os cruéis Mauricinhos da política, como FHC, Ciro, Serra, podem virar a vida deles de cabeça para baixo e verificarão que Getúlio, Jango, Prestes morreram com menos dinheiro do que tinham ao entrarem na vida pública. Brizola está na mesma situação. Infelizmente, o Pentágono, a CIA, os militares e a classe dominante "brasileira" não quiseram que meu sonho se realizasse. Quando voltei. Tive de deixar o Brasil em 68. Ao voltar em 78, falaram-me do Fernando Henrique e do Lula. O primeiro, qualquer um podia ver que era um tartufo enganador, um cabo Anselmo. Para o segundo, farei um parágrafo, pois necessita de uma introdução explicativa.

Desde que comecei a me interessar por política que detectei uma esquerda à margem do movimento operário: todos filhos de industriais, banqueiros, latifundiários, grandes profissionais liberais, generais, e todos, naturalmente, universitários. Como o tempo me fez ver eram apenas rebeldes – não revolucionários – tentando matar a autoridade paterna. Assim que a corda apertava, voltavam para seus ninhos, tomavam os lugares dos pais e agiam com a mesma brutalidade. Muitos podem ser vistos assinando colunas nos jornalões e outros tantos fazendo papéis de bufões em novelas da Globo. São os que costumo chamar de ex-crotos, ou seja, gente que já foi crota e, na sede pelo poder e pelo dinheiro, fez o que fez com o PCB e com o PSB, para dizer pouco. O parágrafo sobre Lula, agora.

Quando me deparei com o fenômeno Lula, pensei comigo mesmo: os mauricinhos da *soi disant* esquerda arranjaram um operário para purgar seus pecados, assim como certos banqueiros vão a bordéis para serem açoitados. Queria ver Brizola na presidência e cheguei a concordar com ele que o PT é a esquerda que a direita gosta ou a UDN moralista de tamancos. O discurso de Lula não tinha coerência ideológica para mim e me parecia extremamente moralista no pior sentido. Além disso, queria ver Brizola, meu herói desde a adolescência, no Planalto. Brizola, embora incorruptível e coerente ideologicamente, acabou por juntar-se com traidores que praticamente acabaram com um partido que deveria ser antes de tudo socialista. Como já disse aqui algumas semanas atrás, nossos caminhos se separaram quando ele resolveu apoiar um mauricinho da juventude arenista e neoliberal. Felizmente, Brizola voltou atrás e, nas últimas semanas de campanha, pediu votos para Lula. Votei em Lula contra Collor e contra Fernando Henrique enquanto acompanhava o desenvolvimento e o aburguesamento do partido. O trabalho de Tarso Genro e Olívio Dutra, no Rio Grande do Sul, fez repensar minhas opiniões. Analisei as vidas de José Genoínio (vem do lumpen), José Dirceu, Mercadante, Paim, Heloisa Helena, Dutra, Chico Alencar, Suplicy e alguns outros líderes do PT e nada vi que os desabonasse. Podem ter mais dinheiro agora do que quando começaram a militância, o que é natural, pois recebem bons salários pagos por nós. Parecem-me todos pessoas dignas, honestas, capazes, e muitas arriscaram a vida lutando contra a ditadura militar.

Lula aprendeu e mudou intelectualmente sem ter mudado o seu caráter e a sua dignidade. Não cometeu erros amadores das campanhas passadas e entendeu que quando se lida com raposas temos de ser mais espertos do que ela. Nenhum dos quatro candidatos falou em reforma agrária, a diferença é que eu sei que Lula vai fazê-la. Todos falaram em desatrelar nossa economia do FMI, a diferença é que sei que Lula falava sério. Como não acreditar e aplaudir a perseverança desse ex-metalúrgico e o gigantesco esforço que teve de fazer para chegar onde chegou sem maiores concessões? Vivemos num país onde o dinheiro está concentrado nas mãos de 1% da população. Ora, essa gente não precisa ser candidata para ter milhões de votos. Queriam que Lula abdicasse desses votos e morresse novamente na praia? Os demais candidatos despiam-se a si mesmos e mostravam seu verdadeiro caráter quando diziam ao grande capital: "Vocês vão ver que o Lula não é paz e amor". Em verdade, estavam dizendo: "Banquem a gente, pois conosco vocês terão paz e amor."

Com exceção de Getúlio e de Jango, nunca tivemos um presidente brasileiro, nunca tivemos um pobre, alguém que teve de pedir emprego, andar de ônibus, sentir a dor de uma unha encravada. O povo foi imbecilizado pela ditadura e pela TV Globo, por Sarney, Collor e Fernando Henrique (que nada mais fez senão cumprir *ipsis literis* as ordens do Consenso de Washington e vender a Vale do Rio Doce, a empresa mais rentável do país) e a única ideologia da classe média foi sempre a de escapar do proletariado. Pois Fernando Henrique conseguiu fazer um governo tão ruim que a classe média voltou-se para a esquerda enquanto Lula passou a fazer um discurso mais coerente com a realidade. Juntaram-se a fome e a vontade de comer, no bom sentido, é claro.

Só peço à esquerda que não tente fazer com Lula o que fizeram com Jango, exigindo o impossível – naquele momento – e empurrando-o para as baionetas militares. Lembrem-se do que uma falsa esquerda, grande parte do MIR, aprontou para Allende no Chile. As reformas virão gradualmente e, se me deixarem continuar escrevendo, estarei aqui para elogiar os acertos e criticar os erros. Primeiro vamos dar comida, casa, educação, saúde, transporte e emprego para os brasileiros. Não há por que duvidar disso, pois meu sonho se concretizou: vamos ter um BRASILEIRO na Presidência da República.

Nós é que bebemos e eles que ficam tontos!

Era uma vez um jornalista bastante conhecido. Trabalhava há muitos anos no maior jornal do país como já trabalhara na maior revista do país. Jamais se perguntou por que seus poderosos patrões – em boa parte responsáveis pela corrupção política e pela miséria do povo – o mantinham no emprego, muito bem pago, por sinal. Isto se devia ao fato de que, apesar da falta de originalidade e brilho, escrevia com correção. Era o que poderíamos chamar de profissional coluna do meio. Eles sempre existiram, antes e depois de Gutenberg. Eram os que podiam ser citados e elogiados sem maiores problemas. Por exemplo: "Entre H. G. Wells e Chesterton prefiro Quiller-Couch", pois este último, embora popular, não cometia extremismos e suas opiniões permitiam várias interpretações. Outro exemplo: "Entre Ibsen e Strindberg prefiro a coerência de Pontoppidan". Alguém aí já ouviu falar dele? Pois chegou a ganhar um prêmio Nobel de literatura. Concordar com Pontoppidan era estar do lado seguro e evitava atritos.

Tenho mais idade e mais tempo de jornalismo do que o jornalista de quem lhes falo e do qual a maioria dos leitores gosta sem saber por quê. Como não tenho bens materiais a declarar (a não ser meu único bem, que é a minha mulher) tudo leva a crer que o jornalista em questão também tem muito, mas muito mais dinheiro do que eu. Não garanto certeza, mas deve ser proprietário de pelo menos um belo carro, um belo apartamento e uma casa de campo. Nada de desonesto nem recebido por baixo do pano, imagino. Para amealhar o que citei bastaria economizar um pouco do seu salário mensal.

Venho acompanhando seu trabalho há muitos anos e confesso que escreve seu feijão-com-arroz com razoável competência. Não erra uma crase e acredita na regência do verbo regente. É melhor do que os cronistas de futilidades mas isto também é natural, pois trata-se de um homem sério, o que seria positivo caso não se levasse tão a sério. Ele acredita no sistema, acredita nas regras do jogo, fala a sério dos nossos políticos, sejam eles Arrudas, Távolas, Barbalhos ou – aí vai uma grande diferença – um homem digno como Tarso Genro, para dar apenas um exemplo. Trata a política a sério como se fosse normal termos a maior dívida externa do mundo, como se fosse natural termos o menor salário mínimo do mundo. Não deve ignorar que isso se deve em parte à grande imprensa da qual é empregado. Durante todos os seus anos de profissionalismo conviveu com pessoas ricas e poderosas e é natural, portanto, que no meio de um texto qualquer surja de vez em quando elogios à gente que serviu à ditadura, a Sarney, a Collor e FFHHCC.

O jornalista em questão quer nos passar a impressão de que está acima das coisas menores da vida e talvez seja por isso que seu texto não nos passe vida. O homem em geral e o jornalista em particular cometem erros. O importante é saber se, na hora em que o erro foi cometido, ele acreditava nele; se estava sendo sincero; se tinha a capacidade de dizer "eu errei" publicamente, o que é uma das coisas mais difíceis e angustiantes do mundo. Se o homem não errasse e não tivesse a possibilidade de se redimir, a vida seria um tédio único. Em meus 48 anos de jornalismo profissional jamais fui um jornalista imparcial. Sempre estive do lado do mais fraco, do humilhado, do caluniado, do ofendido. Por isso mesmo respeito mais o jornalista que, mesmo equivocando-se eventualmente, dá sua opinião com destemor mas que, como dizia Erico Verissimo, acende um fósforo para iluminar o caminho no momento da escuridão mais intensa. Prefiro o jornalista que erra sinceramente do que aquele que se esconde atrás de vocábulos esdrúxulos e das boas maneiras, do *deixa estar para ver como fica*.

Paulo Francis foi um exemplo de jornalista profundamente humano. Fomos amigos e continuamos amigos depois que decidiu passar para a direita. Ao fazer isso, Francis transformou-se num personagem e dizia tantas barbaridades, tantos absurdos que devia se perguntar: "Mas será que tem gente que acredita nisso?". Francis encheu o saco de ser pobre e quando passou para a direita – Roberto Marinho, Delfim Neto e Roberto Campos em punho – anunciou-o publicamente. Era, porém, um bom amigo, um homem corajoso e culto, cujos textos líamos com prazer estético e estilístico, mesmo a contragosto. Havia um homem, havia vida atrás de suas palavras.

Em seu singelo romance, *A comédia humana* , William Saroyan, filho de pobres emigrantes armênios, conta sem fazer proselitismo que, na cidade de Ithaca, havia duas agências de telégrafo rivais. Os mensageiros tinham de chegar à agência central em suas bicicletas. O que chegava primeiro ganhava todos os telegramas – faturando assim para a sua agência – e o que chegava mais tarde ganhava um único telegrama. São as cruéis sutilezas do capitalismo. Dessa forma obrigavam os mensageiros a lutar entre si apesar do salário ridículo, quando o normal seria que os telegramas fossem divididos entre os dois.

Bem cedo notei esse tipo de exploração no jornalismo através de um fenômeno chamado "furo". Nós, jovens repórteres de polícia, escondíamos informações uns dos outros. Tentei explicar aos colegas mais velhos que deveríamos repassar nossas informações e o resto dependeria de quem as escrevesse melhor. Resultado: os repórteres lutavam entre si – correndo o perene risco de serem despedidos – para dar mais dinheiro ao dono do jornal. Tim Lopes, meu conterrâneo, de extração proletária, morreu vítima da violência que bestializou parte da população, mas morreu também porque quis dar um "furo", talvez sem saber que parte daquilo que queria denunciar se deve à organização para a qual trabalhava. Quem me acompanhou até aqui, a esta altura, deve estar pensando: "Mas isso não tem nada a ver com as calças que este artigo veste". Acho que tem mas posso estar enganado. Afinal de contas sou apenas um ser humano com milhões de dúvidas e mínimas certezas. Volto, portanto, ao jornalista que é o personagem central do capítulo desta novela que certamente o grande crítico Artur da Távola não aplaudiria, pois seria um vexame em Camelot.

Não vou cometer a injustiça de comparar meu personagem com Fernando Pedreira ou Olavo de Carvalho. Ele também acha que o Marxismo está morto e enterrado por causa de Stalin, como se uma filosofia humanista que tem no homem e não no lucro o fim que lhe dá significado pudesse ser exterminada de uma hora para a outra graças ao onipotente deus do neoliberalismo. Entretanto, perto de Pedreira e Carvalho, é quase um frade trapista. Por isso mesmo jamais comentei sua carreira sem grandes percalços: escreve direitinho, acredita no sistema e quando o político, banqueiro ou industrial já se estrepou por conta própria e está sendo apedrejado pela mídia também dá sua pancada. Outro dia escreveu um artigo sobre a hipocrisia de FFHHCC tão bom que decidi elogiá-lo aqui do meu canto. Não o conheço pessoalmente e esperei anos para que escrevesse algo contundente e sincero para elogiá-lo. Em verdade, pensei: "Isso vai ajudá-lo a ser menos 'imparcial'" Fiquei contente de verdade.

Infelizmente, minha alegria durou pouco. Segunda-feira passada em *O Globo* meu novo herói escreveu um artigo que só não chamo de venenoso porque seria um insulto ao adjetivo. O título era "Lula 2002 toma Romanée Conti 1997". Nele, o jornalista informa que, a julgar pelo comportamento de Lula depois do debate da TV Globo, ele jogará fora o patrimônio de quase 50% (na minha opinião, bem mais) dos votos que conquistou. E sabem por quê? Porque num restaurante de Ipanema, Duda Mendonça, o marqueteiro de Lula, comemorou a vitória dando de presente ao ex-torneiro mecânico uma garrafa de Romanée Conti que custa seis mil reais e da qual ele teria bebido um copo. Não gosto de marqueteiros e nem de publicitários em geral e Duda tem um patrimônio infinitamente superior ao de Lula. Não me parece, porém, uma extravagância que, depois da mais bela revolução social, pacífica e democrática ocorrida no país, um homem nascido na maior pobreza e que se alçou à condição de candidato vitorioso quisesse provar o vinho mais famoso do mundo. O jornalista em questão acha que não; que ele deveria rifá-lo para uma instituição de caridade. Para o jornalista em questão, Lula não pode falar do sofrimento dos pobres e depois tomar um copo de Romanée Conti.

Durante boa parte da minha vida ouvi este comentário idiota: "Comunista mas bebe uísque". Esses imbecis queriam que eu, além de pobre, biscateiro quase sempre desempregado, lutando contra o poder, ainda devesse me punir tomando "caninha da roça". Eu não estaria tão irado se o jornalista em questão houvesse feito a "denúncia" por burrice. Não, burro ele não é. Sabe que, como Quiller Couch e Pontoppidan, tem centenas de milhares de leitores; gente de classe média, insegura, que graças à ganância, à desonestidade e ao entreguismo de FFHHCC demonstrou sua preferência pela esquerda paz e amor. Foi para seus leitores que ele falou; foi para eles que votarão no próximo dia 27 que ele tentou associar Lula a Maluf e Pitta (que gostam de Romanée Conti) e usou como exemplo positivo um louco genocida como Lyndon Johnson, riquíssimo petroleiro e dono de um império jornalístico. O jornalista em questão elogiou Lyndon Johnson por exigir que só se servissem bebidas americanas na Casa Branca a fim de incentivar os vinhedos da Califórnia que prosperam à custa de mão-de-obra clandestina vinda do México. A essa altura, Johnson já estava louco e acordava de madrugada berrando "Leite, quero leite".

O que me deixou triste com o artigo "Lula 2002 bebe Romanée Conti 1997" foi a desonestidade e a má-fé. Ora, eu, que brigo para pagar o aluguel todos os meses, já bebi Romanée Conti uma vez no Le Grand V Four em Paris, da mesma forma que já fui para a cama com condessas e madames que não eram para o meu bico. Esses prazeres, por ironia do acaso, também acontecem com jornalistas pobres. Uma coisa, porém, é certa, o jornalista em questão é fino enólogo, entende de vinhos e principalmente de Romanée Conti, pois deu uma verdadeira aula sobre o assunto em seu artigo. O jornalista em questão, cujas iniciais são ELIO GASPARI, era um jornalista medíocre no bom sentido. Ao achar que Lula não pode ser presidente porque bebeu um copo de vinho caro, transformou-se num jornalista medíocre no mau sentido; aquele sentido que conduz a ética e a credibilidade para o esgoto.

P. S.: Caro Lula, quando você vencer o segundo turno, pois a maioria dos brasileiros não é tão idiota como pensa o Elio Gaspari, não esqueça de comemorar com feijão, arroz, dois ovos e uma cachacinha em lata.

A vida como ela é

Para Samuel Rodrigues e Nelson Becket
– in memoriam

Certa vez, no Rio de Janeiro, ouvi uma discussão entre dois médicos – Vladimir e Estragon. Eram cirurgiões e haviam tentado salvar a vida de uma adolescente cancerosa sem sucesso. Saíram do Hospital do Câncer e foram ao Bar Brasil, na esquina de Gomes Freire com Lavradio, na Lapa. Ambos belos seres humanos mas Vladimir, o magro, carregava muita mágoa. Chorava de frustração. Enquanto lavava as mãos no banheiro, dizia para o gordo Estragon, que mijava:

– Porra, rapaz, às vezes penso que se Deus existisse, alguém deveria matá-lo. É muita injustiça, muita maldade, muita sacanagem! Matá-lo.

O gordo deu as três sacudidas de praxe, lavou e enxugou as mãos:

– Mas o homem vem tentando matar Deus desde que o criou.

– Ah, te peguei – disse o magro e mais jovem. – Você disse "desde que o criou". Isso significa que para você Deus é uma criação do homem.

– O fato de ele ser uma criação não implica a sua não-existência – disse o gordo Estragon.

Sentaram-se numa mesa próxima do canto e eu sentei na mesa ao lado. Pediram dois chopes com patê e pão preto.

– O que é que você quis dizer com aquilo?

– Aquilo o quê?

– Aquela história de que Deus pode existir mesmo sendo uma criação do homem. Quer dizer que Deus pode existir mesmo sendo criação? – perguntou Vladimir, mandando meia tulipa para dentro.

O gordo pediu um genebra e bebeu-o de uma talagada e depois pediu outro.

– Ora, se o homem tem capacidade para criar Deus pelo menos *para ele* esse Deus existe. Poderia te dizer isso de outra maneira.

– Diz.

– É mais fácil para Deus criar o homem do que para o homem criar Deus, você não acha?

– Você é um gozador. Garçom, mais dois chopes. Não me importa quem tentou criar quem. Quero saber por que o homem vem tentando matar Deus.

– Porque, existindo ou não existindo, ele está dentro do homem e quando um homem chega a ponto de matar outro homem – doença, epidemia, fama, ambição, ganância, ciúme, miséria, peste, prostituição, corrupção, guerra, difamação, assalto, solidão, desprezo e até mesmo incompetência, você escolha aí –, é o Deus que existe no homem que o outro homem quer matar.

– Você não passa de um sofista de pé sujo.

– Que pé sujo, rapaz?

– Sofista de botequim.

– Vê, quando você explica, eu entendo – o gordo pediu azeitonas e continuou bebendo genebra com cerveja. – De qualquer forma, os sofismas estão aí para serem destruídos. No entanto não vejo sofisma algum quando digo que o que há de bom e de mau no mundo foi criado pelo homem. Deus entrou apenas com o mundo. O homem é quem faz do mundo o que bem entende e aparentemente está tentando destruí-lo. Digamos que Deus nos deu um belíssimo jogo. Como não temos paciência, talento e amor para decifrar suas regras, crianças irritadas que somos, preferimos destruí-lo. O nome do jogo é Verdade. Para tentar desvendá-lo o homem criou a Realidade.

– Você está de porre? – perguntou Vladimir.

– Um pouco, o que é natural, pois estou tomando genebra com chope e você só chope.

– E não é irresponsável o cirurgião que enche os cornos?

Se o gordo ficou irritado, não demonstrou.

– Só vou operar dentro de 48 horas mas se fosse chamado para operar agora e não houvesse alguém para me substituir, tomaria um café bem forte e tentaria fazer um bom trabalho.

– E se o paciente morresse?

– É o que venho tentando dizer. De quem seria a culpa? De Deus, do governo, que não dá verbas para a saúde, do hospital, que tem poucos médicos mal pagos, ou de mim, que exagerei na bebida? Eu não botaria Deus no meio.

– Você falou que o homem se perde nos labirintos da realidade. Que labirintos?

– Sei lá – disse o gordo mandando outro genebra para dentro. – Não sou Deus.

– Deixa de sacanagem, Estragon. Quais são os labirintos da realidade?

– Imagino que sejam muitos mas os principais são sucesso, dinheiro, poder, beleza, potência, propriedade, por aí. Verdade é que o mundo nos foi dado grátis e a realidade é o que fizemos com ele. Se o homem nasce perfeito como acreditamos, o responsável pela sua deterioração física e moral só pode ser ele.

– Ah, é? E os fatores genéticos? E a menina que morreu de leucemia nas nossas mãos? E a AIDS?

– A leucemia foi transmitida pelos pais ou pelos avós ou pelo primeiro primata da família. O vírus da AIDS, o homem, se não inventou num laboratório para acabar com os veados, as prostitutas, os negros, foi buscá-lo nas selvas da África onde provavelmente era mais inofensivo que resfriado. Que Diabo tem Deus a ver com isso?

– E os filhosdasputas que ganham dinheiro em nome de Deus? Os pastores vigaristas? Os padres pedófilos?

– Espere aí. Ganham dinheiro em nome de Deus sem a licença de Deus. Ele não assinou nada embaixo. De qualquer modo esses filhos das putas, como você diz, mereciam morrer e se não morrem também não é culpa de Deus mas dos idiotas que os sustentam.

– Quer dizer que esse teu Deus não tem culpa de nada, gordo?

– Devagar com a louça. Estou formulando hipóteses levando em conta a existência de Deus. Pode ser que ele não exista e nesse caso temos de nos transformar em deuses para dar um sentido à vida.

– E como é que vamos fazer isso, Estragon?

– Matando os ricos, talvez. Regenerando os ricos, quem sabe? Eu começaria seguindo os dez mandamentos.

– E o que proíbe matar?

– A gente adapta. Tem muitas saídas dramáticas e cômicas antes da tragédia se instalar.

– Que saídas?

– Avisos, sinais, alertas que podemos captar consciente ou inconscientemente a todo instante. Aquelas duas folhas de árvore que estão caindo ali...

– Ali onde? – perguntou o magro virando-se para a porta do bar.

– Estão caindo da árvore agora – disse Estragon apontando para onde não havia árvore alguma – e podem ser um sinal para mim que as vi e para você que as viu com meus olhos.

– Sinal de quê?

– Sinal que devo jogar no bicho no 1, no 2, 11, 12, 21 ou no 22. Ou apostar na dupla 12 no hipódromo. Vamos embora enquanto ainda consigo dirigir.

Por insistência do magro, o gordo deixou-o pagar a conta.

– Você vem comigo? – perguntou Estragon.

– Vou pegar o metrô.

– Então até amanhã.

Naquela noite o magro surpreendeu a mulher na cama com seu irmão mais jovem. Como se já o esperasse, a mulher lhe deu um tiro no peito com um revólver que guardava sob os lençóis. Os dois dirão à polícia que confundiram o irmão e marido com um gatuno. Acabarão sendo punidos.

No momento em que Vladimir levou o tiro fatal, Estragon decidiu que estava cansado e, na Curva do Calombo, na Lagoa, jogou o carro a 120 quilômetros contra uma árvore. Morreu na hora.

Em ambos os fatos não houve interferência divina.

Todo mundo com cara de bunda!

Todo crime é hediondo porque só faz vítimas. A pessoa que foi roubada e o próprio ladrão, dependendo das circunstâncias e das motivações, são ambas vítimas. Ora, Édipo não arrancou os olhos depois que descobriu ter tido filhos com a mãe porque estava feliz. Nem Medéia ficou feliz depois de matar os filhos. Os crimes cometidos por Fernando Henrique e sua corja de malfeitores nem foram considerados crimes, pois as pessoas que ele matou de fome estão longe de nós, longe do nosso mundo. Os crimes cometidos pela polícia como a tortura e contra a polícia quando um policial é assassinado por um traficante também não chamam nossa atenção porque não chegam a entrar no âmbito do nosso mundinho que é o nosso lar, nosso local de trabalho, nosso clube. Pais matam filhos, e filhos matam pais todos os dias neste país nas favelas mais urbanas e nas mais longínquas e miseráveis, mas não nos estarrecem e raramente merecem mais do que uma coluna em página interna de jornal. A violência foi banalizada de tal modo pela televisão (*serial killers*, tráfico de drogas, tortura, terrorismo) que nos incomoda tanto quanto um leve resfriado. Tem-se a impressão de que os protagonistas desses crimes, desses assassinatos, desses estupros – vítimas e algozes – vivem num outro mundo e quando se aproximam de nós podem ser facilmente identificáveis como cidadãos de segunda categoria, tal qual os judeus eram para os nazistas e os palestinos são, hoje em dia, para os judeus.

Quando, porém, o crime de características hediondas, aquele que quebra uns poucos tabus que ainda mantemos, ocorre no nosso mundo (entre nós, pessoas de bem, conta bancária, cartões de crédito, casa própria, empregados, bons empregos, boas escolas, brancos, boa origem), ocorre um fenômeno estranho. Parece emanar do alto, de algum píncaro desconhecido, uma voz tonitruante em nossos cérebros mas silenciosa para o exterior, que diz: "Atenção: todo mundo com cara de bunda".

Diante de crimes que envolvem a classe média alta e principalmente quando envolvem parricídio, matricídio, fratricídio ou qualquer outro ídio familiar, ficamos todos com cara de bunda. E – como no caso de Suzanne von Richtoffen, jovem, bela, loura, rica, universitária que matou os pais com a ajuda do namorado e do irmão dele – surgem os comentários mais idiotas: "Ela tinha tudo, era amada pelos pais, o que mais lhe faltava?". Ficamos com cara de bunda porque o crime entrou no nosso mundo, poderia ter acontecido com um vizinho, um amigo, um parente. Ninguém mais está a salvo. Os órgãos de imprensa, a TV e o rádio, então, se enchem de interpretações psicológicas, psicanalíticas e psiquiátricas idiotas. Numa linguagem confusa e pomposa – cujo objetivo é esconder a própria ignorância e o próprio medo dessa ignorância – esses profissionais da mente começam a falar em Lacan, em Jaspers, em *angst* existencial mas sempre com caras de bunda. E isso porque qualquer tentativa de análise que se atenha ao pequeno mundo das vítimas e dos criminosos é de pouco valor.

É fácil tirar ilações depois do fato. Suzanne era filha de um aristocrata alemão que vivia no Brasil numa sociedade teuto-brasileira de alta classe média que queria um casamento para a filha dentro dos moldes estruturados pela família. Sua mãe era uma psiquiatra de descendência libanesa criada talvez dentro dos tabus sexuais muçulmanos. Isso, porém, não passa de especulação. Existem centenas de milhares de casais que se adaptam a esse esquema e cujos filhos não saem por aí matando os pais porque eles não fazem gosto de um namoro. Podem simplesmente encerrar o caso dizendo que a assassina e os assassinos eram psicopatas, mas cientificamente mesmo alguém pode explicar o que é um psicopata, o que é um sociopata? Não elegemos recentemente um psicopata, um sociopata que roubou a poupança de velhinhos aposentados roubando, talvez, todos os seus sonhos? A Alemanha de Schiller, Goethe, Kant e Bach não elegeu Hitler? Um genocida como Sharon não será confirmado no posto em breve? Os Estados Unidos não apoiam uma invasão que acabará com metade da população do Iraque? Com raras exceções, o mundo olha para esses fenômenos com cara de bunda.

A maior culpa por esse bundismo se deve à grande imprensa pelo fato de ter quase acabado com o fim que lhe dava significado: a reportagem e os repórteres. Seria como se os hospitais desdenhassem das funções dos médicos. Esse fenômeno vem ocorrendo desde 1964 e vem se tornando cada vez mais agudo desde então. Hoje em dia temos poucos bons repórteres no Brasil – entre eles, Jânio de Freitas, na *Folha de São Paulo*, Marcelo Auler (aqui no *Pasquim21*) e Gervásio de Paula, no Ceará, cito de memória. O repórter é aquele profissional que sai à rua para buscar a verdade e repeti-la aos leitores. Se não estiver satisfeito, investiga. O bom repórter sabe a diferença entre a realidade e a verdade. Sabe que muitas vezes a realidade serve apenas para encobrir a verdade. Para que bons repórteres possam existir são necessárias duas coisas: dinheiro e independência. A nossa grande imprensa não é independente e não é independente porque não quer, porque a independência não dá dinheiro. A nossa grande imprensa é sócia do poder e a grande maioria dos repórteres são apanhadores de *press-releases* que logo, logo encontram um encosto em alguma repartição municipal, estadual ou federal. Os poucos repórteres policiais que ainda existem, na maioria das vezes, são mais policiais do que jornalistas. Alguns bons repórteres, sabendo que não podem exercer a profissão com liberdade, tornam-se cronistas, escritores ou publicitários.

Nem sempre foi assim. Eu mesmo, quando repórter, passei semanas, como louco, num hospício, como preso numa penitenciária, passei em revista um desfile do exército na avenida Rio branco vestido de Papai Noel. Eu e muitos da minha geração arriscávamos a vida por um ideal mais alto que era a verdade e só podíamos fazer isso porque trabalhávamos em jornais independentes não importa quem apoiassem politicamente. Como membro do Conselho Estadual de Cultura, ainda na semana passada, tive a honra de indicar para o prêmio Governador do Estado o nome do maior repórter que já conheci: Joel Silveira, um homem que sabe separar a verdade da realidade de superfície e além disso escreve com contundente lirismo, o que o torna também um dos maiores escritores do Brasil. Com pouquíssimas exceções, não temos mais repórteres como Joel, pois são caros. Os jornais preferem publicar artigos de José Sarney, Delfim Neto, Francisco Dornelles e ainda obrigam o leitor a pagar por esse lixo.

A esta altura, quem me acompanhou até aqui estará se perguntando: "Como não tem repórteres, se existe o prêmio Esso, se as revistas continuam publicando escândalos políticos?". É verdade, mas isso não exige repórteres. Observe que quando algum político é denunciado é porque isso interessa a outro político. Não são os repórteres que vão atrás das notícias mas as notícias que batem na porta da redação dos jornais e revistas para dizerem:

– Oi, eu sou a notícia.

– E o que é que você quer aqui? Isto é um jornal.

Está certo, exagero, mas onde estão as grandes reportagens (não as encomendadas por alguma facção do poder como a Globo denunciando o bispo Macedo enquanto lhe convinha ou a *IstoÉ* expondo Roseana por encomenda de José Serra ou a *Veja* expondo José Serra por encomenda de José Sarney. Tivéssemos reportagem no Brasil não teríamos mais este salário mínimo patético, a Baía da Guanabara estaria despoluída, a desonestidade de vereadores, deputados, senadores e executivos seria exposta, todas as crianças teriam educação, teríamos transporte fluvial e ferroviário, os bancos não poderiam cobrar mais de 12% de juros ao ano e, como vocês bem sabem, a lista daria a volta ao mundo. Há anos se falam cobras e lagartos do MST mas nunca vi um chefe de reportagem dizer a alguém como Joel Silveira: "Aqui estão cinqüenta mil reais. Passa um mês entre os sem-terra e depois escreve o que eles fazem e querem".

Por incrível que pareça isso acontece nos Estados Unidos (75% da mídia está nas mãos de dois ou três grupos), onde ainda existem jornais independentes como o *Examiner* da Filadélfia, cujo repórter Jonathan Newman acabou com a corrupção do Departamento de Polícia, até então considerado pelo FBI o melhor de todos os Estados Unidos.

Volto ao gancho deste meu artigo, que foi o duplo assassinato em São Paulo. Em vez de ficarmos com cara de bunda, talvez fosse o caso de nos perguntarmos: o que induziu esses jovens a tão escabroso crime? Em princípio, os três componentes são os de sempre: dinheiro, poder e amor, se é que esta palavrinha se encaixa neste contexto. Talvez fosse mais correto dizer sexo animal. Depois devíamos nos perguntar qual a parcela de culpa de uma imprensa sem reportagem, de uma televisão que transformou o jornalismo em *show business*, de um poder político corrupto que relega a educação à marginalidade. Abram qualquer revista, vejam qualquer anúncio de televisão e verão que eles conduzem ao crime. São mentirosos, acenam com um mundo só permitido a alguns poucos, mentem, roubam o dinheiro dos que não têm nada. Isso acontecerá sempre enquanto colocarmos o *ter* na frente do *ser*, enquanto colocarmos a rebeldia na frente da revolução, enquanto quisermos continuar a tirar vantagem em tudo e dissermos "não tenho nada com isso".

Agora, entretanto, o crime aconteceu na nossa casa, na alta classe média (como aquele do diretor do *Estado de São Paulo* que se julgava tão poderoso a ponto de matar e lá também estavam os componentes dinheiro, poder e sexo), e poderia ter acontecido conosco. Não são mais pretos, mulatos, mendigos, traficantes, mestiços, prostitutas, gente diferente. Sim, a diferença, o racismo desempenha um papel muito importante na história da criminalidade: foi mais fácil jogar a bomba atômica em Hiroshima, pois eram japoneses. Quem se incomoda com a invasão do Iraque? Afinal, são árabes, atrasados, fanáticos, têm outra religião, não é verdade? Só existe uma raça no mundo, a humana, e ela parece que quer se destruir antes mesmo de saber por que existe.

Há justiça, é claro, mas a justiça brasileira, como bem sabemos, volta e meia está escapando da polícia. Agora mesmo FHC manobra para poder nomear cinco juízes do Supremo, fazendo com que o novo presidente só possa nomear um e tenha a justiça contra si, uma vez que ela é agradecida a quem lhe faz um agrado. Não sei o que acontecerá com os jovens assassinos de São Paulo. Os rapazes, provavelmente, serão mortos e a moça, assistida por familiares, deverá estar em liberdade em alguns anos. Até que se ouça novamente aquele vozeirão silencioso: "Atenção, todo mundo com cara de bunda".

P. S meio importante: Comentava este artigo com alguns amigos no restaurante Lucas e, sabendo-me contrário à pena de morte, um deles provocou: "O que é que você faria se alguém matasse tua mulher e filhos?". Respondi na hora: "Matava o filhodaputa".

Tentando respirar apesar da avalanche!

Venho sendo alienado pela realidade. Embora nenhum homem seja uma ilha, lentamente estou me transformando numa. É claro que não vou enlouquecer no sentido convencional do verbo: sair pelado por aí jogando pedras nos automóveis e conversando com as moscas. Como o personagem central do meu romance *O campo de batalha sou eu* continuarei saindo de casa – duas doses generosas de uísque no bucho – usando minha máscara de javali para proteger-me dos javalis e distribuindo sorrisos, "como vais?" e "muitos prazeres", mas tem anos que sei: as coisas estão erradas. A crueldade dos ricos e a ignorância dos pobres – que os tornam presas fáceis e criminosos fadados a morte violenta – estão levando a sociedade ao suicídio.

Tomei consciência de que havia alguma coisa de errado com a realidade que insiste em encobrir a verdade quando há anos vi, em frente a um hotel de São Paulo, jovens adolescentes que, em companhia das mães, mostravam os seios aos componentes de um grupo de rock americano. Mais tarde alguém me informou que um jogador de futebol brasileiro havia sido comprado por dinheiro suficiente para matar a fome da população de algumas cidades nordestinas. Na mesma semana um milionário japonês comprou um Van Gogh por 250 milhões de dólares. Esses são apenas alguns exemplos. Nada tenho contra roqueiros, jogadores de futebol ou pintores. Eles são deuses criados pela mídia para consumo dos miseráveis, como os bufões das novelas de TV. O problema é que, com o advento do computador e dos robôs, a loucura desce como uma avalanche de neve suja e vai cobrindo a humanidade, a capacidade de amar, de racionalizar, de se distanciar criticamente e pensar. Essa avalanche de porcarias destrói a verdadeira arte, aquela que humaniza e enriquece o espírito. Um espírito rico sabe como alimentar o corpo.

Alguns exemplos: 1) a mais moderna potência do mundo tem um presidente com visíveis problemas de amadurecimento mental que quer invadir – por vingança pessoal – o Iraque; 2) os judeus estão dando aos palestinos quase o mesmo tratamento que receberam dos nazistas; 3) uma terça parte da África sofre de AIDS; 4) com raras exceções, o mundo inteiro, via TV, recebe milhares de toneladas de lixo cinematográfico americano que ensina a matar, a torturar, a mentir e a roubar, chegando a ponto de um médico canibal ser visto com simpatia; 5) "igrejas evangélicas" roubam dinheiro dos miseráveis mediante ameaças: "Jesus sabe que você tem dinheiro e não quer lhe dar. Quem é mais importante, Jesus ou sua família?"; 6) o país que mais consome drogas no mundo (os EUA) em vez de reprimir seu uso quer invadir a América do Sul, via Amazonas; 7) os bancos só servem para roubar, os hospitais para matar e as escolas para deseducar; 8) a mídia trata um delinqüente como Fernando Henrique Cardoso como se realmente fosse um estadista apenas porque passará a faixa para Lula; 9) a miséria, a ignorância e a criminalidade crescem geometricamente e, finalmente, os filhos matam os pais. Soterrada por essa avalanche de lixo, o ser humano tenta respirar.

O homem se sente só, foi ultrapassado pela natureza e pela cibernética. Não acredita no velho Deus barbudo mas precisa de deuses, sejam eles drogas, duendes, espíritos, qualquer coisa que dê sentido à sua patética ignorância. Está na hora, porém, de compreenderem que cantores de rock não são deuses, jogadores de futebol não são deuses, políticos não são deuses, pastores vigaristas não são deuses, galãs de novela não são deuses, automóveis não são deuses, nem os computadores e nem os diplomas. Os deuses da opinião pública também são uns ricos coitados que temem a própria fragilidade e começam a fazer loucuras *mesmo*, como essa caricatura de ser humano que é Michael Jackson, uma vergonha para toda a raça negra. Esse homem ou mulher, sei lá, já foi processado por molestar crianças mas a questão foi resolvida (centenas de milhares de dólares) entre os pais da vítima e os advogados do monstrinho, cuja última façanha foi fazer conta de que jogaria um bebê do alto de um hotel na Alemanha. Esses deuses da mídia têm patrão – este sim anônimo – chamado MERCADO que tudo oferece mas cobra caro demais. Entrem na casa humilde de um operário – como o interpretado pelo grande artista Gian Maria Volonté no filme *La classe operaria va al paradiso* – e verão o número de porcarias de plástico absolutamente desnecessárias que comprou induzido pela publicidade. O mercado assim como o dinheiro não existe para nos usar e sim para ser usado por nós.

A propósito da última criação do MERCADO, a Suzanne Richthofen, uma amiga, me confidenciou: "Lembro que quando eu tinha dez, doze anos, o medo terrível que meus pais tinham do comunismo. Além das histórias de que os comunistas comiam crianças, havia duas outras que me impressionavam muito: a das velhinhas que varriam as ruas de Moscou nas noites de inverno e a dos filhos que denunciavam os pais que não tinham a fotografia de Stalin em casa, certamente inspirados no nazismo. Como era possível – perguntavam meus pais – que filhos se voltassem contra os pais a ponto de denunciá-los? Que absurdo e assim por diante".

As palavras da amiga me conduziram a Mary Shelley e seu *Frankenstein*, que provavelmente não gostava da forma natural de produzir seres humanos através da relação sexual. O sucesso do seu livro correspondeu ao medo circulante na época, dos grandes avanços científicos, principalmente na medicina. O mesmo medo do progresso tecnológico voltou a aparecer nos anos 50-70 do século passado, depositado nas máquinas apresentadas pela ficção científica. Os pais dessa minha amiga tiveram uma empregada (outra aberração própria de países do terceiro mundo. Vivi sete anos na Dinamarca e nunca soube de alguém que tivesse uma empregada doméstica a não ser em ocasiões muito especiais) que desapareceu de repente. Um ano depois reapareceu grávida com uma barriga enorme. Ingenuamente, a mãe da minha amiga lhe perguntou:

– Maria, você casou?

– Não. Não foi "perciso".

Não, definitivamente, não é preciso um cientista louco para fabricar um monstro ou um santo. A ciência não tem dispositivos para prever nem explicar a produção de monstros mas algumas pistas o conhecimento acumulado pode nos oferecer. Quando damos muito poder a qualquer indivíduo, não importa o universo (social, político, familiar), estamos reunindo os ingredientes para a criação de um monstro. O homem sem limites é um monstro em potencial. Creio honestamente que somente dois fatores podem evitar a proliferação de monstros: o acaso ou a consciência política, a consciência crítica e revolucionária do ser humano que lutará de todas as maneiras para ser tratado como tal e que certamente merece mais respeito que deuses de pés de barro e monstros criados pelo sistema neoliberal.

Não, não foi por acaso que o povo venceu as últimas eleições presidenciais. Foi graças à prepotência dos donos do poder e dos donos da justiça que desdenharam do desespero da classe média e acharam que o povo já estava o suficientemente imbecilizado para não mais pensar. Esse monstro que é Fernando Henrique Cardoso continua dizendo cruéis bobagens em Oxford e na República Dominicana, coisas como "não existe fome no Brasil" e, em relação à Argentina, "alguém precisa tomar uma decisão e resolver o problema de uma forma heróica". Enquanto escolhe um "apartamentinho" para morar com a família em Paris, faz planos para entregar o Brasil ao novo presidente com mil vezes mais dívidas, problemas e corrupção do que o recebeu. Louco? Talvez, pois o poder enlouquece. Mas um louco rico que, ao contrário do que acontece comigo, não é ferido pela realidade, uma vez que foi ele mesmo que a construiu.

Sempre que Deus exista (o que não é importante), pela primeira vez desde 1964 teve pena do Brasil. Livramo-nos da ditadura, do senhor de engenho Sarney, do psicopata Collor e finalmente do delinqüente irresponsável, ferido de nauseabunda vaidade, Fernando Henrique Cardoso. A Lula cabe proteger-se fisicamente e não acreditar no sorriso dos lobos; acabar com a fome e punir os que vêm causando a fome. Não estou brincando: quem estiver no poder precisa pensar muitas vezes as suas ações. A necessidade de uma mudança profunda é um imperativo ético, uma exigência psicológica e, principalmente, uma condição para a sobrevivência da espécie humana. Viver corretamente não pode ser mais apenas o cumprimento de uma ordem ética ou religiosa. O coração humano precisa ser transformado. Precisa ser apresentado à sua humanidade. Para isso, entretanto, serão necessárias drásticas transformações sociais e econômicas que dêem uma chance ao coração humano.

Creio que dentre todos os países do mundo, apesar de tudo, por uma série de circunstâncias harmônicas, o Brasil é o que está mais preparado para tentar essa aventura. Ou doma o MERCADO e responsabiliza seus sacerdotes (na indústria, no comércio, na política, na economia, nos meios de comunicação) ou perece. Nunca estivemos tão bem preparados para extinguir o egoísmo gerado pelo sistema que faz com que os líderes dêem maior valor ao seu êxito pessoal – as estultícias que profere impunemente o nosso patético *globetrotter* – do que à responsabilidade social. Se Lula for o líder que acho que é, essa responsabilidade social será cobrada de todos os que estão matando o Brasil de fome.

P. S.: Hélio Fernandes é um dos grandes jornalistas do nosso tempo, um homem culto, repórter bem-informado e principalmente corajoso. Em sua coluna de terça-feira passada na *Tribuna da Imprensa*, a propósito do lançamento do meu último livro, *O ogre e o passarinho*, comentou com extrema generosidade minha pessoa e meu trabalho no jornalismo e na literatura. Muito obrigado, Hélio. É claro que eu poderia te telefonar agradecendo mas certas coisas devem ser proclamadas publicamente.

Estrela vermelha

Outro dia numa reunião social descobri que eu era o mais velho entre os presentes. Logo eu, que mentia a idade para poder namorar moças mais velhas. Estou com 62 anos. Como passou rápido o tempo que separa o AI-5 do nosso tempo. Trinta e cinco anos de cruel farsa. Eu tinha 28 quando tive de passar dez anos fora do Brasil. Em que espelho ficou perdida a minha face? – como o disse uma vez Cecília Meirelles.

Acho que os dias mais felizes da minha vida foram quatro: quando descobri que sabia ler, quando dançando com uma adolescente senti uma dorzinha gostosa no coração e descobri o amor, quando nasceu minha primeira filha e quando Lula ganhou a eleição. Temos muita coisa em comum, eu jornalista dos mais desprestigiados e ele o herói que alcançou seu ideal apesar de todas brutais adversidades. Somos filhos do proletariado, não temos diploma universitário, nos educamos com muita dificuldade e provamos Romanée Conti uma vez na vida.

O carisma de Lula é muito forte, e sua liderança, incontestável. Maior que a de Brizola, que embora digno, honesto e patriota, tem um dedo podre para escolher assessores e acaba sendo inevitavelmente traído.

Lula aprendeu com seus próprios erros. Lembram-se daquele vexame que foi seu debate final com Collor? Por outro lado, pode ser que ele ainda não estivesse preparado na época para assumir a Presidência da República e que ainda teríamos de purgar doze anos, vítimas de um psicopata e de um FHC cujo maior caso de amor é consigo mesmo.

Lula soube cercar-se de intelectuais sérios, honestos, filhos da burguesia e da classe média. Enfim, gente que lutou para não ver nossa pátria definitivamente desonrada. A maioria começou adolescente e a maioria, hoje, está cheia de netos. Podem ter ganho algum dinheiro mas não de fonte que os desabone. O impressionante, porém, é que, enquanto aprendia com sua *entourage*, Lula não se impressionou com as lantejoulas do poder. Continuou intrinsecamente um homem pobre e não esqueceu do sofrimento das dezenas de milhões de pobres e miseráveis prisioneiros da ignorância e de uma classe dominante que os odeia, pois não pode prescindir deles para fazer o trabalho sujo por meia dúzia de reais. Em verdade não foram os líderes do PT – Genoíno, Paim, Olívio, José Dirceu, Suplicy, Genro – que impuseram um estilo ao operário. Foi o operário quem impôs seu estilo e –

com exceção de Weffort – ninguém o traiu. Seria simplesmente calamitoso que uma vez na presidência o burguês passasse a dominar o operário.

O homem já foi definido como faber, o fabricante de ferramentas; de sapiens, que no sentido positivo significa o homem que pensa não para manipular mas para compreender; de ludens, ou seja, o artista que eleva a potencialidade; de negan, o que diz não quando a maioria servil diz sim. Finalmente, chegamos ao homem brasileiro, ao homem que – por um equívoco arrogante do poder – elegeu um seu igual para a presidência. Esse homem se chama homem esperans, o homem esperança que quer ser livre e consciente.

Esse homem, meu caro Lula, marchará ao seu lado enquanto você marchar ao lado dele. E foi com temor que ele viu você trocar abobrinhas com um criminoso como FHC. Foi com apreensão que ele viu você convidar para a presidência do Banco Central um ex-presidente do Bank of Boston. Foi com apreensão que esse homem esperança viu você convidar Luiz Furlan para o Ministério do Desenvolvimento e Roberto Rodrigues, financiador de Serra, para o Ministério da Agricultura. Os três são milionários, os três jamais se preocuparam com o povo e é fácil ver que aceitaram o convite para fazer o que melhor sabem fazer: enriquecer. Lembre-se, Lula, eles podem ser elegantes, ricos, cultos, mas não são deuses. Não existem deuses e a primeira concessão abre a porta para todas as outras. Que diabo, onde estão os quadros do PT? Não existem na esquerda homens capazes, inteligentes e honestos para ocupar o BC e os dois ministérios? Talvez seja possível governar com o povo, o FMI e a ALCA mas que nisso não se perca o caráter do homem, pois foi isso que aconteceu durante as eleições, uma tentativa de mudar o caráter do homem e da nossa política paternalista e cruel.

Um governo que mostra a sua cara deve exigir da televisão – uma concessão estatal – espaço para apresentar seus ministros e suas contas bancárias. Vai, Lula, tens um grande destino pela frente e uma estrela vermelha para te conduzir.

Um chope no Bar Memória

Se um dia meus leitores se cotizassem, criassem um jornal e me convidassem para dirigi-lo, guardaria duas páginas para o Bar Memória. É que os ladrões ricos são tantos, saltam tanto de um cargo para outro, têm nomes tão parecidos (era Carlos Estevão Henrique Eduardo ou Eduardo Jorge?) que deveríamos ter um espaço perene para eles. Quem sabe um dia se instala a justiça neste país e poderemos botá-los na cadeia e devolver aos pobres o dinheiro roubado? É, meus amigos, precisamos olhar para trás se quisermos entender o presente e ao mesmo tempo tomar cuidado para que o caminhão que vem do futuro em alta velocidade não nos atropele. Convido-vos, portanto, neste primeiro número do *Pasquim21* de 2003, a tomar um chope comigo no Bar Memória.

Janeiro de 2002: 2 – Morre torturado no Centro de detenção provisória, em São Paulo, Fernando Dutra Pinto, de 22 anos, seqüestrador de Patrícia Abravanel, filha de Sílvio Santos. Os culpados continuam em liberdade. 5 – Bush ergue barreiras de proteção à entrada do aço brasileiro nos Estados Unidos. FHC abre as pernas. 13 – Alguém dá uma porrada no olho de Bush – provavelmente o pai – e ele diz que engoliu um biscoito. 28 – Luma de Oliveira ensaia com calcinhas transparentes na quadra da Viradouro e aumenta em 50% o número de ejaculadores precoces. 31 – Estréia na Globo o programa *Big Brother* e imbeciliza mais alguns milhões de brasileiros.

Fevereiro: 2 – O publicitário Washington Olivetto é libertado depois de 53 dias de cativeiro. Viveu em condições melhores que 90% da população brasileira. 3 – O Rio registra oficialmente 20 mil casos de dengue. Extraoficialmente o número chegou quase à casa do milhão, pois a maioria não procurou os hospitais e os postos de saúde e estes por sua vez não informaram o número das vítimas. A providência do ministro da Saúde, José Serra, foi despedir vinte mil mata-mosquitos. 5 – Provavelmente por ser esposa e mãe dos homens que querem acabar com a raça árabe, Bárbara Bush é eleita Miss Simpatia na Sapucaí. 13 – Como ocorre todos os anos, graças à poluição, foram retiradas da Lagoa Rodrigo de Freitas 94 mil quilos de peixes mortos. Ouvidas a respeito as autoridades disseram que não podem acabar com uma das maiores atrações do calendário turístico da cidade. 25 – Denunciado por fraude e corrupção, o ex-executivo do Banco Nacional Marcos Magalhães Pinto passa quarenta e oito horas em cela especial. Quase um recorde. Continua em liberdade. 28 – O chanceler brasileiro, Celso Láfer, numa demonstração de subserviência, tira os sapatos na alfândega de aeroporto americano. A sugestão de Nataniel Jebão de que autoridades americanas quando chegassem ao aeroporto do Galeão passassem por uma revista anal não foi considerada.

Março: 1 – Por ordem de José Serra e graças à arapongagem, foram encontrados no escritório de Jorge Murad 1,34 milhão de reais que ele havia esquecido numa gaveta. Sua mulher, Roseana Sarney, viria a renunciar à candidatura à presidência em abril, mas ninguém foi preso. 19 – Departamento de Estado americano exige afastamento do embaixador brasileiro da Secretaria-Geral de Armas Químicas, OPAQ. Depois de algum tempo, numa demonstração de soberania nacional, FHC atende a exigência e pune um dos poucos brasileiros dos quais podemos nos orgulhar. 23 – Cansados de esperar pela terra prometida, 300 sem-terra entram na fazenda de FHC em Minas Gerais, tomam uma cachaça e usam o banheiro da primeira-dama. FHC tenta usar o fato contra o PT sem sucesso.

Abril: Ao contrário do que dizia Eliot, não foi o mais cruel dos meses. 5 – Benedita da Silva torna-se a primeira governadora negra no Brasil e governa com competência e serenidade. 9 – Cavallo, ex-ministro da Economia da Argentina, vai para a cadeia-cocheira por contrabandear armas para a Croácia mas – tsk!,tsk! – já está em liberdade. 11 – Tentam dar uma chave em Chavez na Venezuela mas o povo o recoloca no poder. Eles não podem ganhar sempre. 12 – ONU espera dois dias para intervir no massacre promovido por Israel nas cidades palestinas. Collin Powell desembarca e não resolve chongas. 24 – O papa admite a existência de muitos padres, bispos e cardeais veados e bocas-de-fogo que molestam crianças. Diz que é uma vergonha mas não faz um picle sequer. 27 – Por falta do que fazer, duzentos paulistas ficam pelados no Ibirapuera para serem fotografados pelo *voyeur* americano Spencer Tunick.

Maio: 1 – O dólar sobe com a subida de Lula nas pesquisas. 16 – O coronel Pantoja é condenado a 228 anos de prisão pelo massacre dos 19 sem-terra em El-Dorado, Sul do Pará. Cumprirá a sentença em liberdade. As vítimas foram condenadas à morte perpétua. 17 – O dólar continua subindo mas FHC diz que não há inflação. 21 – Não graças à imprensa mas graças à mulher que botou a boca no mundo, o deputado Henrique Eduardo Alves Pinheiro (PMDB-RGN) perde a boca de candidato a vice de Serra. Tinha 15 milhões de dólares no exterior. Continua em liberdade o sacripanta. 31 – Começa a Copa do Mundo de Futebol e meus países baixos incham subitamente graças à palhaçada.

Junho: O dólar chegou a 2,70 mas a inflação continua estável, pois os babacas quando não estão vendo novela estão vendo futebol. 5 – Lula sobe nas pesquisas e o Brasil passa a ser o segundo país menos confiável do mundo para os americanos, perdendo apenas para a Argentina. 12 – Dólar bate novo recorde chegando a 2,90 mas os preços, assim como os salários, há oito anos, continuam estáveis. 25 – Worldcom CONTROLADORA DA EMBRATEL é denunciada pela NBC de inflar sua capacidade financeira em 3, 6 bilhões. 31 – O dólar continua subindo e neste mês de junho morrem Tim Lopes e Mário Lago. E o Brasil fica mais burro.

Julho: 1 – O dólar sobe. 2 – Boataria em torno das pesquisas eleitorais e o efeito Ciro fazem o dólar subir mais ainda. 4 – Depois de ter aprovado o pedido de intervenção no Espírito Santo, estado gerido pelo crime organizado, o procurador-geral da República, Geraldo Brindeiro, recua e aborta a decisão. O ministro da Justiça, Reale Júnior, um homem que acha que para tudo há um limite, pede demissão. 17 – Paulo Coelho eleito para a Academia. 31 – Os trabalhadores pobres que tiveram seu dinheiro do FGTS grampeado graças aos planos Verão e Collor são mandados para o inferno que foram as filas da Caixa Econômica. Teve gente que passou mais de 15 dias numa fila para receber 200 reais. E ninguém foi para a cadeia. 31 – O dólar volta a subir e a bolsa a cair.

Agosto: 5 – Antes de começar o primeiro debate entre os candidatos à presidência na Bandeirantes moderados pela moderada Márcia Peltier, a mulher de Ciro Gomes, Patrícia Pillar, pediu para ser apresentada a Lula e recebeu um beijo na testa. 7 – Antonio Carlos Magalhães, do PFL, beija a mão de Ciro Gomes, candidato do ex-Partido Comunista Brasileiro, e recebe beijo na face. 10 – O dólar sobe, a bolsa cai e, embora os preços de tudo tenham aumentado em 1.000% nos últimos sete anos e meio, a inflação continua estável, segundo FHC. 17 – Paul O'Neill, secretário do Tesouro dos EUA, foi castigado pela grande imprensa por dizer a verdade: "No Brasil é preciso assegurar uma política para evitar que o dinheiro do FMI vá parar numa conta suíça". 16 – Com a prisão de Yan Corte, de 16 anos, confirmou-se o que todo mundo já sabia: a alta classe média carioca está traficando drogas. O Yan está solto. 30 – A separação de Xuxa e Marlene comove o país. Ainda não se sabe quem pagará a pensão alimentícia.

Setembro: 1 – O dólar sobe e a bolsa cai. 10 – Na conferência realizada em Johanesburgo foi solicitado aos representantes dos Estados Unidos que parassem de devastar o planeta. Responderam: "Não estamos a fim", e tudo ficou por isso mesmo. 17. – Fonte da UNESCO revela que, se os Estados Unidos usassem em educação, saúde, empregos, moradia e transporte, o dinheiro que gastam em equipamentos bélicos, não haveria uma criança com fome no mundo. Ouvido a respeito, Bush declarou concordar com o prefeito do Rio, Cesar Maia, de que a obesidade faz mal à saúde. 20 – O relator da CPI do PC que derrubou Collor confessa que recebeu proposta de

200 milhões de dólares para inocentar o então presidente e ainda psicopata. 30 – Incra pede desapropriação de latifúndio improdutivo do ministro Moon no Mato Grosso do Sul. Ele não tomou conhecimento e continua em liberdade.

Outubro: 1 – O dólar sobe, a bolsa cai, o desemprego cresce e a Globo estréia mais uma novela. 6 – Numa prova de que julgavam o governo FHC esquerdista demais, 1,5 milhão de pessoas votam em Enéas, de quem apenas se sabe chamar-se Enéas, Enésio para os íntimos. 7 – Regina Duarte vai à televisão e diz que tem medo de Lula. Lula rebate dizendo ter medo de Regina Duarte. 17 – Noelle Bush, sobrinha do presidente Bush, condenada a dez dias de prisão no Hilton por ter sido surpreendida com um balde de cocaína. 21 – FHC, depois de quinze dias de indecisão que deixou o Complexo do Amarelinho no maior suspense, decide mudar de *shampoo*. Abandonou o Hermés pelo *Ojos Brujos*, argentino.

Novembro: 1 – A estátua do poeta Carlos Drummond de Andrade foi pichada horas depois de inaugurada na praia de Copacabana e os pichadores além de não terem sido castrados continuam em liberdade. 5 – Americanos demonstram que querem acabar com o Iraque e países vizinhos (menos Israel, é claro) e dão maioria aos republicanos no Congresso. 14 – A sonda espacial Cassini, em homenagem ao fotógrafo, estilista e cronista social Oleg Cassini, bate a primeira foto de Saturno a 280 milhões de quilômetros da Terra, sem encontrar sinal de Bin Laden. 15 – Lula decreta combate à fome e à miséria e desperta interesse muito estranho da ONU, Banco Mundial e Bird, ardentes defensores da fome e da miséria abaixo do Equador. 28 – O bondoso procurador Brindeiro manda arquivar processo que acusa Augusto Faria de assassinar o irmão PC. 31 – O dólar sobe.

Dezembro: 1 – Aumentou enormemente a venda de automóveis para adolescentes como presente natalício. Os muito ricos temem que os filhos sigam o exemplo da jovem Susanne Louise, que matou os pais com a ajuda do namorado e do ex-futuro cunhado. 5 – Otimista, *O Globo* informa que o dólar baixou de 3,90 para 3,89. 8 – Tempestade cai sobre Angra dos Reis, mata 39 pessoas e deixa 1.500 desabrigados. Nenhuma autoridade foi para a cadeia. 10 – Pelo fato do Brasil ter atingido o 63º lugar em matéria de progresso social, imediatamente abaixo da Costa do Marfim e de Ruanda, o presidente FHC ganhou medalha na ONU. 18 – Antes da boca acabar, a Câmara Federal e o Senado aprovaram fórum privilegiado para autoridades públicas com ou sem mandato, ou seja, é contra a lei botar ladrão rico na cadeia. 18 – Deputados federais e senadores dobraram seus salários. 22 – Lula nomeia Meirelles para a presidência do Banco Central, um ex-presidente do Bank of Boston, Luiz Furlan para o Ministério do Desenvolvimento, Roberto Rodrigues, financiador de Serra, para o Ministério da Agricultura e Gilberto Gil para o Ministério da Tonga da Mironga do Cabuletê. Estou apenas levemente apreensivo mas tenho grandes esperanças.

Tua estrela solitária nos conduz!

Meu presidente e irmãozinho Lula. Presidente porque me orgulha tê-lo como presidente e irmãozinho porque sou mais velho e perdi meus dois irmãos. Irmãozinho ainda porque ambos viemos do proletariado e levamos todas as porradas que podíamos levar quer no corpo e quer no espírito. O Brasil até hoje não teve um presidente brasileiro ou pobre. És o primeiro. Daí a identificação popular e a vontade com que o povo dá palpites no teu governo. Mas convenhamos, é melhor ver nosso povo dando palpite em política do que comendo comida de rato e discutindo o salário do Ronaldo e do Guga enquanto lhe vendem porcarias pela televisão.

Escrevo-te esta carta – misturando a segunda e a terceira pessoas do singular, pois é assim que se fala – por dois motivos: 1) porque há muitos anos me disseram que lias os meus escritos, ainda no tempo das primeiras prisões no fim dos anos 70; 2) porque creio que quase quarenta anos de trincheira jornalística na luta contra a tirania de todas as gangues no poder me dão esse direito. Seu segundo discurso – aquele de improviso – me comoveu porque foi sincero. Devemos escrever e falar bem mas isso perderá importância se não for sincero, se não vier do fundo do coração. Essa impressão você me passou. Você quer ser um bom presidente. Querer ser um bom presidente é fundamental. Os que te antecederam nem podiam ser bons presidentes pois estavam comprometidos com Washington e as grandes corporações transnacionais. Perderam a vergonha, o caráter, a dignidade, roubaram o que puderam, enriqueceram e contam com o nosso desprezo. Reis sem coroa não passam de palhaços sem platéia, em Paris ou no Senado.

Quando FHC, esta triste caricatura de doente vaidade, disse que era fácil governar o país, nos tratou como palhaços, da mesma forma como quando disse que "devíamos esquecer tudo o que ele escrevera até então". Achava que a TV Globo já havia nos imbecilizado o suficiente e que nada lhe seria cobrado. O povo lhe deu a resposta e você foi eleito com a maior votação já vista neste Continente. Para ele – FHC – nunca foi difícil governar o país, pois era um fantoche. Para você será difícil, terrível, angustiante, solitário mas será mais fácil porque você quer ser bom presidente de todos os brasileiros. Você quer mudar as coisas. Como mudá-las, porém, neste poço de corrupção, miséria e ignorância em que transformaram o nosso país? Você me comove. Me faz lembrar o verso de Lamartine Babo sobre o meu Botafogo: "Tua estrela solitária nos conduz".

Durante as ditaduras oficiais e as brancas que sofremos na alma e no estômago, economistas de plantão – todos formados pela escola de Chicago e vale o duplo sentido – inventaram um economês que nem eles entendiam e que servia para esconderem a própria ignorância, como acontece aliás com todos os discursos acadêmicos. De um modo geral a resposta para os grandes problemas são as mais simples e as mais óbvias, aquelas que os poderosos fingem não ver pois prejudicam seus interesses pessoais. Está na Constituição – somos uma federação que tem por obrigação garantir: a dignidade humana que precisa de teto para morar, terra para plantar, educação e cultura para saber dos seus direitos e deveres, hospitais para as suas dores, transporte para se locomover, justiça para poder dormir tranqüila e empregos para pagar isso tudo. O Estado brasileiro precisa agir como pai e mãe dos seus filhos. Nem um pai tão severo que os obrigue a se escravizar por um salário mínimo e nem um pai tão irresponsável que crie monstros assassinos como os divulgados pela TV americana e cuja moda está chegando até aqui.

Perdoe-me, portanto, meu irmãozinho, mas projetos como Fome Zero soam aos meus cansados ouvidos como promessas de palanque ou embromação. Um ser humano – seja ele um negrinho desdentado do Piauí, seja o papa ou a rainha da Inglaterra – tem as mesmas necessidades básicas e um cérebro com o mesmo potencial. Todos precisam comer, cagar, sonhar, amar. Não sei se foi Deus que fez este mundo mas quem quer que o tenha feito, certamente, não o fez para ver sua obra-prima o homem – com um cérebro mais sofisticado do que todos os computadores do mundo – ser tratado como um rato. As pessoas não nascem para ser ricas – uma antiga falácia da classe dominante e do sistema capitalista neoliberal que funciona até hoje. Nascem para ser felizes e não exigem muito, depois de seis mil anos de "civilização": um teto, uma escola, um hospital, um ônibus e um emprego que lhe permita isso tudo. Se isso é possível nos países escandinavos, no Canadá, na Europa de um modo geral, por que não seria possível no Brasil? Somos menos humanos do que eles? Nosso cérebro é menor que o deles? Por que operários da Volkswagen da Alemanha vêm passar férias com a família em Copacabana e os operários do ABC não sabem se terão o que comer o no dia seguinte?

Fome Zero? Muito bem. Mas como? O dinheiro circulante no Brasil, sem contar as contas no exterior, está nas mãos de 1% da população que odeia o povo que a sustenta. Essa gente vai abrir mão dos seus privilégios para melhorar a vida daqueles que eles exploram; para dar condições de defesa às suas vítimas? Acho difícil, meu caro irmãozinho Lula, porque esses ricos enlouqueceram. Acham que têm obrigação de garantir o luxo de tetranetos que jamais conhecerão. Estão produzindo seus próprios assassinos. E como será essa Fome Zero já que não poderemos contar com a colaboração dos criadores de fome? Por quantos dias comerão com o dinheiro dos caças da Aeronáutica? A fome, a violência, o crime, a prostituição, a miséria, a humilhação são apenas o efeito. A causa é a canalhada rica que jamais fez nada por este país, pois nem brasileira se considera.

Foi por isso também que fiquei de pé atrás ao saber da nomeação de um triliardário como Henrique Meirelles, ex-presidente do Bank of Boston, para a presidência do BC e da notícia da quarentena para executivos da área econômica que continuarão recebendo altos salários para boicotar teu governo. Meirelles mudará? Dirá: "Esqueçam tudo o que fiz ontem"? Não gostei do discurso do Palloci endeusando dois monstros como Malan e Armínio, que sempre se comportaram como capachos de Washington, onde vive Bush, um homem que, como diria Lupicínio Rodrigues, não chega a um pedaço do que podes ser. Na área econômica – não precisa ser hoje – é suficiente dizer: "Não pagaremos a dívida externa por dois motivos: primeiro precisamos colocar de pé o nosso povo e, principalmente, não fomos nós que a assumimos mas sim os governos militares seguidos das ditaduras brancas e autorizadas de Sarney, Collor e Fernando Henrique. Todas colocadas pelo Pentágono." O que este rapaz desvairado chamado Bush vai fazer? Declarar guerra ao Brasil? Se assim for, será até divertido para o nosso povo que nunca teve nada mas que sempre soube pelear muito bem – pergunte ao Joel Silveira, que esteve com nossos pracinhas na Itália. O maior herói brasileiro que por lá acabou morrendo, aliás, chamava-se sargento Wolff.

Também vi com apreensão Roberto Rodrigues, um dos financiadores da campanha de Serra, na Agricultura. Se estou equivocado, perdoe-me, mas creio que agricultura tem a ver com reforma agrária. Nós que macaqueamos os Estados Unidos em tudo, neste caso, poderíamos nos mirar no exemplo deles. Eles só partiram para a aventura industrial depois que verificaram que a agricultura produzia o suficiente para alimentar toda a nação. Creio que se você, Lula, houvesse chamado o Rainha ou o Stédile, do MST, para conversar eles te diriam que o problema da terra é simples. Basta ver quem são os donos de terras improdutivas ou falsamente produtivas como a fazenda Três Córregos, de FHC, e comprá-las pelo preço declarado na hora de pagar impostos. Exemplo: o sr. Amazonino declarou que sua fazenda do tamanho de Sergipe vale 10 mil dólares, e é isso que pagaremos.

O milionário Furlan na Indústria precisaria assinar um documento dizendo que se responsabiliza pela vida digna de operários e comerciários. Nunca vi ninguém da laia dele fazer isso. Ao contrário de americanos, europeus e até mesmo asiáticos que roubam e se locupletam mas criam museus, universidades e hospitais com o dinheiro roubado do povo, jamais o vi fazer qualquer coisa parecida. Quer um exemplo? Dona Lili Safra, uma das cinco mulheres mais ricas do mundo e brasileira, jamais distribuiu balas em qualquer morro no dia de São Cosme e Damião mas mandou milhões de dólares para as crianças pobres de Israel.

Eu quero, meu irmão Lula, e você também que o povo se mantenha ao seu lado. Para isso – para acabar gradativamente com a miséria e a violência – peça ao Cristovam Buarque para retomar o plano dos Cieps: toda criança brasileira entra na escola às sete da manhã, toma lanche, estuda, almoça, pratica exercícios, aprende quem é, onde está e para onde vai, janta, toma banho e vai para casa. Quem não tiver casa mora no próprio Ciep.

Por favor, irmãozinho Lula, me perdoa. Sei que é fácil escrever o que estou escrevendo. Sei que na prática a teoria é outra. Sei de todos os inimigos – "como esclarecer o povo se ele, uma vez esclarecido, deixará de comprar o lixo que anunciamos?" –, principalmente no Judiciário, no Legislativo e entre as Forças Armadas.

E agora, chegamos à parte mais importante da minha carta, meu caro Lula, a que trata de caráter e esperança. A tua eleição não foi normal – não foi comprada – e é isso que dá grandeza e confiabilidade às tuas palavras: "A esperança venceu o medo". Eu acredito nas tuas palavras. O povo – que não erra e quando erra é porque foi enganado pelo poder que se apresentou em fantasia de rica prostituta – acreditou nas tuas palavras. O problema é o seguinte: você acredita nelas? Toda a tua equipe acredita nelas? Não creio: há hienas entre os bravos cavalos selvagens.

No caso das Forças Armadas, é preciso perguntar: para que servem? Estão com o povo, com a pátria ou com o poder, seja ele qual for? Apesar de 64, creio no patriotismo das Forças Armadas e poderíamos usá-las como escolas de agricultura, pesca, mecânica. O menino convocado no Acre trabalharia com borracha. O convocado no Nordeste lidaria com plantação de açúcar. A Marinha e a Aeronáutica seguiriam o mesmo exemplo: seriam ministérios que criariam cidadãos profissionais. A idéia de guerra é ridícula e sugiro um telefone que respondesse – diante dos mísseis das grandes potências – "nos rendemos". Quanto à Justiça, bastaria que fosse justa e eu, no teu lugar, procuraria me aconselhar com os jovens procuradores federais.

O caminho espinhoso é o do Legislativo: seus membros precisam de aulas e normas. Ser representante público não é uma carreira para enriquecer fdp nenhum. Representar o povo é um ato de patriotismo que deve ser bem pago mas precisa ser reformado. O representante público municipal, estadual ou federal deve ser um profissional patriota. Não pode receber mais do que dez salários mínimos, não pode ter auxílio-moradia, não pode empregar parentes, não pode ter aviões à sua disposição. O representante público não pode ter outro emprego senão este. Ninguém tem direito de representar o povo e se enriquecer à custa desse mesmo povo.

Não vai ser fácil passar certas leis pelo Senado e pela Câmara, mas lembre-se, as rádios e as estações de TV são concessões do governo e todo canalha – inclusive alguns do PT – que aceitou dobrar seu salário no fim do ano passado deve ser denunciado pela TV. Aos poucos, podes crer, irmãozinho, os ladrões verão que as câmaras, as assembléias, o senado são lugar de gente honesta, com vergonha na cara. Não tema os ladrões vítimas da fome, pois eles não existiriam sem os grandes ladrões de casaca. Sei disso, meu irmão Lula, porque já os vi como deuses. Eram educados, usavam os talheres certos, tinham a gravata da moda e suas mulheres cheiravam bem. Aos poucos fui descobrindo: eles não são deuses, ninguém é Deus. Deus, se existe, não quer ouvir de caridade mas de generosidade, desapego, coragem e cordialidade e de castigo também. Basta de impunidade! Nada contra o resto do teu ministério, principalmente o bigodudo Olívio Dutra, o Tarso Genro, o Jacques Wagner, o Aldo Arantes, o Fernando Gasparian e o Leonel Brizola, os três últimos que ainda não chamaste. Por favor, meu irmãozinho Lula: guia-te pelos dez mandamentos – sem os deuses – e principalmente por um que não foi escrito por Deus mas num *pub* em Londres: "De cada um segundo a sua possibilidade, a cada um segundo a sua necessidade".

Respeitosamente, seu irmão mais velho, F. W.

A fome e o papel das Forças Armadas

Tenho recebido convites de várias universidades para falar do que batizei de "Revolução Democrática", que foi a eleição de Lula, muito mais representativa, por exemplo, do que a eleição de Bush, que foi flagrantemente roubada. As pessoas que me convidam de um modo geral, depois de me oferecerem transporte e estadia, se espantam ao saber que cobro para dar palestras. Explico-lhes que tenho 62 anos, nenhum bem material, que não sou funcionário público, não tenho aposentadoria e vivo exclusivamente do que escrevo. Ainda assim elas não se conformam mas vêem com naturalidade uma dupla caipira receber cachês em qualquer churrascaria do país da mesma forma que não se espantam quando Gilberto Gil, o ministro da Cultura, cobra 120 mil reais da prefeitura de Macaé para fazer um show. Outro dia, caí na asneira de repetir uma história que já havia publicado alguns anos atrás. Dois leitores se queixaram. Entretanto, acham perfeitamente natural ouvir o Caetano cantando *Menino do Rio* pela milionésima vez.

Não estou me queixando dos leitores absolutamente. Eles são a minha maior preocupação e procuro satisfazê-los dando o máximo de mim. Já disse que um jornal como o *Pasquim21* precisa tratar seus leitores a pão de ló (estão vendo como sou velho?), pois são eles que o mantêm vivo e não os anúncios inexistentes de grandes transnacionais tão orgulhosamente exibidos pela grande imprensa. Tenho guardado as cartas dos leitores – que por questão de espaço não podem ser publicadas na seção de cartas – e pretendo respondê-las pelo menos de 45 em 45 dias aqui mesmo. Também gostaria de poder atender aos convites para palestras, pois venho notando que, depois de vinte anos de alienação, as faculdades de jornalismo vêm formando turmas dispostas a analisar a realidade e a colocar um espírito de missão em seu trabalho, mas, por enquanto, simplesmente, não tenho tempo. Quanto aos leitores que necessitam de respostas com urgência peço que escrevam seus telefones nos *e-mails*, pois ainda não consigo dominar esse xucro bicho eletrônico.

Cheguei até aqui para me dar conta de que deveria ter deixado os parágrafos anteriores para o fim e entrado direto no assunto que pretendo debater hoje: o novo papel das Forças Armadas. Quando jovem jornalista em Porto Alegre verifiquei que o Instituto de Educação, que formava professoras primárias, e a Escola de Cadetes do Exército ficavam em prédios vizinhos. Creio que milhares de professoras e oficiais apenas formados se casavam, pois não só os militares ganhavam bem como o mesmo acontecia com as professoras. Com o passar dos tempos – quando a classe dominante entendeu a lição americana de que todo o consumidor deve ser burro – os salários das professoras foram sendo reduzidos a ponto de se tornarem praticamente simbólicos e naturalmente o ensino elementar decaiu brutalmente. Já os salários dos militares foram aumentando na mesma proporção e ganharam tanto poder que – sempre sob os auspícios do Pentágono – deram um golpe em 1964 porque meia dúzia de "comunistas" ameaçava a estrutura da sociedade ocidental e cristã.

Ora, uma vez no poder os militares passaram a gostar dele e, de 1964 até a eleição-invenção de Collor, fizeram o que bem entenderam. Poderiam ter alfabetizado todo o país e pago a dívida externa que, à época da queda de Jango, era ridícula. Mas meteram os pés pelas mãos em aventuras grandiloqüentes como a Transamazônica e as usinas nucleares e se não roubaram faziam vista grossa para conhecidos corruptos. A coisa chegou a tal ponto que Sarney, Collor e FHC acharam que a corrupção era a regra e a honestidade, a exceção. Os militares sabiam que seus governos eram impopulares. Tanto que antes de 64 era comum ver oficiais orgulhosamente fardados pelas ruas e desde então trocam a roupa civil pela farda nos quartéis. Devo dizer a favor dos militares que, paradoxalmente, embora cumprindo ordens de Washington, eram nacionalistas e não permitiram a privatização das riquezas que pertenciam ao povo embora o povo disso não soubesse. Mas... não chiaram quando FHC vendeu quase todo o país.

Ao longo da minha vida conheci muitos militares honestos, dignos, cultos e patriotas, a começar pelo general Pery Bevilacqua e pelo capitão Sérgio Macaco. O primeiro cassado pelo AI5 e o segundo cassado por ter evitado uma tragédia de largas proporções que deveria cometer passando a culpa para os "comunistas". A grande maioria, porém, comportou-se de modo leviano, criminoso, cruel. Com a vitória de Lula creio que os militares poderão voltar a exibir suas fardas orgulhosamente e fazer as pazes com seu patrão: o povo.

Forças Armadas patrióticas e revolucionárias – a eleição de Lula foi uma revolução pelo voto – têm de ser antes de tudo disciplinadas. Fidel, Mao e Ho Chi Min demonstraram isso com suas vitórias sobre Forças Armadas fascistas e mercenárias em Cuba, na China e no Vietnam. Hoje temos no poder um governo nacionalista comprometido com a saúde, a educação, a moradia, o emprego e o transporte dos mais desvalidos. Não será fácil pois isso vai de encontro aos interesses dos Estados Unidos, que não querem ver seu curral independente. Para que isso dê certo é necessário que as Forças Armadas arregacem as mangas e entrem nesta luta a favor do povo.

Creio que no Brasil todos os assalariados – com exceção dos executivos das grandes corporações – merecem aumento, inclusive os militares e principalmente as professoras primárias humilhadas na própria feminilidade, sem dinheiro para comprar roupa decente, ir ao dentista ou pagar um cabeleireiro. Uma das razões pelas quais Lula ganhou as eleições foi o lento mas irresistível sangramento a que FHC condenou a classe média e o funcionalismo público em geral no cumprimento de ordens neoliberais. Creio que, dia desses, o presidente deveria reunir o seu ministério e mais todo o primeiro escalão e informar: "Antes de qualquer declaração que possa afetar a vida dos brasileiros, entrem em contato comigo". Vamos evitar o vexame, rapaziada! O ministro da Previdência foi infeliz e Lula voltou atrás. Isso não é bom para a democracia. Faz pensar que as Forças Armadas ameaçam o governo; faz pensar que o governo tem medo das Forças Armadas. E isso é uma coisa muito séria.

Acho que as Forças Armadas – uma vez que não há nenhuma guerra em vista – deveriam trabalhar na campanha contra a fome, assim que Lula explicar direitinho o que quer fazer – e espero que não seja caridade, pois isso seria um insulto ao nosso povo e só deve se lançar mão da caridade em caso de catástrofes que deixam populações ao desabrigo.

Durante o governo JK, o general Estevão Taurino de Rezende, já falecido, criou um projeto de lei (451/1956) para acabar com a fome no Brasil, além de fixar o homem no campo. Foi enviado ao Congresso Nacional no dia 5 de setembro de 1956 por JK e foi considerado *inconstitucional* pela Comissão de Justiça da Câmara, composta quase que exclusivamente de udenistas e entre eles Carlos Lacerda e Afonso Arinos.

Taurino de Rezende me faz lembrar o coronel inglês desempenhado por Alec Guinness no filme *A ponte do rio Kwai* que colocava a honra e a dignidade do Exército acima de tudo, até mesmo do bom senso. Digo isso pois Taurino depois de abril de 64 foi nomeado chefe da Comissão Geral de Investigações e tornou-se conhecido dois meses depois quando seu filho, Sérgio Rezende, professor de economia e um dos assessores de Celso Furtado, fez um discurso em aula e acabou preso. Taurino, já reformado, foi demitido por seu colega de turma do Colégio Militar, Castello Branco, e caiu no esquecimento. Poucas pessoas estiveram no seu enterro e entre eles o locutor que vos fala. Mas seu projeto patriótico está vivo e o ofereço a Lula.

O projeto chamava-se SEAPE (Serviço Agropecuário do Exército) e segundo as palavras de Taurino "foi criado para melhorar as condições de vida da parte humilde da população e acabaria com o mais angustiante problema do nosso povo – a fome. Dessa forma o Exército se engrandeceria, se integraria à nação brasileira sem fugir às suas responsabilidades de defender a pátria, os poderes constitucionais, a lei e a ordem. Somos um país pobre que não pode se dar ao luxo de ter suas Forças Armadas exclusivamente como elemento de guerra, onerando os cofres da nação sem produzir para a vida normal do país".

O projeto do general Taurino era e é de uma simplicidade linear. Os recrutados excedentes do Exército (e por que não das outras armas?) seriam recrutados pelo SEAPE, que iniciaria seus trabalhos através do crédito de um bilhão de cruzeiros (façam a correção monetária) do Banco do Brasil que se pagaria por si mesmo. Trabalhando em grandes áreas em volta das metrópoles os soldados da SEAPE, além de alimentar as Forças Armadas, levariam para suas casas um cabedal de conhecimentos que lhes permitiria racionalizar os métodos de cultivar a terra. O crédito em dinheiro que fosse concedido seria devolvido à nação com grandes lucros, pois teria fins reprodutivos. Outros campos agrícolas e pecuários seriam criados e desenvolvidos com os recursos obtidos nos primeiros.

Homem ingênuo, não afeito à política dos barões da terra que querem o Exército apenas como elemento repressor, Taurino viajou pelo Brasil inteiro fazendo palestras e escolhendo terras e fazendas do Exército e finalmente apresentou seus planos ao então ministro da Agricultura, Ernesto Dornelles, que entusiasmado apresentou-os ao presidente que ainda mais entusiasmado apresentou-os ao ministro da Guerra (como chamava-se naquele tempo) que manifestou-se positivamente. Frase longa, não é mesmo? Mas agora deixemo-la estar para ver como é que fica. Tanto o ministro da Guerra como o da Agricultura garantiram a JK que o SEAPE em pouco tempo resolveria o problema do abastecimento dos centros consumidores e restabeleceria o equilíbrio entre oferta e procura. Além de criar profissionais rurais competentes, o SEAPE evitaria o êxodo rural de graves conseqüências. Não é mesmo, periferia de São Paulo? Não é mesmo, Baixada Fluminense?

Depois de ter a garantia do então ministro da Fazenda (acho que era Tancredo, não tenho certeza) de que a presidência do Banco do Brasil era favorável à iniciativa e emprestaria o dinheiro necessário, JK nomeou uma comissão com representantes dos ministérios da Guerra, Fazenda, Agricultura e do Banco do Brasil para elaborar o projeto. Quinze dias depois ele foi devolvido ao presidente, que o enviou ao Congresso pedindo urgência na sua aprovação. Juscelino queria que o Rio de Janeiro já sentisse os efeitos do SEAPE em princípio de 57.

Resumindo: o líder da maioria Vieira de Mello prometeu seu apoio bem como o então líder da bancada do PTB, Fernando Ferrari, que se comprometeu a enviar o projeto ao Senado em menos de três meses. Foi quando o deputado Leoberto Leal resolveu enviá-lo à Comissão de Justiça, que apesar do apoio de todos os partidos, dos ministérios, do Banco do Brasil e do presidente, vetou-o por ser *inconstitucional.* Segundo a comissão, o papel do Exército era o de manter a "ordem interna". Ora, muito mais do que naquela época, quase 50 anos atrás, o inimigo número 1 do Brasil continua sendo a fome. Lula, te passei a bola. Agora é com você, irmãozinho.

Lula, confie no povo!

O PT ganhou as eleições porque o acaso reuniu três fatores: 1) o poder espoliativo, concentrador de renda, entreguista, sem vergonha e sem caráter achou que depois das ditaduras oficiais e brancas a grande maioria dos brasileiros estava definitivamente imbecilizada; 2) a classe média, cuja única ideologia é não ser empurrada para o proletariado, desencantou-se com o rei da vaidade FHC e sugeriu ao povo sem vontade que votasse contra ele; 3) O PT amenizou seu discurso adaptando-o à realidade que – quando forjada por trapaceiros, como ocorre no Brasil desde 1964 – não tem nada a ver com a verdade mas com a mentira, nada a ver com a vida mas com a morte.

Tratou-se de uma revolução democrática pelo voto. Espero que o PT aja revolucionariamente e, por enquanto, raras exceções, vejo-o agindo compadrescamente. Uma revolução não precisa ser armada e nem exige sangue. No sentido Marxista a revolução pode ser definida como a substituição de uma ordem existente por outra historicamente mais progressiva. Ora, um traço fundamental do caráter revolucionário é a independência que leva à liberdade, segundo Fromm. A independência é o oposto da adoração ao poder pelo poder que satisfaz os privilégios de quem está no poder. A liberdade e a independência só existem MESMO quando, através da cultura, o indivíduo pensa, sente e decide por si. Isso só é possível quando esse homem atinge uma posição de solidariedade com o mundo exterior, que reagirá positivamente à sua honestidade.

O PT está no poder mas será que ele é o poder? Não creio, pois não vem agindo como tal. Não creio porque muitos reacionários que nem votaram em Lula estão sorrindo de satisfação. O grande poder – econômico, dos bancos, das transnacionais e seus capachos, da grande imprensa – está do lado de fora, forçando sua entrada e tentando ditar regras. Se nos afastarmos um pouco a ponto de enxergar criticamente, teremos a impressão de que estamos vendo um jogo de crianças. Dizem os derrotados e os aliados de ocasião (em *off*, naturalmente): "Sabemos que o projeto do governo petista é humano, a favor da vida e da dignidade, mas o sabotaremos no Senado, na Câmara, nas assembléias estaduais e até mesmo nas câmaras municipais se nossos privilégios não forem atendidos". O que responde o PT? Estou pagando para ver. Assim como o homem que vive dos favores de outro homem é um homem dependente, um partido que barganha com as forças do atraso é um partido dependente.

A verdade é que José Sarney, em cuja corrupção não houve um só dia de governo, hoje, além de dono do Maranhão, é presidente do Senado. Os lobos voltaram sorridentes, certos de sua impunidade: Antonio Carlos Magalhães, dono da Bahia, Jáder Barbalho, dono do Pará, e Arruda, vítima de um telão eletrônico apaixonado. Terão se regenerado? Um dos representantes do narcotráfico – Landim – talvez venha a ser crucificado. Mas os outros? No terreno menor, o vice-presidente Alencar emprega parentes. O ministro dos Transportes, sobre o qual pesam acusações irrefutáveis de enriquecimento ilícito – como todo enriquecimento, aliás –, foi elogiado pelo senhor José Dirceu. Quem recebeu críticas do partido através de José Genoino (que talvez agora já saiba porque levou a torta na cara) foi a corajosa senadora Heloísa Helena, que pecou pela independência. Ora, é preciso que haja uma esquerda à esquerda do PT, como na Itália havia o Partito Socialista di Unità Proletaria à esquerda do Partido Comunista para evitar que ele se aproximasse muito do centro. Os comunistas fizeram concessões quer na Itália, quer na Dinamarca. Berlusconi é presidente italiano e a direita tem maioria no parlamento dinamarquês. Ambos os países apóiam a invasão americana no Iraque.

Não sou nenhum ferrabrás utópico e irresponsável e acho que, dentro dos limites da democracia, algumas negociações podem ser feitas com o inimigo desde que o PT se recorde que é ele que está no poder e conseqüentemente é ele que dita as regras. Se a esquerda perder esta oportunidade, jamais a direita lhe dará outra, pois aprendeu a lição. Como disse Paulo Caruso no último número do *P21*, Lula fez bonito em Porto Alegre e em Davos mas o PT não está fazendo bonito não. Creio em Lula de todo o coração, pois construiu seu próprio destino à custa de porradas no corpo e na alma, mas creio também que está na hora de parar de tirar fotos e dar autógrafos e reunir seu ministério e mais o primeiro escalão e lembrá-los de que foi eleito pelo povo e só ao povo deve satisfações. Embora o Projeto Fome Zero demonstre amor à vida não acredito nele, pois está sendo negociado com gente que tem apego à vida. Quem tem amor à vida a vive digna e independentemente. Quem tem apego à vida, na verdade, tem medo dela, tem medo de que ela acabe de repente antes de ele ter roubado o suficiente. Amor à vida significa que todos tenham uma vida digna. Apego à vida significa: a maioria tem de se sacrificar para que eu possa gozar a vida.

Dois parágrafos acima falei em "terreno menor" referindo-me ao fato de o vice-presidente empregar parentes. Perdoem, eleitores, equivoquei-me: trata-se de um "crime maior" que vem desgraçando este país desde o tempo em que era colônia oficial. Não existe um problema chamado "funcionalismo público" pois a grande maioria do funcionalismo público realmente serve ao público e imprime um espírito de missão ao seu trabalho quase sempre mal pago. O problema chama-se clientelismo e está tão arraigado na nossa mentalidade escravista que cada vereador, deputado estadual, deputado federal, senador, secretário, ministro, diretor de estatal se sente no direito de trazer para o cargo todos os parentes e amigos. A solução para isso – o PT está cansado de saber – é botar esses quase 50% do funcionalismo a trabalhar. A maioria desistirá, pois "trabalhando não vale a pena". Volto ao *leit motif* deste artigo.

Sempre vi o PT como um partido revolucionário. Um partido revolucionário possui espírito crítico e o espírito crítico duvida do clichê. Vou citar alguns: "O país afunda se o salário mínimo aumentar embora ele não possa satisfazer as necessidades de um cachorro"; "Os criminosos não estão na cadeia para terem boa vida"; "A justiça trabalhista tarda porque está mal aparelhada"; "Não adianta fazer a reforma agrária, pois eles não têm condições de plantar e logo venderão as terras que ganharam de graça." Essas são mentiras nazistas tão incutidas no inconsciente coletivo que se tornaram axiomas. Não vou discutir uma por uma das questões que levantei e sei que Lula sabe como resolvê-las facilmente.

O que me impressiona é que o PT – um partido revolucionário e conseqüentemente independente e crítico – possa acreditar nessas canalhices; na humanização de Sarney, ACM, Arruda, Barbalho, para citar os criminosos mais notórios. O que me estarrece é que o PT possa acreditar naquilo que lhe é oferecido de graça como o súbito amor da Nestlé pelos famintos, logo ela que os suga desde o berço. Mas, por outro lado, diz o meu eu cínico, o mundo não acredita que os Estados Unidos precisam de 10 trilhões de dólares (o suficiente para matar a fome do planeta por dez anos) em armamentos para manter a paz no mundo?

Ora, esses patifes todos, essas aves de rapina, se dizem católicos, protestantes, judeus. Se isso fosse verdade, bastaria que seguissem os ensinamentos de Moisés e de Cristo e não haveria um só faminto no mundo. Os verdadeiros revolucionários, como Jesus, Buda, Giordano Bruno, Galileu, Einstein, Schweitzer e Russell, entre tantos outros, só são louvados hoje em dia porque estão mortos e os mortos não perturbam o poder.

Vou me permitir uma sugestão a Lula que provará definitivamente a sua seriedade e empenho a quem ainda duvidar. Todos os ministros e membros do primeiro escalão (Banco do Brasil, Incra, Petrobras, Banco Central etc.) devem concordar com a revelação de seus bens materiais (de mulheres, irmãos, filhos e parentes) na televisão e sempre que algum eleitor exigir. Eu pessoalmente tenho 48 anos de profissão, 48 anos de oposição e nenhum bem material. Devo escrever muito mal e ser um péssimo jornalista.

Os “realistas” dirão que isso não é possível. É possível sim, pois a esquerda está no poder e as redes de televisão e rádio são concessões governamentais. Faça como Fidel e Mao, meu caro Lula: se estiverem te pressionando, vá para a rádio, vá para a TV. O povo que te elegeu confiou em ti. Está na hora de você mostrar que confia nele.

Profissão: ladrão!

Meu pai nunca foi um grande homem de negócios. Aliás, pensando bem, nem pequeno. Em 1948 – em sociedade com a minha tia –, tinha um bar na avenida Farrapos, em Porto Alegre. O bar, aliás, logo faliu porque o velho não tinha coração para negar uma cachaça fiado a quem quer que seja. Logo voltaria a ser barbeiro que nem o pai do Charlie Brown. Ainda lembro da enorme carroçona da Coca-Cola puxada por quatro cavalos na frente do bar. Meu pai era um homem rude mas tinha um coração de manteiga. Como eu, em questão de minutos, passava da ira mais gritante às lágrimas mais sentidas. Minha mãe, colona de Buriti, falava um português arrevesado embora as famílias, tanto a dele (1824) como a dela (1832), fossem das primeiras a vir da Alemanha para o Rio Grande do Sul. Minha mãe descendente de camponeses da fronteira com a Polônia e meu pai descendente dos príncipes de Wolffenbüttel. O patriarca Wolffenbüttel logo perdeu todo o seu dinheiro e colonos na Revolução Farroupilha, ocasião em que ficou ao lado de Bento Gonçalves. Acabou morto por uma flechada de índio. É que as terras que o governo, ainda de Dom Pedro I, prometera aos emigrantes eram imensos lamaçais cheios de onças e índios. Meu pai já nasceu pobre e ficou órfão de mãe aos sete anos. Os filhos, nove, foram distribuídos entre parentes. Uns tiveram mais sorte do que outros.

Vocês acreditam que realmente me perdi no meio da história e não sei mais por que comecei a escrever isto tudo? É que ando muito triste com a morte dos meus grandes amigos Machadão e Ferdy Carneiro. Nem sei se passarei pela Banda de Ipanema este ano pois a ausência dos dois velhos poetas e porristas, gordos e poéticos Falstaf e Sancho talvez venha a ser pesada demais para os meus ombros cansados. Claro que também senti muito a morte do José Lewgoy, meu patrício e que sentava-se ao meu lado nas reuniões semanais do Conselho Estadual de Cultura. De qualquer forma o Zé não era tão meu amigo quanto os outros dois mortos. Às vezes me surpreendo pensando: "Vou telefonar para o Ferdy e o Machadão para tomarmos um porre no Bar Brasil", e me dou conta de que nunca mais verei os sorrisos desses dois senhores de setenta anos que faziam as pessoas mais agradáveis e inteligentes por serem agradáveis e inteligentes como um quadro de Manet ou Degas. Lembrei-me por que comecei a falar do meu pai. Vou fazer um parágrafo para que eu e vocês possamos tomar ar e um gole de uísque.

Foi num domingo logo depois do almoço que o meu primo Demétrio, filho de uma irmã mais velha do meu pai, apareceu em casa com um automóvel, se não me engano um Austin. Era um rapaz inteligente de seus 16 anos e trabalhava numa oficina mecânica. Convidou meus dois irmãos, meus queridos irmãos já falecidos, um na época com 15 e o outro, o mais velho, com 17 anos, para darem uma volta de carro pela cidade. Eu, que tinha oito anos, nunca havia andado num automóvel e não podia imaginar coisa melhor. Mas não me deixaram ir com eles e acabei indo ao cinema Colombo ver um filme chamado *O pirata dos sete mares*, com Paul Heinreid, aquele que faz o papel de Lazlo, o patriota tcheco que acaba ficando com a Ingrid Bergman em *Casablanca*. Pediram licença ao meu pai e lá se foram os três adolescentes para a grande aventura: namorar as moças de carro era outra coisa.

Quando voltei para casa o pandemônio havia se instalado. Minha mãe e minha irmãzinha choravam e meu pai vociferava como eu jamais o ouvira vociferar antes. Estavam me esperando para irmos à delegacia do Quarto Distrito, para a qual o comissário de plantão havia convocado o meu pai. Como a minha mãe queria ir com ele e não podiam deixar minha irmãzinha sozinha, resolveram esperar por mim. E lá fomos nós para a delegacia fazer alguma coisa que eu não havia entendido muito bem. Quando chegamos no Quarto Distrito encontramos os três rapazes de cabeça baixa e o comissário foi logo perguntando ao meu pai:

– O senhor é o responsável por esses três ladrões?

Minha mãe e a minha irmãzinha recomeçaram a chorar. Meu pai respondeu.

– Não sou pai de ladrão algum. Se o senhor provar que eles roubaram alguma coisa pode até metê-los na cadeia mas, comissário ou não comissário, ninguém vai chamar um filho meu de ladrão sem provas.

O que acontecera? Já conto. Demétrio, que além de tudo era órfão de pai, trabalhava há pouco tempo na oficina mecânica e havia consertado o Austin. Para isso trabalhara até às dez da noite de sexta-feira. No sábado conseguiu resistir à tentação mas no domingo, ao ver o carro na oficina, resolveu se pavonear com meus irmãos, seus primos, e tirou-o para fazer exatamente isso: dar uma volta pela cidade. Depois de algumas horas o devolveria à oficina. Como a sorte é inimiga dos pobres e dos inocentes, pouco mais de meia hora depois, o dono do Austin, que estava em outro carro, viu os três garotos no seu. Seguiu-os, parou um carro da polícia que deu uma fechada no Austin e foram todos para a delegacia.

Dadas as explicações, o comissário não registrou o flagrante, mandou meu pai, minha mãe, minha irmãzinha e mais meus dois irmãos para casa mas deixou o Demétrio dormindo na delegacia, como corretivo, e libertou-o na manhã seguinte.

Meu pai, que jamais roubara um alfinete, estava morto de vergonha.

Logo que chegamos em casa, tirou o cinto e deu uma das maiores surras da humanidade nos meus dois irmãos. Berrava: "Nossa família tem quase mil anos e nunca houve um ladrão. Que vergonha, meu Deus, que vergonha!".

A coisa piorou no dia seguinte, pois quando lemos a *Folha da Tarde*, tradicional vespertino gaúcho que morreu de descaso, lá estava a notícia em três colunas: "Mecânico e ladrão de automóveis".

Na hora do jantar meu pai me disse: "Meu filho, nunca minta, nunca roube e nunca dê o rabo". Segui seus conselhos mas hoje tenho certeza de que, se não os houvesse seguido, teria feito muito sucesso na política, na economia, na imprensa ou no *show businness*.

Meu primo Demétrio, de 17 anos, ficou marcado como ladrão e ovelha negra na família. Voltou para o interior e só muitos anos mais tarde pudemos nos desculpar com ele. Em 54 fui ser repórter policial do *Diário de Notícias* mas jamais consegui descobrir quem escrevera a nota sobre o meu primo. Provavelmente um foca procurando algo para escrever num domingo calmo. Ele, porém, me deu sem querer uma lição jornalística: jamais acuse ninguém num jornal se você não tiver provas.

Eu poderia acabar este artigo por aqui mas isso não me acalmaria. Quando o Jaguar e eu editávamos o *Pasquim* antigo, a emenda Dante de Oliveira que pedia as eleições diretas perdeu por meia dúzia de votos. Tive a idéia de publicar em retratos três por quatro a cara de todos os deputados que haviam votado contra a emenda (Medina, Moreira, Dornelles, gente dessa laia não quer a democracia) e Jaguar abriu um dicionário de insultos e, embaixo da cara e do nome de cada deputado, foi colocando um epíteto: ladrão, canalha, salafrário, gatuno, sem-vergonha, pulha e assim por diante. Tão cheio estava o nosso saco impaciente desde 1964. Como ultimamente só leio escândalos nos jornais, resolvi fazer uma lista dos banqueiros, industriais, latifundiários, deputados, vereadores, senadores, prefeitos, executivos ladrões e ladrões dos pobres que descontam imposto de renda, pagam por seus cheques, não têm seguro médico, gente que não vive simplesmente pois ou está procurando emprego ou está com medo de perder o seu; de ser substituído por um computador. O terror diário que se transforma em doutrina, destrói famílias e fabrica criminosos pés-de-chinelo.

A minha sede por justiça é tão grande, tamanha minha vontade de ver o fraco vencer uma batalha depois de quase quarenta anos de banditismo que andei colecionando as últimas bandalheiras acompanhadas de frases de Lula. Mas são tantas, estão em todos os lugares que as pessoas honestas parecem pequenas ilhas cercadas por oceanos de patifarias. Abro uma revista e leio em letras garrafais: "Você usa seu cartão para comprar ou pagar contas e fica dez anos de férias por conta do Credicard". Uma propaganda enganosa, como a maioria delas, pois para você ficar dez anos de férias tem de comprar durante dez anos o mínimo mensal de 30 mil reais. Quando rico dá vantagens, *cherchez l'argent*. Pouco mais adiante verifico que Ricardo Sérgio de Oliveira, ex-diretor da área internacional do Banco do Brasil, e um advogado americano (eles também vêm participar das bocas) chamado Eric David Spencer lavaram quase 30 bilhões de dólares, fizeram doações fantasmas e transformaram o Banestado do Paraná numa megalavanderia de dinheiro sujo em Nova York. Numa outra página da mesma revista leio que, para comprar a Eletropaulo em 1988, a AES americana recebeu 1,2 bilhão de dólares do BNDS. Mandaram os dividendos para o exterior, jamais pagaram a dívida, deixaram os cofres secos e a reestatização deixará um rombo de um bilhão de dólares. Repete-se o caso da nossa Light aqui no Rio, que é vendida baratinho para particulares quando está dando lucro e é recomprada caríssimo pelo estado quando está dando prejuízo.

Há mais, muito mais, leitores, mas o nojo me impede de continuar. Políticos, banqueiros, industriais, latifundiários, ministros têm sempre nomes parecidos e que a gente logo esquece. São João Paulos, Pedros Augusto, Antonios Sérgios, Carlos Albertos, Luis José, João Henriques etc. E depois de tantos anos de jornalismo cansei de denunciá-los, pois como tenho vergonha na cara quem acaba fazendo papel de palhaço sou eu. Esses ladrões só conhecem ladrões, só convivem com ladrões e desde cedo ensinam os filhos a serem ladrões. Se roubassem entre si, o mal seria menor mas a vítima é sempre a mesma: o povo.

E não precisava ser assim, pois já houve época em que determinados políticos geralmente caluniados pela direita punham um espírito de missão em seu trabalho. Pasqualini morreu pobre, Ferrari e Roberto da Silveira também. Maneco Vargas, o filho de Getúlio, suicidou-se por não poder saldar dívidas de sua fazenda e, finalmente, o filho de João Goulart, contra quem armou-se essa ditadura que nos fez sofrer até agora, é garçom num restaurante do Leblon, no Rio de Janeiro.

Diante desse panorama sórdido, vejo Lula cortar as verbas dos ministérios, aumentar os juros, permitir auto-aumentos de políticos, fechar um olho para o aumento da gasolina, manter a CPMF, privatizar o Banco Central e dizer esta frase infelicíssima, uma verdadeira cusparada no povo ansioso e esperançoso que o elegeu: "Esta é a hora de todo brasileiro e brasileira pensar menos em si mesmo e mais no país". Não, Lula, a frase deveria ser a seguinte: "Esta é a hora dos políticos, dos industriais, dos banqueiros, dos latifundiários, dos ministros, dos executivos deixarem de pensar em si mesmos e pagar o que devem ao povo". Sugiro dois programas de fácil execução: Transparência MIL, Impunidade ZERO. Segundo as contas de Edson Kapaz apenas nos setores de tabaco, bebida e combustíve l a evasão chega a 6 bilhões de reais. E essa é apenas a ponta do *iceberg*. É isso aí, Lula: cobre dos ladrões, ponha-os na cadeia, receba de volta o dinheiro roubado e se não souber dizer outras frases além dessas que traduzem hipocrisia, deixe o povo em paz!

Vai de drops?

Saí do teatro e fui tomar um chope no Amarelinho, na Cinelândia. Eram 23h30 mais ou menos quando ouvi uma vozinha: "Vai de drops, moço?". Olhei para baixo e vi uma bonequinha de piche.

– Você deve estar com muito sono, menina.

Ela passou a mãozinha nos olhos:

– Estou chêêêêia de sono!

– Quantos anos você tem?

Ela fez um "V" com os dedinhos.

– Mas não é muito tarde para você estar na rua? – perguntei feito um idiota diante daquela cena que só não é insólita em países como o Brasil.

– Só posso ir para casa depois de vender todos os drops.

– E não tem ninguém para tomar conta de você?

– Eu tomo conta dela! – disse outra vozinha, esta de um garoto muito parecido com a menina, que se chamava Janice Cristina.

– E que idade você tem, meu filho?

O negrinho – "Viva a princesa Isabel, Santa Redentora!" – olhou diretamente para meus olhos numa demonstração de que não tinha medo:

– Quatro anos.

Comprei toda a caixa de drops e os dois se afastaram de mãos dadas.

Alguém na mesa ao lado comentou: "Vai dar o dinheiro para a mãe tomar cachaça com o macho dela".

Para não ter de dar uma traulitada nos cornos do infeliz, fiz que não ouvi e comecei a encher a moringa. Pedi mais um chope e um... steinheger.

Não queria pensar naqueles dois brasileirinhos que deram o azar de serem produzidos pelo espermatozoide e pelo óvulo errados. Não queria pensar que logo seriam estuprados, assassinados, humilhados, presos; que ela, com sorte, seria prostituta, e ele, com um pouco mais de sorte, avião de traficante.

Como poderia dizer a eles que estava triste; que esperava por uma democracia desde 1964 mas que em vez disso o governo que elegi aumentou os juros da dívida pública de 25,5 para 26,5, o que representa 400 milhões de aumento por mês. Como dizer a eles que a cesta básica, essa patifaria, caiu de 25 para 13 quilos? Quem terá sido esse cruel economista, esse monstro que acha que uma família que sobrevive mal e porcamente com 25 vai se contentar com 13?

Mais um chope e mais um steinheger e Janice Cristina e seu valente irmão não saíam da minha cabeça. Duas crianças excepcionais, inteligentes. Mandasse eu alguma coisa neste país desgraçado, sairia pelo Brasil catando Janices Cristinas e seus irmãos e os colocaria numa escola decente onde pudessem dormir, comer, estudar, ser encaminhados para a vida e não para a humilhação e à morte. Todas as crianças do mundo merecem carinho, inclusive o filho do burguês mais canalha que se alimenta das lágrimas das crianças pobres. Todos os pais deveriam ser pais de todas as crianças do mundo – escrevi de certa feita quando era idealista. Mas os milhões de Janices Cristinas e seus irmãos merecem tratamento especial, pois são mais corajosos, mais inteligentes, mais empreendedores e mais tristes. Se não acreditasse que o último cristão verdadeiro morreu na cruz, teria para quem clamar, para quem perguntar: "Quantos Beethovens, quantos Picassos, quantos Niemeyers, quantos Freuds, quantas Carmens Miranda, quantas Margot Fontaynes, quantas mme. Curie – entre dois e quatro anos de idade – você matou hoje?". Mas Darcy Ribeiro morreu e os Cieps estão abandonados. Ai da criança que de madrugada se esconder num Cieps abandonado. Será comida pelas ratazanas.

Saí meio de porre do boteco em busca de um táxi. Acho que a Janice Cristina não entenderia se lhe dissesse que as coisas vão mal porque um nosso irmão – meu e dela – decidiu continuar a política monetarista do neoliberalismo que opta por privilegiar o capital predador que vive das taxas de juros fixadas pelo Banco Central; não entenderia se eu lhe dissesse que mais de 70% do que a crescente dívida pública arrecada é arrancado da produção, da infra-estrutura, do desenvolvimento e destinado aos banqueiros com a cumplicidade desse arremedo de Congresso.

Não, Janice Cristina nada sabe dos homens ricos que tramam contra ela. Não sabe que em oito anos comandados pelo criminoso e homem de palha FHC a dívida saltou de 62 bilhões para 840 bilhões. Ela não sabe que em oito anos a economia nacional foi sucateada em 70% incluindo a telefonia, a eletricidade, o petróleo, a mineração, o sistema financeiro. Isso tudo não tem a menor serventia para Janice Cristina e seu cenário que só é beleza no samba. Que importa para Janice Cristina que 60% do PIB brasileiro está comprometido com a dívida e que é ela que vai pagá-la com a vida?

Gostaria de poder dizer-lhe que nós, os pobres e trabalhadores, vencemos e que a vida vai melhorar. Mas como, se Lula aumentou as alíquotas, quer aumentar o tempo de trabalho das professoras, acabar com as aposentadorias e, para cumprir ordens do FMI, já demitiu mais de dez mil soldados do Exército? A menina vendedora de drops não entenderia se eu lhe dissesse que, na noite de 12 para 13 de janeiro, o Banco Central vazou informações aos bancos estrangeiros e perdeu 10 bilhões de dólares. Somente esse dinheiro daria para dar três refeições diárias para todos os desempregados por cinco anos. A menina vendedora de drops não sabe que o presidente do Banco Central que cometeu esse crime logo arranjou emprego como vice-presidente de um banco estrangeiro e que o ministro da Fazenda escolhido por Lula era antes presidente de um banco estrangeiro.

Quando vi, já estava na Glória. Esperava um táxi quando senti uma espetada à altura da cintura. Virei-me e vi um garoto de seus quinze anos – como cresceu rápido o irmão da Janice Cristina – me espetando uma faca. Dei-lhe um pontapé no saco e ele saiu correndo. Nesse momento – como num filme de suspense – um táxi parou na minha frente.

– O senhor deu sorte de ele não ter um revólver. Essa gente só matando.

– A burguesia brasileira concorda com o senhor – eu disse ao motorista, para não ter de mandá-lo à merda e apanhar outro táxi.

Enquanto seguia para Copacabana, ia pensando: "Qual a diferença entre os cúmplices de Fernandinho Beira-Mar e os de Fernando Henrique Cardoso, louquinho para dizer "*plus ça change plus c'est la même chose*? Será que devo escrever uma carta ao Lula dizendo que, segundo a maioria dos meus leitores, não há como diferenciar as frases de FHC das suas? Poderia dizer a ele para acabar com a mordomia das casas dos deputados e senadores, para acabar com as viagens dos deputados e senadores, para cobrar da Eletropaulo o roubo de mais de um bilhão de dólares, para confiscar passaportes, obrigar os ladrões – os grandes ladrões – a devolverem o que roubaram: Sarney, ACM, Jáder, Eduardo Jorge, Lalau, Silveirinhas, os ladrões que se apropriaram do Pará, do Amazonas, do Acre, de Rondônia. Não creio que ele me responderia – assim como não tenho tempo de responder a todos os leitores –, pois é mais fácil abrir uma conta e chamá-la de **Fome Zero,** esperando alguns tostões que jamais chegarão perto daquilo que a Igreja Universal do Reino de Deus, proprietária do PL, rouba dos pobres todos os dias. Aproveitaria, nessa carta, para dar um alô ao deputado Paulo Paim, meu conterrâneo, que sempre lutou por um salário mínimo de cem dólares (uma excrescência) e agora foi acometido de mutismo diante dos especuladores financeiros.

O motorista interrompe meus pensamentos para me dizer que o garoto que tentou me assaltar trabalha para uma quadrilha liderada por um tal de Vintém. Como dizer-lhe que o bandido é fruto das leis do mercado e só é considerado bandido porque obedece a essas leis como a uma bíblia? O seqüestrador narcotraficante é um fundamentalista do mercado. Taxaram o padeiro, ele aumenta o pão. Perdeu o emprego, arruma um berro e assalta. Os verdadeiros vencedores são os não-bandidos que vivem de subsídios, subornos, sonegação e corrupção ativa. Tomo nota mental para perguntar aos leitores num futuro artigo: se o BNDS – agora nos tempos de Lula – continua emprestando dinheiro para multinacionais, qual a diferença entre o seu presidente que toma dos pobres para financiar bancos, montadoras de automóveis, TVs a cabo e o garoto que me assaltou ou o seu chefe?"

O táxi passa pela frente do prédio onde mora Leonel Brizola na avenida Atlântica e lhe mando uma muda saudação: "Meu velho comandante, por que te cercaste de tão má companhia? O que fizeste com as nossas esperanças?" Peço para o táxi parar na esquina de Copacabana com Francisco Sá. Compro um jornal e vou tomar um chope no Bar Bico. No jornal leio que o inefável esmagador Roberto Jefferson disse que, com o aumento recebido, os parlamentares não terão mais de sujar as mãos com o dinheiro do narcotráfico. Brindo a isso com outros pinguços. O jornal me informa também que descobriram um poço de petróleo na Paraíba que dará 500 bilhões de barris por dia. Com mais os poços de Campos e os 900 milhões de barris diários da Bacia de Santos, somos independentes. Do que precisa este rico país, afinal de contas? De vergonha e compaixão. Caminho os duzentos metros que separa o Bar Bico da minha casa. Certamente minha mulher vai acordar e me perguntar se já arranjei o dinheiro para o aluguel deste mês. Será que já mataram Janice Cristina e seu irmão? E você aí, leitor, vai de drops?

Contra-ataque aqui do meu canto

"Estávamos parados na rua incertos e temerosos até que a casa à nossa frente começou a derreter e caiu praticamente aos nossos pés. Nossa casa também transformou-se numa montanha de poeira. Um vento cruel alimentava as chamas. Finalmente, nos demos conta de que não poderíamos ficar ali e nos dirigimos ao hospital. Nossa casa fora destruída, estávamos feridos e precisávamos de socorro. Além disso, eu, como médico, devia estar ao lado da minha equipe. Só depois me dei conta da irracionalidade do meu pensamento: que bem eu poderia fazer ferido como estava? Começamos a caminhar mas depois de trinta passos tive de parar. Não tinha fôlego, meu coração disparara e minhas pernas deixaram de me agüentar. Senti uma sede terrível e pedi à minha mulher que me arranjasse água. Mas não havia água. Eu estava nu e embora não sentisse vergonha fiquei triste por haver perdido o pudor. Fiquei sentado no chão. Gradualmente as coisas começaram a entrar em foco. Pessoas que mais pareciam sombras caminhavam como fantasmas. Outros se moviam como espantalhos: braços bem abertos para impedir a fricção com a carne queimada. Uma mulher nua carregava um bebê nu. Pensei: talvez eles estivessem tomando banho. Quando vi alguns homens nus me dei conta de que, como ocorrera comigo, alguma coisa os privara de suas roupas. Uma velha estava deitada ao meu lado. Seu rosto demonstrava que ela estava sofrendo muito mas não se queixava. Na verdade, o silêncio era total.

As estradas estavam desertas com exceção dos mortos. Alguns pareciam ter sido petrificados pela morte enquanto caminhavam. Outros estavam achatados contra o pavimento como se uma gigantesca mão os houvesse esmagado. Hiroshima não era mais uma cidade mas uma pradaria em fogo. A paisagem havia sido achatada ao sul, ao norte, ao leste e a oeste. As montanhas distantes me pareceram mais próximas do que nunca. Como Hiroshima era pequena sem suas casas.

Não vi nada que não houvesse sido carbonizado entre o Hospital da Cruz Vermelha e o centro da cidade. Os ônibus estavam parados e dentro deles dezenas de corpos carbonizados, impossíveis de serem reconhecidos. Vi reservatórios de água cheios de pessoas mortas até a borda. Pareciam ter sido cozinhadas em água fervente. Num reservatório vi um homem bebendo água quente misturada com sangue. O homem ao seu lado estava morto.

Como é fraca e frágil a criatura humana diante das forças da destruição. Toda uma população fora reduzida ao mesmo nível de fraqueza física e mental. Os que podiam caminhavam vagarosa e silenciosamente em direção aos subúrbios e às colinas distantes. Quando se lhes perguntava de onde haviam vindo, apontavam para a cidade. Quando se lhes perguntava para onde estavam indo apontavam para a distância. Todos nus, todos queimados, todos sangrando.

Um povo cujo espírito havia sido quebrado abandonava uma cidade em ruínas. Alguns seguiam os trilhos da Estrada de Ferro, outros o leito seco dos rios. Simplesmente seguiam os que iam à frente. Quando o dia acabou tive a impressão de que fora suspenso no tempo, pois não tínhamos nem relógios e nem calendários."

Vocês acabaram de ler o testemunho do dr. Michhiko Hachiya, diretor do Hospital de Comunicações de Hiroshima. Ferido no bombardeio enquanto estava em sua casa, a uns 1.700 metros do epicentro da catástrofe. Seu hospital estava mais próximo, a uns duzentos metros. Oitenta dos 190 médicos de Hiroshima morreram. Sem comentários sobre o modo norte-americano de manter a paz mundial.

Por um desses mistérios que só Gutenberg e o deus Mercúrio conhecem, na época da comunicação imediata, escrevo com quatro dias de antecedência. Nesta quinta-feira 2 de março de 2003 a manchete de *O Globo* é *Bagdá bombardeada*. Isso significa que Hussein não teve tempo hábil para fabricar as armas químico-biológicas que Bush queria que ele entregasse. Isso significa que talvez, hoje, vocês estejam lendo relatos como o do dr. Mihhiko depois da bomba em Hiroshima. Estou sendo modesto. O rosto do horror será bem mais pavoroso. O lobo tomou conta do mundo e matou o cordeiro como quis e o lobo – os americanos – representam 6% da população mundial e cerca de 30% são contra a guerra. Mas eles foram à guerra porque detêm mais de 50% da riqueza mundial. Foram à guerra porque o Iraque possui a segunda maior reserva de petróleo do mundo e, não menos importante, ao contrário da maioria dos países árabes possui água, muita água.

Nenhuma das justificativas de Bush para o massacre cola. 1) Segurança do Oriente Médio, dos Estados Unidos e do mundo, pois o Iraque tem armas nucleares. Uma falácia, segundo a ONU. 2) O Iraque tem armas químicas. Se as tem, foram fornecidas pelos Estados Unidos. 3) O subsecretário de estado John Bolton declarou: "O Iraque pode desenvolver armas nucleares em um ano se lhes derem a tecnologia certa". Eu também. 4) O Iraque tem ligações com a Al Qaeda. Todos os serviços de espionagem americana não conseguiram provar isso. Bin Laden tem mais ligações com Bush do que com Hussein. 5) Hussein é ditador. Está certo mas conquistou o poder com o apoio dos Estados Unidos, aliás, especialistas em fabricar ditadores no Brasil, na Argentina, no Uruguai, no Chile, no Peru, na Nicarágua e em inúmeros países da África. Se ganhar a guerra – como ganhará –, os Estados Unidos serão oficialmente donos do mundo, o capitalismo global – privatizando, interferindo nas leis dos países, ditando impostos – reinará como Roma.

Bush foi para a guerra matar o cordeiro porque tem o maior arsenal militar do mundo: 390 bilhões dólares aprovados pelo Congresso. Aparentemente, a paz só se conquista com sangue de jovens, velhos, mulheres e crianças. 86 milhões de pessoas morreram (o número de feridos é cinco vezes maior) nas guerras provocadas pelos Estados Unidos depois da Segunda Guerra Mundial. Essas armas químicas que o Iraque teria foram desenvolvidas nos Estados Unidos e dadas de presente a Hussein para matar iranianos. Quando em 1991 a guerra acabou Zero a Zero, ou seja, Morte a Morte, as armas foram devolvidas pelo Iraque a empresas particulares da Grã-Bretanha e dos Estados Unidos.

Para vocês verem que a guerra nunca tem nada a ver com a defesa da moral e dos bons costumes, quando o Iraque, então aliado dos Estados Unidos, usou gás americano contra o Irã na década de 80, o "mundo livre" não protestou. Quando Hussein matou com gás americano 5 mil curdos no Norte do Iraque, o mundo ficou de bico calado cumprindo ordens americanas. No Brasil, não me lembro de ter lido uma única notícia de pé de página.

Talvez, quando vocês estiverem lendo essas linhas, o Iraque não exista mais mesmo que jamais se tenha conseguido encontrar a mínima ligação entre ele e o ataque de 11 de setembro. Fico imaginando os iraquianos batendo papo num boteco em Bagdá como poloneses batiam papo em Varsóvia, duvidando da invasão de Hitler.

– Você acha que eles vão invadir nossa terra?

– Claro que não, o mundo inteiro é contra.

Já invadiram e é verdade que o mundo inteiro é contra, até mesmo muitos ingleses, espanhóis e os dinamarqueses, que não sei por que se meteram nessa guerra manchando de vergonha uma antiga tradição pacifista.

A verdade é que durante a primeira Guerra do Golfo – um treino – morreram 35 mil pessoas e dessas menos de duzentos americanos. Entretanto, seis mil soldados iraquianos *em retirada*, *fugindo,* foram enterrados vivos pelos tanques do Tio Sam. Nesse mesmo treino, os americanos jogaram 40 toneladas de urânio enriquecido sobre o Iraque e os casos de câncer aumentaram – segundo a ONU em 700%.

A situação é mais ou menos parecida com a possibilidade de o Brasil declarar guerra à Tijuca. O Exército dos EUA destruiu 80% da capacidade militar do Iraque em 1991 e desde então aquele país não representou nenhuma ameaça à paz mundial. Segundo o Pentágono, nesta guerra que vocês provavelmente estão vendo na TV, morrerão apenas 10 mil pessoas mas a Comissão de Direitos Humanos da ONU informou a Bush que morrerão pelo menos 350 mil civis, um milhão de pessoas serão desalojadas e dois milhões tentarão fugir do país. Quantas dessas mortes serão de crianças? Resposta: em torno de 50%.

Os Estados Unidos realizam ataques aéreos e bombardeios, usando armas químicas e biológicas, contra o Iraque sem que ninguém reclame, há 11 anos: mais de nove mil toneladas de explosivos. Imaginem nove mil elefantes que explodem ao cair no chão distribuindo morte e câncer. Resultado: a mortalidade infantil no Iraque era de 38 para cada mil nascidos vivos. Hoje ela é de 131 mortos para cada mil nascidos vivos, um aumento de 345%. Isso para não falar dos iraquianos mortos entre 1991 e 1999 devido às sanções da ONU, ou seja, cerca de 1,5 milhão, e desses metade eram crianças.

Bush foi para a guerra como o xerife (que imagina ser) entra no *saloon* para jogar pôquer com um bando de pés-rapados. Foi para o tudo ou nada. Se vencer impede a bancarrota dos Estados Unidos e salva a queda do império sob seu comando. Podeis crer, leitores de pouca fé, ele estava (está) desesperado com a ruína da sua economia. Tem pesadelos de que a OPEP, seguindo o exemplo do Iraque, abandone o dólar e adote o euro. E o dólar já caiu 15% em relação ao euro em 2002. Quer manter o mundo e principalmente o Oriente Médio e o Brasil – *ças vas sans dire* – dependentes do dólar. No caso de ele perder a guerra – no caso de Rússia, França e Alemanha tomarem vergonha e interferirem no conflito – os países dependentes do dólar iriam para as cucuias e os países consumidores de petróleo teriam de despejar os dólares dos seus bancos centrais, submetidos ao FMI – e substituí-los por euros. O dólar sofreria uma desvalorização de quase 50% e a inflação deitaria e rolaria. Isso seria excelente para o mundo e principalmente para o Brasil, que, praticamente independente em termos de petróleo, poderia voltar-se para um plano vergonhosamente abandonado a mando do FMI: o Pró-Álcool. Mas isso tudo é sonho de jornalista enlouquecido graças ao tímido protesto do nosso governo diante do genocídio do povo iraquiano.

Pode-se bem imaginar o que acontecerá com o valente povo palestino depois da destruição e remapeamento do Iraque por autoridades americanas, inglesas e transnacionais do petróleo, pois os Estados Unidos desde 1992 vetaram 30 resoluções da ONU contra Israel. Não contentes com isso dão ao Estado sionista 5 bilhões de dólares anuais como crédito para compras de armas americanas, naturalmente. Ganha a guerra, ou seja, executado o genocídio, será fácil plantar alguma arma nuclear no Iraque. A verdade, porém, é que apenas oito países possuem esse veneno experimentado pelos japoneses: Estados Unidos, França, Rússia, China, Inglaterra, Índia, Paquistão e Israel. Os Estados Unidos possuem 10 mil ogivas nucleares, Israel 400 e o Iraque nenhuma. Mordechai Vanunu, que denunciou a existência das ogivas, foi seqüestrado na Itália, levado para Israel, condenado a trinta anos de prisão. Como consolo ganhou o prêmio Nobel alternativo de 1992. Mas continua preso. A pergunta que me faço é a seguinte: por que a ONU não pede para fazer uma inspeção no arsenal nuclear, químico e biológico dos Estados Unidos? Tentaram com Israel várias vezes e Israel lhes deu uma banana sem que nada acontecesse, e olhem que, desde 91, 42% do território palestino da Transjordânia está na mãos dos judeus e os judeus estão tratando os palestinos como foram tratados pelos nazistas no gueto de Varsóvia: como ratos. O mundo inteiro é contra. Em 1939, só a Inglaterra teve coragem de declarar guerra aos hunos mas naquela época o primeiro-ministro chamava-se Winston Churchill. Era um homem e não um títere como Blair.

É claro que há opiniões discordantes: a dra. Albright, subsecretária de Estado dos EUA, nega que os americanos querem 20% do petróleo do mundo sob as terras já uranizadas do Iraque, nega que querem os 40% do petróleo do mundo da Arábia Saudita. O que preocupa os Estados Unidos – segundo ela – é o destino das crianças iraquianas sem o benefício dos direitos humanos. Ela reconhece que muitas morrerão mas as que sobreviverem sobreviverão em liberdade. Sabem de uma coisa? Às vezes creio que se Deus existe deve ter enchido o saco de ver crianças como Bush pisoteando a sua obra. Creio que Deus já tirou o time de campo há muito tempo.

O menino no escuro

Caso as mariposas decidam morar no nariz do morto, melhor que este lhes prepare uma nova caminha, a fim de que com as larvas também possa ressuscitar com calma e cheio de otimismo....

Isso aí em cima é poesia. Na vida real de Locke ou na realidade percebida de Berkeley não existe o ressuscitar. Ninguém quer uma vida nova na qual não crê e na qual, por mais feio e infeliz que seja, ele não será ele. E se não for ele como poderá sentir as coisas? O homem quer *esta* vida que tem e quer que lhe dêem a possibilidade de melhorá-la; de ser feliz nos dias, meses, anos que lhe restam. É isto que o nosso irmão pede; que não o atrapalhem, não o atropelem, não o humilhem e não o matem antes do tempo, pois a vida tem muitas coisas belas – quase todas – e é preciso desfrutá-las.

O cheiro que se sente onde haja um campo de batalha é sempre uma mistura de mijo, sangue, clorofórmio, merda e medo. Sei porque vi. E o sangue é sempre de jovens, o medo impregna suas almas enquanto borram as calças. No campo de batalha não há higiene. De um lado, um menino de 18, 19 anos impede com as mãos que as vísceras saiam da barriga. De outro, um soldadinho que não sabe nem por que está morrendo se arrasta em busca da própria perna que se desgrudou do seu corpo e foi lançada a alguns metros de distância. São moços pobres para os quais as Forças Armadas prometeram um futuro seguro. São moços caipiras que se criaram vendo Stallones e Schwarzeneggers na televisão e acreditaram que a América era o lar dos bravos. Mas não há nenhum Stallone, nenhum Schwarzenegger para ajudá-los agora. Eles, os astros, estão em Malibu Beach em suas casas de 200 milhões de dólares, meus filhos, e nem sabem que vocês estão morrendo. E nem sabem que são em boa parte responsáveis pelo fato de vocês estarem morrendo.

Se me perguntarem qual é a lembrança mais remota que tenho da guerra – estou falando da Segunda Guerra Mundial – lhes direi que era do medo que sentia de que meu pai fosse convocado quando Getúlio mandou nossos pracinhas para a Itália em troca da Companhia Siderúrgica Nacional, que nem é mais nossa. Já foi nossa. Hoje está na mão de capitalistas nacionais e estrangeiros. Claro, eu era um menino de três anos e achava que meu pai – como já fora soldado – podia ser convocado e ser morto. E então o que aconteceria comigo, com a mãe e meus irmãos?

Fiz um parágrafo porque me enganei. Choque cultural ambulante que sou desde que nasci, a primeira lembrança da guerra é a de meninos e meninas mais ou menos da minha idade correndo atrás de mim e cantando: "Alemão batata, come queijo com barata". Desde cedo, pais ignorantes ensinam aos filhos que devem odiar o que é diferente. E eu era diferente em Porto Alegre. Havia nascido na colônia Buriti, onde todos falavam alemão e onde jamais foram cumpridas as promessas de ajuda aos colonos desde os tempos de Dom Pedro II. A garotada me chamava de alemão batata e o mais irônico nisso tudo é que minha família havia vindo para o Brasil da Alemanha em 1824. Claro, eu também tinha um nome complicado – não era Silveira, nem Silva, nem Oliveira – e era mais alto. Perguntei para minha mãe: "Por que as crianças me odeiam tanto?". Ela também não sabia responder, pois para ela – camponesa – a guerra não existia. Ela tinha de preservar o seu lar e tentar sobreviver na cidade grande. Definitivamente, eu não queria ser alemão. Fiquei muito feliz ao saber que tinha algum sangue polonês e uma vez que a Polônia fora ocupada pela Alemanha eu também estava do lado certo.

No fim da guerra, quando comecei a ir ao cinema, tinha pesadelos com soldados japoneses – aqueles homenzinhos horríveis cujos olhos a gente nunca via direito – entrando no meu quarto e furando o meu coração com uma baioneta. Não, eu e ninguém naquela época, pelo menos no bairro de cortiços onde morávamos, havia ouvido falar de Hiroshima e Nagasaki. Mas ouvíramos falar dos campos de concentração e do que os alemães haviam feito com milhões de judeus pobres e poloneses como eu ou como eu me sentia na época. Não sabia da enormidade da ajuda polonesa à ocupação nazista.

Naquela época perguntei a mim mesmo como os pais deixavam seus filhos ir para a guerra. Não tinham medo de que eles morressem? Como esposas deixavam seus maridos ir para a guerra? Não tinham medo de que eles não mais voltassem ou que voltassem cegos ou sem uma parte do corpo? Menino, no meio da noite de escuridão e ignorância que me envolvia, eu jurara: "Quando eu crescer não vou deixar que as guerras continuem". Mal sabia eu que pouco mais de dez anos depois estaria no Canal de Suez como correspondente de guerra e que ainda veria outras duas guerras. Naqueles dias descobri – não sei se conscientemente, provavelmente não – que a vaidade e a necessidade de sermos reconhecidos conseguem superar o medo.

Mas hoje estamos em 2003 e já não tenho nas narinas o cheiro de sangue, excrementos e medo. Entretanto, me dou conta, horrorizado, de que Bush e Saddam são mais jovens do que eu. Quando meninos, bem-informados e por mais razões do que eu, também devem ter jurado combater a guerra, também devem ter sentido medo, também não compreenderam o terror. E, entretanto, aí estão dois guris lutando pelos mesmos motivos que se luta no Rio de Janeiro, na cidade controlada por pessoas às quais não se deu outra chance que não a de se tornarem marginais; uma cidade controlada por ex-crianças educadas no ódio, na miséria e na humilhação. Ex-crianças tratadas como cachorros. E nos espantamos quando reagem como cachorros selvagens. *The name of the game is money.* De qualquer modo, voltando à guerra oficial que se passa do outro lado do mundo, uma pergunta continua dando porradinhas constantes na minha psique: dos congressistas americanos cuja maioria votou a favor da guerra de Bush, quantos mandaram seus filhos para o Iraque? Quantos filhos de fabricantes de armas? Quantos filhos de banqueiros? Quantos filhos de astros de cinema? Quantos filhos de moguls de Wall Street?

Bush, esse dândi do Texas, esse falso cowboy, esse presidente fictício, esse psicopata transformou Saddam Hussein, um ditador imposto pelos Estados Unidos, num herói e num mártir. Creio que a grande maioria das pessoas pensantes é contra a guerra, mas não ficariam bem mais horrorizadas se ocorresse o contrário: se o Iraque invadisse o "lar dos bravos"? O homem, na sua suprema estupidez, tende a ficar ao lado dos que considera semelhantes. A mesma bomba que Truman e seus cientistas jogaram contra o Japão certamente não seria jogada contra Viena, pois os austríacos não têm olhos puxados nem falam uma língua que ninguém entende. Os favelados são diferentes de nós, por isso marginais. Por que não invadir a Coréia, o Vietnam, o Afeganistão? Eles são tão diferentes. Que nos importa se morre um milhão de pessoas na guerra civil de Ruanda? Eles são negros e recém saíram do canibalismo.

Ho Chi Min antecipou que venceria a guerra do Vietnam por duas razões: 1) estava defendendo a sua terra e sua cultura milenar que fora invadida; 2) estava com a razão. Sadam Husseim, hoje, pode dar a mesma resposta. Por quê? Porque o governo Bush desrespeitou as decisões da ONU, que agora pode virar parque de diversões. Porque não encontraram armas químicas, biológicas e muito menos atômicas e nucleares em solo iraquiano. Porque está defendendo a sua pátria e sua cultura milenar. Ao contrário do que disseram os analistas ocidentais, os que eram contra Husseim hoje estão a favor dele. Os que escaparam da guerra hoje estão voltando ao seu país para defendê-lo.

Nas primeiras linhas deste artigo referi-me a jovens americanos ignorantes e ainda úmidos da lavagem cerebral recebida. É claro que me identifico mais com eles pois são mais parecidos comigo e para provar isso tenho mais de mil e quinhentos filmes americanos que vi na minha vida. Peço-lhes, portanto, que voltem ao cenário que descrevi nas primeiras linhas e multipliquem o horror por mil. Agora não estou falando de garotos americanos que

– mal ou bem – decidiram ir para a guerra. Poderiam ter se negado por razões de consciência. As mulheres e crianças iraquianas despedaçadas não sabem nem por que aquela gente joga bombas contra elas como se fossem gigantes jogando inseticida contra baratas.

Robert Fisk, correspondente do *Independent*, de Londres, depois de informar que, ao contrário do que foi noticiado na imprensa mundial, Basora, a segunda maior cidade do país, continua nas mãos dos iraquianos, passa a narrar uma cena rotineira do hospital local. "Vejo as vítimas de um ataque anglo-americano dando entrada na UTI urrando de dor. Um homem de meia-idade veste um pijama banhado de sangue dos pés à cabeça. Uma menina de seus quatro anos entra numa maca enquanto olha para as próprias vísceras que saem da barriga. Um médico de uniforme azul verte água sobre as entranhas da garotinha e suavemente lhe aplica uma bandagem antes de começar a cirurgia. Uma mulher vestida de negro, que sangra no estômago, grita quando os médicos tentam despi-la para a operação. Desde que a guerra começou morreram até hoje (27 de março) 350 civis e existem mais de 4.000 feridos. Neste momento chegam sete novos cadáveres ao necrotério do hospital de Basora. Da cabeça de um deles, que foi identificado como correspondente árabe de uma agência de notícias ocidental, sai sangue que empapa o chão. Outro cadáver é de uma menina parcialmente decapitada. Outra, de menos de dez anos, não tem mais o cérebro e perdeu uma orelha. O corpo de um menino morto jaz na morgue sem os pés."

E tudo isso por uma única razão: dinheiro, ou seja, petróleo, água, para evitar a ascensão do euro, a queda do dólar e a derrocada da economia americana. Como ocorreu no Vietnam, os políticos, os fabricantes de armas e os banqueiros esqueceram-se de perguntar aos *scholars* quem eram os iraquianos. Quando os anglo-saxões ainda eram tribos nômades e pagãs sua ciência, arte e matemática igualavam-se, se não superavam, à romana. Tão ensimesmados estão os senhores da guerra que esquecem-se de que estão lutando contra um povo religioso cujo profeta é Maomé. O historiador americano Michael H. Hart, um grande reacionário, coloca Maomé (nascido em 570 e falecido em 632, em primeiro lugar entre os homens que mais influenciaram a humanidade, pois teria exercido um papel muito mais importante no desenvolvimento do islamismo do que Jesus no do cristianismo, cujo grande propagador foi Paulo. É verdade que existem mais cristãos do que muçulmanos no mundo. A diferença é que os muçulmanos realmente acreditam no Corão escrito por Maomé na língua que falam até hoje. Do Iraque ao Marrocos há uma cadeia de nações árabes unidas não só pela fé mas também por sua língua, história e cultura. Existe é claro uma desunião entre alguns Estados árabes mas Bush está se encarregando de acabar com ela. É muita loucura invadir um país berço da civilização, onde, segundo o mito, estava localizado o jardim do Éden, matar mulheres e crianças para que alguns ricos possam ficar ainda mais ricos.

Pensem, agora, num menino ou numa menina, sozinho no escuro dentro de uma casa em ruínas numa vila do Iraque enquanto as bombas estouram à sua volta. Esse mesmo menino também pode estar num barraco – onde, de um lado e de outro, policiais pobres atiram contra marginais pobres e vice-versa – numa favela ou em qualquer outro lugar em que os homens que deveriam proteger as crianças se comportam como monstros.

De pé, ó vítimas da fome!

Outro dia fui convidado por um velho amigo para ir à sua casa de campo, onde ele daria uma festa para sua netinha que fazia aniversário. Na verdade, ele queria alguém da sua idade para bater papo. Para a netinha de cinco anos levei de presente uma cabritinha de poucas semanas, uma beleza de bichinho que me deu um trabalho enorme para adquirir. Na casa, havia mais de dez crianças em frente à televisão. A aniversariante ficou com medo da cabrita pois jamais havia visto uma. Fez-lhe uns carinhos de longe. Os meninos para demonstrar coragem aproximaram-se da bichinha e, como ela estava mais assustada do que eles, acabaram levando uns pontapés. Quinze minutos depois estavam todos em volta da TV e a cabritinha amarrada numa árvore.

Somos todos vítimas da TV mas as crianças, por serem menores, são as maiores. Os adultos já foram seres humanos, que se robotizaram. Às crianças, porém, nem essa chance é dada, ou seja, a chance de optarem pela robotização ou pela humanização, pelo desenvolvimento mental. Vivem sendo atacadas por bionicães, formigas atômicas, morcegos eletrônicos, senhores dos anéis e programas infantis que incentivam a pedofilia. Nesses programas, as apresentadoras seminuas, querem que as meninas se transformem em imitações de glamourosas modelos ou atrizes. Não lhes dão nem tempo de viverem a infância, que passa tão depressa como todos sabemos. A TV anula a poesia do mundo infantil e faz com que as crianças usem uma linguagem standard que nada tem a ver com a vida. No Brasil, além disso, a televisão acabou com tradições, regionalismos, usos, costumes e principalmente as canções de roda, que duraram mais de 400 anos mas não resistiram aos programas "infantis".

Na festa de aniversário meu amigo chamou-me a um canto e disse:

– Fausto, as crianças não querem a cabrita. Se você quiser deixá-la aqui, faço uma cabritada.

Nada tenho contra cabritadas mas aquela cabrita passou-me a impressão de que nascera para ter filhos e netos. Saí com ela e meia hora depois descobri um prado onde pastavam algumas vacas e, um pouco mais distante, algumas cabras. Deixei a cabrita perto das cabras e fiquei olhando. Por algum tempo, as mais velhas a ignoraram mas depois de meia hora uma cabra aproximou-se da minha pequena e a conduziu até o bando. Saí dali me sentindo bem e até me ofereci uma cachaça no primeiro botequim. E voltei para a festa.

Os adultos (uma garotada entre 30 e 45 anos) conversavam sobre negócios em volta da churrasqueira no pátio. Devem ter falado sobre mim na minha ausência, pois uma garotinha de uns dez anos veio perguntar-me:

– Tio, o comunismo existe?

Embora soubesse o que responderia pedi um tempo à menina, pois queria elaborar uma resposta honesta. Pedi-lhe que fosse à cozinha buscar gelo para o meu uísque. Pensei: os jovens adultos presentes devem ter dito que o velho continua mais excêntrico e comunista. A menina deve ter perguntado o que era aquilo e não souberam responder. Não sei por que fiz uma analogia entre o comunismo e o Papai Noel. Até os sete, oito anos as crianças da classe média para cima sabem que existe um Papai Noel. (As pobrezinhas descobrem a verdade muito antes.) Um dia, porém, antes do próximo Natal, alguém lhes diz que Papai Noel é um mito. As crianças se agarram ao passado, à mentira, mas no próximo Natal já estarão mergulhadas no mundo dos adultos.

Lembrei da história de Virgínia O'Hanlon, uma menina de Nova York que, num outono de 1897, perguntou a seu pai se Papai Noel existia e ele disse que quando tinha alguma dúvida escrevia para a coluna de perguntas e respostas do *The Sun*. Ela escreveu:

"Caro editor, sou uma menina de oito anos. Alguns dos meus amigos dizem que não existe Papai Noel. Papai disse que o que o senhor respondesse estaria certo. Por favor, me diga, o Papai Noel existe?"

Francis P. Church, o editorialista, ficou com a batata quente nas mãos. Felizmente vivia numa época em que a Igreja ainda não se tornara sócia do mercado, Jesus Cristo não fora substituído por Papai Noel e nem Baltazar, Melchior e Gaspar substituídos por Lucro, Sucesso e Poder. O Natal era enfim uma festa mais religiosa que comercial. Isso permitiu a Church que respondesse positivamente à pergunta de Virgínia. Num editorial que tornou-se o mais famoso do século 19 ele escreveu que o verdadeiro Papai Noel existe e é como o Amor, que não pode ser visto.

Virgínia cresceu, foi professora durante 47 anos e enquanto viveu respondeu às milhares de cartas de crianças de boa parte do mundo. A todas enviava de brinde uma cópia do editorial de Church. Ela faleceu em 1972.

Quando a menina voltou com gelo e eu transferi algumas pedras para o meu uísque, perguntei-lhe:

– Por que você perguntou se o comunismo existia?

– Porque papai e meu professor disseram que ele havia morrido.

– O comunismo existe, querida, mas ainda não está pronto de todo. Se eu te desse todas as peças de um computador você teria e não teria um computador. Você tentaria montá-lo várias vezes. De vez em quando faria progressos e outras teria de recuar por ter colocado algumas peças nos lugares errados. Se você estudar e insistir, de todo o coração, um dia você montará o computador direitinho e ele funcionará direitinho também. O comunismo é uma filosofia, um modo de viver que depende muito dos homens e principalmente dos homens ricos; dos homens ricos deixarem de ser burros.

– Como assim?

– Neste nosso mundo existem os ricos que mandam e querem sempre mais dinheiro. Eles são poucos mas estão no poder. Existe também uma grande maioria de pobres em todo o mundo, aqui no Brasil tem muitos, que só vivem se o homem rico deixar. Se ele não deixar, o pobre perde o emprego, não pode dar de comer à sua família e pode até virar criminoso. Os poucos ricos não querem que os muitos pobres sejam felizes, por isso se juntaram com a Igreja, a imprensa, a justiça e o poder público. São todos sócios.

– Mas o que é esse comunismo?

– Você tem sua mãe e seu pai que cuidam de você e podem cuidar de você porque moram numa boa casa e seus pais têm bons empregos. Mas se seus pais não tivessem emprego, o que aconteceria? Eu te respondo: no comunismo, depois de bem montado como o computador de que falei, seu pai pertenceria a um sindicato e esse sindicato teria de lhe arranjar um emprego como ele tinha. Teria de pagar seu transporte caso ele não ganhasse o bastante para pagar e mais a casa, a comida, os médicos. Se você fosse uma boa estudante e quisesse ir para a universidade, o Estado teria de pagar seus estudos. No comunismo, o Estado, ou seja, o governo, é pai e mãe de todos os cidadãos. Tem de dar aos que necessitam e tirar dos que têm mais do que necessitam. No verdadeiro comunismo, aquele que eu e você ainda montaremos, as pessoas usarão o dinheiro e não serão usadas por ele. Usarão o trabalho mas não serão usadas por ele. Se você tem casa, comida, emprego, educação, saúde, transporte e ainda algum dinheiro no bolso para comprar o que realmente precisa, o que quer mais? Só um idiota pode querer cinco automóveis quando o vizinho não tem nem uma bicicleta.

– Vou pensar sobre o que senhor falou.

– Vai, minha filha, e quando você crescer conversaremos de novo.

Despedi-me do meu amigo e da sua família e fui beber no botequim próximo de onde havia deixado a cabrita. Estava irritado comigo mesmo por ter posto caraminholas (ainda se diz isso?) na cabeça de uma menina inocente. Ainda bem que ela não me perguntou se a democracia havia morrido. Teria de lhe dizer que ela não chegara a nascer. É isso aí – pensei enquanto bebia um trago de boa cachaça mineira. Embora a imprensa mundial trate o comunismo como uma gravata que caiu de moda, a verdade é que continuo marxista. Acho de coração que, se o mundo não quiser se suicidar, terá de marchar inevitavelmente para o comunismo; terá de adaptar o humanismo da filosofia marxista, que vê no homem um fim e não um objeto, às condições sociais, econômicas, culturais e geográficas de cada país. Apesar das grandes reformas de engenharia social na China e na Rússia, isso ainda não aconteceu. Poderia ter acontecido em Cuba, não fossem tão grandes as exigências da então URSS e o cruel boicote americano.

Pedi mais uma cana e me bateu mais uma vez a certeza de que – apesar da guerra no Brasil e no Iraque – o homem nasceu para ser livre e feliz. Se conquistar a liberdade poderá usar todo o seu potencial para a arte, a cultura, a cordialidade e o amor. Dificilmente, um homem assim se deixará seduzir pelo infantilismo doentio do poder. Acredito ainda que tanto o nazismo como o neoliberalismo são filhos do capitalismo. No caso brasileiro, tenho a impressão de que a estrada que conduziria ao neoliberalismo e à globalização, apresentados como paradigmas, começou a ser aberta em 1945 e teve breves interrupções de 50 a 54 e de 61 a 64. Preciso tomar nota disso para escrever um artigo. Zbigniev Brzenzinski, homem todo-poderoso do governo Carter, disse em seu livro *The technetronic society*: "Rumamos para uma combinação do apoio de milhões de cidadãos não-coordenados ao alcance de personalidades magnéticas e atraentes que exploram eficazmente as mais avançadas técnicas de comunicação para manipular as emoções e controlar a razão". Isso vem acontecendo hoje nos Estados Unidos e nos países avançados. No Brasil a coisa é muito pior: um pesadelo entre a tecnologia e a miséria.

Já na quarta dose, completamente alienado dos pinguços nativos, comecei a imaginar o velho Marx sentado num pub vagabundo em Londres – os furúnculos incomodando – à espera de Engels. Ele acreditava que sua visão do futuro da humanidade era tão maravilhosa que valia a pena certa violência contra os violentos deste mundo, pois eles não desistiriam de seus privilégios sem recorrer à violência, às vezes chamada de "eterna vigilância". Como eu, ele também foi jornalista e chegou a sustentar sua família com quatro dólares por mês que, ironicamente, recebia de um jornal americano. Ele sabia que os filósofos apenas tentam interpretar o mundo. Ele, como eu, queria modificá-lo.

De repente, me vi no meio do boteco berrando: "Os comunistas não escondem suas opiniões e seus objetivos. Declaram abertamente que seu alvo só será atingido através da queda forçada de todas as condições sociais existentes. Que a classe dominante trema diante da revolução comunista. Os proletários não têm nada a perder além dos seus grilhões, e têm um mundo a conquistar. Trabalhadores de todos os países, uni-vos!".

– Pelo amor de Deus! – disse um dos pinguços.

– Deus foi inventado pelo homem. É preciso começar a amar o homem, pois se Deus existe, certamente sofre menos que o homem pobre – respondi.

– O doutor é comuna! – disse um velhinho sentado numa cadeira de rodas.

– Eu sou da Igreja Universal e nem devia estar aqui bebendo – disse uma crioula de mãos calosas, certamente lavradora, encostada no balcão.

Saí para mijar contra uma árvore e enquanto mijava me dei conta do ridículo. Tivesse o talento de Cristo conseguiria converter alguns paus d'água. Voltei ao boteco, que, só então vi, se chamava *Bebaky's* com apóstrofe e tudo. Paguei a conta, uma rodada para todos e perguntei onde acharia um lugar para dormir. O dono do boteco informou:

– Pega a direita e em quatro quilômetros encontra a auto-estrada. Mais uns quinhentos metros para a direita tem um posto de gasolina e o dono aluga quartos.

Me despedi e um deus maluco que existe dentro de mim fez eu berrar para ninguém e para todos:

– Não é a consciência que determina a existência; é a existência que determina a consciência!

Todos bateram palmas e eu segui pela estradinha de terra batida como um *bateau ivre.*

Quatro quilômetros à esquerda estava a casa do meu amigo mas a festa já devia ter terminado. Quase meia-noite. Decidi pegar à direita. Quinhentos metros depois já estava o bagaço. Passei entre os arames de uma cerca, transformei meu paletó num travesseiro e deitei debaixo de uma árvore. Saudável cheiro de bosta de boi e de eucalipto e mais a brisa. Pensei que Marx era um homem de grande compaixão impelido pelo desejo de justiça. Ele estava com as peças certas e sabia como montar o computador revolucionário que é a mente humana. Basta observar o puteiro em que transformaram o mundo – até mesmo a minha querida Dinamarca – para ver que as elites criminosas enlouqueceram. As condições de vida do proletariado e parte da classe média estão se tornando insuportáveis. A batalha se dará no campo econômico da produção e da acumulação do valor excedente. Caso o proletariado (alienado de si mesmo, pois não ganha para viver como um ser humano e não se identifica com seu trabalho por não poder contribuir para ele) não partir para a barbárie e o crime, caso a classe média se conscientizar sobre quem é o inimigo, o capitalismo poderá ser derrubado a partir da luta competitiva pelos mercados. Agora que Bagdá foi tomada, o mundo se pergunta: é possível que gerentes comerciais, industriais e financeiros possam vencer cinco mil anos de cultura? Qual será a bola da vez? A Síria, a Jordânia? Uma coisa é certa – pensei, enquanto dava mais um jeito no paletó-travesseiro e meus olhos voltados para a lua insistiam em se fechar contra a minha vontade: o capitalismo – que a corrupta imprensa internacional chama de democracia – não é um regime para seres humanos. O homem não pode viver alienado de si mesmo, do seu trabalho, dos seus valores para sempre... A alguns passos de distância vi um homem sorridente, barbas e cabelos grisalhos, barriga de chope, parado à minha frente. Uma luz emanava do seu corpo. Era o meu anjo da guarda, Karl Marx. Acordei com o mugido das vacas e fui à luta.

Os Quatro Cavaleiros do Apocalipse

O cavaleiro que monta o cavalo branco leva um arco e uma coroa, o que monta o corcel vermelho empunha uma espada, o ginete do cavalo negro carrega uma balança e, sobre o tordilho claro, cavalga um anão que sorri sardonicamente. Quando essas quatro – a Peste, a Guerra, a Fome e a Morte se juntam vindas dos quatro pontos cardeais, o fim está próximo. As fúrias, Alecto, Maguera e Tisêfone, defecam sobre as iguarias da mesa de jantar. Depois vem o Exército das Moscas Gordas. Agora, só restam as estrelas distantes que choram por ti, imprudente planeta suicida.

Entra ano e sai ano e não canso de me admirar com os cronistas da burguesia ou os vigilantes da democracia. Estão nos principais jornais, rádios e estações de TV do Brasil defendendo o que não existe. É o ser idiota que protege uma existência de mentira. Meus pobres países baixos não agüentam mais tanta hipocrisia. É preciso que alguém diga sem meias palavras: *não existe democracia no Brasil*, não existe democracia no mundo. O que mais se parecia com um país governado pelo povo era a Dinamarca, onde nenhum deputado podia ganhar mais do que seis vezes o salário mínimo e onde o desemprego era proibido. Depois que entrou para o Mercado Comum Europeu e permitiu a invasão da TV comercial e da TV a cabo permitiu também a entrada do lixo americano chamado cinema e controlado pela máfia. Hoje o pequeno país escandinavo é governado pela direita e bate palmas para Bush. Quando um povo perde sua cultura – e não estou falando de diplomas universitários atrás dos quais os grandes idiotas costumam se esconder – ele também perde a sua identidade e quem não tem identidade é presa fácil de qualquer poder com mais armas e mais dinheiro.

O que temos no mundo hoje em dia é um sistema chamado Aberração e ele dói mais no lombo de alguns países do que no de outros. No sistema aberracionista pode ser definido como uma minoria de ricos (no caso do Brasil, cerca de um milhão) que vivem da exploração do trabalho da grande maioria de pobres. Entre a base e o topo da pirâmide, uma classe média cuja única ideologia é agarrar-se ao saco da minoria para não ter de viver no inferno do proletariado. Isso vale para todos os países do mundo. Quem pode chamar de democracia um país como os Estados Unidos, que possuem a maior população carcerária do planeta, composta em mais de 80% de negros e latino-americanos? Quem pode chamar de democracia países racistas como a França, a Inglaterra, a Alemanha ou a Itália, esta última dominada por um fascista com um império televisivo nas mãos? Nas aberrocracias ganha quem tiver mais dinheiro ou quem faz o melhor negócio com o grande capital internacional que trata os demais países – levando-se em consideração seu grau de cultura e riqueza – como puteiros. Os países africanos são puteiros do Mangue, os da América do Sul, da rua Alice, bem como os da Europa do Leste. Os países europeus e mais Austrália, Canadá e Japão são puteiros de luxo mas nem por isso menos puteiros. O homem que quiser ser tratado com respeito em qualquer lugar do mundo por causa do seu trabalho e da sua honradez, dentro de alguns anos, será tratado como um louco. A única liberdade considerada será aquela que o sujeito trouxer na carteira e no banco... é claro. Quando os quatro cavaleiros ainda estiverem longe não haverá mais ladrões, apenas o roubo, e só poderão roubar os mais privilegiados, os mais espertos. Não haverá mais assassinos, apenas mandantes e os mandantes estarão acima da lei pois haverá uma única lei, a do dinheiro.

Quem julgará as ações de um mundo em decomposição – um mundo infestado pelas moscas como o foi a Argos da antigüidade? A ONU, como vimos, era uma grande orquestra para hipocrisia filarmônica e não toca mais nada de importante. Agora que já se passou mais de ano, será que ninguém se pergunta: "Quem lucrou com a destruição das torres gêmeas?". O Afeganistão? O Iraque? A CIA sabia com antecedência o que ia acontecer porque planejou o ataque com ou sem Bin Laden. Mais provavelmente com, pois o homem não era sócio dos Bushs em companhias petrolíferas do Texas? Afinal de contas, onde anda Bin Laden? Por que não conseguiram prendê-lo? Quais interesses, realmente, defende, uma vez que comunista não é? Imprensa mesmo é segredo para quatro paredes. O que fez a imprensa democrática internacional enquanto crianças eram despedaçadas por bombas em Rasada e Bagdá? Quando a imprensa e o poder se unem não há mais imprensa, apenas imprensa oficial. A quem serve o governo brasileiro, o atual e todos os posteriores a 1964? Ao povo brasileiro ou ao FMI?

Nos tempos da ditadura (a oficial, pois hoje se zerarem a tua conta no banco, leitor, a quem vais te queixar senão ao bispo que não aceita queixas de ninguém?) disse que o povo em geral e a imprensa em particular se comportavam como se estivessem assistindo a sério a uma partida de basquete no pântano. O jogo é impossível, a bola não quica, mas ainda assim inventamos jogadores, juízes, bandeirinhas, técnicos, massagistas e até platéia para uma coisa que não existia. Quem pode viver com um salário mínimo que dá para comprar nove quilos de peixe ou cem maços de cigarro? Todos sabemos que isso é impossível mas fingimos que é possível. Quem não enlouquece com a desonesta burrocracia dos sistemas privatizados de gás, luz e telefone? Quem pode viver da saúde pública? Será que ninguém se envergonha de viver num país onde o cidadão para não morrer tem de pagar um plano de saúde e que, quanto mais velho ficar, mais terá de pagar até desistir?

No Brasil o emprego é tratado como uma bênção. Sujeito está empregado, não importa quanto ganhe, acertou na loteria. Mesmo empregado, o brasileiro é um infeliz. Pergunte ao bancário que passou vinte anos atrás de um caixa, ao ascensorista que passou trinta anos dentro de um elevador, ao porteiro que passou vinte e cinco anos dentro de uma gaiola? Viveram? Conheceram suas famílias? Se divertiram? O trabalho deveria dar prazer e sustento ao homem e à sua família. O salário que não cobrisse as necessidades básicas do cidadão deveria ser completado pelo Estado. Aqui, porém, a alienada classe média não consegue viver do seu salário e ainda paga impostos que lhe são roubados na fonte. Com o que não tem que lhe é retirado da fonte. É claro que poderíamos nos queixar à Justiça, mas os juízes estão sendo caçados pela polícia ou estão concedendo *habeas corpus* para ladrões ou, finalmente, estão desesperados porque podem ser mortos de uma hora para outra.

O PT parecia o exército de Átila em direção a Roma. No caminho, porém, os soldados entraram na casa de um patrício para tomar um cafezinho, casaram com a filha de outro patrício, tornaram-se sócios de outro, passaram a torcer pelo mesmo time e quando chegaram a Roma já eram romanos convictos. O PT, quando chegou a Brasília, já era neoliberal desde criancinha. Eu me iludi. Um dos dias mais felizes da minha vida foi o dia da vitória de Lula. Escrevi um comovido artigo aqui mesmo nesta página, lembram? Hoje faço um desafio a Lula e ao PT. Se seu coração é sincero, se vocês não mudaram, por que o presidente não vêm à televisão e diz:

"Aumentamos as alíquotas, demos um aumento ridículo aos aposentados, aumentamos o tempo de trabalho, estamos fazendo cortes na área social do orçamento porque assinamos um contrato com Washington como o fez Fernando Henrique, só que esquecemos de avisar a vocês. Por isso temos um ex-presidente do City Bank no Banco Central, por isso vamos privatizar o Banco Central e por isso vamos aceitar uma base espacial americana em Alcântara, Maranhão, sem ao menos perguntar o que eles farão em segredo dentro do 'nosso' território. O que vocês acham? Vamos deixar que nos estuprem? Devo cumprir a promessa que fiz a eles ou a promessa que fiz a vocês?"

Mas Lula não diz nada, aliás, diz sim, a mesma coisa que o melífluo e cínico FHC dizia: "Esqueçam tudo o que eu disse". Só não diz com essas palavras. Diz: "Eram só bravatas". De qualquer modo, como bem o disse Clovis Rossi recentemente, espero que, agora, recebendo ordens de Washington, Lula entenda o que Brizola queria dizer com "perdas internacionais".

Como a imprensa brasileira, a maioria dos nossos intelectuais e políticos dança conforme a música tocada por Washington. Agora que este Édipo tampinha, Bush, invadiu o Iraque e ruma para a Síria, Jordânia, Irã, Coréia, era preciso encontrar um vilão. Estava na hora de o vilão entrar em cena e ele entrou: o sanguinário Fidel Castro. Esse ditador (o único, pois jamais chamaram qualquer outro de ditador) ousou, em sua terra, sem pedir licença a ninguém, condenar à morte três agentes da CIA que pretendiam seqüestrar um barco de passageiros para Miami e condenou até vinte e cinco anos de cadeia duas dezenas de intelectuais e jornalistas. Em princípio sou contra a pena de morte mas me espanta o espanto dos coleguinhas. Afinal de contas, ele já mandara executar um homem do primeiro escalão, seu amigo, quando soube que mexia com drogas. No Brasil matamos pelo menos três presidentes, alguns senadores, vários deputados, um número enorme de prefeitos e incontáveis jornalistas sem que nada acontecesse, sem que ninguém (com exceção do fotógrafo da Globo, o Tim Lopes) se estarrecesse. Em Ruanda mataram um milhão, morre uma criança a cada hora no Brasil e isso não tira o sono dos nossos intelectuais. Afinal de contas, o que queriam que um país que sofre um embargo cruel dos Estados Unidos (e de conseqüência de todos que rezam pela sua cartilha) fosse? O que queriam que fosse um país que, sem petróleo, sem nossos recursos naturais, tem o melhor serviço de saúde pública do mundo fizesse ao ver seu sistema comunista ameaçado? Que abrisse as portas para os americanos? Que desse uma medalha aos quintas-colunas e aos agentes da CIA? Achavam que Cuba era a casa de Papai Noel no Pólo Norte? Honestamente, às vezes, tenho a impressão de que nossos intelectuais querem iniciar uma campanha chamada "Ajude a CIA a transformar a ditadura cubana numa democracia como a do Paraguai. Também pode ser Brasil, Argentina, Bolívia et caterva".

Tão hipócrita é a política externa norte-americana desde sempre que em 1943 Hollywood produziu um filme, excelente, por sinal, a pedido do Departamento de Estado. No filme, Walter Huston, pai de John, faz o papel de um diplomata americano que viaja pela União Soviética durante os primeiros anos de Stalin e elogia o sistema socialista. Chega a apresentar os julgamentos sumários de Stalin como legais e absolutamente corretos. Numa bela recepção numa embaixada, Stalin confidencia ao diplomata americano que, embora discordem na execução das suas respectivas políticas, na essência ambos os governos só querem o bem do povo. O grande vilão, além de Hitler, Mussolini e Heroito, era Trotsky. Esse filme mentiroso, que foi feito para explicar à opinião pública por que os Estados Unidos eram aliados da odiada URSS, desapareceu de circulação com o início da Guerra Fria e só voltou a circular depois de a Rússia ter-se transformado num bordel. Os Estados Unidos matam crianças diariamente em Cuba por falta de remédios, pois os laboratórios que ousarem negociar com a Ilha sofrem sanções econômicas terríveis e, quando estrangeiros, ficam proibidos de exportar seus produtos para os Estados Unidos.

Soube agora que existem putas universitárias na Ilha de Fidel. Pelo menos têm opção, o que não acontece com muitas crianças pobres do Nordeste que recebem senhores que vêm em vôos fretados da Europa e dos Estados Unidos especialmente para gozarem das delícias da pedofilia oferecidas pelo nosso sistema democrático. Como dizem os irmãos Caruso, tem McDonald's em todo o mundo, só na Ilha do Fidel que não.

Vico

De todos os grandes filósofos do mundo, desde Aristóteles, os que mais admiro e os que mais me comovem chamam-se Giambatista Vico (1668-1744) e Karl Marx (1818-1833). Podem debochar mas identifico-me tanto com um quanto com o outro. Vico nasceu em Nápoles (de onde só saiu uma vez para ir a Salerno) e era filho de um vendedor de livros muito pobre. Sua família vivia na miséria numa cabana de terra batida de dois cômodos. Num era a sala de estar, a pequena livraria e a cozinha. No outro o quarto onde dormia toda a numerosa família. Aos seis anos Vico sofreu uma queda e os médicos informaram ao pai que caso ele não morresse seria um imbecil pelo resto da vida. O ferimento físico sarou mas a cicatriz permaneceu na sua alma, sempre que essa coisa exista. O "imbecil" transformou-se num menino prodígio e antes de atingir a adolescência já refutava o escolasticismo que os jesuítas queriam lhe incutir. Como acontece com todo o jovem talentoso e pobre – quem já passou por isso sabe do que estou falando –, Vico era mercurial. Ia do mais profundo entusiasmo quando fazia alguma descoberta à mais profunda melancolia pois tinha quase certeza de que jamais seria reconhecido. Seu corpo estava preso a um cenário miserável mas seu espírito viajava. Três mestres o ajudaram nessas viagens: Platão, seguido de Tácito e Maquiavel. Por que uma pessoa adorável como ele gostaria de Maquiavel? Porque o florentino não apresentava as pessoas como elas deveriam ser mas sim como eram realmente e isso agradava ao espírito sincero de Vico. Este contraste maquiavélico é visível num dos seus primeiros poemas:

"Entre a natureza e o espírito / entre o corpo, esta sombria prisão / entre as altas aspirações da alma empobrecida / e a queda que a aguarda quando ela clama aos desejos dos sentidos".

Depois de um ataque de tifo, pouco mais que adolescente, aceitou o cargo de tutor do duque de la Rocca, ao sul de Salerno. Mas os nobres rurais italianos não tinham a disponibilidade financeira dos ingleses e franceses. De qualquer forma, foi no castelo que escreveu seus melhores poemas e aproveitou para apaixonar-se pela sua aluna, a bela Giulia de la Rocca. Foi quando sentiu mais profundamente a dor causada pelas barreiras sociais. Giulia, que verdadeiramente amava Vico, morreu aos 22 anos, logo após casar-se com um jovem da sua "esfera". Nessa época ele descobriu que o tumulto da vida individual pode influenciar bem mais a História do que a Providência. Voltou para Nápoles – menos de dez quilômetros do castelo do duque – e obteve a cadeira de retórica na Universidade onde tive a honra de ensinar literatura brasileira (se é que literatura se ensina).

Em 1699, Vico se casou com uma amiga de infância, Teresa Desdito. Embora absolutamente analfabeta, ele ensinou-se a amá-la e tiveram vários filhos. Eventualmente convidado para saraus literários onde chegaram a aparecer Corneille e Crescimbene, era logo estigmatizado por sua origem. Nessa época escreveu vários ensaios pedagógicos e, entre eles, uma de suas obras-primas, *Sobre a antiquíssima sabedoria dos italianos*, no qual refuta o sistema racionalista de Descartes. Convidou seu pai, que o ensinou a amar os livros, a viver com ele mas esse período de felicidade durou pouco. Dos seus oito filhos, três morreram ainda na infância, um acabou um rufião que morreu depois de passar um tempo na cadeia, uma filha casou-se com um incipiente burguês, mas teve a felicidade, anos mais tarde, de ver seu filho Gennaro substituí-lo na universidade.

Triste com as contínuas tragédias que se abatiam sobre ele, Vico, a essa altura com mais de quarenta anos, estava desapontado com a própria carreira. Negaram-lhe a cadeira de direito, o que lhe daria mais prestígio e dinheiro (que sempre lhe faltava), e a negaram por razões sociais. Cansado de ver tantos medíocres triunfarem, depois que escreveram notas irônicas sobre ele nas publicações da universidade, escreveu um panfleto chamado *A vingança de Vico*.

Finalmente surgiu o que parecia ser um golpe de sorte. O cardeal Corsino – futuro papa Clemente II – decidiu patrociná-lo, o que significava pagar os custos da sua obra-prima e, na minha opinião, um dos dez livros mais influentes já escritos no mundo, *A nova ciência,* elaborada em dois volumes entre 1721 e 1723 e várias vezes reescrita durante toda a sua vida. No último momento, o cardeal mudou de idéia alegando dificuldades financeiras mas em verdade não quis ajudar um homem que entre outras coisas dizia que a sociedade passava por um estágio bestial e que se continuasse nesse caminho voltaria ao antigo barbarismo. Para publicar o livro teve de vender seu único bem de valor, o anel da família. O livro foi um fracasso mas isso não o desencorajou. Certo da justeza da sua filosofia, durante dois anos ele trabalhou na revisão da sua obra. Em sua autobiografia, confessa que teve um momento de vã esperança quando o famoso enciclopedista Jean Leclerc escreveu-lhe de Amsterdam pedindo informações sobre sua vida e obra. Leclerc dedicou dezessete páginas ao seu livro. Nada importante se considerarmos que dedicou mais de setenta a uma rica poeta de Nápoles e que na edição seguinte Vico nem voltou a ser mencionado. No final da vida dava aulas particulares e morreu cercado de alguns poucos alunos. A escada do seu quarto era tão estreita que o caixão teve de descer por uma janela do segundo andar. A obra-prima de Vico só foi publicada após a sua morte em sua totalidade. Tive a honra de visitar seu túmulo na igreja dos Padres Oratórios.

A visão do homem de Vico era contrária à de Descartes, então muito na moda em todos os salões. (Coitado, morreu de gripe no frio castelo da rainha Cristina, na Suécia, de quem era tutor.) Mas voltando a Vico, ele introduziu na filosofia o sentido da vida e da História. Ele descobriu o irracional – a pequena flama que às vezes queima imperceptivelmente no coração da razão. Sua filosofia reconhece as aspirações da humanidade, suas obsessões, seus sonhos, suas precárias conquistas, frustrações e derrotas. Descreve a sociedade humana passando por fases de progresso e decadência e peço a atenção dos leitores para atentar para o detalhe da sua modernidade. O primeiro seria o estágio bestial do qual emerge a "Idade dos Deuses", na qual o homem é dominado pelo medo do sobrenatural. A "Idade dos Heróis" seria a conseqüência de alianças de líderes familiares para proteger-se contra a dissensão interna e o ataque externo. Nesse estágio, a sociedade seria regida rigidamente por patrícios e plebeus. A Idade do Homem surgiria em seguida como conseqüência da luta de classes na qual os plebeus conquistam os mesmos direitos que os patrícios. Esse estágio, porém, se confrontará com a corrupção, a dissolução e a possível volta ao barbarismo. Segundo Vico, e é aqui que ele se engana e diverge de Marx – a Providência precisa nortear o curso da história para evitar que a humanidade mergulhe em sucessivos cataclismos.

Vico também achava que o homem permanece mais próximo da fera do que do anjo. Para ele o segundo estágio do barbarismo, que acaba com a Idade do Homem, se deverá ao excesso de tecnologia. Para ele esse estágio é mais perigoso que o primeiro, pois inaugura um período fundamentalmente perverso dominado por covardes, debochados, hipócritas, informantes. Será que podemos tirar alguma ilação com o Brasil 2003? As verdadeiras más intenções dos homens se esconderão atrás de atitudes adulatórias e hipócritas. As famílias viverão esmagadas em cidades tentaculares, verdadeiros desertos de almas. Essas pessoas degeneradas não se deterão diante de nada para atingir seus fins e o dinheiro se tornará o único valor. Esse foi o recado que Vico deixou para o mundo há quase 300 anos: não adorem uma sociedade materialista e nem uma ciência onde não há lugar para a consciência.

Vico influenciou muita gente boa a começar por Goethe, que passou a ver a evolução da humanidade como uma espiral e não mais em linha ascendente. Embora praticamente não fosse lido durante o século 18, no século 19, Jules Michelet, o grande historiador, classificou Vico como seu Prometeu. Tanto Comte como Marx devem muito a ele. James Joyce baseou a estrutura espiral do seu romance *Finnegan's Wake* em Vico, que já foi chamado de o "verdadeiro descobridor do mito" e de o "primeiro homem a avançar uma teoria da história no sentido moderno".

Embora não tivesse muitas informações à disposição, Vico foi – depois de Montaigne – um dos primeiros antropólogos; de uma profundidade e compreensão com as quais Comte não poderia nem sonhar. Acima de tudo, porém, ele foi talvez o pioneiro do estudo da humanidade através do auto-estudo. "Julga os outros por ti mesmo e" – disse Gurdjieff num epigrama cujo real triste sentido poucos gostam de reconhecer – "não estarás longe da verdade." Ao contrário de Descartes, Vico não buscava o conhecimento olhando para fora de si mas para dentro de si. Spengler e Toynbee beberam nas suas águas quando falaram nos *corsi* e *decorsi* da História em suas obras.

Pessoalmente, duvido da religiosidade de Vico a não ser no sentido literal, uma vez que religião vem do latim *religare*, ou seja, aquilo que mantém as pessoas unidas. Não acreditar em Deus significava heresia e os hereges iam para a fogueira na sua época. Hoje, a sociedade contenta-se em mantê-los desempregados.

Como Nietzsche, até certo ponto, Wittgenstein e Alfred North Whitehead, Vico também foi um poeta frustrado. Isso é compreensível, pois sua prosa não é fácil. Ele tentou ser o mais objetivo que pôde – e compreendia as dificuldades – numa época cujos valores não permitiam que ele fosse lido corretamente. A "arte da memória", praticamente perdida para nós, foi praticada pelo grande estudioso cabalista e sincretista Pico della Mirandola (1463-1494), por Giordano Bruno (1548-1600) e por muitos outros. Vico acreditava que ela fornecia a chave para as origens perdidas do que a própria humanidade criara primeiro. Achava que os antigos possuíam *poesia* e não filosofia. Em síntese, ele pensava que cada era da humanidade tinha sua própria espécie de arte, política e legislatura; que todo o empenho humano está baseado no uso da linguagem. O uso que uma sociedade faz da sua língua pode ser utilizado para compreender o seu estado, sacou, cara? Vico, num extraordinário *tour de force*, conseguia distinguir entre os vários tipos de linguagem; a oficial, a coloquial, a simbólica e assim por diante.

O livro de Vico é abundante em ironias e antecipações de mais ou menos tudo que pensamos como "moderno": a psicanálise e Freud, Existencialismo e Sartre, linguagem e Chomsky e, é claro, o Marxismo e Marx. Leiam Vico para conhecer o passado, entender o presente e mudar o futuro. Será que Bush já acabou com a Síria? Será que a campanha dos intelectuais de esquerda "ajude a fazer de Cuba uma democracia como o Brasil" já deu resultados? Será que ACM ainda existe? Não sei. Numa terra com tantos feriados, tendo de fazer um jornal com tanta antecedência, é impossível estar informado. Vocês me informem, por favor.

O Lula ainda está lá?

Se houvesse ocorrido depois da posse de Lula um processo revolucionário governamental em andamento eu até poderia estar de acordo com o sr. Yassof Karpovas (que não conheço) e aceitar a premissa de que os filmes que tratem de questões sociais tivessem a preferência na ordem das subvenções. É claro que prefiro um filme como *Carandiru* ou *Cidade de Deus* a tentativas de transformar o nada em arte via Beckett ou Andy Warhol. Não existe texto sem contexto e um processo revolucionário comunista que visse no homem e na sua felicidade o fim que lhe dá significado naturalmente teria de contar com um cinema revolucionário. Ocorre que o governo, infelizmente, já disse a que veio. Veio para obedecer às ordens do FMI, que quer uma previdência confiável, um mínimo de leis sociais que beneficiem o trabalhador e o máximo de privatizações e negociações. Nessas *soi disant* negociações, o trabalhador entra com o pescoço e o empregador com a foice. Na melhor das hipóteses, fundo de garantia no bolso, o patrão manda o trabalhador se queixar na Justiça, pois sabe que a Justiça ou está fugindo da polícia, ou está vendendo *habeas corpus*, ou está fugindo dos ladrões. Já estou ouvindo o diálogo de jornalistas no exterior:

– E como vai o Brasil?

– País interessante. Elegeram um governo comprometido com a esquerda que é adorado pelos americanos. De esquerda mesmo parece que só tem o ministério da Cultura.

– Interessante mesmo. O governo é neoliberal e o ministério da Cultura é comunista. Mais alguma coisa?

– Algo chamado Fome Zero, que ainda não entendi se é um programa de caridade. Pode ser que o governo queira financiar o Fome Zero com o dinheiro que tirará dos funcionários públicos aposentados que passaram oito anos sem receber aumento.

Realmente não há dialética tão elástica que possa resistir a esses absurdos, principalmente se lembrarmos que o presidente da República é aposentado desde os 38 anos de idade.

Ainda no terreno do cinema brasileiro (o melhor é muito bom embora algumas vezes esqueçam-se de apresentar o áudio ao vídeo, pois carecemos de bons engenheiros de som) sou absolutamente contra as subvenções particulares que são deduzidas integralmente do imposto de renda. Grandes transnacionais posam de mecenas quando em verdade não estão fazendo nada, pois o dinheiro que aplicaram num projeto cultural deixará de ser pago ao governo ou (caso fôssemos um país sério) ao povo. Quem deve dar apoio financeiro, programático, logístico ao nosso cinema é o governo. Esta é a sua função. A função da empresa privada é pagar os impostos em dia e não subornar fiscais. Se fôssemos um país sério, o que o governo deveria fazer nesse setor seria estabelecer um limite para a entrada de lixo cinematográfico americano que aliena os cidadãos, vulgariza a linguagem e incentiva o crime e a violência. Em contrapartida, bastaria uma penada, o governo poderia assegurar o direito preferencial de acesso do cinema brasileiro no mercado interno e garantir a terceirização da produção televisiva. Depois disso, se algum dia (não perdi totalmente a esperança) o PT voltar às suas origens – vá lá, socialistas –, o cinema brasileiro poderá ajudar grandemente na revolução como o fez o neo-realismo em relação ao povo italiano. Creio que todos os grandes filmes do neo-realismo – *Paisá*, *Roma cidade aberta*, *Ladrões de bicicleta*, *Xuxa*, *Milagre em Milão* e dezenas de outros – custaram menos que a produção de um novelão como o *Titanic*. Por outro lado é difícil acreditar num cinema como o nosso, que usa os péssimos atores e atrizes de televisão cuja importância está na carinha bonita. É duro ver um guri, barba por fazer, cheio de trejeitos, dizendo para a câmara:

– Sei lá, cara. A produção foi legal e o diretor genial. O personagem vai crescendo dentro da gente e então ocorre o processo... o processo... hmmm.... hmmm, o processo. Sei lá, cara, é o maior barato.

E esses débeis mentais falam como se fossem semideuses macaqueando outros idiotas americanos que, porém, se preparam para dar uma entrevista e evitar muitas bobagens.

Excelente o artigo de Sérgio Augusto no último *P21* sobre as teorias do professor Neil Postman. Na contramão dos pedagogos moderninhos, ele acha que é preciso dizer não às crianças de vez em quando e que as escolas não deveriam ser apenas um campo de treinamento básico para um emprego futuro. Quer escolas que criem humanistas e não garotos mimados de Wall Street. Infelizmente, Sérgio Augusto não tocou na relação pais-professores, pois sem esse diálogo a escola pode ser traumática, uma cicatriz em brasa que pode nos acompanhar pelo resto da vida. Segundo Postman as crianças devem aprender a se defender e a se integrar nos diversos grupos. Ora, há crianças que não conseguem se integrar: as tímidas, as que falam errado, as que vieram do interior, as muito altas ou as muito baixas, as vítimas de choques culturais. Eu mesmo sou um choque cultural ambulante. Filho de camponesa e barbeiro, aprendi a ler antes dos cinco anos. Impressionado, o diretor do Colégio Batista Americano, um dos mais conceituados educandários de Porto Alegre, deu-me uma bolsa de estudos e logo no primeiro ano vi que não estava na minha turma. Os meninos e meninas eram elegantes e meu uniforme de brim vagabundo destoava dos deles. Durante o período natalício fui apresentado a uma coisa chamada "Amigo Oculto". Eu teria de comprar um presente para um menino e receberia também um presente. Meu pai, que lutava para sobreviver e sustentar a família, não teve dúvidas: comprou uma caixa de seis lápis de cor. Eu, por minha vez, recebi um brinquedo caríssimo (um patinete, se não me engano) mas o garoto que recebeu os lápis de cor não ficou nada satisfeito. Andou me caçando por todo o colégio chamando-me de pão-duro e outros epítetos. Arranjei tantas brigas com alunos e professores que meu pai decidiu tirar-me do colégio das crianças ricas e matriculou-me no Grupo Escolar 1º de Maio, do estado, onde aprendi 90% do que sei até hoje. Eu simplesmente não podia integrar-me num grupo que não era meu, onde eu era um estranho no ninho. Entre as crianças pobres como eu, a integração foi imediata. Até hoje quando me perguntam sobre as vantagens de colocar uma criança pobre num Santo Inácio ou num São Vicente, respondo: "Melhor pegar um garoto de uma escola cara e colocá-la numa pobre. Enquanto ele agüentar, verá que existe um outro mundo além do dele, o mundo real".

Insisto em dizer que o povo brasileiro não é violento, principalmente o carioca que tenta ser gentil, bem-educado e está sempre tentando encontrar algum trabalho para fazer alguns trocados. Um exemplo do espírito carioca: um homem negro de seus quarenta anos, quarenta graus à sombra, no meio de um caminhão de lixo, suando baldes. O caminhão pára e ele dá de cara comigo que recém havia tomado um banho e saía de casa. Deu-me um baita sorriso e disse: "Pois é, doutor, por que é que eu fui estudar para essa profissão?". Antes da ditadura oficial, eu costumava ir aos botequins apenas para ouvir o povo falar e aprender com ele. Trinta anos de ditadura, Sarney, Collor, Fernando Henrique e mais a TV Globo, é natural que se alienasse e perdesse a identidade cultural e se transformasse como todos num filho do medo. O povo carioca foi levado ao último canto do desespero, onde não há mais para onde recuar senão para uma cova. O povo carioca foi levado às últimas conseqüências. Políticos corruptos, industriais corruptores, banqueiros ladrões, donos de planos de saúde cruéis, juízes vendidos e imprensa sócia do poder criaram a violência que testemunhamos. E, infelizmente, trata-se de uma violência de direita, uma violência não-revolucionária que quer o *status-quo* pois se dá melhor num país onde a lei é uma piada e a constituição uma coisa como trem da Central: sempre cabe mais um. Tratado como cachorro desde a infância, os mais inteligentes, aqueles que não querem ser flanelinhas, nem pedir esmolas, nem vender laranjas e lenços de papel nos sinais de trânsito, passaram a morder. E a classe média, sem outra ideologia senão a de sobreviver, está estupefata e pede paz. Infelizmente, pede para as pessoas erradas. Deveria pedir paz para Antonio Carlos Magalhães, José Sarney, Malan, Meirelles, enfim, a todos aqueles que levaram os pobres a delinqüir. Esses são os verdadeiros assassinos. Cada vez que os deputados aumentam seus salários estão matando alguém. Cada vez que se arquiva um processo como o dos grampos, está se matando alguém. Cada vez que se diminui a aposentadoria de um trabalhador honrado, está se matando alguém. Toda vez que se permite que os preços subam sem qualquer controle, matam-se famílias inteiras e eu poderia traçar um corredor de sangue que acabaria no Palácio do Planalto ou na sede do Itaú.

E não precisava ser assim. Ao fim do seu primeiro mandato, em 1986, Brizola e Darcy Ribeiro, auxiliados pelo talento de Niemeyer, haviam erguido 200 Cieps, o que significava 100 mil crianças pobres fora das ruas das sete da manhã às sete da noite, com três refeições, banho, médico, dentista, esportes e integração cultural. Mais do que aprender a ler, a escrever, a ter cuidados com o próprio corpo, as crianças aprendiam quem eram, tornavam-se cidadãs, descobriam seus direitos e seus deveres. É claro que, num sistema que vê o lucro como o bem supremo, um povo inteligente, crítico, independente seria o pior que poderia acontecer. Um povo inteligente e informado não compraria suas porcarias, não se deixaria enganar. E então descobriram que os Cieps eram muito caros, que as professoras ganhavam mal, que Brizola queria aparecer colocando os prédios à beira das estradas (idiotas, isso foi discutido e os prédios apenas ficavam à beira das estradas pois o acesso era mais fácil para os alunos), que o ensino era péssimo, que os professores criavam comunistas. Isso não é verdade mas não teria sido uma má idéia. E surgiu Moreira Francamente Moreira, o genro de Amaral Peixoto que por sua vez era genro de Getúlio. O ex-marxista (como se pode ser ex-marxista é algo que não consigo entender) acabaria com o crime em seis meses. Acabou, isso sim, com os Cieps, com o turno único e a violência voltou a crescer. Aquelas crianças às quais negamos os Cieps em 86 hoje estão com mais de vinte anos. Talvez estejam com um revólver na mão. Talvez não.

P. S.: Meu caro Lula, você já ouviu falar em Karl Marx, em Fredrich Engels ou pelo menos em Luiz Carlos Prestes? Ô, Lula, fala, Lula. Não estou te ouvindo, Lula, Lula!!!

O absurdo e como cristalizá-lo

Do caos nasceu a harmonia e centenas de milhões de anos depois o homem comprometeu a harmonia através da exploração do seu semelhante. Não se conhece animal algum que explore seu semelhante. Come outros animais porque tem fome mas nenhum lobo jamais criou ovelhas para devorá-las quando bem entendesse ou vendê-las a outros lobos. Conhecemos histórias de leopardos que levam a carcaça de uma corça para cima de uma árvore a fim de mantê-la longe de outros animais e comê-la mais tarde. Basicamente o que quer, porém, é matar a fome. Existem insetos e roedores que guardam as carcaças de suas presas para comer durante o inverno, quando estarão hibernando e a comida será escassa. O homem, desde o primeiro que pegou um pedaço de terra e disse "Isso é meu", passou a explorar seus semelhantes. A exploração e a tirania, verdadeiros absurdos aos olhos de um eventual extraterrestre, com o decorrer dos séculos, em vez de serem vistas como absurdos passaram a ser vistas não só como coisas normais como chegaram a transformar-se em axioma e lei. Para ficarmos apenas no Brasil, nós não aceitamos absurdos como o salário mínimo, os planos de saúde para os ricos, o trabalho infantil, milhões de pessoas sem teto para morar e sem terra para plantar como coisas absolutamente normais?

Nos anos cinqüenta, alguns jovens autores teatrais insurgiram-se contra o teatro que se limita a reproduzir como natural uma realidade mentirosa. Eram os herdeiros de Jarry, Artaud, Vitrac e principalmente Albert Camus. Gente como Samuel Beckett, Eugene Ionesco, Arthur Adamov, Harold Pinter, Edward Albee, Fernando Arrabal, Jean Genet – e no Brasil – Millôr Fernandes, que pretendia mostrar o absurdo do dia-a-dia através do absurdo. Surgiram, então, no palco os vagabundos de Beckett esperando por um deus que não sabem se existe ou se aparecerá algum dia. Surgiram os homens transformando-se lentamente em rinocerontes, de Ionesco, e tentando destruir os que se negavam a aceitar essa transformação. O absurdo pelo absurdo tinha suas vantagens e desvantagens. A vantagem era a quebra do cenário convencional permitindo uma liberdade cênica muito maior e a desvantagem é que muita gente boa não entendia o que eles queriam dizer, e eu mesmo confesso que não entendo a maioria das peças de Beckett com exceção das suas quatro obras-primas *Esperando Godot*, *Fim de jogo*, *Dias felizes* e a *Crapp's last tape*.

Brecht saiu-se melhor com seu teatro épico, pois enfatiza o absurdo demonstrando a singularidade do lugar-comum; usando Stanislawsky até as últimas conseqüências para depois virá-lo do avesso. Para dizer: "A moça não foi serrada. Era tudo um truque". Esses autores tentaram dizer que na medida em que o homem – e aí entram todas as minorias e máfias – se deixou explorar, ele se tornou previsível. Apresentando uma realidade previsível no palco sua arte também se tornaria previsível como são quase 100% da produção cinematográfica hollywoodiana que colabora com o horror que vivemos.

Creio que os autores foram buscar na filosofia de Albert Camus e principalmente no seu ensaio *O mito de Sísifo*, de 1942, a base para seu teatro. Sísifo, o ser humano, é condenado a carregar uma rocha até o topo de uma montanha sabendo que ela rolará para baixo antes de ele chegar ao topo. Como Vladimir e Estragon de Beckett, o trabalho de Sísifo não tem propósito como não o tem o da empregada doméstica e o da patroa, o do banqueiro e o do caixa, pois um não pode viver sem o outro e um está condenado ao outro. A coisa torna-se ainda mais absurda quando sabemos que milhões de pessoas lutam desesperadamente no Brasil todos os dias para serem escravos de uma minoria e receberem um salário que mal dá para pagar a condução de casa (sempre longe) para o trabalho.

Com exceção de Brecht, os autores do teatro do absurdo não apresentam uma solução. Aliás, a função da arte não é encontrar soluções mas aperfeiçoar o ser humano para que ele se encontre consigo mesmo e se livre da canga que colocaram no seu pescoço assim que saiu do útero da mãe. A função do artista, do jornalista, é liberar Sísifo do seu tormento, ajudar Prometeu a escapar do bico da águia terrível por ter roubado o fogo dos deuses para dá-lo ao homem que logo aprendeu como destruir com ele. A filosofia de Camus e até mesmo a sua defesa do suicídio baseia-se no fato de que o homem morre e não é feliz. Eu digo que ele morre e não é feliz porque é filho do medo; o medo que os dominantes colaram como uma lepra na pele dos dominados, um medo que já era deles, pois o que é um domador sem um leão senão um palhaço com um chicote? Digo mais: se o homem procurar ser homem, se o homem lutar contra a ética autoritária por uma ética revolucionária, ele poderá morrer (ou não?) e ser feliz pois o medo da morte vem da vida mal vivida, da vida não vivida para a vida mas para os outros, para a morte.

Quando Lula se elegeu – escrevi aqui mesmo – vivi um dos dias mais felizes da minha vida. De todos os governantes que nosso infeliz país tivera até então, ele fora o único que sentira na carne a humilhação de ser pobre e uma coisa dessas não se esquece. Embora jamais houvesse dito a palavra comunismo, seu discurso sempre fora coerente e acreditei – como milhões que votaram nele – que ele governaria para os pobres no sentido de protegê-los dos ricos e poderosos e governaria os ricos no sentido de impedir que fizessem mal aos pobres; acreditei que quebraria as caixas-pretas dos três poderes e acabaria com essa maldita associação com a grande imprensa. Logo, porém, o absurdo apresentou-se aos meus olhos tal velha marafona que cobre as chagas com lantejoulas. Vocês sabem do que estou falando: aumento das alíquotas, desconto de aposentados, manutenção dos juros, reforma à tapa da previdência, autonomia ao Banco Central, sarcástico aumento do salário mínimo, perseguição a pessoas que não se impressionaram com o poder como esta valente moça chamada Heloísa Helena etc. etc.

A síntese do absurdo é José Dirceu declarar em *off* que o projeto econômico do governo é um desserviço ao Brasil, concordando com gente como Mercadante, Alencar, Babá, Luciana Genro, Guido Mantega, Carlos Lessa, Paulo Paim, e ao verificar que o *off* era *in*, dizer que as coisas não eram bem assim. É claro que o homem tem o direito e eventualmente deve mudar de opinião no transcorrer da sua vida. Mas mudar de opinião com a rapidez com que o fez José Dirceu é caso único na História. E ainda temos que ouvir o arrogante Boy de Boston, Henrique Meirelles, dizer que competência é manter a inflação estável. Não, seu Meirelles, para isso basta aumentar os juros. Competência é governar econômica e não financeiramente. Competência é baixar a inflação e diminuir os juros através da produção. Mas de reforma agrária ninguém quer ouvir falar assim como até hoje ninguém explicou por que a reforma da Previdência é necessária. E não explicou por uma razão: porque ela foi ordenada pelo FMI. Mas por que o PT teria de cumprir ordens do FMI quando o discurso que o levou ao poder falava em fazer a reforma agrária, a ajudar a empresa nacional, a criar empregos com salários de gente? Isso só teria sentido se essa promessa ao Consenso de Washington houvesse sido feita antes das eleições. Não passa pela cabeça de ninguém que o Congresso não tenha outra coisa para fazer a não ser aumentar os próprios salários e aprovar a reforma da Previdência.

Volto a dizer que as pessoas podem mudar – de um modo geral da esquerda para a direita – mas por que sempre o fazem quando estão no poder? É claro que na prática a teoria é outra. Na prática são necessárias negociações e até concessões. Nem eu esperava que Lula fosse fazer a reforma agrária no seu primeiro ano de governo ou que botaria na cadeia todos os empresários, políticos, latifundiários ladrões, mas esperava certamente que a orientação ideológica do seu governo fosse nesse sentido. Lula se elegeu dizendo que governaria para os pobres e está perseguindo os pobres. Disse que meteria os corruptos na cadeia e juntou-se a uma corja composta de Antonio Carlos Magalhães, José Sarney, Jáder Barbalho, três dos homens mais ricos do país que não têm como provar de onde vem sua riqueza. E vêm apontando na curva o ex-maoísta, hoje capitalista, Moreira

Francamente Moreira e todo o PMDB. Lula disse ainda em seu discurso eleitoral que seria o anti-FHC, e, como FHC, ele, agora, quer que esqueçamos tudo o que ele disse. Lula e o PT se elegeram mentindo, enganando, pois dos outros não se esperava nada. Deles, no mínimo dignidade e paz.

E por falar em paz leio num único jornal que no Rio o coronel que queria coibir o tráfico de drogas nas escolas foi demitido; que em São Paulo vereadores recebem propina de empresas de ônibus; que o desemprego cresce e que a renda per capita cai 7,7%; que nada se fez em relação à roubalheira da Eletropaulo; que o brasileiro trabalha sete meses só para pagar impostos; que três sem-terra foram assassinados no Mato Grosso; que o Instituto de Educação do Rio suspende aulas por causa do tráfico; que uma juíza corajosa conseguiu bloquear um aumento de quase oito mil reais para o gabinete de cada deputado; que fazendeiros que assassinaram líder camponês há 18 anos foram finalmente condenados mas cumprirão a pena em liberdade por serem primários; que no Instituto Nacional de Cardiologia, no Rio, sete bebês morreram na UTI em oito dias; que os seis auditores que investigam o braço nacional do propinaduto terão de voltar às unidades de origem porque a Corregedoria Federal não tem dinheiro; que o tráfico lucra 840 milhões por ano; que o ex-governador do Espírito Santo é formador de quadrilha; que o cunhado de Collor, Joãozinho Malta, planta toneladas de maconha para exportação. Isso numa única edição de jornal. É o crime que se organiza cada vez mais enquanto o governo do PT mantém as taxas Selic, que se houvessem caído apenas 1% economizariam um bilhão e meio de reais, o que praticamente cobriria o Programa Fome Zero.

Tem solução? Tem se houver vontade política e Lula voltar a falar uma linguagem que trabalhador, favelado, desempregado entenda. Mas não ao lado de Roseana Sarney, cujo marido é comprovadamente ladrão, e nem fazendo gracinhas sobre a esquerda segurando um bastão inca. Alguém devia explicar a ele o que o império espanhol fez com os incas. Mas, como eu ia dizendo, neste momento ocorreu uma coisa boa que poderia dar início a uma operação como a *Mãos Limpas* feita na Itália e que colocou metade da máfia na cadeia. Esses mesmos juízes que o fascista Berlusconi chama de comunistas, no Brasil, são os jovens procuradores que a polícia e os corruptos chamam de afoitos. Está entre nós, de volta de Nova York, o delegado federal José Castilho Neto, que diz ter provas suficientes para abrir processo contra, pelo menos, 300 empresários e políticos brasileiros envolvidos no escândalo do Banestado, do Paraná, pelos crimes de lavagem de dinheiro, evasão fiscal e improbidade administrativa. Para botar essa cambada na cadeia, Castilho precisa continuar as investigações em Nova York. Ótimo, não é mesmo? Não, porque a Polícia Federal não tem dinheiro para as suas diárias assim como diz não ter dinheiro para pagar as contas de telefone (privatizado, é claro). Em compensação a Câmara vai organizar uma CPI e nós sabemos que as CPIs da Câmara servem apenas para palhaços se pavonearem diante das câmeras e garantirem eleição. Faço minhas as palavras de Castilho: "Enquanto a gente não estancar a corrupção não haverá distribuição justa de renda. Não adianta reforma fiscal, previdenciária ou Fome Zero se não atacarmos de frente o problema da corrupção". E não são os pobres que são corruptos.

Esta também poderia ser uma boa notícia: o delegado Paulo Lacerda, diretor geral da Polícia Federal, pretende lançar uma estratégia para acabar com a corrupção policial. Segundo ele, não existe crime organizado se não existir polícia comprometida. Está certíssimo. Para tanto pretende criar um grupo de elite composto de 100 homens que ganharão até 10 mil reais cada um. É um bom começo mas de nada adiantará botar corrompidos na cadeia se junto com eles não forem os corruptores que, como se sabe, estão nos três poderes e entre as grandes fortunas. Além disso, Lacerda tem como modelo o FBI, cujo diretor Hoover gostava de se vestir de mulher e gastava mais dinheiro perseguindo comunistas do que criminosos.

Estava pondo um ponto final nesta matéria (todas as semanas juro para mim mesmo que não vou mais falar de política, pois mais absurdo que o absurdo é querer explicá-lo) quando li que um engenheiro da Barra da Tijuca, de 57 anos, matou a mulher de 48 e as duas filhas de 22 e 16 e em seguida suicidou-se. Como o Brasil, passava por crise financeira. Era um homem rico, culto, bem formado, cometeu uma chacina e por isso a notícia foi altamente divulgada. Quando pobres se matam porque perderam o emprego os jornais não noticiam.

Bom humor & poesia

E continuamos a plantar rosas sobre o pus, continuamos jogando basquete no pântano, continuamos tapando o sol com a peneira, continuamos matando quem deveria estar vivo e quem ainda não nasceu. Perdão, leitores, estou começando a ficar como esses bêbados que vemos pela rua praguejando contra deuses desconhecidos, perseguidos por cachorros e gozados pelas crianças. *Nós* – eu e vocês, leitores – continuamos tentando pagar nossos impostos, aluguéis e trabalhando; morrendo de medo de que nos demitam sem indenização ou que mandem nos queixarmos ao bispo Macedo ou ao juiz Lalau. São *eles* que continuam roubando e matando, esta máfia asquerosa e sem vergonha chamada Poder. Roubam e matam porque querem; porque sabem que têm impunidade; porque, caso seus nomes e fotos apareçam em jornais e na televisão, confiam na falta de memória do povo. Afinal, com raras exceções, são todos Oliveiras, Silvas, Rodrigues, Santos e Joãos Antonios e Josés Carlos, e Eduardos Jorges, e Luízes Maurícios e Paulos Augustos. Nem eu que sou jornalista há mais de 45 anos lembro os nomes de uma décima parte desses gatunos.

Aposto o que vocês quiserem que eles estão se lixando para os eventuais insultos. Afinal de contas, seus amigos, as pessoas que lhes interessam, também são ladrões e assassinos e os amigos dos filhos e das filhas também são filhos de ladrões e assassinos prontos para seguirem a carreira paterna. Será que não há uma maldita lei nesta nossa colcha de fétidos retalhos chamada Constituição que proíba filhos de ladrões se elegeram com o dinheiro roubado do povo? O roubo, o assassinato, o genocídio são crimes perante a lei mas a nossa justiça só é cega para os crimes cometidos pelos ricos.

Quando me candidatei a deputado federal para a Constituinte, meus amigos mandaram confeccionar uma única faixa com meu nome e número. Filhos de amigos carregariam essa faixa pelos locais movimentados do Rio. Disse *carregariam*, pois essa minha única faixa foi apreendida pela legislação eleitoral no primeiro dia. Para vocês terem idéia da farsa: duas famílias inteiras votaram em mim numa zona eleitoral de Icaraí, bairro de Niterói, onde nem fiz campanha com meu único carro emprestado que vivia enguiçando. Foram 33 votos e nas urnas apareceram apenas 3. Um mês antes das eleições, *O Globo* publicou que eu seria um dos candidatos a deputado federal mais votados no Rio de Janeiro. Tive menos de 10 mil votos e a pesquisa avaliava que minha votação seria superior a 50 mil votos. Mais tarde, uma velha raposa política me disse: "Eleição se ganha depois da eleição, junto aos apuradores". Em matéria de pesquisa, nossa classe política seria uma verdadeira Disneyworld para Lombroso. Imaginem políticos que vêm se elegendo desde 1964 e têm o *físico do papel* sempre com votações esmagadoras embora jamais hajam praticado uma boa ação. Vocês nunca se perguntaram como essas caricaturas de seres humanos continuam se elegendo mesmo sem fazer campanha? Cada um deles tem currais ou chiqueiros e cada curral ou chiqueiro das regiões mais pobres do país têm capatazes que vendem os votos dos seus pobres porquinhos a um, cinco ou dez reais cada um dependendo da pobreza da região. O capataz garante mil votos e recebe cinco mil reais. Quatro vão para o bolso dele e o resto para os porquinhos. Metade antes e metade depois da eleição. Troço nojento, não é? Pois os palhaços somos nós.

Nosso sistema previdenciário sempre foi dirigido por uma corja de ladrões e precisa ser mudado, precisa ser dedetizado. Deve haver um teto, sim, para o funcionalismo de colarinho branco que em geral acumula funções mas deve haver um mínimo digno para todos os trabalhadores, a começar pelos mais humildes e que menos ganham, a começar pelas pobres professoras primárias que não têm nem condições de estudar o que ensinam. A base de tudo o que aprendi na vida devo a cinco mulheres elegantes, inteligentes, bem vestidas e cujo salário permitia que vivessem com dignidade e sustentassem seus filhos: dona Candinha, dona Norma, dona Zuleika, dona Aracy e dona Marina, professoras do primeiro ao quinto ano primário do Grupo Escolar 1º de Maio, de Porto Alegre. Nós garotos pobres, em nossos tapapós brancos, cantávamos orgulhosos todas as manhãs – entre os anos 45 e 50 – o Hino Nacional. Não sabíamos ainda dos planos de Dutra de trocar matéria-prima por matéria plástica. Felizmente, minhas professoras estão mortas e não precisam ver o pantanal em que se transformou o ensino no nosso país. Estou falando de educação, pois a cultura – a verdadeira arma de defesa pessoal de um povo que garante sua integridade e individualidade –, esta lhe foi roubada há muito tempo pelo poder e pelos meios de comunicação.

Lula não tem culpa disso e sempre lutou contra isso. É vergonhoso, porém, que, por causa de uma minoria de safados, queira punir todo o serviço público. Concordo com ele quando pergunta: "Por que o cortador de cana se aposenta aos 60 e o professor aos 53?". Minha pergunta para ele, porém, é a seguinte: qual a justiça que existe em punir o professor e manter o cortador de cana na miséria? Antes que alguém suspeite de que tenho interesse pessoal na matéria, vou logo informando: nunca fui funcionário público. O que insulta a minha inteligência são os novos Torquemadas do PT não informarem o que querem fazer com a previdência e quererem que tenhamos fé. Que diabos? Voltamos à Idade Média? E se voltamos, deveríamos aproveitar, pelo menos, o que ela tinha de positivo. Parágrafo para explicar e botar as idéias no lugar.

Na Idade Média era considerado crime grave cobrar juros pelo uso do dinheiro. O empréstimo de dinheiro a juros era proibido pela maior potência do mundo, a Igreja. Para ela, emprestar a juros era usura e a usura era pecado. Quem violasse essa lei da Igreja era ameaçado com danação eterna, o que não era pouco numa época em que acreditar em Deus era tão natural quanto o ar que se respirava. Mas não era apenas a Igreja que condenava a usura. Os governos municipais e mais tarde os estaduais baixaram leis contra ela. Uma lei contra a usura aplicada na Inglaterra dizia: "Sendo a usura, pela palavra de Deus, estritamente proibida, como vício dos mais odiáveis e detestáveis (...), proibição essa que nenhum ensinamento ou persuasão podem fazer penetrar no coração de pessoas ambiciosas, sem caridade e avarentas deste Reino, fica determinado que ninguém pratique a usura sob pena de confisco e prisão". Depois a Igreja tornou-se sócia do mercado mas naquela época os banqueiros iam para o inferno. Falar nisso, Lula, faz alguma coisa para que eu, teu eleitor, possa te defender. Que tal aplicar a lei (está na Constituição) de autoria de Fernando Gasparian que limita os juros bancários a 12% ao ano, o que, ainda assim, nos países que fazem parte dos sete grandes, é considerado escorchante?

A verdade é que os pobres ajudam (ainda?) os pobres e ficam mais pobres e os ricos ajudam os ricos e ficam mais ricos. Eu nada teria contra a taxação de quase 27% se ela fosse aplicada apenas aos ricos mas que, ao mesmo tempo, a reforma tributária previsse o confisco do lucro excessivo, previsse a prisão do empresário que decreta falência e depois vai passar as férias nas Bahamas ou Cayman ou Nova Jersey. Essa taxação, porém, é criminosa porque pune quem trabalha honestamente. O empresário ladrão internacional simplesmente fechará sua fábrica em Madureira para implantá-la na Malásia, onde o poder também não tem escrúpulos e o empregado é escravo. Se não fechar suas portas e ocasionar desemprego (e olhem que segundo a Câmara de Comércio da ONU, o operário brasileiro é considerado o mais trabalhador, responsável e cortês do mundo), o empresário ladrão simplesmente repassará os preços para a população. Esta – a que ainda está acima da linha de miséria – desconta imposto na fonte. É o catch 22: se correr o bicho pega e se ficar o bicho come. Gostaria que os novos inquisidores do PT (se vocês disserem que eles são de direita, fazem caras e bocas) me informassem os itens da reforma que falam de trabalho infantil, de obrigatoriedade escolar, de prostituição infantil, de trabalho escravo, das punições para empregadores que não assinam carteira, das reformas hospitalares tão severas que deixariam os planos de saúde apenas para os muito ricos como ocorre, por exemplo, nos países escandinavos. Vamos lá, Lula lá, faz alguma coisa aí para que a gente possa aplaudir como aplaudimos seus comícios, mesmo os mais palatáveis à burguesia, durante a campanha eleitoral. Não deixa um delinqüente como o FHC ficar te gozando.

Os jornalões continuam como sempre. Perderam a capacidade de se estarrecerem, se é que algum dia a tiveram. Desde 64 que leio: "O governo promete"; "A Câmara vai instaurar CPI"; "Ministro prevê melhorias"; "Presidente anuncia queda do dólar para o ano que vem"; "Presidente do Banco Central pede paciência". Eles apenas anunciam, prevêem, acham, pedem, prometem, criticam, apelam mas a única coisa que fazem mesmo é baixar as calças para o FMI e é disso que trata a Reforma da Previdência. De positivo somente o fato de o PT ser um partido de palavra; um partido que, como todos os outros, com raríssimas exceções, cumpre o que prometeu aos nossos exploradores. Às vezes, porém, algum editor descuidado de um jornalão dá espaço para vozes dissidentes e honestas. No mesmo jornal que anuncia que o Estado vai contratar mais dois mil PMs por ano e que militares vendem armas a traficantes, foi dado um espaço para Cristovam Buarque de Holanda, o ministro da Educação, um homem corajoso que declarou na ONU: "Concordo que se faça da Amazônia uma reserva ecológica internacional desde que se internacionalize a ONU, os museus, o petróleo, o gás etc.". Pois bem, ele agora alerta o governo, o governo do PT, para risco de fracasso na área social. Para ele a burocracia é uma fábrica de indiferença. Ele teme que após seis meses de governo (falta menos de duas semanas) os petistas se tornem tolerantes (bom o eufemismo, digo eu) com a tragédia social brasileira. Lembrou finalmente que Lula foi eleito para mudar o país. Cristovam não descobriu a América. Já sabíamos disso tudo. O que não sabíamos é que o PT seria conivente com isso.

Comecei este artigo falando em genocídio e depois mudei de assunto para deixar o item para o final do cardápio. Sou contra a pena de morte, menos para os genocidas. Na minha opinião ladrões como os do Banestado, do Propinaduto deveriam ser fuzilados em praça pública pois são genocidas. Quem rouba o dinheiro do povo provoca morte, miséria, delinqüência, desemprego, divide família, coloca marido contra mulher, pais contra filhos. Gente que rouba centenas de bilhões de dólares (como em alguns poucos casos isolados) condenam à morte e à miséria milhões de pessoas. Quero dedicar aos genocidas do Banestado e do Propinaduto um poeminha do meu livro *O pacto de Wolffenbüttel*:

"Se todos disséssemos "não" / e agüentássemos as conseqüências / os ratos teriam de se devorar entre eles / teriam de roubar uns dos outros / sodomizar os próprios filhos, prostituir esposas e crianças. / Talvez, depois disso, pudéssemos todos cantar orgulhosos, novamente, o Hino Nacional".

Así se pasaran los años

Não se preocupe, leitor, que o pesadelo não é só seu; é coletivo. Mesmo os ricos acordam suando eventualmente. Afastaram-se dos pobres e da classe média. Dizem que ganharam o jogo porque souberam aproveitar o momento proporcionado pelo golpe de 64 ensaiado pela CIA e pelo FMI; entenderam quando as regras mudaram; quando o trabalho deixou de ser nobre e compensador e passaram a valer as leis da agiotagem e do mercado. Mas, como eu dizia, eles também têm medo, menos que nós, é claro, mas têm. No caso do Rio mudaram-se para condomínios impenetráveis na Barra (num deles mora o capitão América, representante da máfia no Rio) e moram em apartamentos de mil metros quadrados. Seus filhos freqüentam escolas e clubes exclusivos; seus carros importados são blindados e os vidros impedem os pobres de ver quem está dentro do veículo. Ainda assim em seus apartamentos de decoração standard – refletem o vazio intelectual, ideológico e moral dos donos – eles estão preocupados. Se seus seguranças, geralmente ex-policiais que nem a PM que não é conhecida por sua exigência de caráter agüentou, forem comprados pelo crime organizado? Afinal, o crime paga mais do que qualquer patrão. Vendo a coisa por esse ponto de vista, realmente, nós os pobres levamos a vantagem de não termos nada a perder além das nossas vidas.

Certos axiomas (uma verdade evidente por si mesma) só são axiomas porque acreditamos nisso. A ONU, por exemplo, um órgão que custa bilhões de dólares para os países membros ou para o povo dos países membros, era um axioma até o dia em que decidiu que os Estados Unidos e a Inglaterra não podiam declarar guerra ao Iraque sem provar cabalmente que Saddam Husseim possuía armas nucleares com as quais pretendia atacar o Ocidente. Confiante na ignorância do povo americano, cuja maioria da população acha que o mundo acaba na fronteira com o México, Bush ignorou a recomendação da ONU. Foi à luta ("porque precisamos punir os terroristas que derrubaram as torres gêmeas") e apossou-se extra-oficialmente de todo o Oriente Médio. Botou um bandido iraquiano como chefe do governo de transição e encenou uma paz entre palestinos e israelenses. No momento em que escrevo soldados israelenses prenderam 240 palestinos à procura de chefes da Habba, que aparentemente tem mais generais que soldados, alguns com menos de 18 anos. E o pior é que não dá para rir.

Essa caricatura de Tibério desobedeceu a ONU e mais tarde, através de seu capanga Paul Wolfowitz, declarou que o Iraque foi invadido porque nadava em petróleo. O homem que manda no mundo e seu aliado, o bocó do Blair, mentiram e tudo ficou por isso mesmo. A imprensa americana (dividida entre quatro ou cinco grandes corporações empresariais que nada sabem sobre jornalismo) esperneou de mentirinha. Basta ler o livro de James Fallows (*Detonando a notícia – Como a mídia americana corrói a Democracia americana*), que traduzi há alguns anos, para se ter certeza de que, no fundamental, não existe imprensa livre nos Estados Unidos. Os jornalões sempre foram sócios do poder. Logo após a não explicada destruição das torres, os jornalões tomaram-se de ardor patriótico. Confessada a mentira, ficaram sem saber o que fazer, principalmente, porque um repórter do NYT inventara mais de 50 reportagens, chegando quase a ganhar um prêmio Pulitzer. Falta uma ideologia ao jornalismo americano que é puro *show businness*. O pensamento geral parece ser: "O comunismo acabou (outro axioma mentiroso) e o imperialismo é cruel. O que faremos?". Tentem escrever a verdade em vez de apoiar uma realidade forjada pelo poder.

Num artigo bem escrito em *O Globo* da semana passada, Merval Pereira declarou que a imprensa brasileira há pelo menos meio século se espelha na americana. É verdade e, ao fazer isso, demonstra não só a sua subserviência como a sua pobreza. Imitamos os americanos: não se adjetiva, não se começa uma frase com "mas", os períodos devem ser curtos etc. Tudo como se os leitores fossem obrigatoriamente débeis mentais. Certamente, o estilo de Machado de Assis foi mal compreendido. A imprensa brasileira hoje em dia – com raras exceções de todos conhecidas – não existe. Limita-se a informar os interesses dos proprietários. Cobrar do jornalista brasileiro alguma coerência, aliás, é uma estultice. Depois que inventaram o diploma, quem não tem talento para outra profissão faz curso de jornalismo. Logo arranja um emprego público e permite que qualquer vereadorzinho de merda o trate por tu. Sempre foi assim mas antigamente tínhamos mais jornais e os proprietários imprimiam um espírito de missão ao que faziam. Eventualmente, meio envergonhada, surgia a verdade, em duas colunas, e o jornalista despedido arranjava lugar em outro jornal. Hoje, o repórter é apanhador de *press releases* ou escreve *press releases*.

Se na matriz estão gripados, aqui estamos todos tuberculosos. No Brasil e principalmente no Rio de Janeiro, vivemos a grande mentira. Lula elegeu-se mentindo e hoje discursa dizendo que nem o Legislativo nem o Judiciário poderão impedir as reformas. Fala num tom que dá a impressão de que suas reformas beneficiarão o povo quando em verdade são apenas o cumprimento de ordens de Washington. Tanto isso é verdade que o FMI está muito feliz com a política econômica brasileira. Não é à toa, pois Lula, que ganhou as eleições com lisura – o que não aconteceu com Bush filho –, em vez de exigir justiça pediu generosidade ao chefe. A essa altura do terceiro tempo, infelizmente, sabemos que não poderia ter se comportado de outro modo.

Segundo pesquisa da revista *New Scientists*, o povo carioca é o mais gentil do mundo. Concordo e por isso, apesar de gaúcho, fiz de Copacabana a minha pátria. Segundo pesquisa da Câmara Internacional do Comércio e Indústria, o operário brasileiro é o melhor do mundo. É trabalhador, esforçado, cumpridor de horários, bem-educado e – isso é observação minha – aceita tudo para não perder um emprego mal remunerado. A grande burguesia – acho que a classe média aprendeu que o buraco é mais acima – quer nos fazer crer que nosso povo é violento, vicioso, viciado, cruel e criminoso. Se isso é verdade, o que faziam vinte mil vagabundos criminosos numa fila da Comlurb na esperança de serem aceitos como lixeiros com um salário de 280 reais, ou seja, 10% do que recebe do Estado um desempregado americano? Por que esses espertinhos – a maioria ignorante mas havia alguns diplomados entre eles – quereriam um emprego que ao fim de alguns anos, graças ao contato com todo o tipo e bactéria e vírus, os conduzirá à morte prematura? Os canalhas déspotas e corruptos erraram na conta. Os pobres continuam se reproduzindo e chegará o dia em que será impossível ignorá-los. César Maia – que arranjou dinheiro para eleger o filho deputado federal – hoje é presidente do Grupo dos Cesinhas, universitários de direita que vêem nele o novo Carlos Lacerda. Cesar Maia disse que ao longo de dois anos só poderá aproveitar 1.500 candidatos a lixeiro. Pergunto-me o que farão os outros enquanto esperam a generosidade do prefeito. Não tão generoso assim, pois quando a ralé irritou-se com a longa espera, mandou a polícia municipal jogar bombas de efeito moral sobre a turba. Enquanto isso 11 mil crianças de 0 a 3 anos esperam vagas nas creches públicas. Segundo Maia, tudo se resolverá quando o Museu Guggenheim for instalado ao custo de alguns bilhões de dólares. É o samba do crioulo doido. Brizola e Darcy Ribeiro construíram quase 500 Cieps para crianças pobres, essas mesmas que foram abandonadas por Moreira Franco e que hoje estão te assaltando, leitor. César, o nome te subiu à cabeça. És teu próprio Brutus. Antes de acabar o parágrafo pergunto ao leitor: adivinhe qual o Ministério, entre os grandes, com menos verba, no governo Lula? Eu mesmo respondo: o Ministério da Educação, pois educar leva tempo e não reelege ninguém a curto prazo. Dar verba para a educação é sinônimo de patriotismo e caráter, palavras que caíram de moda no governo "sofre e confia".

A classe média no mundo inteiro – e principalmente em países como o Brasil – nunca teve vergonha, nunca teve ideologia. Queria estar segura, progredir e macaquear a classe dominante que sempre apoiou. Ao eleger

FHC, um grande delinqüente e genocida, sentiu-se traída. Ela era pelas privatizações mas pagou mais caro pelo telefone, gás, luz, serviços bancários. Acreditava que seus direitos seriam beneficiados mas teve o salário congelado. Por isso votou em Lula e fez com que o proletariado – de quem a televisão roubou a capacidade de pensar – votasse com ela. Foi traída pelo PT e enlouqueceu.

A propósito, vi alguns filmes (ainda existem dois ou três artistas) que tratam da relação poder-classe-média-povo. O primeiro é francês e chama-se *Employ de temps*. Conta a história de um executivo de alta classe média que é demitido pelo neoliberalismo. Perder o emprego, de acordo com a cartilha globalizante, é uma vergonha imperdoável. Ele, temendo a reação da mulher e dos filhos, passa os dias vagando de carro pela cidade, e volta para casa falando de um emprego maravilhoso na ONU enquanto achaca amigos. O segundo filme é americano e chama-se *Insider*, a história de um executivo de uma das maiores indústrias de tabaco do mundo que é despedido e acaba perdendo a mulher e os filhos. O terceiro é brasileiro e chama-se *Cidade de Deus*, bairro criado por Lacerda para afastar os favelados da Zona Sul. No filme as crianças, filhas de trabalhadores, não têm outra opção além do crime. Aprendem a matar antes de se conscientizarem de qualquer valor. A diferença entre Harry Potter e as crianças das favelas brasileiras é que as da favela matam de verdade. Felizmente os traficantes são de direita e contribuem para o *status quo* da política brasileira. Se fossem de esquerda, se soubessem o que é esquerda não seriam traficantes mas líderes comunitários e já teriam exigido tudo e tudo é o que merecem.

Pela primeira vez na vida a classe média tem condições de aliar-se ao povo e criar um movimento de massas juntamente com o MST. A classe média jamais notou que havia alguma coisa de errado neste país, desde que não perdesse os seus privilégios ou que quisessem aproximá-la do povo. Hoje está como barata tonta. Corre o risco de ser dispensada enquanto assiste do lado de fora a jovens incompetentes que aceitam qualquer salário e computadores (que vivem caindo da linha) fazerem o que antes faziam em bancos, repartições públicas, empresas comerciais e industriais. Mas nem tudo está perdido, o presidente do Supremo mandou a Assembléia Legislativa do Rio de Janeiro pagar os atrasados dos supersalários dos marajás que haviam sido revogados por ato que estabeleceu um teto de 9,6 mil mensais. O rombo será de 170 milhões de reais. Os ratos estão devorando o edifício.

Por que sorri a Mona Lisa?

Mona (Madona) Lisa chamava-se Lisa Gherardini, que seria, até hoje, a mulher mais vista do mundo e modelo do quadro mais conhecido de todos os tempos. Nasceu no seio de uma família pobre de Nápoles do século 15. Em 1495, tornou-se a terceira esposa de um rico mercador florentino chamado Francesco del Giocondo, daí o quadro eventualmente ser chamado também de La Gioconda. Ela começou a posar para Leonardo em 1503 e o fez durante quatro anos sem que ele terminasse a obra. Provavelmente o marido de Lisa encheu e desistiu do quadro. Passemos ao sorriso da Mona: 1) estava flertando com o pintor?; 2) sorria ao pensar que tendo um marido velho logo herdaria a sua fortuna? ou 3) sorria daquele jeito enigmático por causa da inabilidade de Da Vinci, que, apesar de seu fabuloso conhecimento de anatomia, não era muito bom quando lidava com lábios? A verdade é que o pintor acabou vendendo o quadro pelo equivalente a 2.000 dólares para o rei Francisco, da França, alguns anos depois. Da Corte foi para o Museu do Louvre, onde está até hoje. Em 1911, um nacionalista italiano, Vincenzo Peruggia, conseguiu roubá-lo e levá-lo de volta para seu país de origem. Foi devolvido à França em 1913. Uma das poucas obras de arte sem preço. Quando foi exposta nos Estados Unidos, em 1962, o seguro foi de 100 milhões de dólares. Hoje seria 100 vezes mais.

A essa altura os leitores devem estar se perguntando por que estou escrevendo sobre o assunto. Calma que tenho minhas razões. A primeira e menos importante foi a de ter visto o nome de Da Vinci entre a lista dos mais famosos homossexuais de todos os tempos. Sempre duvidei dessas listas, pois a maioria delas é compilada por homossexuais; daqueles chatos que acham que todos os homens estão pregados em cadeiras, caso contrário andariam por aí entregando o anel de couro. Ora, na época de Da Vinci todos os pintores tinham aprendizes (ele mesmo teria aprendido o ofício com Verrochio), na maioria moços pobres que queriam seguir uma carreira bastante razoável em termos financeiros. Além da Igreja e dos nobres não havia um burguês (ou burguesa rica) que não quisesse ser imortalizado (a) num quadro. Os pais praticamente davam o garoto que tinha jeito para a pintura para o seu mestre. A relação profissional durava anos. "Vê se não me estraga este nariz, seu energúmeno." "Eu disse branco e não amarelo", e tome cascudo. Em muitos casos os ajudantes tornavam-se tão bons que o mestre só tratava das finalizações.

Em 1476, os *Officialli di Notte e dei Monasteri* receberam uma denúncia anônima (como quase todas) de que Da Vinci e três outros pintores teriam se engajado em atos de sodomia com um modelo, Jacopo Saltarelli. Sem provas, Da Vinci foi preso e torturado durante dois meses e não conseguiram obter dele a confissão de que era homossexual. Por falta de argumentos, ele nem foi julgado. A pergunta que me faço (e creio que ninguém a fez até hoje, pois a homossexualidade de Leonardo tornou-se quase um axioma) é por que levou quatro anos pintando um retrato de uma bela mulher quando havia dezenas de clientes na fila? Por que desapareceram misteriosamente um quadro da Monalisa completamente nua e vários esquetes desse mesmo quadro? O velho Giocondo tinha ciúmes da mulher e um dia acabou com a farra. Fica a minha opinião: Lisa estava mais para fêmea do que para Madona e Leonardo não levava jeito de quem entuba. Seu sorriso enigmático poderia ser traduzido assim: "Tomara que o Leonardo acabe logo essa sessão para podermos ir para a cama".

Já fiz minha boa ação de hoje e agora entro no segundo e mais importante assunto, que me leva a falar do quadro mais famoso de todos os tempos. O número passado da revista *IstoÉ* expõe na capa uma reprodução da *Monalisa* com a seguinte manchete: "*SORRIA!*". E em letras menores: "Faz bem para a saúde e facilita a sua relação com o mundo. Aproveite: nos consultórios dentários já é possível encontrar novos materiais e técnicas modernas para iluminar e liberar seu sorriso. E, melhor, com menos dor".

Ora, embora não seja excepcional, a *IstoÉ* é bem melhor que as outras revistas da grande imprensa, principalmente no jornalismo investigativo, setor onde já ganhou vários prêmios. Além disso ainda recentemente dois repórteres foram inocentados na Justiça de um processo de difamação promovido por ACM, que continua em liberdade. Por que, portanto, num país de mais de 70 milhões de pessoas que vivem abaixo da linha da miséria, a revista pede que mantenhamos um belo sorriso no rosto? Eu, por exemplo, não posso fazer isso pois perdi há anos oito dentes de uma só vez e orgulhava-me de tê-los todos. Não tenho dinheiro para implantar. Devemos sorrir da fome? Devemos sorrir da dor? Devemos sorrir da humilhação? Devemos sorrir do desemprego? Devemos sorrir porque o aluguel aumentou e fomos despejados? Devemos sorrir porque nosso nome está entre as pessoas que não pagam suas contas, pois passamos um cheque pré-datado e o patrão atrasou o pagamento ou nos despediu e mandou que nos queixássemos ao juiz Lalau? Devemos sorrir porque já não sabemos uma só música de cor; por que roubaram nossa cultura e nossa identidade? Certamente, a matéria da *IstoÉ* não é para brasileiros mas sim para brasileiros vips, aqueles trinta milhões que consomem e sorriem pois certamente estão roubando da maioria.

Às vezes, por dever de ofício, ao ler os jornais e ver os telejornais, passa-me a idéia de que vivemos no *País dos cegos*, do H. G. Wells, onde o único homem que enxergava foi condenado à "normalidade". Acabou fugindo. Isso vem acontecendo no Brasil há muitos anos. As pessoas que insistem em ver a verdade sinistra que a realidade encobre são perseguidas, desempregadas, estigmatizadas, ridicularizadas e difamadas. A caça aos que ainda vêem nunca foi tão intensa, pois agüentávamos o absurdo de cada dia por uma razão: tínhamos certeza de que a esperança venceria o medo. Mas Lula e seus intelectuais que se aburguesaram nos anos que esperaram para chegar a Brasília e ao Poder nos roubaram a esperança e o medo tornou-se ainda mais intenso.

Existe uma autocensura na grande imprensa (cujos proprietários podem ser contados nos dedos das duas mãos) cuja lei não-escrita é a seguinte: "Com raras exceções que podem prejudicar o andamento financeiro da empresa, todas as notícias podem ser publicadas. O seguimento da notícia só é importante se for importante para a empresa. As más notícias que não agradam à empresa devem ser dadas em tom otimista". Exemplo do primeiro caso: o que houve com a CPI do Banestado? Por que ainda não estão na cadeia os ladrões da Petropaulo? Uma bem antiga: que fim levaram as jóias que um ministro da ditadura recebia para autorizar passaportes? Algum ladrão da Delfim, da Garnero, das polonetas está na cadeia? E aquele ministro de FHC conivente com o crime organizado no Espírito Santo, onde está? Por que Gustavo Franco, ex-presidente do Banco Central, que roubou dinheiro do povo para dar a bancos fraudulentos, está em liberdade? O que acontecerá com os processos que Brindeiro engavetou por oito anos protegendo interesses excusos? Por que só agora somos informados de que FHC foi contra a emenda das diretas? Os jornais fizeram um escândalo quando aumentaram o número de vereadores no Rio de 42 para 55. Tomem nota: a próxima notícia será a da posse desses safados. Como, no momento mais crítico que este país já viveu, é negado aos estudantes e aos idosos a passagem grátis nos ônibus, se a despesa das empresas, com eles ou sem eles, será a mesma? Escândalo: marajás da Assembléia Legislativa vão receber todos os aumentos invalidados. Quando vocês se derem conta, já terão recebido o seu dinheiro, leitor.

Vamos às notícias otimistas. Durante oito anos o dólar subiu de 1 para 3 reais e a inflação subiu em 100% e até 1.000% em certos setores. Mais de 30 milhões de pessoas ficaram desempregadas e o salário foi congelado. Entretanto, quando por mumunhas com o FMI o dólar cai de 3 para 2, 98 reais, os jornalões anunciam: "Caiu o dólar". Outra boa notícia: "ONU declara que Brasil sobe em educação". Só dentro da matéria é que lemos que o Brasil já não está mais em 76º lugar em educação entre todos os países do mundo. Passou para o 45º, ou seja, abaixo da Malásia, de vários países africanos e sul-americanos. E isso também se explica, pois a maioria das professoras do Nordeste é semi-alfabetizada, ganha menos de um salário mínimo e os alunos recebem o diploma do curso elementar sem saberem ler ou lendo mas sem entenderem o que estão lendo. "Que país é este?", perguntou recentemente o senador Edison Lobão. Como creio que ele deve saber onde está, limito-me a dizer que se trata do país onde ele receberá 30 mil reais a mais no mês de julho para votar a reforma da previdência, ou seja, a falsa reforma da previdência. Será reconvocado em janeiro de 2004, quando receberá mais 30 mil para votar emendas. É que a diminuição nos salários dos poucos que ganham mais de 10.000 reais não afetará minimamente o erário mas certamente afetará brutalmente a vida de mais de 52% das pessoas que contribuem para a previdência e que recebem até dois salários mínimos. Eles, os que sustentam a nação, juntamente com todos os outros assalariados, serão as grandes vítimas. É isso aí, seu Lobão, o Brasil é o país onde o ministro da Agricultura, Roberto Rodrigues, é latifundiário, o presidente do Banco Central, banqueiro. Sabemos que existem 5 mil obras públicas paradas e ninguém faz nada. Não somos um país racista mas 44,4% dos negros do Rio e de São Paulo vivem abaixo da faixa da pobreza. Querem uma boa notícia? Leiam na primeira página do *Globo* que Adriana Esteves (confesso que não sei quem é) está dividida entre dois amores em *Kubanacan*. Na parte interna do jornal em duas colunas saberá que na Amazônia estão desmatando uma área equivalente a Copacabana todos os dias. Isso tudo para não falar das ridículas campanhas institucionais na TV pagas com seu dinheiro. A última é sobre honestidade. Mostram um menino negro que acha uma carteira e a devolve a seu dono. A frase é a seguinte: "Seja honesto. Você será mais feliz." Por que não mostram um banqueiro preparando-se para roubar o cofre forte? Tira algumas malas de dinheiro. Pensa um pouco e depois devolve tudo ao cofre. Em seguida a frase: "Seja honesto, você será mais feliz." Outra boa notícia: o Brasil não é o país onde o contribuinte paga o maior imposto de renda do mundo. Acima do nosso Verdelindo estão a Suécia, a Noruega, a Dinamarca, a Holanda, que, por pura coincidência, também têm o melhor nível de vida, a melhor educação, a melhor saúde, o melhor transporte coletivo.

Quando jovem cheguei a ter três colunas diárias em três grandes jornais cariocas. Ao voltar da Europa verifiquei de cara que dificilmente poderia trabalhar na grande imprensa sem ser censurado e a censura, desde sempre, é a coisa que mais odeio no mundo. Ser censurado equivale a aceitar que não temos discernimento para julgar entre o falso e o verdadeiro, a arte e a obscenidade. É claro que pessoalmente 90% do que vejo na televisão me dá nojo mas apesar disso lutaria contra a censura dessas coisas que me dão nojo; dessa estúpida lavagem cerebral diária que torna os pobres mais pobres e os ignorantes mais ignorantes. O dever do jornalista independente é lutar contra essas coisas; fazer o povo respeitar sua própria humanidade e recusar a vulgaridade que lhe foi imposta. Mas como o povo pode defender-se depois que roubaram a sua cultura, a sua individualidade, o seu talento? Como ele pode lutar com um salário mínimo contra um sistema carcerário vingativo, contra hospitais que matam e laboratórios que cegam? O que pode o povo fazer numa cidade onde o prefeito quer gastar bilhões com o Guggenheim e diz que não tem vagas nas creches para quase dez mil recém-nascidos? Como pode lutar quando numa cidade como São Paulo, dos 631 mil partos realizados no ano passado, 116 mil foram em meninas de 10 a 16 anos. E os abortos?

Nossa imprensa é filha da imprensa americana que sempre foi uma censurada ou autocensurada e a situação tende a piorar, pois o número de proprietários de grandes conglomerados jornalísticos é cada vez menor. Só interessam as notícias que servem ao capital: o jornalismo e a arte têm que dar dinheiro, daí o lixo que temos de aturar, pois os artistas foram substituídos por bufões e as crianças já nascem globalizadas aqui ou na Holanda, com a pequena diferença de que na Holanda elas comem e eventualmente poderão se livrar do lixo. A quem duvidar da imprensa censurada americana sugiro o livro *20 years of censored news* (que estou traduzindo), de Carl Jensen (Seven Stories Press, New York), onde o autor revela, entre centenas de outros exemplos, o da reunião que Kennedy teve com os editores dos principais conglomerados jornalísticos pedindo (e conseguindo) silêncio sobre a invasão da baía dos Porcos. Hoje a imprensa americana está em crise – pois quem distribui o veneno não tem o antídoto – e diante das mentiras de Bush se pergunta: "O que aconteceu com a nossa democracia?". Eu respondo: ela jamais existiu. Não existe democracia sem uma filosofia humanista para sustentá-la. Que democracia é essa que queria derrubar um presidente porque deixou-se felaciar por uma secretária e não enfia um *impeachment* no rabo de um homem como Bush e seus asseclas que mentem para roubar ou para matar? É claro que o homem pode mudar mas primeiro os ricos, e na democracia deles as palavras socialismo e comunismo são proibidas, são censuradas. Pois eu lhes digo: ou donos do mundo estabelecem rapidamente uma ordem social mais justa ou podem começar a cerimônia de suicídio coletivo.

No Brasil são tragicamente ridículas as tentativas de acabar com os efeitos e ignorar as causas. Em cada 100 desempregados da classe média, 10 vão se drogar e pelo menos 1 passará a negociar com elas. Imaginem geometricamente as conseqüências. Joguei idiotamente todas as minhas esperanças em Lula e seus ministros. Hoje só vejo um movimento confiável e organizado: o dos sem-terra. Já vivemos o horror da direita. Hoje vivemos o horror da direita que se diz de esquerda; que em vez de regenerar a classe dominante, confiscar seus bens e colocá-la na cadeia quer honestidade de quem não tem dinheiro para comer uma vez por dia. Falar nisso: como vai o Fome Zero? Como vai a CPI do Latifúndio? E para vocês que não têm nada a ver com isso, a última moda é doga: yoga para cachorro.

Karl!

Queria pedir desculpas aos leitores que me escrevem – principalmente os mais jovens – e aos quais não respondo. As razões são várias: 1) estou velho e quem é velho tem pressa; quer ver os livros que escreve publicados antes de morrer; 2) definitivamente não compreendo o computador, que acho burro – como ele deve me achar – e nem suas instruções escritas numa língua que sei ser português mas que não entendo; 3) vivo do que escrevo e se respondesse a todos os leitores, se comentasse todos os livros que recebo, morreria de fome, pois deixaria de escrever profissionalmente.

Falei dos jovens pois são a maioria e estão revoltados com o país que receberam dos mais velhos. Graças ao golpe programado de 64, muitas lideranças políticas morreram na fonte. Os pais desses jovens, portanto, não atuaram politicamente e o que sobrou foi essa escumalha que vemos em Brasília que troca de partido como quem troca de camisa; que recebe dinheiro para votar emendas e que paga a donos de chiqueiros eleitorais para se eleger. Muita sujeira rolou por baixo da ponta de 64 para cá mas nem a TV Globo e nem a grande imprensa conseguiram alienar todos ao mesmo tempo. Resultado: existe uma gurizada no Brasil hoje em dia que quer saber da verdade e não aceita mentiras. A grande maioria não leu Marx e nem se diz comunista mas não coopta a assassina desigualdade social assim como Lula parece cooptar todo o mundo que não o considere um profeta.

Vivemos um momento histórico singular como singulares foram todos os conflitos entre exploradores e explorados. Em todas essas lutas no decorrer dos séculos – de Spartacus, o escravo que queria ser livre – até os dias de hoje, os explorados perderam mas acabaram sempre ganhando alguma coisa. Oficialmente ninguém trabalha de graça como nos tempos feudais (no Brasil isso acontece); oficialmente ninguém trabalha mais dezesseis horas por dia de pé numa fábrica por uma paga que mal dá para a comida (no Brasil isso acontece, caso contrário por que essa demagogia de Fome Zero?). Oficialmente as crianças não trabalham (no Brasil o número sobe a quase 3 milhões). Enfim, oficialmente os pobres teriam ganho alguma coisa mas como são em número maior se reproduzem mais rapidamente, o que, naturalmente, aumenta o número de desempregados, a desagregação familiar, o uso de drogas, a criminalidade, a prostituição e *cosi via*. Logo, o que é oficial é uma mentira. O número de desempregados (no Brasil, extra-oficialmente, seriam quase 50 milhões) aumentou também porque o capital em vez de produzir prefere aplicar seu dinheiro: daí as lavagens, as contas na Suíça, as informações privilegiadas sobre mudança de câmbio e assim por diante. É fácil ver que não se faz nada pelo povo olhando as grandes cidades: as grandes obras são *outdoors* de produtos transnacionais e filmes para débeis mentais. A última obra visando ao bem-estar do povo (pois um povo culto, educado, que se alimenta e sabe dos seus direitos pode construir um grande país que pode ser grande sem matar seus trabalhadores) foi a construção dos Cieps e esses foram abandonados.

Não actredito em nenhum economista brasileiro e nem mesmo nos *soi-disant* de esquerda que não passam de rebeldes; jamais foram revolucionários. A rebeldia deles acaba quando são chamados a exercer algum cargo bem pago no exterior ou quando recebem uma coluna num grande jornalão. Se têm consciência devem tê-la anestesiado na luta para explicar que se mantêm puros, pois pode-se viver com as contradições do sistema capitalista-neoliberal-imperial-colonialista desde que eu também esteja na boca. No nosso caso, a classe média, que jamais teve vergonha ou ideologia, sempre serviu de intermediária entre o grande capital e o povo. Em seus oito anos de delinqüência FHC quase conseguiu acabar com ela. Com um discurso mais palatável, Lula conseguiu atraí-la e com ela o povo que infelizmente não passa de massa de manobra. Lula deu prosseguimento à política de FHC, que, no exterior, sempre esculhambou os Estados Unidos. Clinton lhe dizia: "Fora, você pode se mostrar independente mas no Brasil deve fazer lição de casa". E ele fez como Lula vem fazendo. Poderia dar dezenas de exemplos anti-sociais nos seus primeiros seis meses de governo mas vou me limitar a dois: o sr. Henrique Meirelles recebe uma aposentadoria anual de 750 mil dólares do BankBoston, do qual foi diretor. Hoje, como presidente do Banco Central (que logo será autônomo) escolhido por Lula, depende dos sucessos do BankBoston, que vão de vento em popa. O segundo exemplo: o ministro da Agricultura chama-se Roberto Rodrigues, é latifundiário e acha válido que jagunços pagos por donos de terras que nada produzem defendam a tiros a "propriedade" dos patrões. Há ou não há um conflito de interesses entre o governo Lula e a ânsia do povo por justiça social?

Uma das várias contradições do capitalismo é que ele precisa do povo e da classe média para não se autodestruir. O explorador precisa de gente que compre seu produto mas para que essa gente compre seu produto é necessário que ela seja facilmente enganável. Ela só será enganável se não tiver acesso à educação. Por outro lado, se não tiver acesso a educação, não terá condições de comprar os produtos anunciados. Resultado: ensino elementar bárbaro e ensino universitário que com raras exceções não passa de compra de diplomas. Apesar disso tudo, apesar do aviltamento da arte e do jornalismo, os Estados Unidos se defrontam com um déficit orçamentário de 455 bilhões de dólares (o nosso Produto Interno Bruto) mas eles não estão preocupados porque transformaram o neoliberalismo em colonialismo: recuperarão o dinheiro no Afeganistão, no Iraque, na Síria, na Coréia, em Cuba, enfim, onde quiserem. E é essa nação escravocrata, racista, drogada, prostituída que usamos como modelo.

A garotada universitária que me escreve pergunta por Marx e é natural que o faça, pois há decênios que os nossos economistas aceitam o sistema capitalista como parte de uma ordem da natureza. Já para Marx, o capitalismo era uma fase de transição entre a economia do passado e o socialismo do futuro. Os nossos economistas (o último foi Celso Furtado que apoiou as reformas de Lula) acreditam na possibilidade de harmonia entre os vários setores da comunidade. Marx via a vida econômica em termos de conflito entre os interesses dos proprietários que não trabalham e dos trabalhadores que não têm direito à propriedade. O que os exploradores não querem admitir é a possibilidade de uma mudança de sistema, pois uma vez admitida essa possibilidade os que temem perder e os que esperam ganhar alguma coisa imediatamente se colocarão em campos opostos. Quando falo em comunismo imediatamente aparece alguém dizendo que o comunismo já foi tentado na Rússia e que não deu certo. Como se uma experiência de pouco mais de 50 anos, num espectro histórico e econômico de 6.000 anos, pudesse ser indiscutível. Embora tenha sido o maior projeto de engenharia social na História da Humanidade, o "comunismo" russo estava tão longe de Marx quanto a constelação da Ursa Maior está da Terra.

Karl Heinrich Marx nasceu em 1818 na cidade renana de Trier, filho de um bem-sucedido advogado judeu convertido, isso é, assimilado ao Cristianismo em 1817. Estudou direito nas universidades de Bonn e Berlim mas, influenciado, a princípio, pelos textos de Hegel, abandonou o estudo das leis para dedicar-se à história e à filosofia. Casou em 1843 e foi para a França no ano seguinte. Em 1848 instalou-se em Londres, onde suportou a pobreza por muitos anos. Houve uma época em que sustentou a si e a sua família apenas com os quatro dólares por artigo que recebia de uma publicação americana. Somente depois de 1864 é que Engels teve condições para aliviar sua situação econômica. Ele morreu em Londres em 1883. Engels, embora leal, eficiente editor e colaborador de Marx, prestou apenas uma contribuição marginal aos seus textos. O próprio *Manifesto* foi o resultado das perguntas de Engels e das respostas de Marx.

A essência do Marxismo está contida numa famosa declaração de 1845, extraída de seus textos:

"Os filósofos apenas interpretaram o mundo de várias maneiras. A questão é modificá-lo".

Isso significa que, para Marx, todos os problemas filosóficos nasciam do modo social como a sociedade era organizada. Só através da justiça social o homem terá condições de ser feliz. Até hoje – digo eu – ninguém me provou que um homem realmente inteligente pode se preocupar com a futura fortuna dos seus bisnetos em vez de preocupar-se em melhorar como ser humano e assim melhorar o mundo. O *Manifesto* diz no seu final: *"Os comunistas não escondem suas opiniões e seus objetivos. Declaram abertamente que seu alvo só será atingido através da queda forçada de todas as condições sociais existentes. Que a classe dominante trema diante da revolução comunista. Os proletários não têm nada a perder além dos seus grilhões, e têm um mundo a conquistar. Trabalhadores de todos os países, uni-vos!"*

A essência do cristianismo, de Feurbach, traduzido para o inglês pela romancista George Eliot, foi o livro que mais influenciou o jovem Marx, que, porém, foi muito além dele. O deus que Feuerbach manteve numa formulação praticamente existencialista não era mais do que a essência do próprio homem: abstratamente e falsamente "objetificada" e então cultuada. O próximo estágio deveria ser, portanto, substituir o amor do homem por Deus pelo amor do homem pelo homem. Um homem que ama a si próprio e aos seus semelhantes já é naturalmente um cristão sem necessariamente ter de acreditar em Cristo ou em qualquer Deus. "*Não é a consciência que determina a existência; é a existência que determina a consciência*" – escreveu Marx. Um homem ignorante abandonado pela sociedade só terá uma escolha na consciência: a subordinação escrava ou o crime.

Para Marx, um homem de grande compaixão e impelido pela justiça social, o homem é moldado pela sociedade. O comunismo, que deveria chamar-se a teoria do progresso HUMANO contra a teoria do progresso capitalista, tem muita vida dentro de si e, pessoalmente, parece-me a única, no sentido humanista da palavra. Embora negasse a religião, Marx, ele mesmo, jamais negou ou desconsiderou a qualidade dos sentimentos religiosos. Ironicamente, a vigorosa vida que existe dentro do marxismo é especialmente a do marxismo cristão do século 20, que infelizmente está ruindo pois os téologos da libertação perderam a guerra contra o clero vigarista infiltrado em toda a vida nacional e que rouba a última migalha das empregadas domésticas.

É incrível que ainda tenhamos distinções de classe mas os tiranos têm o dinheiro e as armas e por isso negam que o trabalho de um homem produz um valor superior às suas necessidades. O excesso (ou surplus) se transforma em capital para os burgueses, proprietários da produção. Marx acreditava que um camponês, proprietário de sua terra (um membro do MST ao qual fosse dado um lote), ao final do dia podia decidir se trabalharia uma hora a mais e se a dor na costas compensaria o lucro. O operário na fábrica não tinha e não tem essa escolha e se o patrão o trata bem apenas o faz como o dono de alguns bois que os alimenta direito para que produzam mais.

O dignóstico de Marx, absolutamente vivo hoje em dia, é o de que o sistema capitalista não é, de algum modo, natural para seres humanos. No capitalismo, o homem é um ser *alienado* da natureza e de si mesmo. Ele desenvolveu a idéia de alienação, se sentir estranho – sentir-se cortado dos seus próprios valores e crenças –, a partir de Hegel e Feuerbach. Em Marx, o trabalhador se sente à parte do seu trabalho porque não pode contribuir, com ele, para a comunidade. E desse modo ele é apartado de si mesmo.

Uma das grandes falácias sobre o Marxismo é que ele não dá suficiente importância à vida interior dos indivíduos. Ora, é somente quando se sente livre que o homem constrói sua individualidade e torna-se senhor do seu destino. E isso só se consegue no capitalismo através da exploração e do roubo.

Se estou enganado – e espero estar – e Lula não se comprometeu com o Consenso de Washington, e o que está fazendo é uma louca alquimia que pode dar certo, não há momento melhor para reconsiderar os argumentos de Marx à luz dos nossos tempos, à luz de métodos mais precisos e refinados de análise moderna. O computador está aí mesmo. Se os nossos algozes desde sempre acham natural usar as armas da polícia, dos exércitos, da imprensa, da justiça e até da Igreja contra nós, está na hora de usarmos a nossa cultura. Podemos fazer isso desarmados. Eventualmente armados, se não nos derem outra chance de sermos felizes. José Rainha, líder do MST, o único movimento revolucionário organizado do Brasil, está na cadeia no momento em que coloco este ponto final.

Acordado como um morto

O estado hypnoteogônico ocorre com pessoas que só não têm dúvidas sobre sua genialidade quando estão sonhando. Na maior parte do tempo elas sabem que são uma fraude e que, logo, logo, o porteiro do cinema Talia, na avenida Eduardo (não existe mais, pois os sérios moradores do bairro São João em Porto Alegre decidiram transformá-la em avenida Franklin D. Roosevelt depois da guerra, ao mesmo tempo em que mostravam as cuecas levemente sujas da classe média para o Truman), vai te pedir os documentos para ver se você tem mesmo 18 anos e pode ver os seios da Cleo Moore por dois segundos e meio. Nunca soube quem foi o Eduardo que mereceu o nome de uma avenida. Provavelmente alguém muito melhor do que todos os Roosevelts juntos.

Há quem diga que o estado hypnoteogônico foi inventado por Lúcifer depois de perder a quinquagésima quinta partida seguida de glyxnésia para o Todo-Poderoso. O anjo teria se irritado, levantado o imenso tabuleiro de glyxnésia (são cerca de um trilhão de gogools elevados à décima potência) e batido com ele no cocuruto do seu criador. Ao mesmo tempo exclamava essas palavras fatais: "Porra, você ganha sempre. Enchi o saco de servir de *sparring* pro teu tédio." Espalhadas pela terra, as peças da glyxnésia até hoje confundem os homens que acham tratar-se de algo passível de cheiro. Lúcifer, como se sabe, depois disso só apareceu em preto-e-branco para o dr. Faustus e bem mais tarde em cores em filmes de merda produzidos coincidentemente em Los Angeles.

A hypnoteogonia é muito comum em pessoas que sonham e que jamais conseguiram vencer na vida. Sinto que fui possuído por ela em ocasiões especiais. Manjam aquele ator chamado Davies? Tem duas iniciais antes do nome mas não merece que nos lembremos delas. Esse cara, casado com a filha de Arthur Miller e, portanto, falso genro de Marylin Monroe, antes de aparecer num dos piores grandes filmes do mundo – *Gangs de Nova York* –, trabalhou noutro sobre a vida de um poeta irlandês que só consegue mover o pé esquerdo. Pois se esse poeta, cujo nome também não lembro, decidisse escrever a letra X a faria com os dois traços idênticos. Eu sou incapaz de fazer isso. Os traços quando não saem curvos saem oblongos. Pois em estado de hypnoteogonia já desenhei perfeitamente, em todos os seus detalhes, a catedral de Vorms, onde nunca estive. Já consegui ver os cinco atos de uma peça inédita de Francis Bacon e contar simultaneamente todos os detalhes para a minha mulher, que dormia ao meu lado. Ela, porém, no dia seguinte insistia em dizer que não lembrava de nada. Mas sei que mentia.

Um tipo mais raro de hypnoteogonia, porém muito mais gratificante em sua esplendorosa frustração, é o torporífico (ou torporoso para os mais ortodoxos), que continua depois de você ter acordado. Gosta de atacar escritores após eles – em estado onírico – já terem escrito e editado três romances, alguns livros de contos, duas peças de teatro e um roteiro para cinema. Se você for escritor e o fenômeno ocorrer contigo, o primeiro pensamento que te ocorrerá será o seguinte: "Já está na hora de eu escrever a obra-prima do romance universal". Mal enunciadas na central balística do teu id, essas palavras devem ser imediatamente esquecidas como de resto tudo aquilo que você escreveu enquanto sonhava. Agora é preciso muito cuidado. O ruído de uma pluma de beija-flor caindo sobre algodão pode botar tudo a perder.

Aconselho o uso de um par de óculos escuros de convergência absoluta. Eu mesmo fiz os meus e eles não me permitem enxergar nada além da tela do computador. Antes não me permitiam ver outra coisa além da folha de papel em que escrevia. Ponha os óculos e saia da cama como estiver. Nada de chinelos, nada de ir dar uma mijadinha no banheiro, nada de tomar café na cozinha. Costumo acordar quando o mundo ainda está envolto em trevas e vou diretamente para a minha mesa evitando bater nos móveis. Bateu num, fudeu-se. Ligue o computador automaticamente e concentre-se na grande obra.

As três irmãs brigadeiras querem dominar o Brasil. Nada as distingue das demais mulheres brigadeiras do ar, a não ser os bigodes cor-de-rosa que também eram da preferência de Proust. Sua função é fazer um discurso num jantar onde elas estarão presentes e – como ninguém suspeita dos seus planos sinistros – explicar tudo o que ocorreu de 64 para cá. Por algum motivo que não te interessa isso será suficiente para impedir que elas tomem conta do Brasil. O problema é que você – embora não seja da nova geração – esqueceu tudo o que aconteceu no Brasil de 1964 para cá com exceção de um samba que a Dalva de Oliveira cantava chamado *Bandeira Branca*. A única solução é convidar as irmãs para dançar a "tirana do lenço" ou a "tirana da espada". Elas imediatamente se transformarão em baratas e você terá salvo a pátria mas... agora é preciso sair correndo, pois de trás do bar se aproxima o porteiro do cinema Talia que quer ver os teus documentos.

Agora você sabe que escreveu o melhor poema da literatura universal desde "Os Três Ratos Cegos" ou "As Três Baratas Tontas" mas, como o efeito da hypnoteogonia torporífica ainda não passou e continua emanando ordens, você vai até a redação do *Pasquim21* apenas para descobrir que ela foi invadida por jovens repórteres, redatores, cronistas e editores de *O Globo*. Motivo: milhares de anúncios de o *O Globo* estavam sendo desviados para o *Pasquim* e isso aparentemente era inaceitável. Lula teria prometido os anúncios de todos os seus ministérios para a casa do dr. Roberto e agora os estava desviando para a casa do dr. Ziraldo. Olhos não mais tônitos mas atônitos, você verifica que apesar da catástrofe continua em estado torporoso e chega à conclusão de que Gabriel Nascente é um dos maiores poetas do Brasil seguido de perto por Luiz Augusto Cassas e Espinheira. Millôr Fernandes e Manuel de Barros jogam glyxnésia tendo como tabuleiro um cão chamado *Igorflas Mu*. Você está no auge da hypnoteogonia torporosa e não sabe se vai salvar o Ziraldo, que acabou de escrever o mais belo livro para crianças do Brasil – *ABZ* – e está preso no calabouço, ou se deve continuar pensando na sua obra-prima. Resolve deixar o Ziraldo fazendo companhia a Gregor Samsa e sua namorada, o Luiz Maurício, judoca castrado. Duas lágrimas descem pelo teu rosto. Você se distraiu e viu a capa de *A camisa do senador*, de Joel Silveira, e teve a sensação de que ele é o único autor do mundo que pode escrever uma frase como "mandei minha sogra comprar um quarto de quilo de margarina" e te comover.

Antes de sair da redação do *Pasquim 21*, onde você jamais esteve nem antes nem depois e nem durante, verifica que os jovens cronistas e editores de *O Globo* transformaram o Sérgio Augusto numa espécie de *slot-machine*. Você põe uma moeda dentro do Sérgio Augusto e ele responde qualquer pergunta desde que seja absolutamente trivial. Por exemplo: "Qual o nome das Irmãs Gish?". Ele: "Dolores, Jupira e Kelly Christina". Chegas à conclusão de que em estado de hypnoteogonia até o Serginho erra uma barbada dessas. Lembra do belo bilhete que ele escreveu por ocasião do seu aniversário e decide desenguiçá-lo. Desenguiçado, ele responde antes mesmo de você colocar outra moeda: "Lilian e Dorothy. Não havia uma terceira e o sobrenome era De Guiche."

Minha secretária Cláudia, que claudica levemente, me entrega um jornal. Não quero ver mas já é tarde demais: dois filhinhos de papai num pega na Vieira Souto (um num Honda e outro numa Audi) mataram um jovem vendedor arrimo de família que andava no seu carrinho nacional pago em prestações. Será que esses ricaços não têm mais nada a fazer do que comprar máquinas de matar para seus filhos quando eles passam no vestibular? Mas não quero voltar ao Fausto Wolff jornalista. Preciso escrever minha obra-prima. Está ficando tarde, o sol já entra pelas janelas de gaze do Mario Quintana e ao longe "como um sonho vem vindo esta fragata, estranha nau que não demanda os portos, com velas de marfim, mastros de prata, toda apinhada de meninos mortos".

Volto para meu quarto e olho para minha mulher, uma bela mulher de 54 anos, minha querida companheira. Pego um bloquinho ao lado da cama e escrevo:

"Um dia eu vou pegar desprevenido aquele senhor todo arrumado que tenho na memória e vou perguntar a ele:

– Como foi que você descobriu que ali onde nascem as penas era necessária uma penugenzinha para proteger a carnezinha da fúria do mundo?

E ele, com seu chapéu de lã quebradiça, vai me perguntar:

– Por que entre tantas incertezas procuras uma resposta que não fará a menor diferença na totalidade da galáxia?

E eu:

– Quero aprender como se faz um passarinho.

Ele me conta o segredo.

Acendo um cachimbo de ópio que comprei de um chinês chamado Cambório Osório na Badstuestraede em Copenhague, recomendado por Kirkegaard. Surrupio dois cruzeiros (aqueles com o Getúlio de um lado e já não lembro mais o que do outro) e vou ao cinema Talia ver os seios da Cleo Moore. Aliás, era só o esquerdo. O outro ela deixava tapado.

P. S.: Como esqueceram-se de me tombar em Ipanema, tombo-me eu. Caí da cama.

A vida abominável do homem honrado!

Algumas palavras estão tão grudadas à minha pele que se confundem com ela e se alma houver é lá na consciência da alma que se nutrem diariamente de energia. Meu pai era tataraneto do príncipe de Braunschwig Wolffenbüttel. O príncipe perdeu tudo o que tinha – dinheiro, terra, colonos – na Revolução Farroupilha, durante a qual morreu. Seus filhos se dispersaram pelo Rio Grande do Sul. O trisavô do meu pai se deu mal e ele, meu pai, perdeu a mãe logo depois de nascer em 1909, e foi criado, de favor, por parentes. Criou-se como cavalo xucro: valente, e se cavalo tem honra, a dele é a de nunca ter sido montado, de jamais terem conseguido quebrar a sua alma. Era um homem rude, às vezes violento, pavio curto e um belo coração. Isso tudo eu contei em meu romance *A mão esquerda*, editado pela Bertrand, editora que hoje faz parte do grupo Record, e deve estar entrando para a quarta edição. Foi meu pai que me disse, a seu modo, essas palavras que não me abandonariam mesmo que eu quisesse, pois fazem parte do meu todo. Assim como ninguém pode viver sem respirar eu não posso viver sem elas.

A primeira delas Shakespeare colocou na boca de Mowbray em *Ricardo II*: "Minha honra é minha vida; meu futuro de ambas depende. Serei um homem morto se me privarem da honra". Mais tarde leria no prólogo da segunda parte do *Quixote*, de Cervantes: "A honra pode tê-la o pobre mas não o vicioso. A pobreza pode anuviar nobreza mas não obscurecê-la de todo". Cervantes e Shakespeare, o maior romancista e o maior dramaturgo de todos os tempos, morreram no mesmo dia e jamais ouviram falar um do outro. Ambos eram pobres e ambos eram cultíssimos e nobres de espírito. Meu pai nobre de espírito e de fato mas barbeiro de educação elementar me falou sobre honra de modo mais tosco quando soube que eu roubara um gibi da banca de jornais. Depois de me dar uma surra, disse: "Homem que é homem não rouba, não mente e não trai. Homem que faz isso pode ter até uma boa vida mas será uma boa vida sem honra e viver sem honra é como estar morto. Traindo, mentindo e roubando você poderá até enriquecer mas todos saberão que você não passa de um mentiroso, de um ladrão e de um traidor".

Procurei fazer o que o velho recomendara de modo nada sutil e na medida em que o tempo passava mais me dava conta de que não poderia viver sem honra. Talvez, além da minha falta de talento para qualquer outra atividade, tenham sido as palavras do meu pai que me conduziram ao jornalismo, a profissão mais bonita do mundo: denunciar a verdade por trás da realidade imposta pelos homens sem honra. Hoje estou com 63 anos e 48 de jornalismo. É claro que escrevi coisas das quais hoje me arrependo mas juro a vocês que quando as escrevi acreditava que fossem verdades. Outras vezes escrevi verdades que não precisavam ser ditas, pois não beneficiariam ninguém e prejudicariam uns poucos. Isso deveu-se ao quixotismo temerário da juventude. Mas não traí meu pai em momento algum.

Notícias das últimas semanas: os juízes estão em greve; Borhausen implicado em lavagem de dinheiro no caso Banestado; FHC, descobre-se agora, votou contra a emenda das eleições diretas; Câmara Municipal do Rio de Janeiro vai aumentar o número de cadeiras de 42 para 55; Moreira Franco usa ônibus do estado para divulgar sua candidatura a prefeito de Niterói; Brasil concorda com isenção de impostos para americanos na ALCA; 50% dos trabalhadores que contribuem para a Previdência ganha menos do que dois salários mínimos: Onze mil crianças de zero a 3 anos esperam vaga nas creches públicas do Rio, cidade que quer sediar as olimpíadas e ter seu museu Guggenheim; 200 mil pessoas – algumas com curso superior – na fila para obter uma vaga de lixeiro; STF manda Alerj pagar supersalários atrasados aos marajás e dará um rombo de 170 milhões; Cristovam Buarque reclama da falta de verbas para a educação; clientes da Light além de herdarem a dívida ficam sem luz; cresce o desemprego e diminuem os salários; FMI diz que Brasil dá exemplo de política econômica; senador Suassuna dá festa milionária; Roseana Sarney apóia o cunhado, irmão do seu marido ladrão, para a prefeitura de São Luiz; maioria do ministério de Lula está no Exterior; Anatel aumenta em 42% a telefonia; trabalho semi-escravo na fazenda do presidente da Alerj; Brasil em 45º lugar em matéria de educação; ministro da Agricultura defende o uso de armas de jagunços contratados por coronéis para proteger seus latifúndios; todos os dias se desmata na Amazônia uma extensão de terra maior do que Copacabana; acabam os passes livres nos ônibus para estudantes e idosos; 5 mil obras públicas paradas no país; dos 631 mil partos realizados em São Paulo no ano passado, 116.300 foram em adolescentes de 10 a 16 anos; carga tributária do Brasil chega a 51,4%; José Rainha, líder do MST, foi preso; STJ concede prisão domiciliar ao juiz Lalau; Gustavo Franco está em liberdade; só Foz do Iguaçu remeteu para fora do Brasil 15,15 bilhões de reais; Maluf perde um milhão de reais em cassino nos Estados Unidos e é preso em Paris por lavagem de dinheiro; prefeito de Campos leva comissão de mais de 50% em cada show apresentado na cidade; vendas da Volkswagen aumentam em quase 17% e ela vai demitir 4 mil operários e vou parando por aqui se não acabo vomitando.

Essas notícias são dadas pela grande imprensa sem um comentário, sem uma explicação das suas conseqüências, sem desdobramento algum e principalmente sem que ninguém seja punido. O que fizeram com a minha profissão, meu Deus do Céu! Os políticos, os juízes, os governantes, os empresários, os banqueiros, os latifundiários roubam, mudam de partido, mentem e os jornais tratam disso tudo como se fizesse parte de um contexto absolutamente normal chamado política.

Mas (eventualmente, como agora, caros estudantes de jornalismo, pode-se começar uma frase com *mas* e se vocês derem muita bola para os manuais de redação vão acabar bobos como eles) acreditem, nem sempre foi assim. Quando os homens tinham alguma nobreza (e não falo de títulos) o fio de bigode falava pela palavra. Éramos uma nação jovem construída com o sangue dos negros e o trabalho dos camponeses imigrantes mas éramos brasileiros e patriotas. Caso contrário, como explicar, só no Rio de Janeiro, o Parque Guinle, o Hipódromo da Gávea, o Ministério da Educação e mais recentemente os Cieps (hoje abandonados) e o Sambódromo construído para os artistas pobres e protagonistas que hoje vêem a festa pela televisão? É claro que havia ladrões mas comparados com os ladrões de hoje não passavam de pés-de-chinelo. Havia até honra, pois Getúlio Vargas, ao ver que pessoas ligadas a ele haviam enlameado a sua, preferiu se matar. Uma boa parte dos homens públicos, porém, tinha vergonha na cara, tinha honra. Caso contrário, digam-me onde está a fortuna de Pasqualini, de Getúlio, de Prestes, de Amazonas, de Samuel Weiner, de Ferrari, de Jango, de Juscelino, de Dutra, de Agamenon Magalhães, de Walter Jobim, para falar apenas de políticos do século passado. Quando, porém, ao fim dos oito anos de delinqüência de FHC, mentiroso e traidor, passou-se a rir da honra, enlamear a ética, elogiar a mentira, estávamos desesperados e tínhamos certeza de que a hora dos homens de bem havia chegado com a eleição de Lula e seus rapazes do PT, todos de esquerda, todos sedentos pela justiça social, ansiosos para colocar nossa pátria no alto patamar que ela merece.

Em outubro do ano passado escrevi aqui: "Quando me deparei com o fenômeno Lula, pensei comigo mesmo: os mauricinhos da *soi disant* esquerda arranjaram um operário para purgar seus pecados, assim como certos banqueiros vão a bordéis para serem açoitados. Queria ver Brizola na presidência e cheguei a concordar com ele que o PT era a esquerda que a direita gosta ou a UDN moralista de tamancos. O discurso de Lula não tinha coerência ideológica para mim e me parecia extremamente moralista no pior sentido. Além disso, queria ver Brizola, meu herói desde a adolescência, no Planalto. Brizola, embora incorruptível e coerente ideologicamente, acabou por apoiar traidores que praticamente acabaram com um partido que deveria ser antes de tudo socialista. Votei em Lula contra Collor e contra Fernando Henrique enquanto acompanhava o desenvolvimento e o aburguesamento do partido. O trabalho de Tarso Genro e Olívio Dutra, no Rio Grande do Sul, fez-me repensar minhas opiniões. Analisei as vidas de José Genoíno, José Dirceu, Mercadante, Paim, Heloisa Helena, Dutra, Chico Alencar, Jacques Wagner, Paulo Delgado, Suplicy e alguns outros líderes do PT e nada vi que os desabonasse. Podem ter mais dinheiro agora do que quando começaram a militância, o que é natural, pois recebem bons salários pagos por nós. Parecem-me todos pessoas dignas, honestas, capazes e patriotas, sendo que muitas delas arriscaram a vida lutando contra a ditadura".

E fui adiante:

"Lula aprendeu e mudou intelectualmente sem ter mudado o seu caráter, a sua dignidade e os seus ideais. Não cometeu erros amadores das campanhas passadas e entendeu que quando se lida com raposas temos de ser mais espertos do que elas. Nenhum dos quatro candidatos falou em reforma agrária, a diferença é que eu sei que Lula vai promovê-la. Todos falaram em desatrelar nossa economia do FMI, a diferença é que sei que Lula falava sério. Como não acreditar e aplaudir a perseverança desse ex-metalúrgico e o gigantesco esforço que teve de fazer para chegar onde chegou sem maiores concessões?

Nunca tivemos um presidente brasileiro, nunca tivemos um pobre, alguém que teve de pedir emprego, andar de ônibus, sentir a dor de uma unha encravada, na chefia do Executivo. O povo foi imbecilizado pela ditadura, e pela TV Globo, por Sarney, Collor e Fernando Henrique (que nada mais fez senão cumprir *ipsis literis* as ordens do Consenso de Washington e vender a Vale do Rio Doce, a empresa mais rentável do país) e a única ideologia da classe média foi sempre a de escapar do proletariado. Pois Fernando Henrique conseguiu fazer um governo tão ruim que a classe média voltou-se para a esquerda enquanto Lula passou a fazer um discurso mais coerente com a realidade. Juntaram-se a fome e a vontade de comer, no bom sentido, é claro.

Estou convicto de que o homem nasceu para ser livre e feliz. Se conquistar a liberdade poderá usar todo o seu potencial para a arte, a cultura, a cordialidade e o amor. Dificilmente, um homem assim se deixará seduzir pelo infantilismo doentio do poder".

Agora, prestem bem atenção ao que escrevi nove meses atrás enquanto esperava o socialismo nascer: "Por outro lado, só peço à esquerda, agora, que não tente fazer com Lula o que fez com Jango, exigindo o impossível – naquele momento – e empurrando-o para as baionetas militares. Lembrem-se do que uma falsa esquerda, grande parte do MIR, aprontou para Allende no Chile. As reformas virão gradualmente e, se me deixarem continuar escrevendo, estarei aqui para elogiar os acertos e criticar os erros.

Primeiro vamos dar comida, casa, educação, saúde, transporte e emprego para os brasileiros. Não há por que duvidar disso, pois meu sonho se concretizou: temos um BRASILEIRO na Presidência da República".

Pois é: disse que a esquerda havia se precipitado e que com suas pressões levou Jango para o golpe. Houvesse esperado um pouco teríamos eleições e ou Brizola ou Juscelino ou até mesmo Carlos Lacerda seriam eleitos presidentes. O candidato poderia não ser do gosto de todos mas teríamos algo parecido com democracia. Jango queria fazer o que prometera, levar avante o legado de Getúlio. Lula, entretanto, age como um homem que tem compromissos com a direita e não com o povo que o elegeu. O que acham que o povo sul-africano faria com Mandella se ele logo depois de eleito mantivesse o *apartheid*?

Hoje leio em *O Globo* que a "ofensiva dos movimentos sociais está incomodando Lula; que a radicalização dos aliados – segundo José Genoíno –, como é o caso do MST, pode criar na sociedade uma imagem de que o PT não tem autoridade para governar o país. O presidente do PT acha que os movimentos sociais cometem suicídio se creem que Lula pode resolver demandas sociais que se arrastam há décadas sem solução". Mas é cinismo demais. Lula é o presidente e chefe das Forças Armadas. Acreditávamos que ele e seus ministros quisessem realmente botar os ladrões da cadeia, desprivatizar o que foi privatizado, fazer a reforma agrária, mas o que vemos agora é um governo subserviente ao Consenso de Washington e obediente ao FMI. Lula já deu um tapa na cara dos seus eleitores ao colocar no Banco Central um homem do BankBoston e no ministério da Agricultura um latifundiário. Agora, se quiser se penitenciar e fazer a reforma agrária bastam três medidas: 1) convocar as Forças Armadas; 2) comprar pelo valor declarado pelo latifundiário o seu latifúndio improdutivo; 3) recensear os camponeses, criar silos, e armazéns que levem o produto do agricultor ao consumidor e, finalmente, distribuir as terras dando a cada um de acordo com sua necessidade. Seríamos o maior país agrícola do mundo e nos libertaríamos para sempre dos grilhões que nos mantêm escravos. Isso ainda é possível, pois a maioria do povo continua ao lado do operário. O que se pede ao operário é que não se afaste do povo.

Finalizo o artigo de hoje com o trecho de uma carta enviada por Xavier de Maistre ao Cavaleiro de Saint-Réal no princípio do século 19: "Não sei o que é a vida de um patife, pois sou um homem honrado e a vida de um homem honrado é abominável". É isso aí, Lula lá e eu aqui: honra é como fósforo. Só serve uma vez.

P. S.: Caro Lula, sei que Lenin saiu de moda no PT, mas guarda esta frase dele que a valente Heloísa Helena deve ter no coração: "O homem inteligente é aquele que comete pequenos erros ao longo de sua vida mas é capaz de reconhecê-los, aprender com eles e assim evitar os grandes erros".

Vai começar a verdadeira novela da Globo!

Apesar de todo o seu poderio econômico, do fato de transformar qualquer atleta competente em estrela milionária da noite para o dia, os americanos não conseguem se distanciar muito de Cuba, em segundo lugar, nos Jogos Pan-Americanos, que a esta altura já devem ter acabado. Campeão de box peso pesado em diversos pan-americanos, Theophilo Stevenson foi convidado – contratos colossais que o transformariam num homem riquíssimo – para lutar profissionalmente nos Estados Unidos. Declarou que lutava por esporte e por Cuba e ficou na Ilha, onde, se ainda está vivo, deve estar ensinando educação física. Patriotismo? A palavra hoje está fora de moda, algo assim como Trouxismo. O que explica, então, o excelente desempenho da Ilha de Fidel, bem à frente do Canadá, do Brasil e da Argentina? Talvez Nataniel Jebão esteja certo. Segundo o CRONISTA SOCIAL, os atletas cubanos são açoitados, suas famílias permanecem como reféns do Estado e correm risco de vida caso os resultados não sejam os esperados.

Mas não era sobre isso que eu ia falar hoje. Ah, lembrei. Está aqui na agenda: "Escrever artigo sobre a morte do dr. Roberto". Deveria ter feito isso semana passada mas tive de viajar pelo Brasil dando palestras e garantindo o uísque das crianças. Por isso meu artigo já estava escrito quando o dr. Roberto subiu o Monte Olimpo para juntar-se aos seus pares. Além disso, depois que tantas vozes machas, varonis, sinceras, comovidas de paradigmas dos mais diversos setores (da agricultura à economia, da indústria ao comércio, da educação e cultura à imprensa, do clero aos partidos políticos, dos cientistas às modelos e galãs de novela) tão bem se pronunciaram, o que teria a lhes dizer este desprestigiado jornalista?

No prefácio de *Cesar and Cleopatra*, em verdade um excelente ensaio sobre teatro, Bernard Shaw, irônico mas não tanto, pergunta "*Better than Shakespeare?*". Era um modo de dizer que achava a sua peça melhor do que *Cesar and Cleopatra*, de Shakespeare. Não era. O irlandês morreu em 1950 com 94 anos e deixou seus direitos autorais para a composição de um novo alfabeto da língua inglesa, o *quick writing*. Tinha, entre outras, a meta de superar o bardo. Mas ele era apenas Bernard Shaw. Não era um dr. Roberto, o homem que atingiu todas as suas metas. Pensei que o empresário brasileiro não morreria nunca ou que pelo menos jamais saberíamos de sua morte. A família o manteria congelado até que surgisse uma cura para o mal que o afligia, a idade. Ou – conjeturei – arrumariam sósias que se revezariam no comando de modo a demonstrar ao público telespectador que a empresa de comunicação continuava dirigida por um gênio. Isso, é claro, facilitaria qualquer tipo de transação, pois não se brinca (sei do cacófato) com o dr. Roberto. Os que tentaram brincar e não pediram desculpas publicamente se deram mal. Os que pediram desculpas, como Antonio Carlos Magalhães, Paulo Francis e Armando Falcão, foram perdoados.

Confesso que o espetáculo foi além das minhas expectativas. Nem Gandhi, Churchill, Madre Teresa de Calcutá, Valentino, Chaplin, Marylin Monroe, a rainha Vitória ou Kennedy, para citar algumas poucas celebridades, foram tão louvados. Os jornais republicanos, cadáver ainda fresco, caíram de pau no priápico marido de Jacqueline. Já em relação ao dr. Roberto, nenhuma voz destoante. Ninguém que dissesse: "Um dia ele me olhou meio feio" ou "Um dia vi ele cuspir na calçada". Nada, nenhuma nódoa, nenhum vício, nenhuma jaça. Logo ele que concordava com Nelson Rodrigues de que toda unanimidade é burra.

Para Horácio Láfer, presidente da FIESP, "na parte que lhe coube, o dr. Roberto mostrou que o primeiro mundo também é aqui". Para Cristovam Buarque, atual ministro da Educação, "teve a sensibilidade de dizer que a educação dos brasileiros deve ficar em primeiro lugar". Já Antonio Ermírio de Moraes acha que "ele teve uma vida boa, cheia de realizações. Qual o homem que não gostaria de ter uma vida assim?". O jovem e riquíssimo Benjamim Steinbruch declarou que "a vida do dr. Roberto será um ensinamento para todos nós". Para Marcílio Marques Moreira, presidente da Associação Comercial do Rio, "ele continuará sendo um exemplo para todos os jornalistas e todos os brasileiros". Para Lula, "ele deu uma contribuição inestimável para a comunicação brasileira". FHC disse "perdi um amigo de décadas". Para Palloci, ministro da Fazenda, "ele foi fundamental na constituição democrática do país". Para Serra ele "foi um homem muito importante para o nosso passado e presente". Para Gilberto Gil, ministro da Cultura, "ele deixou uma obra sólida; homem de quem a morte não tira nada". Para Miro Teixeira, ministro das Comunicações, "atuava com humildade e era um modelo de ser humano e empresário". Para Alckmin, governador de São Paulo, "quem faz História não morre", e para Rosinha, governadora do Rio, "ficará um grande vazio". Chorando, ACM declarou "era um amigo que me aconselhava como irmão mais velho". Para Sarney, "foi um grande patriota". Brizola, cujo partido, o PDT, pagava para que *O Globo* publicasse seus artigos, declarou "ele nunca me negou espaço". Zuenir Ventura informou que ao ser interrogado por um coronel na época da ditadura, este lhe teria dito que "a redação de *O Globo* é um antro de subversivos acobertados por

Roberto Marinho. Ele é igual a vocês". Thomas Dawson, diretor de relações públicas do FMI, disse que "para nós que trabalhávamos com o Brasil e seu povo, ele era um exemplo do que se pode alcançar quando se tem foco e determinação". Roberto Lessa acha que "ele resgatou a dramaturgia nacional". Para Paulo Coelho, "ele é um guerreiro da luz". Luiz Gushinkin, ministro chefe da Secretaria de Comunicação, declarou que "as homenagens são poucas diante de tudo o que ele fez pelo país". Para o escritor Moacyr Scliar, "ele foi o maior jornalista de todos os tempos". Para o Luiz Garcia, "é provável que ele tenha sido o primeiro jornalista a descobrir a vocação do veículo para o serviço do cidadão e para a educação da sociedade". Marco Maciel, Manoel Carlos, Luiz Eduardo Soares, Ciro Gomes, Zélia Gatai, Chico Anísio, Mário Soares e dezenas e dezenas de personalidades de todos os setores da vida social brasileira disseram coisas semelhantes. Enfim, em termos de Brasil, uma unanimidade não atingida ainda por Jesus Cristo, pois temos muitos ateus, budistas, judeus e hinduístas entre nós.

*

Não perguntaram a minha opinião mas como jornalista sinto-me na obrigação de dá-la. Eu gostava de Roberto Marinho, o homem. Era extremamente educado, gentil, cosmopolita, tinha classe. Era também um excelente patrão segundo me dizem os funcionários da Globo e de *O Globo*. Era um homem competente, discreto, um cavalheiro. Sendo capitalista inteligente, cuidava do bem-estar dos seus funcionários, como o faz um produtor de cavalos se quer corcéis vencedores. Ao contrário, por exemplo, de Adolfo Bloch – que mantinha os funcionários em constante terror, morreu sem pagá-los, foi roubado pelos parentes e deixou mais de dez mil cheques sem fundos contra o Banco do Brasil. Quando faleceu, como disse Millôr Fernandes, não deixou uma lacuna. Levou-a com ele. Não, nada tenho contra o homem Roberto Marinho. É claro que não poderia ter sido seu amigo, pois o poder exige vassalagem, mediocridade e subserviência. Qualquer poder. Do exercido pelo chefe dos porteiros de um edifício ao exercido pelo presidente da República que leva homens adultos e aparentemente responsáveis para jogar peladas na Granja do Torto todos os domingos.

Não tenho nada contra o homem e tudo contra as suas ações (fora do âmbito da empresa) antipatrióticas e reacionárias. Por que não começar logo pela verdade: foi o verdadeiro presidente do Brasil de 1964 até o dia da sua morte sem ter de se preocupar em exercer qualquer cargo, ao contrário de Berlusconi, hoje um dos homens mais odiados da Itália. Quem duvidasse disso sofria as conseqüências e acabava no limbo do olvido. Foi um dos principais organizadores do golpe de 1964, que vinha sendo cozido em fogo brando desde 1962, quando Jango lhe concedeu o canal quatro; cortesia que pagou com traição. Os primeiros contratos entre a *Time Life* e a Globo foram assinados em 62. Era importante para os Estados Unidos que o golpe futuro de 64 tivesse o apoio de uma grande empresa jornalística. Tão importante que Eisenhower, então no poder, chegou a nomear para embaixatriz no Brasil, nada menos que Claire Luce, mulher de Henry Luce, proprietário da *Time Life*. Ela foi vetada pelo Senado americano, o que provocou uma edição escandalizada de *O Globo*. O capital americano (30 milhões de dólares) acabou entrando apesar de uma CPI ter afirmado que os contratos feriam o artigo 160 da Constituição, que impedia a ingerência de poderes estrangeiros no jornalismo nacional. Houve a denúncia do que ia ocorrer: criação de uma rede nacional de televisão (coisa que não existia) para atender três objetivos: 1) busca de lucros, é claro; 2) mobilização da opinião pública em torno do golpe militar; e 3) uma cunha para o capital estrangeiro entrar no país. Baseado em firulas legais, Castelo Branco concluiu em 1967 que não havia nada de ilegal na transação.

A partir daí Roberto Marinho montou uma (sei do cacófato) máquina mais poderosa do que todas as instituições que ameaçava e chantageava, elegendo e depondo gente, de acordo com as Forças Armadas. Com seus bonecos falantes transformou o jornalismo televisivo em *show businness* e quanto ao resgate que fez da dramaturgia nacional, como disse Roberto Lessa, trata-se de um resgate mentiroso. No princípio, com suas novelas, não apresentou um Brasil real nem para brasileiros e nem para estrangeiros. Depois disso passou a ditar moda, vulgarizando o crime, o adultério e todo tipo de mazela. Acabou realmente transformando o meio em mensagem, como previu McLuhan. As coisas não apareciam na televisão porque aconteciam. Elas aconteciam porque seriam mostradas na televisão.

Roberto Marinho fez com que a imprensa se tornasse sócia do poder e assim construiu um império pessoal tendo como base – além da publicidade alienante – o dinheiro público. Seu modelo concentrador de renda acabou com culturas regionais e com a inocência infantil através de shows para crianças e pedófilos. Transformou os jovens em consumidores compulsivos, eventualmente criminosos. Além disso, foi o grande testa-de-ferro do capital espoliador. Jamais se incomodou com a Censura pois estava de acordo com ela. Quando a ditadura oficial acabou e começou a branca, vigente até hoje, pois – tenho quase certeza – Lula era o candidato confiável, colocou seu poder a serviço da direita. Apoiou Sarney, fabricou Collor e Fernando Henrique Cardoso. Quando Brizola candidatou-se a governador do Rio de Janeiro pela primeira vez, arranjou um computador que dava a vitória a Moreira Franco. Quatro anos mais tarde, vingou-se, jogando todos os seus cartuchos no mesmo Moreira Franco, que ganhou de Darcy Ribeiro por margem mínima e aproveitou para se tornar um homem riquíssimo deixando os cariocas mais vulneráveis e mais frágeis. Fez uma campanha brutal no rádio, no jornal e na TV contra os Cieps, que resultou em seu fechamento. Os meninos e meninas pobres (quase 250 mil), que aprenderiam cidadania nos Cieps e que se transformaram em marginais, podem agradecer sua condição às ações do dr. Roberto. As vítimas, as que estão vivas naturalmente, também. Devo falar do debate Collor X Lula onde, à última hora, apareceu uma mulher paga para dizer que Lula a tentara induzir a abortar uma filha?

Por outro lado, o falecido foi elogiado por Brizola, Lula, Niemeyer e a família recebeu até um telegrama de condolências de Fidel Castro. Pode ser que eu esteja enganado. Pode ser que o jornalismo feito por Roberto Marinho, antinacionalista, privatizante, fabricante de fatos, tenha sido para o bem do Brasil. Pode ser que todas as campanhas da emissora nos últimos 35 anos contra a fome, contra o frio, contra a miséria – no momento trata-se de *Criança Esperança* – não tenham sido promovidas apenas para resolver problemas fiscais. Mas por que, então, apesar de todo o esforço, centenas de artistas envolvidos, pedindo doações, ainda somos campeões de injustiça social? Trabalhei na direção de programação da TV Globo em 1965 e depois de seis meses descobri que estava trabalhando contra o Brasil. Nunca mais passei na frente da loura platinada. A Globo mais do que uma emissora virou um clube, um partido político, e a maioria dos profissionais concorda que não fazer parte da sua equipe é quase um suicídio.

Todos os jornalistas e escritores entrevistados foram unânimes em dizer que o dr. Roberto era antes de tudo um jornalista. Não concordo. Ele sempre foi um empresário, um dono de jornal. Jornalista não distorce a notícia, não faz a notícia; ele limita-se a checar se ela é verdadeira e a publica. Jornalista, modestamente, sou eu.

P. S.: Informam-me que a situação financeira do império está abalada. Não acredito, mas se for verdade, teremos de observar bem de perto o desempenho de Lula. Grandes empresas da mídia concentradas em poucas mãos (como acontece nos Estados Unidos, por exemplo) são uma ameaça à democracia. Principalmente uma frágil como a nossa. Veremos se Lula entende que não se pode ter um sistema de comunicação que gire em torno de transnacionais e nem do governo. Se ele entender isso ou se não quiser entender isso, de qualquer modo, agora, sem Roberto Marinho, começará a verdadeira novela da Globo.

Finalmente, com toda a sinceridade, meus pêsames à família enlutada.

Às vezes os mocinhos também ganham na vida real!

Outro dia observei um homem de seus quarenta e poucos anos precocemente envelhecido. Vestia terno e gravata, sapatos gastos, mangas da camisa e do paletó puídas e uma gravata lisa e brilhante de tanto ser repassada. Era pouco mais de meio-dia e ele denotava cansaço. De onde eu bebia meu chope no balcão do botequim, pude ver o quanto ele hesitava entre empadas, pastéis, quibes e outros salgadinhos. Finalmente, depois de perguntar o preço de cada item se decidiu por um quibe e uma média. Acabou de comer, contou os trocados, hesitou novamente e recolocou-os no bolso. Foi embora. Ao sair do boteco vi-o sentado no banco de uma pracinha. Cotovelos sobre os joelhos e o rosto escondido pelas mãos. Essa cena de humilhação e vergonha ocorre milhões de vezes neste espaço geográfico chamado Brasil que chegou a ser nação por curto espaço de tempo e voltou a ser o que sempre foi. O homem é um dos milhões de prisioneiros políticos do país. Esses personagens são muitos: a moça que saiu de casa e acabou se prostituindo, a professora a qual o marido repudiou porque há mais de vinte anos não recebe um aumento e perdeu sua feminilidade, a velhinha que vive de favor na casa da nora pois sua aposentadoria não lhe permite nem um asilo decente, o garoto vítima da televisão e de uma sociedade que exige que as mães deixem de ser mães para serem caixas de supermercado e que resolve se envolver com as drogas, o aidético que não encontra hospital, o comerciário que está há anos esperando receber o dinheiro ganho na Justiça mas que o patrão simplesmente não paga. São todos prisioneiros políticos, reféns do sistema. A não ser que acertem na Sena – interferência clara de algum deus ex-máquina humorista – ou que, tendo talento, se dediquem à criminalidade, onde o risco de vida é constante, estão condenados a viverem como mortos-vivos, zumbis ofendidos e humilhados, vítimas de um poder invisível, de um sistema que os ignora e despreza. Por incrível que pareça para eles (enquanto não morrerem, não se suicidarem, não matarem alguém e conseguirem fazer alguns trocados) ainda há um mercado: o dos comestíveis podres, dos remédios que não curam, das camisas que encolhem, de casebres indignos de um cão, de pastores vigaristas que exigem dízimos sobre salários de fome e... é claro, os prazeres da televisão, da novela, do futebol e dos glamourosos anúncios publicitários. Se caírem na contravenção, acabarão esperando julgamento num dos nossos presídios, onde serão sodomizados e mortos. Por que isso acontece com milhões de brasileiros que enlouqueceram a tal modo que até mesmo para eles tal prisão em liberdade lhes parece natural? Deixarei vocês pensando sobre o assunto por alguns minutos.

Revi esta semana o belo filme interpretado e dirigido por Mel Gibson chamado *Coração valente*, que narra as aventuras do pequeno proprietário de terra William Wallace no século XIV na Escócia, país dominado pelo rei inglês Eduardo I e governado por pequenos clãs de aristocratas senhores rurais. Por causa desses canalhas que viviam do dinheiro que tiravam à força (impostos) dos camponeses que trabalhavam em suas terras, a Escócia jamais conseguia tornar-se um reino pois a maioria dos barões feudais eram capachos do rei da Inglaterra, os verdadeiros traidores da pátria. Quando algum agricultor casava, o dono das terras – caso a moça fosse bonita e ele se interessasse por moças – exigia o direito da primeira noite. Wallace rebelou-se contra esse costume e a mulher com a qual casara em segredo foi assassinada pelo latifundiário. Na luta pela liberdade, ele reúne um exército e – tal qual Spartacus em relação a Roma – rebela-se contra a Inglaterra. Vence várias batalhas, chega a invadir York mas é traído pelos chefes de clãs, torturado e rasgado em pedaços por quatro cavalos. Spartacus foi crucificado, como Wallace, sem pedir misericórdia. É sempre assim.

No Brasil nunca saímos dessa situação. Sempre – com exceção de 1950 a 1954 e de 1961 a 1964 – fomos colônia. Portugal, França, Inglaterra e Estados Unidos. Pior do que os colonizadores, mais cruéis, mais déspotas, mais despidos de coração e caráter eram e são os seus capachos, aqueles para os quais pátria é o lugar onde se ganha dinheiro para mandar os filhos estudarem em universidades européias e americanas e passar as férias em Miami. Os filhos aprenderão novas técnicas de roubar dos brasileiros e nada mudará, pois o sistema não admite mudanças. Esses capachos do FMI vocês os encontram nas transnacionais, nos bancos particulares, no Banco Central, nos ministérios. Como acontecia na Escócia do século 14, o Brasil não é um país independente porque sua elite econômica e financeira não quer que ele seja independente; não é negócio para ela. Nem somos mais sofisticados do que os escoceses; apenas os crimes contra o povo ocorrem sob um manto de falsa legalidade. Qual o patrão que, se quiser comer a noivinha funcionária que ganha um salário mínimo, não a come? Qual o contador que não é despedido se não concordar com os roubos do chefe? Os lacaios são os privatizadores, os banqueiros que gastam milhões de dólares em propaganda e emprestam aos ricos o pouco dinheiro dos pobres para depois exigir subsídios governamentais. Essa gente, essas caricaturas de seres humanos – políticos, proprietários, empresários, latifundiários, banqueiros e seus capachos –, atores, jornalistas, jogadores de futebol, modelos, entrevistadores –, esses criminosos são a nossa elite e enquanto não acabarmos com eles continuaremos caminhando sem pernas, pensando sem cabeça, amando sem coração e obedecendo como uma boiada. Bois ou homens, o destino é o mesmo: matadouro, com a diferença de que o boi é mais feliz pois desconhece seu destino.

Do Executivo sabemos o que podemos esperar. Ele executa em causa própria em função de parentes e amigos e, claro, cumpre as ordens do FMI, caso contrário não estaria no poder. Para poder fazer o que quer precisa da aprovação do Congresso e o Congresso (da câmara municipal de Rio da Cevada ao Senado) aprova o que o Executivo mandar desde que receba cargos e possa distribuí-los entre parentes e amigos. O Judiciário (com exceção de alguns jovens procuradores, juízes, corregedores e desembargadores isolados) só declara sua independência quando alguém quer mexer nos seus salários e mordomias. Os partidos políticos esfacelaram-se de tal forma que o programa de esquerda de um serve para a direita de outro. Há, finalmente, a imprensa que denuncia quando um dos lados paga mais alto. E os jornalistas em suas belas colunas, com nome, retratinho e tudo, que tentam convencer os leitores de que alguma coisa de sério se passa no país? Tem alguns que escrevem até direitinho e fingem se indignar com a patifaria. No dia seguinte, porém, numa noite de autógrafos, numa *vernissage*, numa palestra, são apresentados ao patife e acabam por achá-lo simpático. Sou um homem tosco, rude e sem ilusões. Às vezes bebo um pouco demais porque meu coração não quer admitir sua impotência. Consolam-me as cartas que recebo (a maioria via internet) que fazem-me crer que (e o *humour*? – como dizia Carlos Drummond de Andrade) nem tudo está perdido.

Há uma turma da pesada na internet – cito de cabeça –, Luiz Horácio, Miguel Arcanjo, Jean Scharlau, Antonio Carlos Poerner, Armando Rozário (capitão do time), Nelson Santos, Miriam Giambiagi, Habib, Felipe Gaschein, Mariluce Correa Ramos, Jorge Mourão, Mário Foz, Fernando Toledo, Rosegarden, Márcia Frazão, Osório Silva Barbosa Sobrinho (de quem ainda falarei neste artigo), Nilvo, Pedro Gabrielli, Claudio Pitton, Marcello Salles, Reginaldo Moschen, Francisco Juska Filho, Rafael Golrdkorn, Ester Ramos, Gervásio de Paula, Lionel Remigio, Ike Soares, Luiz Horácio, Alexandre Vaz, Daniela Alexandre, Walter Bonifácio, Bruno Otonni, Aristóteles Cardona Júnior, Osvaldo Gomes, Diogo Rios Monteiro, Claudia Zardo, Hugo Marcos Fagundes, Everi Carrara, Geraldo Lopes, José Ronaldo (o terror das privatizadas), Liliana Ribeiro, Sérgio Reisch, Marco Rocio, Giovani Piedi, Ricardo Godinho, Renato Corrêa, Daniel Ludwich, Regina Cappellinni, Augusto Mauro Caruso Franca, Juliano Martins Lima, Luiz Mariano, José Aníbal,

Anselmo Catarina, Elder Cardoso de Oliveira, Jorge Alberto Benitez, José Arlindo A. Salgado, Vinícius Santini, Chu Arroio, Homero Ottoni Netto, Antonio Buere, Janio Ribeiro, Marcos Tayude Petillo, Deborah Felizarda Câmara, entre outros. Essa turma de jornalistas profissionais e amadores que me escreve com freqüência é de primeiro time. Se um dia decidirem se juntar e fazer um sítio, contem com o velho aqui. Hoje em dia acredito neles e no MST. E volto ao artigo que tão rudemente interrompi.

Não vou cansar a paciência dos leitores enumerando as canalhices praticadas pelo poder. Para sintetizar diria apenas que se houvesse um dique separando Brasília do resto do país e alguém fizesse um buraco de razoável circunferência nesse dique acabaríamos todos sujos de merda e sangue. A última gracinha foi cometida por um jovem capitão hereditário, Jutahy Magalhães, do PSDB (neto daquele cearense que já foi dono da Bahia e que disse a bela frase "o que é bom para os Estados Unidos é bom para o Brasil" e estava sendo coerente com seu caráter). Pois o Jutahizinho, tão parecido com o ACM neto, este do PFL (alguma diferença?), teria apresentado à Câmara um projeto de lei segundo o qual o Ministério Público fica proibido de investigar atos de corrupção do presidente, do vice, dos governadores, dos prefeitos, dos senadores, dos deputados federais e estaduais. Era o que faltava para legalizar a bandalheira.

Desde garoto associei o jornalismo a duas palavras: verdade e povo. Os jornais (embora hoje pareçam estantes de supermercados) são relativamente baratos e neles – pensava eu – o povo poderia encontrar orientação e armas de defesa contra o poder. Hoje, com as exceções conhecidas e os casos individuais que citei da internet, isso é uma piada. Por que continuo, portanto? Primeiro porque preciso trabalhar e segundo porque o *Pasquim 21*, como o foram *Bundas, O Pasquim* e *Tribuna Socialista*, não me obriga a dizer o que pensa o proprietário. Não lamentei a morte de Roberto Marinho (o ex-presidente vitalício) e acho que Gerald Thomas deveria mostrar a bunda em Bangu II para ver o que é bom para a tosse. A razão principal, porém, de eu ficar qual Erico Verissimo na estrada escura riscando fósforos e fazendo uma luz para que os crápulas não possam cometer suas monstruosidades no escuro, é porque às vezes o jornalismo dá certo; às vezes ele serve ao bem da sociedade. Duvidam? Então leiam o próximo parágrafo para verem se estou brincando.

Osório Barbosa me honra sendo meu leitor. Outro dia enviou-me uma cópia da confirmação de uma sentença dada pelo procurador regional da República da 5ª Região, com sede em Pernambuco, Domingos Savio Tenório de Amorim. No relatório enviado ao desembargador federal ele confirma a pena de prisão de três anos e seis meses para Roberto Lacerda Beltrão, proprietário da Usina Bulhões, que deixara de recolher FGTS de seus funcionários de abril de 92 a abril de 95. Os advogados do empresário alegaram tecnicalidades jurídicas e foram arrastando o processo com a barriga. O procurador Amorim provou sonegação com dolo ao declarar em seu despacho que a usina em questão dispunha de (pasmem) um ativo de 5.834.679.794,01 reais, ou seja, cinco bilhões, oitocentos e trinta e quatro milhões, seiscentos e setenta e nove mil, setecentos e noventa e quatro reais e um centavo. Para reforçar seus argumentos, o procurador Amorim citou trechos de meu artigo. Disse ele: "(...) *Apesar do claro propósito de exagerar no protesto contra o fato, merecem meditação as seguintes palavras do jornalista FAUSTO WOLFF, a saber:*

Comecei este artigo falando de genocídio e depois mudei de assunto para deixar o item para o final do cardápio. Sou contra a pena de morte, menos para os genocidas. Na minha opinião, ladrões como os do Banestado, do Propinoduto deveriam ser fuzilados em praça pública, pois são genocidas. Quem rouba o dinheiro do povo provoca morte, miséria, delinqüência, desemprego, divide família, coloca marido contra mulher, pais contra filhos. Gente que rouba centenas de bilhões de dólares (como em alguns poucos casos isolados) condena à morte e à miséria milhões de pessoas..." (*Pasquim 21*, nº 68.).

E Domingo Sávio Tenório de Amorim, que honra a justiça brasileira e me enche de orgulho de ser seu contemporâneo, continua:

"A culpabilidade é intensa, mesmo porque se sabe que a sonegação fiscal tem como efeitos a miséria, a fome, a mortalidade infantil, a marginalização etc., como bem delineado anteriormente pelo jornalista FAUSTO WOLFF, de tal sorte que a reprovabilidade social da conduta deve ocorrer em altíssimo grau, com isso também demonstrando-se a imensa repercussão social do delito (conseqüências). O objetivo financeiro também é evidente, desde que, para manter o padrão de vida dos proprietários da empresa, o réu sacrificou os recursos destinados à sociedade, no seu todo, especialmente para aqueles que deles mais necessitavam, o que deixa antever, antes de tudo, uma imensa falta de consciência ética. É verdade, no entanto, que o princípio da presunção da inocência não se compatibiliza com o reconhecimento de péssimos antecedentes criminais em relação àqueles que, mesmo respondendo a inquéritos e/ou ações penais, ainda não foram condenados. (...)

Reduzida, no mesmo quantitativo da sentença, por força da atenuante reconhecida, resulta em 3 (três) anos, de tal sorte que, aplicando-se a mesma fração pela continuidade delitiva também acatada (1/6), termina na pena definitiva de 3 (três) anos e 6 (seis) meses.

3 – Pelo exposto, opina esta Procuradoria Regional da República no sentido de ser o recurso parcialmente provido, reduzindo-se a pena definitiva para 3 (três) anos e 6 (seis) meses de reclusão".

É isso aí, leitores, é desgastante, angustiante e paga pouco essa profissão quando exercida com dignidade mas de vez em quando os mocinhos ganham. Não fale em apelações, não argumentem, não digam nada. Deixem-me sonhar que um ladrão rico vai para a cadeia e que fui um pouco responsável por isso.

Cinema, a maior diversão!

O Brasil brilha no exterior. Em compensação por aqui as coisas vão ainda melhores. Temos a maior concentração de renda e riqueza do mundo mas em compensação o nosso PIB também é dos maiores do planeta. A coisa é mais ou menos assim: nove pessoas não comem e a décima gasta mil dólares no jantar. Nosso governo também é dos maiores construtores de obras públicas. Pena que uma em cada cinco esteja em situação irregular, o que, como se sabe, significa pouca obra e muita comissão. Como somos modernos, liberamos os transgênicos correndo o risco de ver nascer uma geração de idiotas genéticos. Finalmente, para poupar espaço, coisa que praticamente não temos (tudo tem dono), colocamos 548 adolescentes na FEBEM paulista num lugar onde mal cabem sessenta e dois. Esses 548 adolescentes viveriam folgadamente e muito bem na fazenda do ex-presidente Fernando Henrique Cardoso. Como, com exceção da morte do cavalo, *tout va très bien madame la marquise* em solo verde-amarelo, vou mudar de assunto. Ah, ia esquecendo: morre mais gente de fome, faca e tiro todos os dias no Brasil do que no Iraque. Mas quem se importa com isso?

Nunca na História do Mundo houve tanto acesso a informação; nunca os meios de comunicação tiveram tantas possibilidades de manter-nos bem informados sobre tudo como hoje. Por outro lado, desde Gutenberg jamais tivemos uma imprensa pior do que a atual. Por que, minha senhora? Porque a grande imprensa está na mão de alguns poucos conglomerados globais; porque a grande imprensa quando não é sócia do poder político e econômico depende dele para sobreviver. Se amanhã a grande imprensa descobrir que famosa marca de refrigerantes vicia e causa danos cerebrais, essa notícia jamais será publicada. Se amanhã a grande imprensa descobrir que grande cadeia de *junk food* usa cartilagem geneticamente modificada como carne, essa notícia jamais será publicada. Por que, minha senhora? Porque essas duas grandes transnacionais são mais ricas e poderosas do que muitos países e compram jornais com a mesma facilidade com que compram deputados e senadores. Só na Ilha do Fidel que não mas um dia ainda a transformarão numa democracia como o Brasil e o Alto Volta.

É claro que existem milhares de *newsletters*, jornais alternativos, rádios comunitárias, jornais da internet como *Truthout*, entre outros. Quem quiser saber da verdade ou aproximar-se da verdade pode contar com eles. O problema é que quem procura a verdade é um público já esclarecido, uma minoria, e minorias não fazem revolução. Para 98% do mundo apenas mentiras ou verdades retocadas. A verdade é para poucos como bem sabem os jovens esquerdistas da minha mocidade. Eles pegavam subvenções estatais ou particulares e assassinavam Brecht num teatrinho para cinqüenta pessoas. Em compensação esses mesmos atores emprestavam (e emprestam) suas carinhas para fazer propaganda de produtos de transnacionais que nos mantêm economicamente de joelhos. É desses atores mesmo que estou falando, minha senhora. Os que aparecem na tela pedindo abrigos para o inverno, pedindo doações contra a fome, pedindo ouro para "o bem do Brasil". O que a grande imprensa jamais noticia é onde foi realmente parar o dinheiro doado pela classe média.

O maior show de incapacidade jornalística e investigativa do mundo ocorreu 11 de setembro de 2001 e nos dias e semanas e meses que se seguiram. Informações vitais para levar aos autores da explosão das torres gêmeas foram escondidas, camufladas, ignoradas e algumas estão fatalmente sepultadas, só verão a luz dentro de duzentos anos, ocasião em que saberemos também quem matou Kennedy e seu irmão Robert, quem matou Getúlio, Juscelino e Jango. Os autores da explosão sabiam perfeitamente que o mundo estaria pasmo demais e aceitaria o que quer que lhe fosse dito por uma imprensa cúmplice do poder.

No que diz respeito à explosão das torres, temos de nos fazer algumas perguntas: a) Bin Laden realmente existe e se existe a quem serve? b) Quem lucrou com o atentado? Bush ou os países árabes como o Afeganistão, o Iraque e a Palestina? c) Por que Bin Laden e seus terroristas escolheram um momento em que Bush Jr., graças às falcatruas em que se metera, estava com a reputação mais por baixo do que cocô em tamanco? d) Será que o interesse dos terroristas era reacender a chama patriótica que todo o americano diz ter dentro de si? e) Será que Bin Laden queria que Bush acabasse com o Afeganistão e fizesse o mesmo no Iraque? f) Por que a explosão ocorreu numa época em que a CIA estava praticamente desativada e a indústria armamentista passava por grave crise? g) Por que o atentado ocorreu exatamente quando o presidente era o filho de um ex-presidente e ex-diretor da CIA que sabia de todos os seus segredos? h) Se a família Laden e a família Bush tinham negócios conjuntos de centenas de bilhões de dólares, por que Laden decidiu atacar um aliado do seu pai? i) Por que Bin Laden, que serviu aos Estados Unidos para expulsar os russos do Afeganistão, voltou-se contra os Estados Unidos numa hora tão esdrúxula? Pensem nisso enquanto faço um parágrafo.

Agora lhes dou alguns fatos. Fato: minutos depois da explosão das torres, o governo informou que se tratava de obra (desobra, em verdade) de terroristas árabes. No dia seguinte já apresentava os nomes, endereços e fotos dos terroristas. Pergunta: se sabiam quem eram os terroristas por que não os prenderam antes?

Fato: os atentados ocorreram às nove horas da manhã, quando a grande maioria dos funcionários, patrões e empregados ainda não havia chegado, pois começa-se realmente a trabalhar em Nova York às dez da manhã. Pergunta: Bin Laden teria algo contra ascensoristas, porteiros, faxineiras, seguranças, *office boys* que estavam no local às 9 horas? Bin Laden quis poupar a vida dos grandes empresários americanos, os donos do capital, os quais culpa pela situação no Oriente Médio? Bin Laden marcou o atentado para as nove horas da manhã para matar o mínimo de pessoas possível? Ora, qualquer primeiranista de psicologia poderá dizer-lhes que o tabu é o homicídio. Quem mata dois ou três está preparado para matar dois ou três milhões. Ou será que Hitler estava preocupado com o número de pessoas que morriam em seus campos de concentração? Algo assim: "Três milhões já são suficientes, meu caro Himmler. Não poderia viver em paz com minha consciência se soubesse que morreram três milhões e uma pessoas". Matar o mínimo de pessoas interessaria, isso sim, aos americanos, caso eles houvessem planejado a explosão. Na remotíssima possibilidade de que fossem descobertos bem velhinhos e muitos anos depois, poderiam alegar razões patrióticas. A memória do mundo é curta como a vida do homem. Outro fato: a maioria dos mortos na explosão eram negros e imigrantes da América Latina, da África, dos países árabes. Pergunta: era eles que Bin Laden queria matar? Mas se o atentado houvesse sido cometido por americanos, matar negros pobres e imigrantes que pouco escândalo fariam na imprensa seria o ideal, não é mesmo? Fato não confirmado mas não desmentido: não se sabe de nenhum judeu que tenha morrido durante a explosão. Pergunta: não são os judeus que Bin Laden considera seus inimigos mortais?

Um fato não comprovado seria o de que ninguém – a não ser os autores, é claro – sabia dos atentados. Pergunta: por que, antes das explosões, já havia câmeras de TV dissimuladas e estrategicamente colocadas para que não se perdesse nenhum detalhe do grande evento? Outro fato não comprovado mas divulgado pelas autoridades americanas: os quatro aviões (os dois que se chocaram contra as torres, o que se chocou contra o Pentágono e o que simplesmente evaporou no ar) estavam praticamente lotados com passageiros. Pergunta: por que as listas de passageiros não foram divulgadas? Pergunta: por que não apareceu parente de passageiro algum chorando diante de qualquer câmera? Pergunta: teriam os aviões sido dirigidos por controle remoto, coisa perfeitamente possível hoje em dia? O cinema é a alma, o coração do americano, e o cinema, mais a TV, são armas de persuasão usadas pelo poder. Vou lhes contar, portanto, uma história cinematográfica. Um grupo de terroristas árabes resolveu explodir as torres gêmeas, o Pentágono e a Casa Branca. Pacientemente, esperaram até o dia 11 de setembro para poderem seqüestrar o avião Boeing 093 (que explodiu as torres) e o Boeing 011 que falhou ao tentar explodir o Pentágono. Os terroristas queriam os aviões com esses números para lembrar o distinto público que em 93 uma bomba explodiu na garagem de uma das torres e que 011 no avião marcava o dia do atentado. Depois disso ludibriaram a polícia americana – certamente estavam disfarçados de suecos –, armados apenas com facas realizaram ao mesmo tempo os seqüestros mais espetaculares já ocorridos no mundo. Pergunta: os terroristas árabes são idiotas, leitores de gibi que em vez de simplificar procuraram complicar as coisas? A verdade me parece ser a seguinte: ao contrário do que ocorre sempre, nenhum grupo terrorista assumiu a autoria e isso era fundamental para o governo americano, pois poderia (como fez e continua fazendo) procurar terroristas em qualquer país que lhe interessasse. Em vez de caçar um grupo se dá ao luxo de caçar terroristas indiscriminadamente. Fato: algumas horas após o atentado, conhecido jornalista brasileiro e sionista dizia na TV Educativa: "É preciso exterminar o terror onde o terror estiver". Bush só diria essas palavras (produzidas antecipadamente por agências oficiais de notícias e enviadas a todas as embaixadas) no dia seguinte.

Fato curioso: os países de língua inglesa invertem mês e dia. Desse modo 11 de setembro, ou seja, 11/9, é escrito 9/11. Para quem não sabe, 911 é o número adotado nos Estados Unidos quando você quer informar uma emergência.

Fato: a área onde estavam as torres era deficitária economicamente. Fato: as torres foram construídas de modo a desabar verticalmente no caso de uma implosão. Fato: além das duas torres também implodiu verticalmente – embora não fosse construído de maneira a possibilitar isso – um terceiro prédio vizinho. Ora, posso concluir que o terceiro prédio atrapalhava os planos dos verdadeiros terroristas. Quando as torres caíssem ele simplesmente explodiria para todos os cantos matando gente num perímetro de um quilômetro. Se, como declararam as autoridades americanas, o prédio caiu como teria caído sob o efeito de um terremoto, por que só ele caiu? E por que caiu tão elegantemente?

Enfim, leitores, para burros os americanos não servem. A queda das torres gêmeas resolveu vários problemas: Bush voltou a ser popular e os americanos, bem como quase todo o mundo, comoveram-se com a situação. Limpou a área das torres, onde agora será construída uma praça? Um monumento? Não. No mesmo local será construído o maior edifício do mundo. O atentado permitiu que os americanos ignorassem a ONU, invadissem o

Afeganistão, invadissem o Iraque e arrumassem uma carta branca para invadir qualquer país onde suspeitem que haja um terrorista. Graças ao atentado também a indústria bélica e petrolífera americana está funcionando a todo o vapor e os agentes da CIA e do FBI estão como o diabo gosta. Permitiu que o Congresso aprovasse o *Patriotic Act* que acaba definitivamente com o mito da democracia americana e impede que qualquer pessoa possa fazer pipi em casa sem correr o risco de ser filmado. Os americanos que usaram armas nucleares na Iugoslávia e no Iraque (os cogumelos são característicos dessas armas) só não conseguiram resolver um problema: o dos gases tóxicos produzidos pela explosão das torres e que continuam fazendo vítimas. Isso é perfeitamente compreensível, pois a CIA não poderia aparecer em Wall Street no dia anterior à explosão, distribuindo máscaras contra gases. Aí seria bandeira demais.

Mas voltando à vaca fria: o terrível é que tudo o que escrevi acima a grande imprensa poderia ter escrito nas primeiras semanas após o fato. Não o fizeram. É patriotismo demais.

P. S.: Por falta de espaço deixo de falar da palhaçada que foi a história do avião de papelão que caiu contra o Pentágono sem deixar vítimas. Um dia desses volto ao assunto. As palavras, se não me engano, de Thomas Jefferson – "É preferível um país sem governo a um país sem imprensa" – não devem ser levadas a sério quando a imprensa é o governo.

Realidade & Ficção

Dentro do espaço do meu apartamento sou um homem livre enquanto não atrasar o aluguel. Como vivo do que escrevo pouco saio à rua. Estou envelhecendo – segundo o espelho – e boa parte dos meus amigos já morreu. Confesso que não entendo os cinqüenta vocábulos utilizados pela juventude e nem compreendo suas músicas que quando não são ruídos alienígenas falam de eqüinas potocas e grainhas. Vi uma novela e juro que temo pela saúde mental de quem as assiste freqüentemente, como o governador de Pernambuco Jarbas Vasconcelos. A televisão sustenta-se sobre um trípode: mentira, subserviência e vulgaridade. A mim quando não me entedia dá nojo. Certamente, se fosse um telespectador compulsivo já teria matado alguém. Os jornais têm um acordo de *morde-assopra* com o poder econômico e o poder político. Eventualmente algumas quadrilhas (propinaduto) são denunciadas antes de prévio entendimento com o poder. Os ladrões de colarinho branco pegam uma cadeia especial de onde saem em poucos dias por tecnicanalhices da lei que beneficiam os que podem pagar. A grande maioria do povo está tão desesperada à procura de emprego ou tão envolvida com o escândalo da semana que simplesmente esquece o escândalo da semana anterior. Para os ladrões de colarinho branco, tudo não passou de um contratempo. Como todas suas relações, não têm vergonha na cara e nem caráter. Fizeram o que deles se esperava, são espertos, admirados pelas próprias famílias. Tanto isso é verdade que quando, depois de roubarem por anos e anos o dinheiro do povo, arranjam uma nova amante, só então, reparem bem, só então são denunciados pelas esposas, que com o divórcio levam parte do butim. Graças a esse horror existencial que a elite me proporciona, escrevo e bebo em casa, com exceção das sextas-feiras em que vou ao Jockey ver os cavalinhos correrem. Compreendo-os melhor do que aos homens, conheço sua linguagem corporal, sei quando estão bem dispostos ou irritados. Jamais me traíram.

Minha mulher é psicanalista e sou um paciente privilegiado. Ela lida com crianças autistas, que por razões que não cabe aqui explicar se isolaram do mundo. Minha mulher e minha secretária são meu contato com o mundo exterior. A secretária me informa que os preços dos produtos de cozinha e de farmácia dobram todos os dias sem que isso afete a inflação. Com minha mulher ocorreu uma coisa interessante há pouco mais de ano. Por distração, em vez de pagar apenas uma parcela do seu cartão de crédito, ela pagou o total, o que zerou sua conta por uma semana. Ela fizera um cheque de trinta reais sem fundo que acabou num açougue na Penha. O dono do açougue mandou o cheque de volta para o banco e por um ano minha mulher ficou sem cartão de crédito e sem talão de cheque de um banco do qual era cliente há mais de dez anos. O cheque se extraviara e minha mulher foi à Penha pagar os trinta reais e recebeu um recibo do açougueiro mas esse recibo também se extraviou e o nome dela foi parar na SERASA, essa máfia que permite a meganhas musculosos recolher aparelhos domésticos que os pobres compram a prestação mas cujos juros não agüentam pois seus salários só fazem diminuir. Praticamente forçados pela televisão, os pobres compram tudo que é porcaria que os vendedores sabem que eles não poderão pagar e que logo estarão de volta nas prateleiras à espera de outros trouxas. Bem, todos sabemos como isso funciona, pois trata-se da nossa cultura: os bancos estão aí para explorar os pobres e emprestar dinheiro a quem não precisa.

Parei de telefonar quando surgiram as musiquinhas de espera e as gravações que passam uma série de números para perguntar a outras gravações. Desisti definitivamente quando um quinto robô informou-me que para saber o prefixo de Pernambuco eu teria de ligar um número de doze dígitos que na terceira tentativa estava ocupado. Por isso, agora minha rotina é simples: acabo de escrever, preparo o meu uísque e vejo filmes antigos (de preferência italianos) com Totò, Gino Cervi, Aldo Fabrizzi, Vittorio Gassman, Ugo Tognazi, Alberto Sordi, Marcello Mastroianni, infelizmente todos mortos, mas vivos na tela, me dão a impressão de que já houve uma época em que a vida era bela e a arte digna e não essa prostituta sedenta de dinheiro em que a transformaram. Mas até esse prazer me tiraram. Já explico.

Como minha vista piorara acompanhando a imagem sempre pior da televisão, fui ao oculista que me receitou óculos mais potentes e deixei de ir ao Jockey umas semanas para comprar um aparelho de DVD e o aparelho mais moderno de televisão. Eu que me virava com apenas um controle remoto agora preciso de quatro: um para ligar a TV, outro para ligar o DVD, outro para ligar o vídeo e um quarto para regular as cores e o contraste. A operação toda leva uns quinze minutos, e se eu errar uma instrução, não consigo ligar a TV. Outro dia tive de esperar minha mulher voltar do consultório para poder ver um filme. Desisti e embora passe o dia lendo e escrevendo, voltei à leitura depois do trabalho. Li o livro do Nani, *O bode negro,* e o de Chico Paula Freitas, *Café e Bar Ponto Chic.* Ambos são excelentes. Fiquem de olho pois em breve estarão nas livrarias. Falo para aqueles poucos que ainda têm dinheiro para comprar livros. Entendem por que ando meio triste?

É porque descobri que não estou livre nem na minha (enquanto conseguir pagar o aluguel) casa. Infelizmente, os advogados gerais da União de Collor, Fernando Henrique e Lula não gostam de mim. Se pagassem uma dívida que o Estado tem para comigo há quase dez anos e que já foi de 200 mil dólares e que hoje é de duzentos mil reais (porque não houve inflação com o real), eu poderia botar um pouco de liberdade no bolso e satisfazer meu antigo sonho de visitar as ilhas gregas para escrever *in loco* a minha versão da *Ilíada*. Como estão saindo dois livros meus – *O gaiteiro velho* nas próximas semanas e *1001 Noites* em abril do ano que vem, espero que 2% dos leitores do Paulo Coelho enlouqueçam e comprem as obras deste vosso desprestigiado jornalista. Não pensem que estou me queixando de barriga cheia. É claro que o porteiro do meu prédio é menos livre do que eu. A diferença é que ele ainda não sabe disso.

Agora estou chateado. Vocês compram um semanário de humor para se divertirem e são obrigados a ouvir as lamúrias de um velho ranzinza que não tem nem a simplicidade e a candura dos rapazes do *Manhattan Conection*. Vocês têm razão – como disse uma tia minha quando lhe sugeri que visse *Humberto D*: a vida já é o suficientemente dura para que tenhamos de sofrê-la no cinema. Vamos à ficção, portanto.

Noite de tempestade. A ação se passa em meados de 2001 numa ilha isolada – como todas as ilhas – do Caribe. Lá se encontram dois homens incógnitos, o representante de O COISO que chamaremos de Dr. S e o representante de um candidato à presidência de um grande país abaixo do Rio Grande que chamaremos de Sr. M.

Dr. S. – O Coiso chegou à conclusão de que seu candidato pode ganhar mas sem a ajuda dele também pode perder. Se ganhar sem a ajuda dele não leva e se levar cai. Nos Estados Unidos, Bush perdeu mas acabou ganhando porque tinha o apoio do Coiso. Vocês já tentaram várias vezes sem a nossa ajuda e se deram mal. Aquele rapaz cocainista anal tentou uma vez com nossa ajuda e se deu bem. Quis roubar até da gente e caiu. O partido de vocês cresceu e todos os líderes estão ricos e conseqüentemente mais realistas. Sabem que não podem dar soco em ponta de faca.

Sr. M. – E o que devemos fazer?

Dr. S. – O mesmo discurso sincero de sempre mas mais palatável à classe média.

Sr. M. – E uma vez no poder podemos fazer a prometida revolução social, acabar com a miséria, fazer a reforma agrária?

Dr. S. – Desculpa se estou rindo. É que governantes como os da Inglaterra, da Alemanha, da França, do Japão, da Espanha, do Canadá fazem o que O COISO quer; por que ele deixaria vocês fazerem o que querem, se é que querem? Com o fim do comunismo estamos vivendo uma Nova Era que sintetizo numa frase, *Obedece ou Perece*. A ONU não nos obedece? Não acabamos com os curdos, com os rebeldes iugoslavos, com a Guatemala, Honduras, Chile, Uruguai, Argentina, Peru, Costa Rica, Haiti, Filipinas? Você vai ver que dentro de algum tempo vamos acabar com o Iraque, a Síria, o Irã, a Coréia do Norte e quem mais se meter na frente do mercado e da livre iniciativa para quem tiver dinheiro.

Sr. M. – Mas assim seremos como a rainha da Inglaterra, que reina mas não governa.

Dr. S. – E ela não está satisfeita? Se não estivesse já teria pedido demissão. Vocês vão ver que o poder é bom: jatos que são verdadeiros hotéis cinco estrelas, viagens por todo o mundo sem gastar um tostão, festas que não acabam mais e o dinheiro que precisarem.

Sr. M. – Mas o povo que nos elegeu e a oposição que nos combateu não se revoltarão?

Dr. S. – A oposição sempre foi nossa, o senhor sabe bem disso. Quanto ao povo, estará tão desesperado atrás de um emprego que nem saberá o que está acontecendo.

Sr. M. – E os intelectuais? Os estudantes? A imprensa? O MST?

Sr. C. – A imprensa é nossa, a grande maioria dos intelectuais também. Os donos dos meios de comunicação, os donos das terras, idem. Aliás uma quarta parte das terras de vocês já foi comprada por nossos representantes. Para os estudantes e os camponeses vocês continuarão com o mesmo discurso de esquerda. Por exemplo: vocês farão a reforma tributária e a reforma previdenciária segundo nossas ordens mas passarão ao povo a impressão de que não poderão governar sem essas medidas. Pagarão a dívida externa mas explicarão ao povo que não são caloteiros. Nós, por nossa vez, entraremos com as transnacionais e daremos emprego a milhões de pessoas desde que as regras sociais sejam as nossas.

Sr. M. – Mas se eles desconfiarem?

Dr. S. – Estarão tão entretidos vendo novelas e filmes americanos que nem se darão conta. Aos que desconfiarem, vocês finjam uma medida realmente social como o Estatuto do Idoso mas não deixem a lei entrar imediatamente em vigor para que tenhamos meios legais para anulá-lo. O importante é que os ministros lutem entre si e que o presidente dê a impressão de que está lutando contra forças reacionárias. Pouco antes do fim do mandato aumentem o salário mínimo, distribuam algumas terras secas e serão reeleitos.

Sr. M. – Como seremos reeleitos?

Dr. S. – Até lá vocês terão apenas dois partidos, o de vocês e o do aliado de vocês, e acreditem, o candidato do partido aliado de vocês será um corruptaço, um capacho bem pior do que aquele turquinho, como é mesmo o nome dele? Vocês precisam aprender que nós vamos dominar o mundo através da força porque temos um poder militar assustador e vamos usá-lo em guerras preventivas para evitar qualquer desafio. Nós iremos dominar o mundo através da força e vamos assegurar que nunca haverá qualquer desafio ao poder dos EUA, porque temos um poder militar devastador e vamos usá-lo em guerras preventivas para ter certeza que desafio algum irá surgir. Essa é uma maneira de dizer: o que dizemos é o que vale. É claro que não gostaríamos de fazer isso com vocês, nossos aliados desde 1964. Vou lhe dizer uma coisa, dr. M., mesmo que vocês não aceitassem a proposta do COISO e ainda assim ganhassem a eleição, temos meio de controlar o candidato de vocês. Pode ser controlado pelos nossos mercados financeiros internacionais. O processo de liberalização financeira e privatização que foram impostos por programas neoliberais nos últimos 20 anos, principalmente nos últimos dez anos, fez com que seja extremamente difícil para ele fazer qualquer tipo de programa de reformas. Ele pode ir a Davos, pode se encontrar com esse palhaço do Chomsky, pode ir ao foro de Porto Alegre, fazer o que bem entender, desde que com a nossa permissão. E ele será aclamado por financistas internacionais. Porque eles sabem que podem impedi-lo de fazer as reformas por meio do controle dos mercados. Há muitas maneiras de controlar as pessoas que não existiam antes. Os Estados Unidos têm um poder militar devastador, nunca houve algo assim na História. E a União Soviética não existe mais. Quem se meter no caminho será estraçalhado.

Sr. M. – E qual a vantagem que levamos?

Dr. S. – Primeiro permanecerão no poder e ficarão cada vez mais ricos. Segundo, pouco terão para fazer, pois tudo será privatizado: saúde, educação, estabelecimentos penais, estradas, aeroportos, comunicações, eletricidade, água, enfim, tudo. Vocês emprestarão dinheiro às companhias deficitárias da mesma fonte de onde se tirou dinheiro até hoje, dos impostos. Ah, o COISO vai lhes dar uns presentes. Vocês farão parte do Conselho de Segurança da ONU, poderão brincar de foguete e de exportar urânio. O antecessor de vocês que tão bem colaborou conosco ganhou o Prêmio Fulbright. Para o candidato de vocês estamos guardando o Nobel. Que tal?

Sr. M. – Nem precisava tanto. Mas o povo não terá nenhuma oportunidade de progredir econômica e espiritualmente?

Dr. S. – Ora, rapaz, povo é povo. Até nos Estados Unidos e na Suécia existe povo. Ele progredirá aos poucos como os camponeses europeus que depois de algumas centenas de anos se tornaram artesãos e depois de mais alguns séculos burgueses até assumirem o poder. Mas isso não acontecerá agora. Até lá estaremos todos mortos. Então, o que digo para O Coiso, sócio?

Sr. M. – A alternativa é pior, não é mesmo?

Dr. S. – Pior que a morte.

Sr. M. – Diga ao dr. Coiso que nós topamos.

Dr. S. – Atitude inteligente. Assine aqui embaixo com sangue. E parabéns antecipados pela bela vitória que conquistarão. Ah, só tem duas coisas que o candidato vitorioso de vocês não pode dizer em momento algum.

Sr. M. (preocupado, pela primeira vez) – O quê?

Dr. S. – "Não pagamos" e "Não me deixem só".

P. S.: O que é que vocês preferiram? A realidade ou a ficção? Pergunto porque às vezes elas se confundem. Manjam, a arte que supera a realidade ou a realidade que supera a ficção? Esses troços....

* *Crônica familiar*. Belo e comovente filme de Valério Zurlini, que no Brasil passou com o título de *Dois destinos*.

Cronaca familiare*

Meu irmão Urbano foi o melhor ser humano que conheci. Foi também a pessoa que mais amei na vida. Era seis anos mais velho do que eu e de profissão vendedor. Trabalhava para uma multinacional e recebeu todos os prêmios que algum vendedor poderia almejar. Tinha uma mesa em sua casa modesta coberta de estátuas, medalhas e faixas. Apesar disso jamais o convidaram para vir ao Rio de Janeiro, jamais lhe deram um prêmio em espécie. Tal qual o Willy Loman de *A morte do caixeiro viajante*, de Arthur Miller (uma das duas tragédias escritas por um americano; a outra foi *Longa jornada de um dia para dentro da noite*, de Eugene O'Neill), envelheceu esperando uma recompensa. Quando achava que seria promovido aparecia um garoto dos Estados Unidos – seu chefe – a quem ele ensinava tudo e que depois de alguns anos voltava à matriz. Meu irmão que sempre me apoiou em minhas aventuras teatrais e jornalísticas era um homem simples, um bom pai de família casado com uma professora. Tiveram quatro filhos. Quando adoeceu, depois de mais de vinte e cinco anos de firma, deram-lhe um pé na bunda e um relógio folheado a ouro. Isso não o tornou uma pessoa amarga. Partiu para outros empreendimentos que naturalmente fracassaram como fracassam os empreendimentos de qualquer microempresário honesto. Achava estranho eu ser comunista, pois acreditava no sistema. Acreditava como hoje em dia acreditam, por exemplo, os motoristas de táxi que trabalham 16 horas por dia e se irritam quando vêem um menino fazendo malabarismos com laranjas no meio da rua para ganhar alguns trocados: "Trabalhar esses vagabundos não querem". Como se ter um emprego no Brasil fosse uma questão de querer. No Brasil quem trabalha é escravo e quem não trabalha é miserável ou corrupto. Mas meu irmão Urbano acreditava no sistema como Willy Loman, o vendedor de selas de cavalo acreditava no *American way of life* e morreu quando o filho do dono da firma que ajudou a criar o mandou embora com um relógio folheado a ouro. Meu irmão morreu de câncer aos 61 anos.

Não creio, porém, que tenha sido o câncer o maior agente provocador da sua morte. Certa vez, tentando vender seus produtos pelo interior do Rio Grande do Sul, entrou com seu carrinho numa estrada secundária. Numa curva, um menino de quatro anos soltou-se das mãos dos seus pais camponeses e surgiu à frente do carro do meu irmão e morreu na hora. Os pais do menino o absolveram imediatamente e na delegacia quem mais chorava era o meu irmão. Enquanto viveu mandou dinheiro todos os meses para o casal. A morte desse menino o transformou. Tornou-se um homem calado, taciturno, triste, muito triste. Quando alguém lhe falava no assunto lágrimas brotavam espontaneamente dos seus profundos olhos azuis. Jamais se perdoou por um crime que não cometera. Vivia se perguntando: "Que idade teria o menino hoje?". "O que estaria fazendo se eu não tivesse me metido por aquela maldita estrada?" Para homens honestos – e existem muitos no Brasil, apesar dos nossos políticos, dos nossos banqueiros, dos nossos latifundiários, dos nossos homens de negócios – a morte é um tabu. E foi assim que vi meu irmão ir definhando – cargas gigantescas de quimioterapia – até tornar-se um velhinho careca de trinta e poucos quilos. Quando não havia mais esperanças sua mulher e filhos decidiram acabar com o tratamento. Sua mulher, da qual ele foi o primeiro namorado, disse-me: "Quero ver meu marido bonito como sempre foi no tempo que lhe resta de vida". Ele voltou a engordar e morreu bonito cercado pela família. Eu que sou um covarde que não suporta dores morais – imaginem as físicas – teria gritado, implorado, chorado e talvez até mesmo me suicidado. Ele morreu como viveu: acreditando na vida. Para ele lhe bastaram os filhos, as duas viagens que fez ao Rio de Janeiro e uma à Alemanha – a grande aventura da sua vida – como assistente técnico do time de handebol da Sociedade Ginástica de Novo Hamburgo. Antes de morrer me disse: "Fui um homem feliz e além disso me realizei vivendo tudo o que você viveu". Pobre Urbano: tinha orgulho do irmão mais moço, o jornalista mais estigmatizado do Brasil. Mas isso eu não lhe contei, pois ele não entenderia como um homem que lutou tanto para escrever bem não podia trabalhar nos grandes jornais e nas grandes redes de TV.

Lembrei-me do meu irmão Urbano e do mais velho, Osvino, que trabalhava de dia e estudava de noite para formar-se advogado e acabou se formando com mais de quarenta anos, o único doutor da família depois de muitas gerações. Morreu de câncer aos 47 anos. Lembrei-me porque no dia 1º de novembro vai se casar minha sobrinha, Karina, filha da minha irmã caçula, a Sarinha. A mais jovem foi também a última a casar. São todos meus filhos como as minhas duas filhas. Não vou poder ir ao casamento porque não tenho dinheiro para a viagem até Lajeado, no interior do Rio Grande do Sul. Pensei muito nisso tudo ontem à noite e custei a dormir apesar das cinco ou seis doses de uísque. E chorei. Chorei por meus dois irmãos que se foram, chorei pelo que fizeram do nosso país e chorei principalmente por mim pois, como creio que já escrevi aqui, a vida do homem ignorante, e eu sou um homem ignorante, se resume em vaidade e autopiedade. Comecei a pensar na morte e compreendi profundamente a tristeza do Urbano depois do acidente. Matar alguém – mesmo que acidentalmente – transforma o homem para sempre. O homem que mata transgride o tabu que ainda se mantém o mais forte da humanidade. Tirar a vida de um homem é tirar a vida de um deus. É sentir-se pária como Caim, é marcar na própria testa, dentro do próprio coração, uma marca que dói para sempre; que nos distinge pra sempre dos outros homens. Se o homem não existisse, quem poderia criar algo mais maravilhoso capaz de enunciar mais pensamentos num momento que todos os computadores do mundo, capaz de escrever peças como Shakespeare, filosofias humanistas como Marx, romances como Cervantes, esculturas como Rodin, quadros como Van Gogh, poesias como Mario Quintana, sinfonias como Mozart, filmes como John Cassavetes? Esses homens que não citei ao acaso aproveitaram a vida que lhes foi concedida e a louvaram através da sua arte. Se existe algum deus além do homem, esses que citei, certamente quando chegaram diante dele, puderam dizer com orgulho: "Eu fiz a minha parte". E entretanto Shakespeare morreu pobre e quase nada se sabe além disso da sua vida, Cervantes quase morreu na prisão, aliás no mesmo dia em que Shakespeare embora jamais houvessem sabido da existência do outro, Marx morreu na mais extrema penúria num quartinho de um bairro pobre de Londres, Rodin morreu de frio esmolando ao governo um lugar para morar, Mozart morreu numa vala comum, Van Gogh enlouqueceu e se suicidou, Mario Quintana morreu pobre num quarto de hotel, despesas pagas por amigos. Por duas vezes esta feira senil de vaidades burguesas que é a Academia Brasileira de Letras (onde estão Sarney, Maciel e Paulo Coelho) lhe negou o ingresso. E Quintana, que pouco se importava com as glórias do mundo, queria mesmo era o jeton que os acadêmicos recebem para viver um pouco melhor. Finalmente, Cassavetes morreu jovem e estigmatizado por Hollywood por querer fazer filmes que falavam da vida, do homem e de como é ser homem e estar no mundo. São seres como esses que dão um sentido à vida e não os reis, os generais, os presidentes, os tiranos de um modo geral. Os verdadeiros heróis – como Jesus Cristo, cujo mais belo milagre foi acreditar-se filho de Deus – só são louvados depois que estão definitivamente mortos; depois que os canalhas têm certeza de que não retornarão.

E foi pensando na morte que cheguei à conclusão de que, em momento algum da humanidade, a vida foi tão desvalorizada. Jamais a humanidade se apresentou como se apresenta hoje: como uma patética meretriz, cheia de lantejoulas, rindo o riso fácil dos mercadores. A maior parte da humanidade hoje em dia não vive para a vida, para o milagre que é a vida, mas vive apenas para evitar a morte. E jamais a morte foi tão vulgarizada. Jamais se matou tanto na História do Mundo. As mortes que mais sentimos, entretanto, as que nos fazem chorar, estão na TV e nas telas dos cinemas e é natural que nos comovam, pois as histórias são prisioneiras de um tempo de ficção: em duas horas vivemos a vida dos personagens e nos comovemos com elas. Mas mesmo essas mortes fictícias não mais nos comovem porque – principalmente no cinema americano, nesse moedor de carnes e de ilusões – elas são tratadas como coisas banais. Um palhaço metralha quinhentas pessoas de uma só vez e depois assopra a metralhadora e esse canalha é o herói dos nossos filhos; esse palhaço – para citar apenas um mas outros virão – é o novo governador da Califórnia. Descrentes da política – que mais e mais vai se tornando empregada doméstica do poder econômico – os americanos resolveram eleger um herói de mentira, um produto de marketing, um idiota.

E, entretanto – que entretanto sangrento, meu Deus! –, no Brasil a situação é mil vezes pior. De 1964 para cá permitimos que roubassem a nossa cultura, a nossa música, o nosso teatro; permitimos que roubassem as nossas estatais, as nossas riquezas, as nossas terras, a nossa identidade. Há mais sentimento de justiça no coração de um menino de cinco anos do que nos corações de todos os juízes do mundo e entretanto nós matamos nossas crianças de fome, de tortura, através do trabalho escravo, da falta de educação, higiene, saúde e até mesmo através da prostituição. Tratadas como ratos as crianças que sobrevivem e reagem, depois de cristalizadas na mendicância, na miséria e na marginalidade, quando não são assassinadas, são presas em cubículos onde são exploradas, sodomizadas, torturadas e finalmente mortas. O ministro chefe da Casa Civil da Presidência da República, sr. José Dirceu, sabe disso pois declarou isso em alto e bom som. Passou, entretanto, a impressão de que não tem nada a ver com a situação; quem deve tratar desses problemas é a ONU, uma instituição a serviço dos nossos algozes, os Estados Unidos. Não estou querendo dizer com isso que a ONU (e todas as organizações que assim o entenderem) não deva investigar o que se passa nos calabouços da Justiça, muito pelo contrário. É triste, porém, ver o ponto a que chegamos.

Estive em algumas guerras e ouvi o testemunho de jovens soldados que mataram outros jovens soldados. Todos me declararam que jamais seriam os mesmos. O que mais me impressionou, entretanto, foi uma cena do filme *Cidade de Deus* (uma extraordinária e reveladora obra de arte como *Carandiru*), a cena em que um menino de menos de dez anos mata várias pessoas com um revólver e o faz se divertindo; como se aquelas pessoas, tal qual atores de cinema, depois de baleadas fossem se levantar e tirar a maquiagem de quetichupe. A este ponto chegou a associação do crime organizado de direita com um poder político e econômico cuja única ideologia é a ganância. Crianças pobres matam antes mesmo de intuírem o que é a morte.

A pior combinação, a mais terrível e cruel que possa existir, é a do poder com a ignorância. Bush representa essa combinação. Se a classe dominante mundial não se regenerar (não falo em ONGs sem fins "lucrativos") e se der conta de que o mundo não pode viver sem uma filosofia humanística (estou falando do marxismo sim e da sua adaptação aos diversos contextos geográficos e sociais), estamos marchando para a barbárie e o suicídio. Desta vez não sobrará uma barata para contar a história da nossa espécie, que pôs tanta destruição no ato de existir.

Lula e o PT – mas principalmente Lula por ser um filho do proletariado como eu e a maioria dos seres humanos – eram minha última esperança. Lula, embora trilhando o mesmo caminho do grande delinqüente, do campeão mundial da vaidade, Fernando Henrique Cardoso, quer que tenhamos fé. Não sou um homem religioso e sei que não se pode servir a dois senhores ao mesmo tempo. Meu negócio é acabar com os senhores.

P. S.: Como não sou nenhum segundo secretário do Itamaraty – talvez por isso nem mesmo *O Pasquim* jamais tenha ousado fazer uma entrevista comigo –, aí vai o nome da firma para a qual meu irmão trabalhava: 3M. Nunca soube que houvesse construído uma pracinha para cachorros no Brasil.

A morte bem viva na sala de estar

Às vezes sonho – noutras acredito – que alguém quer me matar. Não fiz nada que merecesse algo tão definitivamente drástico. Esses dois elementos, porém, estão sempre interligados – a magnífica usina de sonhos, que explicará a vida se lhe dermos uma oportunidade, e a morte, que nada mais é senão um jogo que ainda não aprendemos a jogar. Sonho que alguém quer jogar uma bomba sobre a minha cabeça, sonho que um jovem estudante vai me matar porque acha que comi sua noiva. Temo morrer numa fria madrugada num botequim sórdido implorando por um copo americano cheio de álcool. Procuro a culpa e não a encontro. Tenho uma profissão e uma missão que tento levar a cabo. Acho que a criação é a assassina da morte. Entretanto, os horríveis pesadelos que se acotovelam dentro do meu inconsciente (suspeito que seja o quarto maior da minha casa interior) insistem em me dar recados que se atropelam uns aos outros confundindo dramas e tragédias. O final, entretanto, é sempre o mesmo: estou na ponta de uma corda, contra um pelotão de fuzilamento, a cabeça esmagada por um trator, sangue envenenado por um escorpião. As muitas mulheres que amei, inclusive a minha mãe, procuram sôfregas um lugar na praça onde uma guilhotina separará minha cansada cabeça do meu velho corpo.

Há muitos anos escrevi um poema que só bem mais tarde descobri tratar-se de uma espécie de bilhete suicida: "*Tem um monstro, Deus Perigo, que eu mesmo fabriquei, ao moldar um inimigo que na alma aprisionei. É à noite, entre as sombras, que ele mesmo constrói, as sombras com as quais assombra, o medo que me destrói. Agora nos confundimos entre as neblinas da sorte. De tal modo nos fundimos que, confesso, já não sei se tenho medo da morte ou da vida que aprisionei*".

Minha secretária me traz os jornais do dia. Passo os olhos apenas por hábito, pois sei que encontrarei as mesmas notícias de ontem levemente modificadas e, como sou do ramo, antevejo as notícias de amanhã. Elas fazem parte de um programa estabelecido pouco antes de 1964 e do qual só se pode fugir através de uma revolução como a francesa ou a russa. Mas nosso povo foi torturado demais no corpo e na alma. Nossa classe média se desfaz juntamente com seus valores pois, finalmente, entendeu que foi enganada pelo mercado. Lula nada pode fazer. Acredito mesmo que ao firmar o pacto com o diabo – sertanejo matuto que era – pensava poder enganá-lo como o fez Daniel Webster. O diabo, porém, tem recursos de que não dispomos embora os tenhamos criado. Como vê o que gostaríamos de fazer vê também o que podemos fazer. Não fora ele – o diabo – uma invenção nossa. As únicas coisas boas que ocorreram neste país desgraçado foram as leis que protegem o trabalhador e há muito não mais o protegem e os Cieps que preparariam cidadãos e que hoje engordam ratos e baratas. Não há, portanto, por que fazer algum comentário político a sério sobre um governo que pede fé a um povo que está morrendo de fé. Do povo roubaram sua tradição, sua música, sua cultura, sua esperança. Alienado, louco, faminto, não fará a revolução. A classe média começa a perceber que foi roubada e enganada, não tem uma ideologia e tenta se apoiar num Deus no qual não mais acredita. Todos os dias recebo telefonemas de moças, senhoras, rapazes e homens que me oferecem cruzeiros turísticos, enciclopédias, novos planos de saúde, assinaturas de jornais e revistas. Pudesse, comprava-os todos, pois conheço a dor da humilhação e da rejeição, a dor dos que necessitam. Mas não posso, não tenho dinheiro. Os artistas transformaram-se em bufões do poder; os intelectuais também. Os meios de comunicação são sócios do poder. Ou vocês acham que este tímido artigo (que nem sei porque comecei e nem sei como terminarei) teria guarida nas páginas de *O Globo*? Na íntegra poderia ser muito útil a dezenas de milhares de pessoas. Na linguagem desodorizada do jornal já não mais seria um artigo meu. Não nos iludamos, portanto: só seremos um país feliz quando recuperarmos nossa arma de defesa pessoal – nossa cultura; quando formos tão fortes a ponto de regenerar a classe dominante e obrigá-la a nos devolver os bilhões de dólares que nos roubou. Qualquer outra tentativa de entregar o poder ao povo será quimérica. Será como acreditarmos que um homem e sua família podem viver dignamente com um salário mínimo; será acreditarmos que um policial que ganha 500 reais por mês tem obrigação de defender a vida de quem, sabe, rouba 500 milhões por mês. Já sou bastante crescido para sair à rua pedindo paz ao povo quando sei que ele é pacífico e só reage quando colocado no último canto da última esperança do desespero. Volto à minha crônica, portanto, que tem a ver com o sonho e a morte.

Deus, sempre que ele exista, tem nos dado algumas pistas neste mês de outubro. Às vezes os dias amanhecem com 14 graus, às cinco da tarde descem ainda mais mas por volta das nove já estamos novamente com mais de 30 graus. Isso, convenhamos, é um convite ao baile para bactérias, fungos, bacilos e vírus que ontem à noite resolveram fazer uma festa na minha garganta. Gripado, cabeça pesando cinqüenta quilos, músculos doloridos, nariz pingando, passos vacilantes, não consigo prestar atenção ao livro do Nani, *O bode de ouro*, nem no belo livro de Geraldo Maunis, *Os últimos dias de Nova Roma*. Nessas horas procuro refúgio nos filmes apresentados pela TV a cabo. Vocês sabem que ontem à noite, dos seis filmes, cinco tratavam de homossexualismo? Como soa falsa e hipócrita essa bandeira de querer transformar a pederastia numa virtude ou numa opção gloriosa. Não acredito que haja uma opção sexual. O que há é uma compulsão sexual da qual nem hétero nem homossexuais podem escapar da mesma forma que ninguém jamais conseguirá fazer um cavalo comer bifes ou um tigre uma salada de hortaliças. Num dos filmes, um menino de cinco anos perguntava ao pai se ele tinha um namorado. Será que a indústria cinematográfica e teatral acredita realmente que acabará com um preconceito propagando um outro; que conseguirá a paz mundial quando os gays estiverem no poder? Que tudo é uma questão de dar ou não o marquês de rabicó, como dizia o Francis? Alguns dos melhores atores do mundo foram ou são homossexuais exatamente por não carregarem seus maneirismos para a frente das câmeras ou para o palco. O grande Charles Laughton (o mais terrível capitão Bligh do Moutiny of the Bounty) era homossexual mas isso não transparecia em seus personagens heterossexuais. Sua esposa, a atriz Elsa Lanchaster, costumava dizer: "Quando Charles aparece lá em casa com sua cara de bunda de elefante e seus meninos, eu me limito a fazer-lhes uma torta de maçã e sair de casa para fazer compras". Perguntaram-lhe: "E você não fica irritada?". E ela: "Eu não. Detesto torta de maçã". Hoje em dia, porém, a maioria dos atores trazem seu homossexualismo para a tela e homossexualizam o personagem por mais hétero que ele seja.

A eleição de Schwarzenegger para o governo da Califórnia é uma demonstração de que a época dos grandes estadistas acabou. Hoje tudo é *show businness* e mau *show businness*. Atores, atrizes, jornalistas, escritores, cantores, cantoras, desportistas ganham milhões de dólares do dia para a noite e há uma fila de milhões de pessoas dispostas a vender o caráter, a vergonha na cara por um momento de sucesso e a conta bancária que vem com ele. Alguns poucos eleitos – mais por causa de agentes do que de talento – saem dos subúrbios do Meio-Oeste para as mansões de Malibu em pouco tempo e logo são esquecidos. A grande maioria, porém, passa uma vida inteira sofrendo, fazendo pontinhas em shows para oligofrênicos, e acaba na miséria ou num asilo. Aliás, a época dos grandes atores, do teatro como forma superior de arte, também foi mortalmente ferida pela globalização.

O cinema foi o fenômeno mais importante do século 20 e nos Estados Unidos serviu aos interesses do sistema sempre que requisitado. Isso, porém, não o impediu de criar uma ou duas gerações olímpicas de diretores, atores e atrizes. Em qualquer filme de 1930 a 1960, pelo menos, os atores tinham caras características e apresso-me em pedir perdão pelo meio pleonasmo mas a verdade é que o sujeito aparecia cinco minutos fazendo o papel de um garçom e você não esquecia da cara dele. Isso para não falar dos semideuses Chaplin, Oliver e Hardy, Buster Keaton, Barrimore, James Cagney, Glória Swanson, Joan Crawford, Betty Davis, Henry Fonda, Robert Mitchum, Gregory Peck, Jenniffer Jones, Burt Lancaster, Marilyn Monroe, Walther Mathau, Montgomery Clift, Paul Newman e, mais recentemente, os últimos dos moicanos, Jack Nickolson, Dustin Hoffman, Al Pacino, Robert de Niro. Quem nasceu em 1940, como eu, conhecia mais essa turma do que os próprios parentes, pois crescemos com eles, acompanhamos suas vidas, suas carreiras e finalmente a morte. É, nos anos 40, quando as moças e rapazes brasileiros queriam se chamar Mary e Joe, como os americanos escondiam bem os planos horríveis que tinham para o fim do século. Foram o cinema e posteriormente o vídeo e a TV que trouxeram a morte para dentro de nossas casas. Até a invenção dos irmãos Lumière, embora nos encontrasse mais frágeis, a morte não era tão popular por causa de dois fenômenos: Deus e o Céu eram certezas tão naturais como o ar que respiramos e os pintores da corte imortalizavam a aristocracia e os burgueses que, nos quadros, não ficavam nem mais velhos e nem mais moços. Podemos passar anos sem ver parentes e amigos mas dificilmente passar-se-á algum ano em que não vejamos John Wayne, Cary Grant ou Katharine Hepburn nas mais diversas idades, sempre vivos, sempre se movimentando, embora mortos.

Relendo o que escrevi até aqui decidi que ainda explorarei com mais vagar essa minha teoria do cinema como presença da morte viva em nossas existências. Não falo dos telejornais que apresentam violentas batalhas e pessoas mutiladas. Nem desse lixo que vulgariza a violência a cada dez minutos com explosões, cenas de horror nauseabundo, perseguições automobilísticas, incêndios etc. Falo da importância subliminar e da influência dos antigos astros e estrelas do cinema, principalmente americano, na sociedade do século 20. Eram jovens mas mais velhos do que nós e com eles convivíamos no dia-a-dia. Há alguns anos, numa semana, vi filmes de Lilian Gish, dos 16 aos 85 anos, e fiquei impressionado com a calamidade que o tempo causa em nossas caras e com Lilian ele até que foi bonzinho. O cinema cristaliza a nossa fragilidade temporal, nossa vulnerabilidade. Outro dia vi um filme – *No tempo das diligências* – e dei-me conta de que todos aqueles atores e atrizes, até mesmo as crianças que apareciam na telinha, já estavam mortos. Quando começamos a dizer "este ator é mais moço do que eu" ou "neste filme de 1920 só o bebezinho pode ser que ainda esteja vivo" é bom repensarmos nossos papéis de heróis, heroínas, palhaços ou vilões. Nós nos acostumamos com os atores, gostamos dos melhores, sabemos de suas vidas e quando morrem nos matam um pouco também. É quando corremos ao espelho e verificamos que, do quarto ao banheiro, envelhecemos 50 anos. O cinema, de uma certa forma, imortalizou a vida dinâmica, o que certamente não é consolo algum para quem morre e nem sabe por que viveu.

Nariz pingando, olhos entumescidos, mãos trêmulas (acreditem, bebi apenas dois gins-tônica hoje) e uma certa tristeza ignorante, deixo-os com um poema que fiz ontem:

"Não afirmo que não vou conseguir mas o rateio a meu favor é muito baixo. Músculos cansados, doloridos pela idade da noite me fazem berrar baixinho para o travesseiro da treva: 'Sei que vou conseguir'.

Alguém, um menino, uma mulher, um homem, um cachorro, talvez, me lembram de um dia em que ri de alguma coisa inteligente mas não fundamental. Uma coisa que disse entre uma tragada de Gitane's e um gole de vinho barato num trem que ia de Nápoles a Roma. Ou o tempo era outro, o cigarro Continental sem filtro e a cachaça Rainha num camburão que ia da Lagoa ao DOPS. De qualquer forma, foi ali no meio da frase responsável por aquele riso que presenciei o anseio da possibilidade de um ideal.

Como nunca fiz outra coisa na vida senão mover as peças do jogo, tentando harmonizar as do passado com as do futuro sempre no presente, com algumas certezas cambaleio.

Já não é mais a morte que me mete medo, é a possibilidade de morrer sem decifrar este maldito enredo".

P. S.: Insônia mais gim, acabei de ver uma pequena obra-prima do cinema americano moderno que espero sirva de lição para os malucos criadores de efeitos especiais que custam o orçamento de uma cidade brasileira de 500 mil habitantes. Trata-se de *Phone Booth* (Por um fio), dirigido por Joel Schumacher. Um homem dentro de uma cabine telefônica falando com outro (que não se vê) e que está escondido numa das centenas de janelas dos prédios circundantes e que o matará se ele sair do cubículo. Alguns pequenos deslizes psicológicos não chegam a prejudicar o incrível suspense abordando uma questão ética rara no cinema americano. Uma boa idéia realizada com talento, ritmo e música circunstancial eletrizantes e alguns poucos milhares de dólares. Infelizmente, esse filme é uma exceção. A regra é o gigantismo decadente.

E eu que nem me chamo Raimundo ou Luiz Fernando, nada tenho a ver com a criação do mundo?

Vocês estão achando as minhas colunas meio esculachadas, não é mesmo? Eu também. Mas dêem uma olhada no mundo e verão que ele está bem mais esculachado que as minhas colunas. Nem a Suécia perdeu a mania de matar primeiros-ministros. Tem um pessoal que quando me vê tomando chope num boteco vem logo dizendo: "Você precisa deixar teus dramas pessoais de lado e tascar mais o Lula, o traidor". Outro pessoal contra-ataca em outro boteco, este um pouco mais grã-fino, com menos moscas mas mais hipocrisia: "Você precisa deixar de tascar o Lula. Olha aí, já ganhou um prêmio na Espanha, é considerado o presidente mais popular das três Américas, arranjou uma boca no Conselho de Segurança da ONU para o Brasil e, se bobear, ganha o prêmio Nobel da Paz. Além disso, os bancos, o comércio, a indústria e o latifúndio estão satisfeitos, para não falar do PSDB, PMDB, PFL, PPS, PL, PDS, PTB e do Bush. Não fosse pelo Gabeira, Heloisa Helena, pela Genra, pelo Babá e pelo Brizola, seria unanimidade".

Vou beber no bar do Photochart, onde tenho uma mesa cativa de canto freqüentada apenas por turfistas. Lá o pessoal só quer saber por que o cavalo mancou, se o jóquei puxou e porque não liberaram a raia de grama se havia no céu um belíssimo sol. Quaisquer outros assuntos são proibidos. Levo um lero com a turma e depois vou passear pelos padoques. Penso comigo mesmo enquanto vejo os cavalinhos se dirigirem para a pista: "Só pegarei em armas por três motivos: 1) se decidirem transformar o mais belo hipódromo do mundo que é o da Gávea em Shopping Center; 2) se oficiais de justiça aparecerem lá em casa por dívidas que jamais assumi no antigo *Pasquim* e quiserem levar meus únicos bens – minha mulher, meu computador e meu telefone. À minha mulher devo a vida e com o computador e o telefone sobrevivo mal e porcamente mas sobrevivo enquanto neurônios e fígado não pedirem arrego; 3) se houver uma revolução pela Independência do Brasil.

O nosso presidente, eleito com meu comovido e entusiástico voto, aliás declarado ao Brizola em alto e bom som numa reunião antes do primeiro turno na casa do Niemeyer, está pateticamente deslumbrado. Mas se FHC, o Vaidoso sem Causa, parecia uma debutante das mais dadeiras no dia da sua posse, por que o torneiro mecânico, filho de camponês, não poderia estar deslumbrado? Por outro lado, nunca o ouvi dizer que era um homem de esquerda. Isso me faz imaginar que todo o alto comando do PT não era de esquerda. O povão, quando ainda pensava, votava nele e nos seus candidatos porque eles tascavam a ditadura, o Sarney, o Collor e o ainda maior delinqüente deste país, Fernando Henrique Cardoso. Conjeturaram que se o PT combatia o governo que era de direita, ele, PT, só poderia ser de esquerda. Ser de esquerda na minha opinião sempre foi lutar para que cada família tenha uma casa, cada criança uma escola, cada pai de família um emprego que lhe renda o suficiente para o transporte e a alimentação. Qualquer outra coisa, fora disso, é escravidão. Sou daqueles velhos Marxistas (hoje devemos ser, além do Mato Grosso e do Joca, uns quatro ou cinco) que acham que democracia sem socialismo é mentira e que socialismo sem liberdade é tirania.

Burro velho, deveria ter desconfiado de que as coisas estavam fáceis demais. Votei em Lula porque acreditei de coração que ele faria a reforma agrária. Entretanto, ele não moveu um dedo pra impedir a prisão de Rainha e de sua mulher. Acreditei que ele fosse fazer a reforma tributária a favor dos pobres que pagam tributos brutais por nada mas ele a fez a favor dos ricos que sonegam impostos. Estava certo de que faria uma reforma da previdência que beneficiaria os funcionários públicos e os aposentados mas ele apenas aumentou a taxação. Disse na ocasião que a esquerda não deveria pressionar demais, pois a luta para as conquistas sociais seria árdua mas quando escrevi isso jamais imaginei que Lula se referia às conquistas sociais para os ricos, como os banqueiros que emprestam dinheiro para indústrias que usam trabalho escravo. Pensei que reservaria um dos três maiores orçamentos para a Saúde (os outros dois para a Educação e a Reforma Agrária) mas ele inaugurou mais de trinta ministérios e tirou dinheiro dos órgãos que mais necessitam de verbas. Julguei que ele daria uma banana para o FMI mas o que ele deu vocês bem sabem o que foi. Logo criticar Lula ou tentar o impossível, que é entendê-lo, dá no mesmo. Estou apenas esperando que o Brasil ponha os pãezinhos na ALCA (como o México os colocou na NAFTA), criada para subordinar o Continente e seus trabalhadores aos interesses norte-americanos para concluir definitivamente que o candidato do COISO era mesmo o Lula. Perguntem aos mexicanos, que hoje em dia só sentam as magras nádegas em almofadas bem macias, se gostaram do tamanho da NAFTA. Pois o tamanho da ALCA é maior. Será um rombo, *lato sensu*. Espero que nem Lula nem seu riquíssimo presidente do Banco Central insultem minha inteligência e neguem que o principal objetivo da ALCA não é incentivar o comércio mas sim fazer as reformas econômicas que nos tornarão definitivamente dependentes do capital estrangeiro; sem empresas nacionais, sem sindicatos mas definitivamente no caminho da justiça e da democracia. Foi isso que Clinton, que era bonzinho e democrata, disse aos mexicanos. Será que Bush – que não é bonzinho e na minha opinião sabia antecipadamente da explosão das torres e dos benefícios decorrentes – se renderá aos argumentos de Lula?

Sou um cético mas também sou um homem de fé e conseqüentemente guardo esperanças mínimas. Quem sabe Lula tem na carteira fotos de Bush, Bin Laden, Condoleezza Rice, como aquelas fotos que o psicopata cocainista anal (segundo o irmão) dizia ter de Lula e que fizeram com que o *líder operário* (observem que deixei o título sem aspas, o que significa que ainda tenho esperanças) perdesse uma eleição já ganha antecipadamente como a Copa do Mundo de 50. Por outro lado, quando a firma está fazendo cortes e trocando seres humanos obsoletos por moderníssimo computadores, a primeira coisa que o funcionário chamado ao gabinete do chefe perde é a esperança.

É claro que, apesar de tudo, há Deus. Sempre houve Deus. Em alguns lugares onde existe fome, longe do Brasil, ele está em baixa mas no Rio de Janeiro, principalmente, está em alta. Embora famintas as crianças da rede estadual terão aulas de religião. As católicas, de religião católica, as protestantes de religião protestante e as judias de religião judaica. Nada se falou ainda sobre budismo, hinduísmo, islamismo e a umbanda, a nossa maior religião não-oficial (assim como os índios, os donos da terra, de quem roubamos as línguas, não têm religião reconhecida). O interessante nisso tudo é que o professor que perder a fé no meio do contrato será despedido. Não seria mais honesto e frutífero se os alunos tivessem aula de História das Religiões e no fim do curso se decidissem pela que mais lhes agrada? Deus, como se sabe, é uma figura muito enigmática: nas religiões orientais fundese com o simbolismo e o abstrato espiritualismo. Nas ocidentais apareceu pessoalmente apenas uma vez e ainda assim disfarçado de sarça ardente. Não sou um homem religioso e o que sei sobre a religião judaico-cristã é que ela tornou Deus um sócio prioritário no mercado livre e jogou uma noite de escuridão sobre a humanidade que durou, no mínimo, mil anos: de Plotino a Giordano Bruno.

Sei também que Deus é um criador muito paciente. Embora tivesse de cuidar de trilhões de galáxias com seus sóis e planetas, passou centenas de milhões de anos observando um mundo de quinta categoria que de vez em quando praticamente destruía. Entre 3 e 4 bilhões de anos atrás, Deus destruiu a Era Cambriana quando a forma de vida dominante eram os trilobitas, uns bichinhos de dez centímetros parecidos com caranguejos. 440 milhões de anos atrás – passou muito tempo sem preocupar-se com a Terra, não é mesmo? – destruiu a Era Ordovica, quando dominavam os moluscos. 390 milhões de anos atrás (observem como já estava impaciente) acabou com a com a Era Siluriana, na qual dominavam os milípedes, escorpiões e medusas.

60 milhões de anos depois o Senhor acabou com a Era Carbonífera, dominada pelos anfíbios, quando também surgiram os primeiros insetos. A barata sobreviveu. Nada se sabe sobre a borboleta. Destruiu a Era Permiana, na qual dominavam os lagartos, há cerca de 225 milhões de anos atrás. Surgiu novamente, sempre para destruir, ao tempo da Era Trássica que há 190 milhões de anos era dominada por répteis, bem menos perigosos que os atuais répteis humanos. Finalmente acabou com o período jurássico dos brontossauros e dinossauros que viveram entre 166 e 60 milhões de anos atrás. O homem aparentemente não passara ainda pela cabeça do criador. Em verdade, ele só surgiu na Terra há alguns 10 milhões de anos atrás na forma de macaco e foi se aprimorando até permanecer em posição ereta e ter direito a hemorróidas, varizes e bicos-de-papagaio. Aprendeu a matar com pedaços de ossos de mamutes e a dominar o fogo. Durante milhões de anos o homem passou catando piolho um do outro e reproduzindo-se em cavernas, sem noção de família ou liderança. Um dia, os macacões começaram a observar a repetição dos fenômenos naturais e concluíram que deviam inventar um deus que mandava água, chuva, vida e morte. Não creio que ensinarão isso nas aulas de religião das escolas cariocas. É mais provável que falem de Adão e Eva e continuem enganando como faz a televisão.

Mas nem sempre. Recebi de um amigo dois DVDs com dez capítulos da série *Os normais*, que eu desconhecia, pois jamais me passou pela cabeça, desde *O Sítio do Picapau Amarelo*, que a TV brasileira pudesse apresentar algo de útil. Comecei a ver os capítulos da série às nove da noite e só acabei de vê-los todos às duas da manhã. É simplesmente espetacular: cínico sem ser hipócrita, talentoso sem ser histriônico, divertido sem ser vulgar embora trate dos termos mais vulgares. Dá de dez a zero em qualquer série americana como *Friends*, *Seinfield*, *All in the family*, *Show da Lucy* e empata com as melhores séries inglesas. Crítica sem ser panfletária, trata-se do neo-realismo do neoliberalismo, época sem caráter e sem valores em que os personagens – um casal de classe média – precisa sobreviver usando os artifícios a seu dispor. Parabéns sinceros ao diretor de núcleo Guel Arraes, ao diretor José Alvarenga, aos escritores Alexandre Machado e Fernanda Young e principalmente à Fernanda Torres e ao extraordinário Luís Fernando Guimarães, sem dúvida o melhor ator brasileiro da sua geração. Ao mesmo tempo em que lembrou-me das comédias neo-realistas italianas com Fabrizzi, Totó e posteriormente Manfredi, Gassman, Tognazzi, Mastroianni e Sordi. Nunca se usaram tão bem os recursos da televisão para a comédia de situações de *timing* perfeito. Milagre: entende-se tudo o que os atores dizem. Os mais inteligentes, em meio às gargalhadas que se sucedem o tempo todo, se darão conta de que estão vendo shows altamente éticos que denunciam um mundo onde pouco ou quase nada existe além do dinheiro e do lucro. Aliás, há uma cumplicidade brechtiana, uma empatia, entre atores e telespectadores que jamais vi antes. Fiquei realmente comovido e lembrei-me de alguns dos melhores momentos dos Irmãos Marx. Aliás, pelo que vi quando apresentaram seqüências de trás das câmeras, Luís Fernando e a maravilhosa Fernanda Torres (*benedetta la bella madre*) são em grande parte responsáveis pelos textos que vão improvisando. A. S. Kaufman, comentando uma comédia que escrevera para os irmãos Marx apresentarem na Broadway, disse certa vez: "Outro dia passei lá e pensei ter reconhecido algumas linhas de minha autoria". E eu que pensei que, a exemplo dos dinossauros, os grandes atores haviam desaparecido na minha época. Parabéns novamente e muito obrigado pelas horas encantadoras que me proporcionaram. Acabo de saber que o programa saiu do ar. Natural. Ainda não vi o filme mas espero que não tenham domado os atores geniais como Hollywood fez com Rowan Atkinson. *Os normais*: só poderia ser no Rio de Janeiro e só o Rio de Janeiro poderia fazer algo tão mundial.

P. S.: Minha colaboração para os futuros professores de religião. Em 1650, o arcebispo James Usher, da cidade irlandesa de Armagh, resolveu somar as idades de todos os homens e mulheres mencionados na bíblia e chegou à conclusão de que Deus criou a Terra num sábado, mais precisamente às nove horas da manhã do dia 21 de outubro de 4004. Antes de Cristo, ignorando tranqüilamente os egípcios, os fenícios, sumérios, os babilônios e outros povos anteriores à criação do mundo. Ainda hoje há gente que acredita nisso. Os católicos e protestantes tiveram de refrear sua ira anticientífica diante da obviedade dos fósseis e das novas espécies que surgiam em pontos diversos da Terra. Diante disso – mesmo contrariando a versão da Bíblia de que Deus teria mandado Noé coletar *todas* as espécies de criaturas – declararam que muitos bichos ficaram de conversa fiada no caminho e se atrasaram durante a viagem até a arca. Por isso mesmo foram castigados e fossilizados. Como certos senadores baianos, paraenses e maranhenses.

Para não dizerem que não sofri influência do jazz: novas aventuras do Pernalonga!

Não lembro quando comecei a ver o mundo como uma imensa coelheira subterrânea. Nós os coelhos tínhamos nossas leis que naturalmente não cumpríamos: havia os ricos e os pobres, os poderosos e os fracos, os religiosos e os ateus. A classe dominante, com suas mansões e seus apartamentos de mil metros quadrados, seus carros importados, vivia o mais longe possível do grande buraco. Já a classe média, os pobres e finalmente os miseráveis, os que nada tinham de seu além de uma vida de merda, viviam, nessa ordem, perto do perigoso buraco. Várias vezes por dia uma (sei do cacófato) mão enorme era enfiada buraco adentro e apanhava algumas dezenas de coelhos que jamais voltavam para dizer como era a vida na superfície. Dentro do buraco os coelhos ricos exploravam os pobres e alguns pobres, cansados de prisões e torturas, se rebelavam e acabavam mortos. Criaram um sistema de leis, de códigos civis, militares e religiosos, os intelectuais escreviam grossos volumes filosóficos sobre a arte, a ciência, a política, a ética e a estética mas não se faziam a pergunta maior: o que há na superfície? Que mão enorme captura dezenas de coelhos todos os dias (às vezes, por engano, até mesmo algum coelho rico empresário, militar, latifundiário, banqueiro, político, bispo) demonstrando não ter qualquer preconceito de raça, credo ou conta bancária? Por que esses coelhos, obras-primas da natureza, desapareciam para nunca mais voltar? O mundo era uma imensa coelheira. Subdividida por milhares de coelheiras menores, cada uma com seu buraco, seus hábitos e seus costumes, mas fosse qual fosse o sistema de governo os pobres eram os que ficavam mais expostos à grande mão.

Alguém que não fosse um coelho e chegasse de um outro planeta, vendo os coelhos destruírem-se uns aos outros com armas cada vez mais letais, vendo os coelhos gordos e fortes montados sobre coelhos esqueléticos, faria a mais óbvia das perguntas: "Uma vez que, cedo ou tarde, todos serão apanhados pela MÃO (como aconteceu recentemente com o Coelho Marinho e logo acontecerá com o Coelho Papa), por que em vez de lutarem entre si, em vez de explorarem os humildes e os fracos, os coelhos mais ricos e mais inteligentes não buscam sua cooperação? Por que não tentam viver numa comunidade onde cada um recebe de acordo com a sua necessidade e cada um dá de acordo com sua possibilidade? Quem sabe a superfície não é tão feia como dizem? Quem sabe, em vez de castigos, haja recompensas aos coelhos que se comportaram com dignidade". Esse alienígena perguntaria aos coelhos: "Se há dinheiro e comida para todos, por que não dividi-los igualmente? Por que não procurar entre os habitantes os que tenham reais capacidades de liderança e não os que tenham maior capacidade de corromper e serem corrompidos? Por que vocês preferem a guerra e dão as costas para a paz? Recentemente visitei a maior das coelheiras do mundo e lá o líder quer dominar todas as outras nem que para isso tenha de acabar com ele. Informaram-me também que nessa coelheira um medíocre astro de cinema foi eleito governador. Não quis acreditar, pois se acreditasse nisso teria de acreditar também que os coelhos não passam de uma espécie idiota que vê na exploração do seu próximo a razão da sua vida".

Creio que sempre fui comunista mas aos 16 anos deixei de ser Stalinista. Creio, também, como disse uma jovem marxista de menos de 18 anos na televisão espanhola recentemente, que a filosofia humanística do comunismo de Marx e Engels jamais foi aplicada literalmente em lugar algum. Cuba chegou mais perto e chegaria ao ideal não fosse o boicote americano, uma coelheira tão poderosa que conseguiu convencer todas as outras de que a pequena Cuba é um perigo para o mundo livre e que por isso suas crianças devem morrer por falta de remédios. Não importa que ela seja o país com o menor índice de analfabetismo, o maior índice de igualdade social, para não falar que em termos de esportes chega sempre encostada aos gigantes Rússia e Estados Unidos. Nada disso importa, os Estados Unidos que fazem nossa cabeça desde a invenção do cinema declararam que Cuba é uma ditadura porque existem presos políticos. E o que são os nossos presos senão presos políticos, reféns de um sistema que não dá ao homem condições de viver como um homem a ponto de ele, cansado de ser tratado como um animal, reage como um animal? Os Estados Unidos, uma "democracia", têm a maior população carcerária do mundo. O que há de tão bom na "democracia" americana que consegue produzir tantos criminosos? Como não temos uma imprensa totalmente livre no mundo, ninguém reclama da tortura que os prisioneiros afegãos (crianças entre elas) vêm sofrendo no campo de concentração americano em Guantánamo, acusados de terem derrubado as torres gêmeas, que – salta aos olhos na medida em que o tempo passa – só poderiam ter sido destruídas pelos próprios americanos. Vendo o que Bush faz com o mundo hoje em dia – tratando os membros da ONU como *office-boys* –, é fácil imaginar o que os americanos já teriam feito se Stalin – assassino, é verdade, mas o autor da maior obra de engenharia social que o mundo já conheceu – não houvesse se rebelado contra o rei dos hipócritas, o Tio Sam. O que teria acontecido com a China – que a Inglaterra e seus aliados transformaram numa nação de viciados em ópio –

se a revolução de Mao não houvesse ocorrido? São dois bilhões e meio de chineses e ninguém passa fome! Preciso lhes falar da guerra do Vietnam e da intervenção política e bélica dos Estados Unidos em todos os países da América Latina? A imprensa mais livre que já conheci é a dos países escandinavos. Ainda assim, quando ofereci a entrevista que fiz com Arafat em 1980 para um dos editores de *Politiken*, jornal para o qual costumava colaborar, ele não quis publicá-la. Disse-me que eu era ingênuo e Arafat mentia. Se a ONU, Israel e os americanos houvessem aceitado as exigências mínimas de Arafat em 1980, quantas centenas de milhares de mortos estariam vivos hoje em dia? O editor, cujo nome omito pois é um grande profissional e meu amigo, teria dito mais tarde que errara em não publicar a entrevista de Arafat. Ele tinha motivos pessoais e estes quase sempre se sobrepõem à razão. Perdera um filho de pouco mais de vinte anos na Guerra dos Seis Dias.

Se é que se pode usar este adjetivo sem insultar os mortos sem sepultura do Araguaia e tantos que deram a vida por não admitirem a interrupção forçada do sistema democrático, eu diria que a ditadura brasileira foi branda em relação às ditaduras chilena, uruguaia e argentina. Ingênuos e truculentos, nossos militares achavam-se nacionalistas; achavam que defendiam nossas riquezas contra a sanha do comunismo internacional. Hoje não creio que exista um militar tão burro que não saiba que nossos generais entregaram o país sim, mas não a alguns milhares de comunistas mal-organizados. Entregaram-no isso sim às grandes empresas transnacionais. Com o Pacto de Washington sólido, os americanos deram um pé no traseiro dos militares latino-americanos que eles mesmos puseram no poder. Era a hora da democracia. De 64 a 85 muitos moços envelheceram no Brasil aguardando a democracia consentida. E os americanos, depois da suspeita morte de Tancredo, nos deram Sarney, Collor e Fernando Henrique Cardoso, não por acaso três dos homens mais ricos do país e que continuam comandando o país agora no PT e com a ajuda do PPS, o partido que não ousa dizer seu nome.

De positivo no Brasil depois da posse de Lula ocorreram dois fatos: a prisão de fiscais ladrões da Receita Federal e Estadual no Rio e a prisão de juízes ladrões, vendedores de sentenças em São Paulo, e o Executivo nada teve a ver com isso. No mais segue a mesma política econômica que Vaidoso sem Causa, Fernando Henrique Cardoso, acertou com Washington quase dez anos atrás. A classe média que votou em peso em Lula está desesperada atrás de emprego, nas filas de bancos, brigando contra a Telemar, vendo água, luz, gás e transportes aumentarem todo dia enquanto os ministros petistas comportam-se como os três patetas. Berzoini exige que aposentados com mais de noventa anos provem que estão vivos, Bené vai ouvir missa em espanhol em Buenos Aires, Dirceu quer se aposentar dez anos antes devido ao exílio sofrido na juventude, Lula comete gafes atrás de gafes no exterior. Esses troços me deixam louco. Trabalho desde os seis anos de idade, desde os 14 com carteira assinada, tive de sair do Brasil por dez anos, quando voltei fui repudiado por quase todos os jornais e, como não tenho bens materiais, vou morrer sem receber o mínimo do INSS.

Mas, como eu ia dizendo antes de ser dominado pela raiva, se a classe média vive como barata tonta, há uma juventude que, depois de vinte anos de adormecimento dos pais, parece não ter medo do comunismo. Parece achar natural que um governo rico de um país rico – estou falando do nosso – deva garantir escola, hospitais, transporte, emprego, terra, teto, defesa cultural contra culturas pasteurizadas, alienígenas e alienantes. São centenas de moços e moças que se comunicam comigo via internet. Um deles, Jean Scharlau, escritor, poeta, jornalista e instalador de antenas parabólicas em Porto Alegre, resolveu fazer o Sítio do Fausto Wolff (www.faustowolff.org). Meus leitores que quiserem escrever o que acham que não sairia na grande imprensa devem entrar em contado com o seguinte e-mail jean.sc@ig.com.br. Principalmente na área da cultura, tem uma gurizada no Rio Grande do Sul que enche este conterrâneo de orgulho. Luiz Horácio, André Seffrin, Marcelo Benvenutti, Paulo Bullar, Cristiano Baldi e Daniel Galera. Deixo-os com um belo poema de Jean Scharlau, de seu livro *Viva, meu amor.* Chama-se "Vida no interior".

10 da manhã, sair para caçar constatações e trazê-las ainda vivas e frescas. À medida que os lugares crescem, as constatações desaparecem deixando em seu lugar apenas dúvidas, essa espécie que, junto com os pardais e os ratos, grassa onde a humanidade se ajunta.

P. S.: Se boa parte da juventude brasileira – a que pensa, é claro – não se alienou, o mesmo não se pode dizer da americana. Ela está perplexa, sem ação, não sabe o que deu de errado com sua perfeita democracia, uma filosofia, ciência exata, paradigma da felicidade. Neste momento, para se encherem de autoconfiança estão endeusando o homem, recém-cadáver, Elia Kazan, que denunciou seus companheiros acusados de comunistas. Era sobre esses cineastas – começaram com uma lista de dez e ela chegou a mais de 800 – que eu pretendia falar hoje mas quando fui ver o artigo estava pronto. Fica para a semana que vem.

Os dez mais

Já escrevi em algum lugar algum dia que enquanto não nos revoltarmos brutalmente contra o conceito de democracia que considera sagrado o direito de uma minoria escravizar o resto por ter mais dinheiro jamais chegaremos à condição de seres humanos. Seremos sempre caricaturas; títeres, homenzinhos e mulherinhas perdidos na ventania, sempre com cara de "desculpe, não era bem isso que eu queria dizer". Enquanto não se der a revolução da humanidade contra a tirania, enquanto deixarmos que nos humilhem para que possamos continuar recebendo alguns trocados no fim do mês para continuarmos vivendo, teremos de suportar algumas imperfeições, certos espinhos colocados em nossos sapatos ainda na infância e que não podemos ou não queremos tirar.

Uma dessas imperfeições é a constatação de que à medida que envelhecemos vamos nos tornando mais cagões quando deveria acontecer o contrário: na medida em que envelhece o homem deveria tornar-se mais corajoso, porque mais sábio, mais justo, mais conhecedor dos seus deveres e dos seus direitos. Quando eu tinha pouco mais de vinte anos, todos os dentes e era um sujeito bonito, era também dado a papagaiadas. Certa vez, ainda noivo (havia noivados e até mocinhas virgens naquela época), estava no bar Castelinho tomando um chope com minha futura mulher quando o dono da revista para a qual eu trabalhava sentou-se na nossa mesa. Gentilmente mandei que se retirasse, pois já tinha de aturá-lo o dia inteiro e não pretendia fazer isso quando estava namorando. Ele olhou em volta para ver se havia algum capanga e, como não havia, foi-se, e eu, naturalmente, fui despedido no dia seguinte. Na hora a sensação é muito boa mas eu era muito jovem para perceber que os rateios estavam contra mim.

Outra imperfeição: ser burro, viver e conhecer o mínimo do seu potencial energético interior e além disso ter de suportar a consciência da sua mortalidade. Algumas pessoas percebem isso mas como são ignorantes aceitam o princípio nada otimista de que a vida é um absurdo porque acaba na morte e, como dizia Camus, o homem vive e não é feliz. Essa constatação é tão angustiante que, sem uma garrafa ao alcance da mão, é difícil resistir à tentação de não dar um tiro nos cornos. Hoje em dia, em pleno século 21, a grande maioria de escravos aceita essa condição fingindo não saber dela, fingindo que a vida é assim mesmo, uns entram com o pé e os outros com a bunda, uns com o pescoço e os outros com a foice. Excetuando-se os psicopatas, que aparentemente já nascem tortos, eventualmente alguns poucos escravos se rebelam e saem fazendo cagadas: roubando, assaltando, matando, estuprando. Quando isso acontece e está acontecendo com mais freqüência, todos (imprensa, poderes, Igreja) ficam com cara de bunda, fingindo que não têm nada a ver com o peixe. Os jornalões entram com sua quota: "Responsabilidade criminal aos 16 anos". Logo, logo isso acontecerá e logo, logo pedirão responsabilidade aos quinze, quatorze e *cosi via*. *Cosi via* significa que acabarão matando as crianças ao nascer, aceitando literalmente a loucura religiosa de que o homem já nasce pecador. Claro que essa lei só valerá para crianças pobres. Sou contra a pena de morte e não posso fazer num dia o que Marx e seus discípulos vêm tentando fazer há quase duzentos anos. Diante disso, e como a tragédia que pode ser coletiva mas é sempre individual, o que eu faria se matassem alguém indispensável para a minha vida; se alguém tirasse a vida de uma pessoa e ao fazer isso me deixasse aleijado pelos anos que restam? Como não acredito na Justiça e também não acredito que podemos julgar oficialmente os efeitos sem punir as causas, eu simplesmente mataria o assassino; o faria pessoalmente com as minhas mãos e, então, cidadão exemplar que sou, me entregaria à mercê do juiz. Não teria resolvido nada mas como sou humano em estágio ainda bárbaro, pelo menos atenuaria um pouco a minha dor.

De raro em raro, o próprio poder se dá conta do seu absurdo e pede para ser derrubado. Calígula, certamente um crítico do poder, como criança manhosa, quis ver até onde podia ir: comeu a irmã, matou a mãe, casou-se em praça pública com um jovem amante, fez com que nomeassem senador o seu cavalo e mandou os soldados secarem o Mediterrâneo com colherinhas. Fez passar uma lei que o tornava Deus e quando Roma insistiu que invadisse a terra dos alamanos foi até a fronteira, mandou que alguns soldados cruzassem o rio e trouxessem alguns galhos de árvore. Foi esse o butim que trouxe de volta a Roma. Isso sim foi imperdoável. Acabaram com a raça dele e acho que queria isso mesmo. O pai de Ludwig, da Baviera, tinha um hobby. Mandava seus criados atravessarem o pátio a cinqüenta metros de distância enquanto tentava matá-los com seu rifle. Nem assim o mataram.

Como vejo a coisa? Progredimos muito pouco em termos de democracia de Roma para os dias de hoje. Honestamente se aprendi alguma coisa na vida é que o poder corrompe e que o poder absoluto corrompe sempre. Dêem a chefia da portaria de um edifício ao mais dócil dos empregados e logo ele se tornará um tirano para agradar o poder imediatamente acima dele. O poder ama a si mesmo e aos poderosos. É tão implacável na sua injustiça que consegue, para ficarmos em casa, convencer mais de 50 milhões de brasileiros adultos de que podem viver com 240 reais por mês. E nada acontece. Quando acontece fica todo mundo com cara de bunda. É claro que de vez em quando o poder tem de mostrar serviço e prende alguém do seu time como os fiscais do Rio e os juízes de São Paulo. Só aceitarei que estou errado se dentro de um ano vocês me mostrarem um só deles numa cela de Bangu II ou no novo Carandiru junto com o Praga de Mãe e o Bafo de Chulé.

Os Estados Unidos são considerados a democracia mais perfeita da Terra. Como todas as outras democracias ela também só funciona para uma minoria e seus palhaços, no caso, os astros do cinema, da TV, da música, dos esportes, das artes plásticas et caterva. Os demais são escravos que farão de tudo para sair dessa condição que na melhor das hipóteses se traduz em trabalho, televisão, churrasco no quintal e férias em Miami. Eventualmente alguém enlouquece e vai para a cadeira elétrica. Eventualmente também alguns intelectuais que sabem que o homem nasceu para ser feliz e não para explorar o outro se rebelam. Isso se descobriu precisamente na máquina de fazer sonhos – Hollywood – em 1947. O Comitê de Atividades Antiamericanas para investigar "subversivos" residentes nos Estados Unidos foi criado em 1938 mas como a União Soviética foi aliada durante a guerra só se voltou contra os comunistas nove anos depois. O comitê entrevistou 41 pessoas que trabalhavam na indústria cinematográfica em 1947 e entre elas Robert Taylor e Adolphe Menjou. Esses dedos-duríssimos acusaram onze pessoas de serem de esquerda. Bertolt Brecht, Alvah Bessie, Herbert Biberman, Laster Cole, Edward Dmytryk, Ring Lardner Jr., John Howard Johnson, Albert Maltz, Samuel Ornitz, Adrian Scott e Dalton Trumbo. Brecht declarou-se comunista e embarcou para a Alemanha Oriental, onde fundou o *Berliner Ensamble* e morreu em 1956. Os outros ficaram conhecidos como os *Dez de Hollywood*, sete escritores, dois diretores e um produtor. Mais tarde, entraram para a lista mais nove, entre eles um único ator, Larry Parks, famoso por interpretar Al Jolson na tela. O comitê queria saber se eles eram ou haviam sido comunistas. Parks, o único realmente conhecido do grande público, concordou em comparecer diante do comitê e depois de afirmar que havia sido membro do Partido Comunista declarou: "Gostaria que me permitissem não mencionar o nome de outras pessoas. Não me coloquem diante da escolha entre ir para a cadeia ou rastejar como um verme delator". Depois de dois anos Parks deu três nomes que já eram do conhecimento do comitê liderado pelo senador McCarthy mas mesmo assim jamais alguém lhe deu um emprego.

Os dez primeiros invocaram erradamente a quinta emenda da Constituição, que dá direito à liberdade de expressão e de reunião, em vez da sexta emenda, que protege contra a auto-incriminação e que a máfia usa tão bem até hoje. Eram jovens e corajosos (lembram?) e ninguém abriu o bico. No dia

24 de novembro de 1947 todos foram condenados a um ano de prisão por desrespeito ao comitê e no dia seguinte a Associação dos Produtores Cinematográficos não só os despediu como informou que botaria na lista negra qualquer esquerdista.

Alvah Bessie, jornalista e escritor, já escrevera 40 roteiros para Hollywood, inclusive um indicado para o Oscar, *Objetive Burma*, de 1945. Bessie, como o nosso Apolônio de Carvalho, fora membro da Brigada Internacional e lutara na Guerra Civil Espanhola em 1945. Saiu da cadeia, escreveu livros mas jamais pôde retornar a Hollywood.

Herbert Biberman nasceu rico. Seu pai era dono de uma indústria têxtil e ele formou-se em Yale. Passou quase um ano na prisão e ao sair foi para o México em companhia de sua mulher, a atriz Gale Sondergaard. Lá, em 1954, dirigiu uma obra-prima, o filme *O sal da terra*, que denunciava as terríveis condições em que trabalhavam os mineiros do Novo México. Embora o filme tenha sido em parte produzido pelo Sindicato dos Mineiros e houvesse empregado mineiros como atores, outros sindicatos negaram-se a exibi-lo, pois Biberman continuava na lista negra. Só foi apresentado nos Estados Unidos em 1965. Em 1969, pouco antes de morrer Biberman fez seu último filme, *Escravos*, uma adaptação de *Cabana do tio Tomás*.

O escritor Lester Cole era filho de imigrantes poloneses, começou a escrever e dirigir peças aos 16 anos. Foi fundador do Sindicato dos Roteiristas e ao ser preso deixou inacabado o script de *Viva Zapata*, que John Steinbeck concluiu para Elia Kazan. Em liberdade, foi para a Europa e retornou aos Estados Unidos em 1961. Escreveu roteiros com pseudônimo, entre eles *Operação Eichman*.

O diretor Edward Dmytryck começou como mensageiro na Paramount nos anos 20 e acabou dirigindo mais de 60 filmes, entre eles algumas obras como *Warlock*, *Raintree country* e *The Cayne mutiny*. Era o mais bem-sucedido e o mais rico entre os dez acusados. Ao deixar a prisão foi para a Inglaterra, onde dirigiu três filmes. Voltou para os Estados Unidos em 1951 e acabou entregando os nomes dos companheiros. Alguns acusados por Dmytryck acabaram acusando outros e em 1952 já havia mais de 350 nomes na lista negra de Hollywood. Os mais famosos entre eles foram Larry e Stella Adler, Charlie Chaplin, Carl Foreman, John Garfield, Howard da Silva, Dashiell Hammett, Lilian Helman, Burl Ives, Arthur Miller, Zero Mostel, Clifford Odets, Orson Welles e Abraham Polonsky.

Ring Lardner Jr., provavelmente o mais talentoso juntamente com Dalton Trumbo, chegou a ganhar um Oscar por *Mulher do ano*, em 1945, antes de ser acusado de comunista. Saiu da prisão mas era tão bom que nunca lhe faltou trabalho embora tivesse de escrever com pseudônimo ou dando crédito a outros. Dos mais de quarenta roteiros que escreveu basta citar *Laura* (1937),

MASH (1970) e *Cincinatti kid* (1995), os dois últimos com seu próprio nome.

John Howard Lawson foi motorista da Cruz Vermelha – como seus colegas Ernest Hemmingway, John dos Passos e e. e. cummings – durante a Primeira Guerra. Marxista, sempre escreveu peças promovendo suas idéias. Ao sair da cadeia, mudou-se para o México, onde se dedicou a escrever livros sobre teatro e cinema. Seu penúltimo filme foi *Sahara*, de 1943, e o último, *Hollywood process*, de 1976. Jamais o perdoaram, e em suas palestras nos Estados Unidos nunca deixava de lembrar que não tinha do que ser perdoado.

Contista, escritor, roteirista, Albert Maltz escreveu roteiros para filmes antinazistas como (vejam a ironia) o ganhador do Oscar de melhor script, de 1942, cujo título era nada menos do que *Moscou contra-ataca*. Excelente escritor, escreveu dezenas de filmes sem receber créditos. A exceção foi o último, cujo título original era *Two mules to sister Sara*, com Clint Eastwood e Shirley MacLane.

Samuel Ornitz foi outro que nasceu rico e voltou as costas para a sua família aos 12 anos, quando fez o seu primeiro comício comunista. Obteve sucesso em 1923 com seu romance *Haunch, punch and owl*, as cômicas memórias da viúva de um imigrante judeu. Era o mais corajoso antes e depois de sair da prisão. Autor de mais de trinta filmes, jamais voltou a escrever para Hollywood. Escreveu, entretanto, vários romances até sua morte, aos 66 anos.

Adrian Scott, autor produtor de filmes como *Murder my sweet e Crossfire*, foi preso, não falou, foi libertado e nunca mais se ouviu falar dele. Mais sorte teve o grande Dalton Trumbo, que foi chamado para depor por ter escrito o roteiro de um filme chamado *Tender Comrad* sobre a vida comunitária em tempo de guerra. Ao sair da cadeia e estando desempregado, foi para o México, onde continuou escrevendo roteiros sob pseudônimo, mas ganhando bem menos do que os 75.000 dólares anuais que ganhava antes de ser denunciado. O homem era tão bom que ganhou um Oscar por *The brave one* (um dos primeiros filmes de Marlon Brando), sob o nome de Robert Rich. Em 1957, ganhou outro Oscar pelo roteiro e diálogos de *A ponte sobre o rio Kwai*. Tinha tanto talento que ninguém reclamou quando Kirk Douglas pôs seu nome como autor de dois grandes filmes, *Spartacus* e *Lonely are the brave*. Era o começo do fim da lista. Em 69, permitiram que dirigisse sua adaptação de *Johnny got his gun*, a terrível história de um soldado da Primeira Guerra que se descobre na cama de um hospital sem braços, pernas e sem poder falar. O último dos seus mais de sessenta filmes foi *Papillon*.

Generoso até o fim, ao receber o prêmio da Associação de Escritores em 1970, ele disse: "A Lista Negra marcou um tempo do mal e nenhum dos sobreviventes de um lado ou do outro saiu intocado. Apanhado numa situação além do seu controle como mero indivíduo, cada um reagiu de acordo com sua natureza, suas necessidades e suas convicções. Não há por que procurar heróis ou vilões".

Eu não pretendia falar sobre esse assunto mas a morte de Elia Kazan, o grande diretor e um dos denunciantes, me fez mudar de idéia. Com exceção de alguns poucos jornais – e ainda assim, a maioria na internet –, a imprensa me passa a idéia de que os Estados Unidos vivem uma era parecida com a da lista negra. Não há como negar o talento e a contribuição de Kazan para o teatro e o cinema mas daí a fazer dele um herói por ter denunciado tantos grandes homens vai uma grande distância. Pois é, para a nova geração americana, Kazan foi um patriota. O tempo faz bem à amnésia e, como os novos não sabem aparentemente o que é andar de lado e falar para o chão; não sabem o que viveram os que nunca mais encontraram um emprego, foram perseguidos, perderam todos os amigos e até se suicidaram, não custa lembrar as palavras de duas vítimas da lista negra: Albert Maltz e Michael Wilson (entre os primeiros cinqüenta a irem para a prisão).

Albert Maltz, para o *New York Times* em 1970: "Não concordo com Trumbo em que todos foram igualmente vítimas e heróis durante o período da lista negra. A coisa é simples: se um informante, infiltrado na resistência francesa, que mandou um companheiro para a câmara de torturas da Gestapo, é também uma vítima, não existe mais certo ou errado na vida como eu a entendo. Adrian Scott foi o produtor do grande filme *Crossfire* em 1947 e Edward Dmytryck, o diretor. Ambos se recusaram a colaborar com o comitê e foram para a cadeia. Quando Dmytryck saiu já o fez com novos princípios, viu a luz do céu e denunciou dezenas de companheiros. Adrian Scott saiu da cadeia com suas convicções intactas e ficou na lista negra por 21 anos. Dizer que ele e Dmytriyck foram igualmente vítimas vai além da minha compreensão".

Michael Wilson, durante uma reunião no Sindicato dos Roteiristas: "Não quero mexer no passado mas falar do futuro. Dirijo-me aos homens e mulheres que não trabalhavam em cinema durante a caça às bruxas. Acho que se vocês não lembrarem dessa época e não a compreenderem, poderão muito bem repeti-la. Pessoalmente já antevejo uma nova crise de ideais asfixiar esta república. Será quando a diversidade de opiniões será rotulada de deslealdade, quando uma extraordinária pressão será colocada sobre escritores e jornalistas que não concordarem com o poder, um cenário sombrio. Espero que os jovens escritores aqui presentes dêem abrigo aos dissidentes e protejam seu direito ao trabalho. Nosso sindicato precisa dos dissidentes para sobreviver como associação livre e a nação precisa deles para sobreviver como uma sociedade aberta".

P. S.: A lista negra sobreviveu a Truman, Eisenhower e Kennedy. Bush pretende revivê-la em escala mundial.

Volta ao lar

Minha mãe morreu dez dias atrás em Florianópolis, onde morava com minha irmã há muitos anos. Quis ser enterrada ao lado da sepultura do meu pai em Porto Alegre. Costumava dizer: "Dia desses vou ver o meu velho". Eu brincava com ela: "Você é que está velhinha, mãe. Está com 93 e o pai morreu com 70. É capaz de nem te reconhecer". E ela: "Deixa de ser burro, guri. Você é comunista e não entende dessas coisas". Não sei se ela acreditava mesmo nisso, pois a morte teve de pelear muito para promover seu reencontro com o marido. De qualquer modo, minha irmã e meu cunhado providenciaram o carro fúnebre, o traslado para Porto Alegre e redescobri uma coisa que já sabia: um pobre de classe média em tempos neoliberais tem de poupar por mais de ano se quiser ter um enterro decente. Quando a mãe da gente morre a gente vai ao enterro menos para dar satisfações a ela ou aos parentes mas para dar uma satisfação à gente mesmo. Faz parte da nossa tradição e certas tradições estão aí para serem cumpridas. Saí de casa muito cedo para ser jornalista e minha mãe conhecia melhor os netos (hoje entre 28 e 47 anos) do que a mim. Mãe é um mistério que passa mais do que heranças genéticas para os filhos e pela primeira vez na vida, na madrugada que ela morreu, não consegui dormir. Fiquei rolando na cama até às 4 da manhã e, depois de um banho e um café, estava na sala escrevendo. Meu cunhado esperou até às nove da manhã para me informar. Fenômeno interessante que convida a sérias reflexões: nos últimos cinco anos trabalho cada vez mais para ganhar muito menos. Por isso mesmo pedi uma passagem ao *Pasquim*. Minha mulher comprou a dela com o cartão e vai pagá-la a prestações.

Lembro de uma época em que ser aeromoça era ser visto com admiração e até uma ponta de inveja por outras moças que não as aéreas. A mesma coisa acontecia com as professoras primárias. Quando os donos do mundo resolveram que a única função dos que não são donos do mundo é trabalhar muito para sustentá-los e ainda assim tentar sobreviver com dignidade, as coisas mudaram para pior. No avião em que viajei a Porto Alegre a função do pessoal de bordo além de dizer aquelas frases decoradas sobre segurança é distribuir uns pacotinhos que contêm algumas bolachas e refrigerantes. O fumo é proibido e não servem mais nem uma cerveja. Trouxe minha garrafa de uísque comigo e quiseram confiscá-la. Acabei vencendo o argumento e me deram um copo plástico cheio de gelo para o meu uísque.

Cheguei a Porto Alegre pouco antes das 11 horas da noite de quarta-feira, dia 19 de novembro. O enterro seria às 11 horas do dia seguinte. Sempre que vou à capital gaúcha sinto um nó no peito: um misto de alegria e angústia. Vivi na cidade alguns dos momentos mais alegres e mais tristes da minha vida. Sempre me vi como um cidadão do mundo e não acredito que cidades e partidos políticos sejam como times de futebol, ou seja, que são melhores que outros porque você torce por um ou outro. O lugar onde você nasceu e viveu e o ideal pelo qual você vive têm uma importância essencial e existencial bem maior do que eventuais e efêmeras vitórias do time da sua preferência. Creio que os momentos fundamentais de nossas vidas são aqueles que não lembramos e que de um modo geral ocorrem da saída do útero até os quatro cinco anos de idade. Lá estão escondidas as tragédias e alegrias que esquecemos mas que não nos esqueceram e que nos acompanham; que surgem nos sonhos que talvez pudessem explicar o porquê da nossa existência e o que fazemos com ela; caso – como disse Drummond – não colocássemos tanta destruição – ganância, medo, mesquinharia – no ato de existir.

Sinto Porto Alegre nas vísceras porque vivi na cidade dos cinco aos quase 19 anos. Em Porto Alegre me alfabetizei, tornei-me adolescente, tive meu primeiro emprego em jornal com companheiros fundamentais como Glênio Peres, Flávio Tavares, Carlos Bastos, Ibsen Pinheiro, Antonio Trindade, Erno Schneider, Lauro Schirmer (espero que fiques bom logo, companheiro), Léo Schlafman. Em Porto Alegre escrevi nos muros "o petróleo é nosso", tive as primeiras namoradas e freqüentei os primeiros puteiros, onde as moças que se "perdiam" na vida se bem me lembro eram muito gentis mas não faziam coisas que mais tarde vim a aprender faziam as senhoras da alta sociedade. As pessoas namoravam, noivavam e a honra de uma senhorita de família era tabu. Mais tarde a pílula passou a integrar o menu da burguesia e vi que as coisas não eram exatamente assim mas, que diabo, eu recém saíra da adolescência. O aspecto mais gentil, mais malandro, mais bem-humorado, mais cosmopolita da vida vim a aprender no Rio de Janeiro, cidade que amo e da qual sou cidadão honorário e que me aceitou como carioca; cidade da qual só me afastei durante dez anos – de 68 a 78 – porque obrigado. Sempre que vou a Porto Alegre, entretanto, vejo que não sou carioca; sou cariúcho. Meu coração, porém, está espalhado pelo mundo. Há uma tristeza permanente nos olhos francos dos gaúchos que talvez só o fato de viver na extremidade do país, mais perto da Argentina e do Uruguai, do que do resto do Brasil, lutando sempre contra esses possíveis invasores, possa explicar.

Deixamos as malas no hotel, perto da rua da Praia e do *Correio do*

Povo, em pleno centro histórico, e saímos para dar uma volta a pé atrás de um restaurante. Preveniram-me contra possíveis assaltos mas confesso que não tenho medo de marginal. Não havia um só restaurante aberto e pouquíssimas pessoas nas ruas. Apanhamos um táxi para ver se encontrávamos algum restaurante nos bairros circunvizinhos e aproveitei para rever as ruas cujas pedras (hoje asfalto) ajudei a gastar no meu tempo de repórter policial. O centro foi bem preservado mas a imediata periferia é composta de viadutos e grandes avenidas e detesto cidades sem esquinas, daí meu amor por Copacabana, tão grande como o amor que tive nos anos 50 pela rua da Praia que não tem praia e onde eram a sede do Grêmio e do Internacional. Descobri que não há vida noturna em Porto Alegre (pelo menos nos dias úteis) não apenas por causa da violência causada pela classe dominante no Brasil inteiro mas também por causa da falta de dinheiro que o gaúcho não gosta de demonstrar: não há mais dinheiro para gastar e o pouco que entra é gasto em casa, com a família.

Voltamos para o hotel que é um pouco o retrato do Rio Grande do Sul: hotel que já foi de luxo, já teve riquezas e mordomias mas foi golpeado pelo neoliberalismo. Manteve a dignidade mas trocou o bar por uma geladeira com bebidas e uma máquina automática de café no saguão; os móveis dos quartos estão velhos mas a sobriedade está presente na eficiência dos funcionários e na altivez de quem já teve uma fortuna mas não quer demonstrar que a perdeu.

Minha família é grande e graças à minha irmã, seu marido e minhas duas cunhadas se mantém unida e, com exceção de minhas duas filhas (uma estava em Paris e outra em Nova York) e dois sobrinhos que moram na Califórnia e Londres, estavam todos presentes. O Cemitério Luterano, com muitas árvores e gramados, não nos oprime com esmagadora presença da morte como ocorre no São João Batista. A alegria de rever toda família da qual sou o *capo* desde a morte dos meus dois irmãos mais velhos foi maior do que a tristeza pela morte da minha mãe, afinal de contas anunciada por ela mesma há muitos anos. Alegrou-me também ver o pastor que, hoje com setenta e poucos anos, foi colega de seminário do meu irmão mais velho, casou meus irmãos e oficiou seus enterros mais o do meu pai e batizou todos os meus sobrinhos e seus filhos. Chegou com sua pasta, vestiu sua batina, distribuiu os hinários e fez um belo sermão na capela que prosseguiu até o túmulo e quase me convenceu de que a morte é um recomeçar mais leve, mais gratificante. Foi belo ver um pastor trabalhador, um homem honrado que realmente acredita em Deus e procura seguir os dez mandamentos. Como deve ser reconfortante ter a sua certeza. Que diferença para os vigaristas dessas igrejas universais que roubam dinheiro de empregadas domésticas e elegem políticos corruptos! Seria bom que um céu existisse se não por outros motivos porque implicaria a existência de um inferno para os canalhas que exploram e maltratam os pobres, os fracos e os humildes.

O PMDB de Simon e principalmente o PT fizeram um belo trabalho em Porto Alegre tombando prédios históricos, reformando o antigo mercado, a prefeitura, o Theatro São Pedro. A tradição cultural e educacional gaúcha que recebeu um grande impulso com Leonel Brizola teve continuidade com as administrações do PT. Apesar dos esforços da televisão o movimento nativista continua progredindo através dos centros de tradição gaúcha, coisa positiva pois preserva, enaltece e incentiva as melhores virtudes de um povo. O presídio foi transformado num grande centro cultural e o mercado no mais belo shopping do Brasil e mais belo porque mercado mesmo e não shopping. Fui ciceroneado por Henrique Wolffenbüttel, que decidiu ser meu filho após a morte do meu irmão Urbano, e por Jean Scharlau, jornalista e redator chefe do meu sítio na internet, o que ajuda a vender meus livros.

Disseram-me que Rigotto, o governador do PMDB (partido que no resto do Brasil, com poucas exceções como o Paraná e Santa Catarina, é uma colcha de retalhos sem forma definida), está fazendo um bom trabalho e foi no mercado que Henrique me apresentou a Fortunatti, secretário de Educação do PDT, que almoçava com seu chefe de gabinete. Tivemos oportunidade de conversar brevemente sobre a herança educacional deixada por Brizola que se sente em todos os lugares, na voz de todas as pessoas.

Não me lembro de mendigos em Porto Alegre no meu tempo. Hoje formam pequena multidão no centro. O que quebrou meu coração, porém, foi verificar que esses homens e mulheres tinham vergonha de ser mendigos; seres humanos aleijados por dentro, no espírito, vítimas de um sistema cruel e discriminatório – *made in USA* – que desistiram mas que ainda assim te olham nos olhos de modo como se dissessem: "Apesar disso, sou um homem e não um cachorro".

Não sou dessas pessoas, idiotas de esquerda e direita, que não dão esmolas ou porque "atrasam a revolução" ou porque "trabalhar esses vagabundos não querem", como se ganhar o salário mínimo não fosse escravidão. Quando tenho dou. Impressionou-me sobremaneira uma linda menina, mulata e faceira, de seus dez anos, que vendia tatuagens de plástico e chaveiros. Disse-nos que era dia do seu aniversário – 20 de novembro de 1993. É claro que duvidamos. Ela nos mostrou sua prova do quarto ano primário com a nota 90 e mais seu nome e data de nascimento. Dei-lhe dez reais e a menina não pôde acreditar. Aquilo nunca lhe havia ocorrido. Seu português era perfeito (como aliás o dos mendigos) e disse que trabalharia mais um pouco para comprar o "rancho" (compras para o fim de semana) para sua mãe. Me deu um beijo e disse: "Obrigado vovozinho". Primeira vez que me chamam de avô. Teria preferido titio.

Três jornalistas ligaram para o meu hotel. Dois pediram que eu passasse nas respectivas redações e lhes desse uma entrevista. Disse-lhes que era do tempo em que o repórter ia à notícia e não o contrário. O terceiro, Cíntia Moscovitch, bela escritora e editora de literatura da *Zero Hora*, apareceu no hotel e, como sempre, foi uma satisfação dar uma entrevista a um profissional que conhecia o trabalho do entrevistado. Finalmente, minha família sempre votou no PDT ou no PT. Até mesmo minha mãe, já com mais de noventa, fez questão de votar no Lula. Todos são de classe média e de esquerda, a nova geração com título superior e tudo. Pediram-me que não batesse tão forte no Lula. Meu filho Henrique disse: "Eu ainda não perdi as esperanças". Está dado o recado, Lula. Se é a direita que está te pressionando vai à televisão e diz o que está acontecendo mas pára com esse deslumbramento idiota que em nada te difere do grande delinqüente FHC.

P. S.: Não sei honestamente por que resolvi escrever o que vocês leram. Talvez ache que jornalismo é mais do que dizer que o dólar subiu, que o dólar baixou, que aumentou a criminalidade e que vão privatizar outra estatal. Certas dores e alegrias são comuns a todos os seres humanos e eventualmente devem ser compartilhadas por quem pode fazê-lo. Acho.

Gaiteiro velho

Depois dos sessenta a gente descobre muitas coisas. A maioria desagradáveis. Duas, pelo menos, agradáveis. Primeiro, você aceita a sua ignorância e lutar para diminuí-la torna-se até um jogo que se joga com prazer. Segundo, você está vivo e isso, exceto nos momentos em que pensa em suicídio, é muito bom. As desagradáveis são inúmeras. Vou me limitar às principais. Você acorda sempre com dezoito anos e a ilusão se acaba alguns metros depois no banheiro, em frente ao espelho. Felizmente, a tesão diminui, infelizmente não de todo. Felizmente, você pode escrever *a* tesão e *a* grama, e não o tesão ou o gramo, pois está no ramo de escrever há tanto tempo que até já colaborou com alguns neologismos hoje de meia-idade. Tesão mesmo eu tive na adolescência quando punha o despertador para me acordar a cada duas horas para bater uma punheta. Hoje em dia a tesão ainda se pronuncia de vez em quando mas a moça para a qual você está olhando no bar está olhando para um velho e logo te faz perceber isso. Ou é puta e nesse caso tudo fica muito triste. Vou lhes dar um exemplo.

– Fico com tanta pena quando vejo uma jovem como você se prostituindo – disse o homem de 60 anos, depois de tomar um banho, enquanto botava as calças.

A jovem prostituta, ainda deitada na cama, responde:

– Sou boa no que faço.

– Isso é verdade mas ainda assim fico com pena. Você poderia estar trabalhando honestamente.

– Se eu estou trabalhando desonestamente, o senhor também está.

O homem que era careca e gordo disse:

– Há uma certa lógica no que você diz.

– Antes de ir embora, lembre-se, são duzentos reais.

– Isso não está um pouco caro, não, minha filha?

– É a tabela. O senhor me chamou de filha. Tem filha?

– Tenho uma da tua idade.

– E o que é que ela faz?

– Está se formando em filosofia. Está aqui o dinheiro.

– Obrigada. Eu não pude estudar porque nasci num orfanato e de lá fui direto pro puteiro. Mas sou boa na minha profissão. Quer saber por quê?

– Quero.

– O senhor me comeu direitinho e nem notou que eu estava com nojo dos seus pentelhos grisalhos, da sua barriga murcha, do suor escorrendo pela sua testa, do pau pequeno e meia bomba e do hálito azedo.

– Sua filhadaputa!

– Não, senhor – disse a prostituta fazendo um gesto negativo. – Eu sou puta, minha filha é que vai ser filhadaputa, pois vou pagar para ela estudar filosofia e ficar *ficando* de graça por aí como a sua filha.

Isso que vocês leram aí em cima faz parte de um romance que estou escrevendo mas não tem nada a ver comigo. Fui grande putanheiro quando jovem e, quando repórter policial em Porto Alegre, teve até uma jovem que queria que eu fosse seu protetor. Está aí outro troço errado: quando você é moço come qualquer charque que tenha saia. Velho e meia bomba, decide ser seletivo. Os filhinhos de papai comiam as empregadas. Minha família sempre foi pobre e nunca tivemos empregadas, daí economizar do salário para as putas. As putas eram moças pobres que se "perdiam" e eram expulsas de casa pelo pai ou pelos irmãos. Por isso – não importa a cidade e nem o puteiro – a puta nunca é de lá. Está sempre escapando. Eventualmente, se sabe escrever, manda notícias e presentes para a mãe e os irmãos dizendo que trabalha como secretária, modelo, um troço desses. Minha geração apelava para as putas porque as moças de família não *ficavam* como hoje. Você noivava na varanda e os pais permaneciam na sala. Qualquer silêncio de mais de um minuto e o pai gritava: "Vamos pensar mais alto que eu não estou ouvindo". Às 10 da noite você era despachado porque todo mundo tinha de trabalhar no dia seguinte. Você saía do namoro ou noivado – países baixos inchados – e em Porto Alegre ia para a boate Maipu dançar sambas de Lupicínio Rodrigues – "Quem há de dizer que quem vocês estão vendo naquela mesa bebendo é meu querido amor...". No Rio ia ao Bolero (que nenhum dos nossos inteligentes prefeitos pensou em tombar, pois tratava-se do cabaré mais conhecido das Três Américas) dançar ao som de Ari Barroso. De vez em quando a orquestra não gostava do cantor e só naquela pausa de *Risque* é que você ouvia "que se adesmancha na areia..." As putas invariavelmente diziam: "Você não vai acreditar mas essa música é a minha vida." Isso, naturalmente, quando você tinha dinheiro para dançar. No Bolero, o *maître* me conhecia pois eu era repórter policial e me deixava ficar fazendo hora, de pé, no bar, com um copo de Samba em Berlim (Coca-Cola com cachaça) que tinha de durar a noite inteira. Ficava parado feito um idiota com um enorme sorriso nos lábios, morrendo de inveja dos velhinhos de mais de sessenta e dos oficiais de marinha que gastavam os tubos, principalmente em *clericot*, o drinque mais caro da casa e que era servido somente às damas. Oficialmente tratava-se de champanhe francesa com licor de framboesa mas em verdade não passava de xarope de groselha com água tônica. Encerrado o expediente, por volta das cinco da manhã, a maioria das dançarinas partia com seus cafifas que esperavam do lado de fora, e eu tinha esperanças que alguma se tomasse de piedade por mim e me levasse para a sua casa ou que deixasse que eu a levasse para o petél (motel sem carro) onde eu morava ao lado do Forte Copacabana. Bons tempos da gonorréia. Logo, porém, a pílula passou a fazer parte do cardápio da burguesia e não só aumentou incrivelmente o número de cornos como as moças passaram a dar com maior tranqüilidade. Depois disso larguei de ser putanheiro.

Comecei a escrever este artigo porque daqui a pouco (às 11 horas da manhã) embarco no Galeão para ir a Foz do Iguaçu para o Festival Internacional de Humor Gráfico, onde farei o lançamento nacional do meu livro *Gaiteiro velho*. Em verdade, quando vocês estiverem lendo, isso tudo já terá acontecido (vocês estão lendo no dia 4 de dezembro e o meu lançamento será no dia 29 de novembro, para mim, sábado, depois de amanhã) e noto que estou dando uma aula de metalinguagem que só fui descobrir o que era há algumas semanas falando com a Cíntia Moscovitch, editora de literatura, que me entrevistou para o jornal *Zero Hora*, de Porto Alegre. Isso tudo se deve a outro dos fatos chatos de ser velho: o corpo está cansado e a mente anda a mil. Principalmente em véspera de viagem, você acorda a cada hora para jogar fora o uísque que bebeu na véspera. E tem de fazer isso rapidinho, pois senão mija nas cuecas. Próstata, eu sei, mas quem tem coragem de deixar o médico enfiar o dedo no seu rabo? Dizem que dói demais. Esta, aliás, talvez seja uma das razões do orgulho gay. Quando li essa passagem para a minha mulher ela me disse que agora o exame pode ser feito sem toque. Vou fazer, pois não quero morrer antes de escrever uns troços que considero fundamentais para a humanidade mas que se provarão não serem fundamentais nem para mim. De qualquer modo, quando acordei pela quinta ou sexta vez para fazer pipi às seis e meia da manhã, decidi tomar um banho frio e adiantar o artigo, pois escrever depois de uma viagem é muito cansativo como verifiquei semana passada.

Quando você passa dos sessenta de repente se descobre – numa festa, num bar, no Jockey, nos papos com o Ziraldo, o Millôr, o Jaguar, o Carvana, o Lan ou no meio da rua – olhando para os velhinhos e pensando "como estão acabados" sem se dar conta de que eles estão olhando para você e pensando a mesma coisa. Agora, tem um troço que eu não sou: não sou ridículo. Não sou desses velhinhos horríveis que ficam dando em cima de moças de vinte, trinta anos. Não quero que uma delas me diga: "Já ouvi falar do senhor. O senhor ensinou papai a jogar sinuca quando ele era garoto". Por esse vexame não passo. Para provar isso, passo-lhes outra parte do romance que estou escrevendo e que trata do assunto.

Era um escritor conhecido e admirado entre escritores. Vivia dos direitos autorais e das traduções dos seu livros. Vivia também de artigos para jornais e palestras para universidades. Era um sujeito tímido e alcoólatra. Fora um homem extremamente bonito e ao chegar aos sessenta anos decidiu: "Mulher que quiser trepar comigo tem de vir até mim e dizer exatamente isso". Vaidoso, não lhe agradava a idéia de prostitutas e nem de dar em cima de mulheres que tinham idade para serem suas filhas. Tivera várias mulheres e filhos. Decidira que sua sétima, uma mulher inteligente, bonita, carinhosa, de seus cinqüenta anos, seria sua viúva. O problema é que acordava todas as manhãs com vinte e poucos anos. Ao chegar ao banheiro o espelho lhe informava: 62 anos. Ainda assim parecia mais moço. Vamos dizer, um Gregory Peck nessa idade. Estava numa reunião social na casa de um jornalista bem-sucedido e não tivera tempo de beber antes da festa. Bebia sofregamente no bar. Três uísques em três minutos, pois botou as três doses no mesmo copo. Uma mulher de idade indefinível – entre os vinte e oito e os trinta e cinco – aproximou-se dele. Há muito tempo não via mulher tão bonita.

– Você é o Carlos Lobo, não é? – perguntou.

– Sou – respondeu ele.

– Sou sua maior admiradora. Desculpe-me ser tão direta, mas sou apaixonada por você desde os meus quinze anos. Li todos os seus livros e...

– Quer me dar?

– Isso mesmo – respondeu ela para surpresa dele.

A verdade é que sentira uma dor no peito, coisa que não sentia desde a adolescência. Apaixonou-se à primeira vista. Continuaram conversando e a mulher além de bonita demonstrou-se sensível, divertida, inteligente.

No fim da festa, ela lhe perguntou.

– Vamos até o meu apartamento?

E ele:

– Minha filha, você nunca mais vai me ver se eu puder evitar.

– Mas eu te amo, Carlos, sempre te amei.

– Bobagem, menina. Eu é que te amo. Mas como também sou vidente, prefiro não me permitir tamanha infelicidade. Já fui infeliz, triste, sozinho, humilhado, rejeitado. Você não agüentaria o meu amor e nem eu o desprezo que o tempo se encarregará de trazer. Agora vai cuidar da tua vida e me deixa em paz.

Acho que os diverti que chega. Já tomei cinco doses de uísque e posso ir para o aeroporto. Antes, porém, o *grand finale*.

Certa vez uma mulher muito bonita me confessou depois que fizemos amor e, nus, bebíamos uísque na sala, ao som de Glen Gould:

– Vocês homens jamais entenderão as mulheres.

– Por quê?

– Porque partem de um erro de perspectiva. Para vocês existem poucas diferenças entre os dois sexos, ou seja, a mulher é mais frágil, mais infantil, tem algo chamado *sex appeal* e deve ser protegida e amada. Mas as diferenças são infinitamente maiores.

– Que diferenças, além das óbvias? – perguntei.

– Nós, mulheres, por exemplo, não estamos preocupadas com os homens. Tudo o que fazemos em termos de beleza e vaidade é em função de outras mulheres. Não vai nisso nenhum lesbianismo embora todas nós sejamos bissexuais em potencial.

– Explica – pedi.

– Ora, duas mulheres numa cama apenas aumentam o que é inerente a elas, a feminilidade. O mesmo não ocorre entre dois homens, onde um deles, pelo menos, abre mão da sua masculinidade.

Fui obrigado a concordar e perguntei:

– Quer dizer que vocês não gostam de nós?

– É claro que gostamos. Vocês são um mal absolutamente necessário. Sem vocês a vida seria um tédio. Com quem uma mulher poderia discutir inteligentemente senão com um homem? E além disso vocês são nossos escravos.

– Explica.

– Trabalham para nós fazendo coisas que absolutamente não nos interessam como guerras, acúmulo de capital, de poder e outras bobagens. É claro que a linguagem toda é sexual, subliminar e vocês não se dão conta de que são comandados pelas mulheres desde que nasceram. É a primeira coisa que a mãe ensina à filha. É como se vivêssemos em planetas diferentes, vivendo de modo completamente diferente e eventualmente nos encontrássemos num palco e disséssemos nossas falas. A mulher já as tem decoradas desde o berço, enquanto que o homem tem que elaborar de acordo com a culpa.

– Que culpa?

– A culpa que incutimos em vocês desde que nasceram. Acredite, vocês são patéticos.

– Gostei do tema e concordo com tudo. Vamos dar outra trepadinha?

– Está vendo? Claro, se isso te deixa feliz.

O homem que queria ser livre!

Leitores gentis têm escrito dizendo que gostariam de ser livres como eu. Sinto decepcioná-los mas não sou um homem livre e não conheço nenhum homem livre. Venho, isso sim, tentando ser um homem livre desde minha mais remota lembrança. Aliás, se tivesse de adivinhar – pois a minha ignorância é colossal e posso afirmar apenas alguns poucos axiomas que se sustentam por si mesmos – diria que nossa função na Terra é a de tentarmos ser livres a cada milésimo se segundo, acordados e até mesmo quando adormecidos. A liberdade, porém, não é algo que se peça, não é algo que se compre, pela qual se implore, pois se existe alguém que pode dar liberdade esse alguém também tem condições de tirá-la. Liberdade é algo que se conquista e se conquista de dentro para fora e vice-versa.

O primeiro lugar onde devemos procurar a liberdade é dentro de nós mesmos. Como disse num dos meus poemas, porém, ela é muito fugidia e pode ser uma carcereira terrível e isso porque nos obriga a usar uma ética humanista contra uma sociedade doente que habituou-se à ética autoritária. A liberdade, como diz Stockman em *O inimigo do povo*, de Ibsen, conduz à solidão, ao desprezo popular, ao ostracismo, à rejeição, ao desespero e eventualmente à loucura, à tortura, à prisão e à morte. A liberdade é uma dama difícil de ser cortejada pois ela também é isolada não só por aqueles que querem acabar com ela como por aqueles que se iludem pensando que são livres; que transferem a decisão para terceiros: pais, irmãos, filhos, família, líderes políticos, religiosos e jurídicos e, principalmente, à forma de poder mais próxima. A liberdade obriga o ser humano a pensar e para a grande maioria esse é um exercício muito doloroso. A liberdade gera responsabilidade e com ela a culpa. A liberdade está ligada indissoluvelmente ao caráter do homem e este é determinado biológica e sociologicamente. Erich Fromm (o grande pensador do século 20 e por isso desprezado por seus pares uma vez que falava língua de gente e não se escondia atrás do palavrório acadêmico) achava que a biologia de Freud e a sociologia de Marx tinham a chave do futuro. Os dois grandes pensadores estão em aberto para evolução humanística do homem. Se eu pudesse gostaria de promover um encontro num bar entre Marx, Freud e Fromm. Fromm talvez conseguisse explicar a Marx que o homem só pode ser feliz se parir a si mesmo; à sua personalidade e a Freud que o homem, mesmo conhecendo a si mesmo, para ser feliz precisa viver numa sociedade que o respeite mais do que ao lucro; que respeite mais o ser do que o ter. Depois disso só precisamos convencer aquela parte mínima da população mundial que nos escraviza e para a qual a liberdade é o próprio diabo. Isso porque a liberdade leva ao pensamento e o pensamento à descoberta da escravidão.

É claro que os animais, principalmente aqueles mais elementares na escala biológica, não estão preocupados com a liberdade. As minhocas não se preocupam com o amanhã, não temem a solidão e a morte. Não precisam decidir o que serão, pois continuarão sendo minhocas e fazendo o seu belo trabalho para o homem.

Recentemente estive em Itaipu, que ilumina uma quarta parte do Brasil e todo o Paraguai, e vi como o homem dominou a natureza e levou a ciência a progressos inimagináveis. Como o ser humano e tudo a ele inerente de positivo – arte (capacidade de Van Gogh dar a eternidade de presente a uma criança modelo ou de Beethoven entender tanto a mecânica da música a ponto de compor surdo), o amor (da mãe que levanta quinhentos quilos para salvar o filho), a cordialidade, a solidariedade, a gratidão, a dignidade – vêm regredindo a ponto de se tornar nada mais que um ser mesquinho e ganancioso, violento ou medroso e principalmente ignorante e submisso. Não me espantaria nada se – depois que acabarmos com o planeta – golfinhos, macacos ou cavalos se tornassem formas superiores de uma vida mais decente.

Há muitos anos entrei com uma namorada num templo na Índia onde os macacos – centenas deles – andavam livremente. Levei comigo algumas bananas. Os macacos me ignoraram até que um deles aproximou-se temerariamente e roubou o cacho de bananas da minha mochila. Estava comendo as bananas sozinho – nenhum outro ousou aproximar-se – quando viu nas mãos da minha namorada outro cacho. Aproximou-se dela e roubou-o também. Irritado com a atitude do bicho, peguei um bambu e dei-lhe uma varada nas costas. Ele deu um guincho, um pulo para trás e outros guinchos. Para meu espanto, todos os outros aproximaram-se organizadamente para nos atacar e acabamos fugindo. Lembrei-me dessa história há pouco ao repensar o lugar-comum que diz "minha liberdade termina onde começa a do outro". Ora, em verdade eu havia invadido o espaço dos macacos, eles não tinham nenhuma lei que proibisse o roubo de bananas e ainda assim ousei atacar o líder. Com algumas raras exceções na História da Humanidade os homens sempre se comportaram como minhocas ou macacos. Essas exceções se deram na Grécia, em Roma, Alexandria, na Renascença, nas revoluções francesa, americana, russa, chinesa e cubana. No resto do tempo até os dias de hoje se não somos animais, somos escravos. Aliás, não foi à toa o espanto de um senador romano diante da revolta de Spártacus, ao dizer: "Pela primeira vez na História um escravo toma ciência (consciência e creio que foi nessa ocasião que surgiu o vocábulo) da sua condição e se revolta". Somos escravos de uma nojenta corja de preguiçosos mas aparentemente não queremos nos dar conta disso.

Como bem disse o excelente jornalista (outro dinossauro) Carlos Chagas recentemente, no feudalismo o príncipe ao menos se obrigava a defender o povo provendo suas necessidades em casos de calamidade e estando à frente do seu exército em caso de guerra. No feudalismo também o camponês não questionava sua condição, esperava que seu filho fosse camponês e acreditava em Deus do mesmo modo que acreditava no ar que respirava. O feudalismo e as monarquias por direito divino pareciam ser o paradigma mas a burguesia jogou água no chope da aristocracia e aos poucos algumas mudanças sociais foram se impondo na era industrial e o próprio trabalhador brasileiro (imaginem!!!) com Getúlio chegou a ter não só direito a emprego como a indenização e em alguns casos (IAPI, IAPC, IAPTEC e outros) casa própria. Filho do nazicapitalismo, o neoliberalismo global – disfarçado de democracia – acabou se impondo como o paradigma do nosso tempo.

Até a ditadura de 64 vivíamos razoavelmente – apesar da matéria plástica, das concessões à gasolina e de Brasília –, pois tínhamos os escravos oficiais (a maioria), a classe média sem ideologia alguma e a minoria de ricos exploradores. Pensávamos que um dia as nossas riquezas seriam distribuídas entre todos. Sarney, Collor e principalmente Fernando Henrique Cardoso, porém, todos eleitos indiretamente pelo consenso de Washington, fizeram no Brasil o que outros canalhas fazem em outras partes do mundo; que retornássemos à *selva oscura* de Dante, à selva sem piedade de Conrad, às leis do mercado que dizem que vence o mais forte, o mais apto, o mais capaz, que em 99,9% dos casos é o mais rico. Nos últimos anos não só os mendigos, os flanelinhas, as prostitutas, as empregadas domésticas, as caixas de supermercado, os *office-boys* operários, os comerciários mas também os bancários, os gerentes, os profissionais liberais, os jornalistas começaram a se dar conta de sua condição de escravos. Começaram a se indagar se a vida era apenas isso: estudar, trabalhar, casar, ter filhos, trinta anos depois conseguir comprar um apartamento a prestações e morrer. A televisão já havia imbecilizado o povo mas a classe média ainda fazia a sua cabeça. A contragosto votaram em Lula e – tudo leva a crer – era em Lula que o poder, O COISO, queria que votassem. Hoje – depois de fazer o que nem o grande delinqüente FHC teve coragem de fazer – Lula e seus "rebeldes" nos informam que a palavra de ordem é: "Cada um por si de acordo com a esperteza de cada um". Estão nos informando que devemos nos dar por muito satisfeitos por termos um emprego e por pagarmos impostos para serviços (luz, gás, telefone, saúde, escola, transporte) que não recebemos. Pior ainda: que em breve os empregos terão desaparecido e serão substituídos por mão-de-obra automática, autônoma e independente. Pobres empregados sabem muito bem que somente o maior capacho chegará a gerente mas mesmo assim estão satisfeitos com um emprego, pois a mulher trabalha, os filhos trabalham e a instituição familiar vai para o brejo.

Nunca imaginei que escreveria isso: o brasileiro estava contente com sua função de escravo desde que assalariado (os americanos também são escravos mas com um número maior de aparelhos eletrodomésticos) mas nem isso lhe querem dar. Os que ainda não estão nas favelas para lá se encaminham; os que ainda não estão no crime para lá se encaminham; os que ainda não estão na cadeia para lá se encaminham.

É claro que isso não teria sido possível sem o auxílio da grande imprensa que um dia diz que o Brasil é país de alto risco e outro informa que o Brasil já não é um risco tão grande porque Lula ganhou uma medalha do rei da Espanha. Risco para quem, cara-pálida? Transformar o Brasil no maior país agrícola do mundo e dar de comer a todos os seus filhos através de uma séria reforma agrária é risco? Para quem? Risco é abrigar transnacionais e aceitar suas regras. Risco é permitir que o governo americano construa uma base nuclear em Alcântara e não ter ninguém interessado em saber quem a explodiu. Risco é querer exportar sem ter o que comer em casa. Risco é não nos desatrelarmos das forças internacionais que nos mantêm de joelhos. Risco é encher a cadeia de ladrões pés-de-chinelo e deixar os verdadeiros genocidas fora da prisão. Risco é acreditar que o homem pode ser feliz sem educação. Segundo Millôr Fernandes, Deus, quando projetou o Brasil, o fez para ser uma sala de visitas e os poderosos o estão transformando numa pocilga, num zoológico humano. Mas temos os nossos intelectuais, os nossos filósofos, os nossos artistas e até os nossos comunistas, não é verdade? Mas onde estão eles que não se pronunciam? Foi preciso um protesto de intelectuais estrangeiros contra a expulsão de Heloísa Helena e seus companheiros para que alguns jornais se pronunciassem. Para que serve este PPS que mais parece o partido do Oscar Wilde, que não ousa dizer seu nome? É estarrecedor, perdemos a capacidade de nos estarrecermos. Minto, ainda nos estarrecemos quando uma menina rica mata os pais ou quando um miserável psicopata de 17 anos mata um casal de namorados da alta classe média. Senhores moralistas de plantão, neste momento centenas de mocinhas pobres estão sendo estupradas, centenas de pais estão sendo mortos por causa de um par de tênis anunciado por charmoso galã de novelas de televisão. Esse inferno é o dia-a-dia dos pobres que vivem no inferno onde os isolaram.

Somos todos escravos, uns mais outros menos. Os que sabem que são escravos como é o meu caso devem usar a arma dos escravagistas – a internet – e tentar trancar o corredor sem portas que conduz a tragédias coletivas. Os que não sabem e não querem saber terão dois caminhos: a miséria, a morte pela fome, pela humilhação, pela tortura e prisão ou a violência, pois por mais que o animalizem um homem jamais será uma coisa, jamais será um bicho. Lembrem-se, porém, que liberdade isolada não é liberdade. Não posso ser livre se meu vizinho não for livre; não posso ver meus filhos felizes se não lutar contra os que exploram os filhos dos pobres que moram nas ruas. Entre os macacos na Índia, eu era minoria e tive de fugir. No mundo, esses loucos que chamamos de ricos e poderosos, esses assassinos que praticam genocídio quando exportam dinheiro ilegalmente, são uma minoria. Quando o poder (a máfia que for) tiver acabado com a fome e a miséria porque terá matado todos os famintos, todos os miseráveis, todos os pobres, quem servirá a mesa desses monstros endinheirados, dessas caricaturas de seres humanos? Voltarão a comprar escravos na África?

Voltando a Freud, Marx e Fromm, que achavam com razão que o fim que dá significado ao homem é a felicidade e não o lucro. O que diriam eles de um partido chamado dos Trabalhadores cujos líderes tornaram-se escravos das benesses que conquistaram? Está na hora de voltarmos a 1922 e refundarmos o Partido Comunista; está na hora de voltarmos a cantar a Primeira Internacional. Mas não, aparentemente, está na hora de educarmos as crianças para o crime e, assim que as tivermos formado, enjaulá-las para serem sodomizadas.

P. S.: Por essas e por outras é que vocês jamais me verão escrevendo num desses jornalões. Com exceções que podemos contar na ponta de dez dedos, a maioria dos jornalistas, dos cronistas de bom senso, fala para seus iguais: a maioria burguesa embevecida. Eu não, violão. Eu vejo o Brasil a partir do meio-fio da calçada, a partir da lágrima da criança no meio da rua às três da manhã.

Jesus nasceu na Lapa

Às duas horas da manhã do primeiro dia do ano de 2004 deu entrada no Hospital Rocha Faria, com hematomas generalizados e lesões em duas costelas, a senhora Maria dos Santos, vinte e cinco anos, casada, de cor parda quase branca, de profissão do lar, moradora à rua Mem de Sá, 257, fundos casa B, na Lapa.

Machadinho, antigo repórter policial de *O Dia*, estivera festejando o ano-novo no boteco Paulistinha, da TV Educativa, até às três da manhã. Meio de porre, resolveu passar pelo Rocha Faria, hospital estranho onde, segundo o famoso psiquiatra Aldir Blanc, um apontador de bicho entrara como Sandoval e saíra como Ana Maria, por pura negligência médica. Naquela noite, porém, os médicos não haviam capado ninguém. Machadinho leu na diagonal no livro de ocorrências o caso de Maria e não se interessou. Esta era apenas umas das milhares de Marias esbolacheadas no Rio durante os festejos de fim de ano. Fazia parte da tradição cultural da cidade. Entretanto, como mais tarde confessaria ao padre José Bolchevique, "aquela notinha do livro de ocorrência ficou na minha cabeça dando porradinhas no meu inconsciente. Tanto isso é verdade que só no sonho juntei as peças. A mulher se chamava Maria, de profissão do lar, o marido que lhe dera uma surra no capricho se chamava José, crioulo, de profissão carpinteiro, e moravam numa água furtada na Lapa".

O padre José Bolchevique costumava pregar a castidade nos prostíbulos do centro e arredores, mas depois da terceira cana não resistia à tentação da carne e acabava na cama com alguma meretriz. Já tinha, portanto, os seus próprios pecados com os quais se preocupar. Disse ao repórter:

– Esta eu não sirvo de testemunha. – Mandou para dentro mais uma daquela que matou o guarda. – Comer puta já é pecado grave, imagine ficar espalhando a história que você está tentando me contar – e voltou para a Igreja onde fora dispensado de rezar missa mas funcionava como coroinha e recebedor de óbolos.

Quase às oito da manhã Machadinho acordou em seu apartamento de sala e quarto na Vila da Penha e disse para a mulher, professora primária:

– Luzinete, me arranja o do táxi que vou fazer a reportagem da minha vida.

– Que besteira é esta, Machadinho? Ainda não curou o porre?

– Se as coisas aconteceram como no meu sonho vou ganhar o Prêmio Esso. Sou até capaz de ganhar o Prêmio Polícia – queria referir-se ao Pulitzer, o maior prêmio jornalístico dos Estados Unidos que, porém, só é concedido a gringo nato. – O Nobel de literatura. E a Academia Brasileira de Letras não está fora de cogitação. Se bobearem, levo aquele que o Kissinger ganhou, o da paz – limpou a bolsa da mulher e se mandou.

Quando chegou ao posto policial do Rocha Faria encontrou o detetive Perpétuo jogando porrinha com um enfermeiro conhecido como Fera Delicada porque nas horas vagas entubava. Fera era bom de briga mas na profissão tinha mão leve. Verdadeira dama. Estava com quase sessenta anos e sabia muito mais de medicina que muito médico veterano. Machadinho explicou ao policial o que queria e ele:

– Machadinho, você não é mais aquele. A mulher levou uma surra do marido e até já teve alta. Casinho que não chama atenção nem de foca da PUC.

Fera Delicada – mão fechada onde escondia os palitinhos – levantou o dedo mindinho manicurado e disse:

– Se é aquela mulata boa que deu entrada ontem de madrugada com equimoses generalizadas, pode ser notícia mas vai te custar dez paus.

– Se valer a pena te pago no fim do mês. Fala.

– Pois dá-se que eu moro no Bairro de Fátima e às cinco horas da manhã do dia 25 de dezembro, semana passada, a parteira Martinha bateu na minha porta e disse: "Doutor Fera, minha vizinha Maria está com um problema de parto que não consigo resolver".

Nos mandamos para Mem de Sá, onde encontrei a Maria quase morrendo de dor. Examinei a mulher e cheguei à conclusão de que ela não tinha nada. Kardecista que sou, vi a mão do diabo na história. Num canto do galinheiro, debaixo duma goiabeira estava um pastor da Igreja Universal que viera cobrar o dízimo. Expulsei o infiel a cascudos e logo as dores pararam e a criança nasceu. Um menino lindo.

– E daí, Fera? Essa notícia não vale nada – disse o detetive Perpétuo ainda de mão fechada. – Criança nascendo no dia de Natal e pastor vigarista tem a dar com os pés.

– E daí que apressado come cru – gritou o Fera. – Mal o menino bebeu do leite da mãe, ficou de pé na lapinha improvisada e disse com voz de homem maduro: "Desta vez não vou dar colher de chá para tirano nenhum" – voltou a mamar nos seios de Maria e adormeceu.

– Mas ele falou isso mesmo, Fera? – quis saber o Machadinho, nervosaço. – Todo mundo ouviu?

– Olha, se todo mundo ouviu eu não sei porque na hora entraram os Trigêmeos Vocalistas.

– Esse trio já acabou há muito – exclamou o Machadinho.

– São três irmãos ali da Glória que cantavam roque e usaram o mesmo nome do trio de samba. Estão velhinhos mas cantam até hoje. São tios da Maria e trouxeram os presentes: um frasco de leite de rosa, um rum carta D'Oro e uma cerveja italiana, birra. Senti um arrepio no corpo e me arranquei. Desde aquele dia parei com o vício e já vou informando pra vocês, o primeiro filhodaputa que me chamar de fera vai ver o que é delicadeza. Meu nome é Daniel Tulipa. Aliás, doutor Daniel Tulipa. Três paus, ô Perpétuo.

– Deu quatro – disse o detetive mostrando um palito.

– Acontece que deu três – disse o dr. Daniel abrindo a mão com os dois palitos. E virando-se para Machadinho: – Então, gostou da notícia?

– Olha, dr. Daniel, por enquanto só tenho a sua palavra. Vou investigar. Se for verdade vais ganhar muito mais do que dez paus. Onde está o agressor?

– Está em cana no distrito da Lavradio – disse Perpétuo.

Na delegacia deixaram o Machadinho falar num reservado – lugar dos corretivos – com o carpinteiro José dos Santos, um mulato escuro, bonito, todos os dentes na boca, musculoso e sem antecedentes criminais. O homem de mais de dois metros de altura e 100 quilos de peso chorava de fazer gosto.

– Eu sou um patife, doutor. Sou um covarde, como pude acreditar no República e machucar minha Mariazinha, a flor mais linda da Lapa?

– República? Você quer dizer republicano?

– Não, republicano sou eu, aliás era por causa do meu pai mas o Partido Republicano acabou. Estou falando do pastor República. Quando fui dar as boas novas para ele, insinuou que eu era corno. Logo eu que casei com uma santa, corno! Devia ter dado uma surra naquele urubu mas as palavras não me saíam da cachola. Era o diabo do pastor berrando dentro da minha cabeça "corno", "corno", "corno". Quando vi o menino se fez um escuro dentro de mim, na minha frente, do meu lado e chapuletei minha Mariazinha. Devia ter ouvido o Pombão.

– Que Pombão? – perguntou o Machadinho.

– O senhor nunca ouviu falar do Sandoval Gabriel?

– Que Sandoval Gabriel?

– Um que levaram para o Rocha Faria. Era para retirar o apêndice e retiraram os documentos dele com bolas e tudo. Até começaram a chamar ele de Ana Maria.

– E o que é que tem o Ana Maria?

– Se o senhor chamar ele assim está arriscado a levar umas porradas, pois ele mesmo despirocado é macho pacas. Minha Maria já tinha ficado grávida uma porção de vezes mas era gravidez histérica, pelo menos isso disseram os médicos. Pois o Pombão, deram esse apelido para ele porque depois que foi capado começou a engordar e andar como um pombo gigante. Além disso o nome de verdade dele é Sandoval Gabriel Espírito Santo da Silva. Mas, como eu estava dizendo, o Pombão encontrou comigo no Capela depois do trabalho e me disse que Maria ia ter um filho que viria ao mundo para acabar com a tirania dos ricos mas que eu não me preocupasse porque essa era a vontade de Deus. Ora, eu sempre confiei na Maria, muito amiga do Pombão, mas dele, sem documentos, é que eu desconfiaria ainda menos.

– E daí? – quis saber o Machadinho já pensando no aumento que receberia no jornal e no Prêmio Esso.

– Há alguns meses Maria me disse que teria um filho no dia de Natal. "Como é que você sabe?", perguntei. E ela: "O Pombão me disse. Também me falou que é um presente de Deus". Ela fez uma pausa e disse muito séria: "O nome dele vai ser Jesus Nazareno de Belém dos Santos". Eu concordei. Fiquei até feliz. Quando o doutor Fera fez o parto, não é que me nasce um menino louro, de olhos azuis, a cara daquele ator sueco que fez o papel de Jesus Cristo no cinema?

– Max von Sidow?

– Este mesmo. Mas eu estava preparado para isso. A Maria, embora socialista por causa de um primo que mataram durante o golpe militar, só acredita em Jesus. Para ela não tem santo nenhum, é só Jesus. E ela cismou que Jesus tinha a cara do artista. Andou até procurando um curso de sueco por correspondência para se corresponder com ele. Escreveu várias cartas em português para Hollywood mas nunca recebeu resposta.

Machadinho não queria perder a reportagem. Bateu no ombro de José e disse:

– Meu bom José. Isso é muito comum. Tem mulher que sonha com morango e a criança nasce com uma manchinha parecendo um morango. A Maria pensava no Von Sidow, mas como Jesus, sem maldade. O menino nasceu com a cara dele. É claro que o guri é o Cristo que voltou como prometeu que voltaria.

Machadinho estava repassando a fita no gravador para ver se não havia perdido nada quando o cabo Piranhão bateu na porta:

– O delegado mandou dizer que dona Maria retirou a queixa. O prisioneiro já pode ir embora.

Na frente da delegacia havia uma multidão que se espalhava pelas ruas Mem de Sá, Riachuelo, pela Lapa inteira. Machadinho e José pegaram a avenida Chile e foram caminhando até o bar Luiz, na rua da Carioca, onde Machadinho tinha conta. Bebiam dois chopes quando Machadinho perguntou ao mulatão:

– Quer dizer que você é republicano, a Maria socialista e o menino o que será?

– Comunista – disse José. – Isso o Pombão já havia me dito e a Maria confirmou.

Machadinho cantou mentalmente a famosa canção do 5º Regimento da guerra civil espanhola "*San José Republicano y la Virgen Socialista com su niño Jesus Cristo del Partido Comunista*".

– PPS ou PCdoB?

– Nem um nem outro – disse José. – Partido Cristão Comunista.

Que furaço de reportagem, pensava Machadinho. Beberam mais dois chopes e tomaram um táxi até a redação de *O Dia*, que era na rua do Riachuelo. Quando chegaram Machadinho levou um esporro do Miranda, velho secretário:

– Que repórter de polícia você é, Machadinho? Jesus nasceu na Lapa no dia do Natal e você não sabe de nada?

Rapidamente, Machadinho explicou a situação para Miranda, que, excelente jornalista, compreendeu o trunfo que tinha na mão. Mandou fotografar o José e Machadinho ganhou um vale para alugar uma limusine e cinco leões-de-chácara. A essa altura, graças às informações do Machadinho, havia mais de dez repórteres no caso entrevistando todos os personagens. Os leões-de-chácara abriram caminho entre quase um milhão de pessoas que tomaram conta de todo o espaço da Lapa. Colocaram Maria e Jesus na limusine e rumaram para o Hotel Glória, onde *O Dia* já havia mandado reservar a suíte presidencial para um casal de diplomatas da Costa do Marfim e seu filhinho.

Machadinho notou a beleza e a candura de Maria e notou também que o bebê sorridente, grande para os poucos dias de idade, não era tão louro quanto o pai dissera. Lembrava o Max von Sidow, é verdade, mas os cabelos estavam mais encaracolados.

– Engraçado – comentou José com Machadinho. – Quando nasceu tinha os cabelos quase brancos e os olhos dum azul como só se vê no mar em dia de sol.

Os fotógrafos tiraram mais de mil fotos e no dia seguinte, enquanto outros jornais falavam em rumores em notas de uma coluna, *O Dia* vinha com a manchete *Jesus nasceu na Lapa*. Tiraram mais de dez edições e venderam quase dois milhões de exemplares. Jesus, porém, não abrira a boca. Nos dias que se seguiram continuaram as suítes: " 'Eu recebi a mensagem num sonho', disse Pombão". "ABI cria Prêmio Especial de Jornalismo para Machadinho." "Maria se declara socialista." "Daniel Tulipa diz que a expulsão do pastor foi fundamental para o nascimento de Jesus." No quinto dia Pombão apareceu na redação de *O Dia* e informou a Machadinho que Jesus queria dar uma entrevista coletiva e mandara chamar o monge Jonas do Mosteiro São Bento, um dos poucos especialistas em aramaico.

Duas horas da tarde do dia 6 de janeiro de 2004. O salão de conferências do Hotel Glória está apinhado de jornalistas, correspondentes de todas as partes do mundo. Machadinho sobe no palco e diz o que Maria lhe informara:

– Senhoras e senhores, o menino Jesus não responderá pergunta alguma. Dará uma declaração em aramaico que será traduzida pelo monge Jonas do Mosteiro de São Bento.

O menino Jesus, agora com pele mais morena, sai do colo da mãe, que está sentada à frente de uma grande mesa. De pé sobre a mesa, o menino fala com voz grave e suave, dispensando o microfone que Machadinho colocara a sua frente. O silêncio era gritante. Um alfinete que caísse no chão soaria como um tiro:

– Senhoras e senhores – disse Jesus em aramaico. – Vim para vingar o que fizeram comigo há quase dois séculos. Vim para vingar o que fazem com os pobres, os desamparados, os fracos – pacientemente esperava que o velho monge traduzisse suas palavras. – Vim ao Brasil porque aqui há a maior desigualdade social do mundo; porque aqui os que se diziam trabalhadores mostram-se mercadores. Vim para lhes dizer que ainda podem se arrepender. Vim para informar que o inferno existe e é para sempre. Arderão nas brasas do inferno os corruptos e os corruptores, os tiranos, os déspotas, os religiosos hipócritas que roubam dos pobres, todas as igrejas mercenárias, os latifundiários, os industriais e banqueiros, os fabricantes de armas, aqueles que negam teto, terra, cultura, educação, transporte, saúde, alimentação, conforto e carinho aos meus filhos. Ai dos torturadores, ai dos seus mandantes, ai dos governadores, ai dos donos das pompas do mundo. Mandei-lhes um dos meus mais queridos discípulos, Karl Marx, mas fizeram mau uso dos seus ensinamentos. Tremei, capitalistas, pois as fossas ardentes do inferno esperam por vocês. Ai do anti-Cristo cuja foto está estampada em todos os jornais.

Um repórter americano gritou:

– Sadam Hussein?

– Não – continuou o menino Jesus em aramaico. – Não o prisioneiro. Este é apenas um canalha, mas o seu captor. O Homem que é uma moita mas que esconde entre suas folhas todos os vermes da terra.

O repórter do *New York Times* – enquanto Jesus esperava que o monge Jonas traduzisse suas palavras – disse que tinha uma declaração a fazer. Jesus fez um sinal positivo com a cabeça.

– É óbvio que as forças do mal montaram um circo. Entretanto, temendo pela sorte deste menino inocente, o embaixador dos Estados Unidos e sua senhora oferecem-se para adotá-lo e criá-lo com todo o carinho e conforto na fé cristã.

– *Vade retro*, Satanás! – disse o menino. – Não me compraste no deserto, pobre palhaço, pobre verme rastejante, como ousas fazê-lo aqui em meio aos meus filhos? Arrependei-vos enquanto podeis, adoradores do ouro e do poder. Minha vingança começa agora e terminará no ano 2036, quando finalmente os pobres herdarão a terra já não mais não como pobres mas como felizes filhos da terra.

Neste momento nuvens cobriram o sol e um cheiro de carniça e excrementos invadiu o salão. Todos viram o falso correspondente do *New York Times* sair voando como um urubu de mil cabeças. Quando acabou o alvoroço os presentes notaram que Maria, José e seu filho não estavam mais no palco. Haviam simplesmente evaporado. No dia seguinte, jornais do mundo inteiro falavam da fraude, do circo, do menino anti-Cristo. O governo dos Estados Unidos oferecia um bilhão de dólares pela captura de José, Maria e Jesus. No mundo inteiro foram revistadas as casas de meninos nascidos no dia 25 de dezembro de 2003 mas Jesus não foi encontrado. No mesmo dia da entrevista coletiva, com passaportes cubanos, viajaram para Havana...

IMPRESSÃO:
GRÁFICA EDITORA
Pallotti
IMAGEM DE QUALIDADE
Santa Maria - RS - Fone/Fax: (55) 222.3050
www.pallotti.com.br
Com filmes fornecidos